호접몽전

호접몽전

2부
왕들의 시대

11
시간의 아이

청빙 최영진 장편소설

폭스코너

주요 등장인물

- **백영** 도적떼에게 당한 마을에서 진용운에게 구출된 후로, 용운의 부재 시 그 대역을 수행하고 있다. 골격 구조까지 바꾸는 초고난도의 변장술을 구사한다. 용운을 사모하지만, 그의 대역을 연기하며, 그가 사랑하는 여인을 지켜야 하는 애달픔을 가슴에 품고 있다.

- **채염 문희** 대학자 채옹의 외동딸이자 후한 말의 여류시인. 정사에서는 온갖 고초를 겪으며 불행한 삶을 산 천재였다. 이 책에서는 용운과 같은 순간기억능력 및 과다기억증후군의 소유자로 묘사된다. 진용운의 정인인 까닭에 그의 적들에게 가장 유력한 공격 대상이 되고 있다. 이번 권에서는 여러 가지 의미에서 또 한 차례 사건의 중심에 서게 된다.

- **위연 문장** 흑영대원 2호. 흑영대 내에서 무력으로 일인자이다. 그는 용운에게 직접 어떠한 상황에서도 지켜야 할 대상을 지시받은 상태여서, 반역자를 색출하는 전예와 대치하게 된다.

- **서황 공명** 본래 양봉의 수하였으나 그와 결별한 후, 양수에 의해 고용되어 일행을 보호하다 우연히 중상을 입은 조운을 구하게 되면서 용운과 연을 맺었다. 한 자루 대부를 무기로 쓰며 천강위에게도 뒤지지 않을 정도로 강한 무인이다.

- **화화상 노지심** 천강 제13위. 체구가 작은 여인으로 강철로 된 지팡이 선장을 들고 있다. 말이 거의 없고 표정 변화도 없는 편이지만, 천강 제14위 무송과 특별한 관계를 맺고 있어, 그녀가 위험에 빠지면 분기한다. 현재

무송과 함께 원술군의 장수로 활약 중이다.

- **행자 무송** 천강 제14위. 관승과 더불어 천강위의 육체파 여인 쌍두마차이다. 언월도를 쓰는 관승과 달리 무송은 권사로서 순수하게 강인한 육체로 승부한다. 노지심과 죽이 잘 맞아 늘 같이 다닌다. 현재 원술군의 장수로 활약 중이다.

- **순욱 문약** 정사에서는 원소 밑에 있다가, 원소의 사람됨이 대업을 이루기에 부족하다 여기고 조조에 임관했다. 이 책에서는 용운이 일찌감치 기주에서 가로채어 가신으로 삼았다. 현재 용운을 대신해 유주국의 정치와 행정을 사실상 전담하는 재상 역할을 역임 중이다. 조운, 전예와 더불어 용운이 가장 신뢰하는 가신 중 하나이다.

- **황조** 유표의 장수. 정사에서는 강하태수를 지냈으며 손씨 일가와 대대로 원수로 지냈다. 강하를 오래 지켜냈으나 208년 손권의 침공에 끝내 패하여 효수되었다. 정사에서는 유표의 밑에 있지만 독립적인 것에 반해, 이 책에서는 유표에게 완전히 예속되어 있다.

- **천강 육수신** 천강 제27위 원소이, 29위 원소오, 31위 원소칠의 원씨 삼형제와 26위 혼강룡 이준, 28위 선화아 장횡, 30위 낭리백조 장순을 통칭해 천강 육수신이라 불린다. 육지에서보다 물가 혹은 물속에서 더 강력한 능력을 발휘하여 천강위 최강의 무력을 갖춘 이들조차 물속에서는 이들과 싸우기를 꺼린다.

- **서서 원직** 정사에서 유비에게 제갈량을 천거한 인물이다. 유비를 섬길 작정이었으나 조조에게 모친이 포로가 되면서 유비의 곁을 떠나게 된다. 정사의 기록은 많지 않으나,《삼국지연의》에서는 보다 각색되어 사실상 유비의 첫 번째 책사로 활약했다. 그의 지극한 효심을 이용한 조조의 계략으로 유비를 떠나면서 조조를 위해서는 평생 어떤 계책도 내지 않겠다고 맹세하고 후임자로 제갈량을 추천한 것으로 묘사되어 있다.

- **쌍창장 동평** 천강 제15위. 두 자루의 짧은 창을 잘 써서 쌍창장이라는 별호를 가졌다. 조조의 수하에서 채염을 감시하다가 진용운에게 패배한 이후 도피 중이었다. 그 광기의 복수심이 진용운에게로 온전히 향해 있는 상태이다. 복수를 위해 능력을 강화하고자 자신의 어머니인 병마용군 홍영을 죽이고 붉은 가면을 쓰게 된다.

- **미축** 사마 가문에 필적하는 부호이자 거상. 정사에서는 유비에게 속해 있었으며, 동생 미방이 손권과 내통하여 관우를 죽게 만든 일로 화병이 나서 죽었다. 유비가 미축의 잘못이 없음을 알고 전과 변함없이 대했음에도 스스로 수치심과 부끄러움을 이기지 못해 앓다가 죽었을 만큼 명예를 중시하고 자존심이 강한 인물이다.

- **온회** 조조의 가신으로, 정사는 고결하며 충성스럽고 유능한 인물로 기록하고 있다. 이 책에서의 그는 병주목이며, 성수를 마시고 성혼교에 심취해 있는 상태이다. 뛰어난 병력 운용으로 용운군을 곤란하게 만든다.

- **단경주** 지살 제108위. 전투력은 전무하다시피 하지만, 해당 지역의 기억을 읽어내는 '천기안'을 가지고 있어 쓸모가 많다. 현재 용운이 만든 경찰조직인 치안대의 수사부장으로 활약하고 있다.

- **금창수 서령** 천강 제18위. 현시점에서 독립 세력으로 남아 있는 마지막 천강위이다. 형주의 유표를 세뇌하여 포섭하고 실질적으로 지배하고 있다. 천기는 '제작'이다. 한때 잠시 노준의의 연인이기도 했다.

- **대도 관승** 천강 제5위. 가공할 무력을 가진 인물이다. 진한성이 사라지고 노준의도 죽은 지금, 무력만 놓고 보면 실질적으로 천강위 최강자라 볼 수 있다. 병마용군은 아버지의 영혼이 담긴 궁기이다. 현재 진용운의 수하에 있다.

- **구문룡 사진** 천강 제23위로 삼합회의 행동대장 출신. 몸에 아홉 개의

용 문신이 새겨져 있으며 각각의 문신이 고유의 효과를 지니고 있다. 관승을 연모하여, 어릴 때 헤어진 누나였던 병마용군 린과 함께 그녀의 근처에서 얼쩡거리는 중이다.

- **장패 선고** 여포의 의동생이면서 팔건장의 한 사람. 정사에서는 한때 여포의 손을 잡았다가 그의 사후 조조의 가신이 되어 위나라 장수로 활약했다. 이 책에서는 원술에게 잡혀 있다 탈출한 후, 여포를 좇아 유주성에 입성한다.

- **박위거** 고구려의 장군. 계수가 왕이 된 후 용운에게 보낸 감사 사절 및 식량 수송대의 지휘관이다. 반란을 일으켰다 자결한 발기의 아들로, 실제 역사에서도 발기의 난을 진압한 고국천왕이 그 아들인 박위거를 살려주고 귀족의 지위를 누리게 해주었다. 이 책에서는 진용운과 친분을 쌓은 계수가 고구려의 왕이 되었으며, 박위거는 충성심을 보이기 위해 요동행 수송대 호위 임무를 자원했다.

- **흑선풍 이규** 광기에 찬 사이코패스 소녀. 두 자루 도끼를 나무젓가락처럼 다룬다. 현재 유주성의 지하 감옥에 갇혀 있다.

차례

1

애달픈 그림자

한 시진(약 두 시간)쯤 전.

전예가 반란 세력에 대한 일제 체포령을 발하기 직전이었다. 용운의 모습으로 시찰을 마친 백영은, 마차를 몰던 서황의 말에 조금 놀랐다가 곧 떨떠름해졌다.

"그럼, 이제 아씨의 집으로 모시겠습니다."

아씨란 곧 채염 문희를 의미했다. 영특한 백영은 왜 그리로 가야 하는지 잘 알고 있었다. 머리가 둔해서야 누군가의 대역을 하기 어렵다.

'전하께서 오랫동안 모습을 드러내지 않은 탓에, 성내에 이상한 소문들이 돌기 시작했다. 이에 그런 소문들을 잠재울 겸, 반대파들에게 전하의 건재함을 알리기 위해 내가 나선 것이다. 따라서 전하께서 늘 하시던 대로 행동해야 한다. 이런 공식 업무의 끝에는 으레 채문희 님에게 가셨으니까….'

알지만, 싫었다. 자신이 애타게 원하나 결코 가질 수 없는 남자를 가진 여자 앞에서, 바로 그 남자인 척하는 것. 그녀에게는 마치 고문이나 다름없었다. 마차가 집 근처에 다다르자 채염이 문 앞으로 달려 나왔다. 그녀는 백영을 보고도 전혀 동요하지 않았다. 그저, 용운을 대할 때와 다름없이 상냥한 미소를 띨 뿐이었다.

"오셨습니까."

"…그래. 잘 있었지?"

"예. 전하 덕에."

"들어가지."

백영은 용운과 최대한 똑같게 되기 위해 피나는 노력을 했다. 뼈의 길이를 늘이고 모양을 바꾼 것만도 대단한데, 사소한 습관과 특성 하나도 놓치지 않았다. 심지어 체취조차 거의 근접하게 바꿨다. 그런데도 구분해내는 사람들이 너무도 신기했다.

서황이 고개를 조아리며 말했다.

"저는 이 앞에서 기다리고 있겠습니다. 마음 편히 있다 나오십시오."

"고마워요, 공명."

보라. 이 서황처럼 강대한 무공을 가진 장수조차 자신과 용운을 구분해내지 못하고 있었다.

'그런데 문희 아씨는 대체 어떻게 알아보는 거지?'

함께 들어간 두 사람은 조금 떨어져 앉았다. 방 안에 어색한 분위기가 감돌았다. 잠시 후, 먼저 입을 연 쪽은 채염이었다.

"힘…드시겠어요."

"아니요. 저는 좋습니다."

백영의 시선이 채염의 배로 향했다. 아직 겉으로는 특별히 회임이 드러나지 않았다. 그녀는 채염을 향해 조심스럽게 물었다.

"아기는… 잘 자라나요?"

잔잔하던 채염의 얼굴이 행복감으로 빛났다.

"그럼요. 확실히 느껴져요. 제 몸속에서 새로운 생명이 자라나고 있다는 게 말이에요."

백영의 눈에 아주 잠깐, 질시의 빛이 떠올랐다가 곧 사라졌다. 언감생심 꿈이나 꿀 일인가. 질투조차 사치였다.

"의원이 말하길, 지금은 가장 조심해야 할 때라고 했어요. 아주 작은 충격으로도 아기가 잘못될 수도 있다고요. 그래서 통 집 밖으로 못 나가고 있어요."

백영은 말하는 채염을 바라보며 생각했다.

'이 일을 할 수 있는 건 나뿐이야. 내 덕에 그분께서 자유로이 움직일 수 있는 거야!'

그런 그녀의 마음을 읽기라도 한 것처럼, 채염이 정중한 어조로 덧붙였다.

"늘 고마워요, 백영. 전하께 정말 많은 도움이 되고 있다 들었어요."

"아, 아닙니다. 저 때문에 문희 아씨가 늘 혼자이신걸요. 절 핑계로 전하께서 자꾸 어디론가 가버리시니까요. 지금처럼."

채염은 가만히 미소 지으며 고개를 저었다.

"그 사람은 원래 바람 같아서, 한곳에 가만히 머물러 있지를 못해요. 어디서든 자신의 가신이나 백성들이 고통받고 있다는 얘기가 들리면 바로 가서 직접 해결해야 직성이 풀리는 분이죠. 백영이 아니었어도 결국 이랬을 거예요."

"하긴, 틈만 나면 몰래 성 밖으로 나가시는 바람에 그 무서운 흑영대장님도 골머리를 썩이지요."

두 여인은 함께 나직하게 웃었다. 그게 시발점이 되어 어색한 분위기가 많이 풀렸다.

'그러고 보니 문희 님과 이렇게 직접 얘기해본 건 처음이네. 역시 전하께서 택하실 만큼 좋은 분인 것 같아.'

채염은 지적이었으며 조금도 거만하지 않았다. 백영이 어려워하지 않도록 자연스레 대화를 이끌어갔다. 둘은 차를 마시면서 도란도란 얘기를 나눴다. 갑자기 바깥이 소란스러워진 건 얼마 후였다.

"무슨 일이지?"

용운의 목소리로 되돌아간 백영이 중얼거렸다.

"연기 냄새가 나요."

채염은 약간 겁먹은 표정을 지었다. 그때, 서황이 방문을 벌컥 열고 다급히 말했다.

"전하, 아씨. 어서 피하셔야 합니다. 악적이 집에 불을 질렀습니다."

"뭐? 이런!"

백영은 얼른 채염을 부축해서 방을 나섰다. 과연, 지붕 위에 불이 붙어 시커먼 연기가 피어오르고 있었다.

"누가 한 짓이죠?"

백영의 물음에, 서황이 성난 어조로 답했다.

"거한회의 일원인 것 같습니다."

"거한회…."

백영은 이미 거한회를 겪어본 적이 있었다. 정확히는, 그녀를 용운으로 착각한 그들에게 피습당했다. 본의 아니게 이로써 두 번째였다. 집 밖은 뭔가 소란스러워져 있었다. 채염의 집 근처뿐만 아니라, 유주성 전체가 어수선했다. 멀리서 비명 같은 소리가 작게 들려왔다. 여기저기서 원인 모를 연기가 피어올랐다.

"어서 마차에 오르셔야 합니다. 제 뒤에 꼭 붙어서 따라오십시오."

앞장선 서황이 날카롭게 눈을 빛내며 둘을 마차 쪽으로 인도했다. 채염의 허리를 감싼 백영은, 제 팔 안에서 그녀가 가늘게 떠는 걸 느꼈다. 백영은 용운이라면 이렇게 말했을 거라고 생각하며 채염을 안심시키려 애썼다.

"너무 겁내지 말아요. 공명 장군도 있고 나도 있으니까. 게다가 마차는 코앞이에요. 뭔가 문제가 생긴 모양인데, 곧 해결될 거예요."

"네, 전하…."

그때, 백영은 전신에 찬물을 뒤집어쓴 것처럼 오싹한 기분을 느꼈다. 그쪽으로 고개를 돌리자, 뭔가 반짝 빛나는 것이 무시무시한 속도로 커지며 다가왔다. 그것이 뭘 노리는지 그녀는 곧 알 수 있었다.

'문희 아씨!'

두 사람의 앞을, 크고 넓은 등이 가로막았다. 이변을 깨달은 서황이 몸을 던져 막아선 것이다. 동시에 백영은 본능적으로 깨달았다. 지고의 경지에 다다른 무인인 서황조차 이 공격을 막지 못할 것임을. 이런 급박한 때 왜 갑자기 그 말이 떠올랐을까. 오랫동안 잊고 살았던, 그녀하고는 인연이 없던 단어였다. 순간, 백영은 몇 년 전의 그날로 되돌아갔다.

"엄마…."

소녀는 불타 무너진 집의 잔해에서 간신히 기어 나왔다. 공손찬이 무너진 뒤 그나마 질서를 유지하던 성혼단 세력까지 와해된 북부는 아비규환 그 자체였다. 유우는 온화한 군주였으나 계현 밖까지 돌보기에는 힘에 부쳤다. 백성들을 지켜줄 사람은 아무도 없었다. 원래 백성이었던 황건적의 잔당은 굶주린 야수가 됐다. 하루가 멀다 하고 도적떼가 창궐하여 사람을 죽이고 얼마 안 되는 재산과 식량을 약탈했다.

소녀가 살던 마을도 그런 도적떼에 당했다. 이틀 뒤 계(현재의 유주성)로 피난 가자고 모든 마을 사람들이 합의를 끝냈다. 바로 그날 밤, 도적떼가 들이닥쳐 닥치는 대로 불을 지르고 달아나는 마을 사람들을 살해했다. 소녀의 부모도 눈앞에서 죽임당했다. 도적들은 소녀를 집에 가둬둔 채 불을 질렀다. 너무 말라서 할 마음도 안 난다고 낄낄대면서. 연기를 들이마시고 쓰러졌을 때는 꼼짝없이 죽는 줄만 알았다. 그러나 용케도 목숨을 건졌다.

"엄마아…."

소녀는 울먹이며 주위를 둘러보았다. 아득하고 무서웠다. 사방이 잿더미와 시체의 산이었다. 그때, 한 무리의 병사들이 다가오는 게 보였다.

"저기 움직이는 사람이 있는데?"

기겁한 소녀는 어디론가 달아나려 했다. 하지만 뛸 힘도, 마땅히 숨을 곳도 없었다. 생각다 못한 소녀는 잿더미로 마구 파고들었다. 필사적으로 잿더미를 파헤치는 소녀의 어깨를 누군가 부드럽게 붙잡았다.

"애야, 괜찮다. 괜찮아. 우린 너를 구해주려고 유주에서 온 군대다."

그 말에 소녀의 몸부림이 겨우 멈추었다. 겁먹은 얼굴로 조심스레 고개를 돌린 소녀의 눈이 휘둥그레졌다. 소녀는 이제까지 엄마가 세상에서 제일 예쁘다고 생각해왔다. 그런데 엄마보다 훨씬, 이 세상 누구보다 아름다울 듯한 사람이 슬픈 얼굴로 자신을 바라보고 있었다. 햇빛을 받아 신비롭게 반짝이는 은발과, 금빛 테두리가 은은하게 보이는 검고 맑은 눈동자. 점 하나 없이 새하얗고 깨끗한 피부. 그를 본 소녀가 처음 한 말은 이것이었다.

"서, 선녀님이세요?"

아름다운 사람이 가볍게 웃었다. 놀랍게도 그 사람은 사내였다.

"아니다. 나는 진용운이라는 사람이야."

"진용운….."

소녀는 그 이름을 가슴 깊숙이 단단히 새겼다. 그 진용운이 소녀를 향해 손을 내밀었다.

"너무 늦어서 미안하구나. 나랑 같이 가겠니?"

잠시 그 손을 물끄러미 응시하던 소녀는 곧 그의 손을 맞잡았다.

그 후로 소녀는 완전히 다른 삶을 살게 되었다. 부모님도, 친구도 다 죽어버렸지만 외롭지 않았다. 만학관이라는 곳에서 새로운 스승과 친구를 만났으니까. 거처가 생기고 입을 것, 먹을 것이 주어졌다. 그 대가는 그저 자신이 고른 재주를 열심히 익히는 것이었다.

소녀가 택한 재주는 변장술이었다. 그중에서도 둔갑술에 가까운, 골격 구조까지 바꾸는 초고난이도의 변장술을 택했다. 어릴 때부터 부모님의 표정이나 말투를 곧잘 흉내 내어 두 분을 웃겼다. 하지만 변장술을 택한 진짜 이유는 따로 있었다. 첫 번째는 화상으로 절반 넘게 문드러진 자신의 흉한 얼굴을 숨기고 싶다는 것. 두 번째는 아름다운 그분, 진용운처럼 되어 그에게 조금이나마 보탬이 되고 싶어서였다. 소녀의 변장술 실력은 일취월장하여, 곧 그녀를 가르친 스승을 뛰어넘고 만학관 최고의 실력을 자랑하게 되었다.

소녀가 진용운을 다시 본 것은 몇 개월 후였다. 그가 만학관의 관원들을 격려하기 위해 들렀을 때였다. 특히, 소녀가 발군의 재능을 드러낸다는 말을 들은 그는 직접 머리를 쓰다듬으며 칭찬해주었다. 뒤이어 화상으로 녹아내린 상태에서 아물어 붙은 뺨을 조금의 거리낌 없이 가볍게 토닥이면서 말했다.

"많이 아팠을 텐데… 장하구나. 그래, 내 그림자 무사가 필요하다고 곽가가 늘 잔소리를 하는데 네가 그 일을 해주었으면 좋겠다. 그리고 전예라고, 훨씬 오래전부터 그늘진 곳에서 궂은일을 도맡아 한 친구가 있거든? 그러니 네 이름은 백영(白影)이라고 하면 되겠다. 전예가 바로 흑영(黑影)이니 말이야."

그날부터 소녀의 이름은 백영이 되었다. 그리고 그날부터 백영은 그를 마음에 품었다. 아무리 가까운 벗이라도 똑바로 쳐다보지 못할 정도로 소녀의 화상 흉터는 극심했다. 그런 흉터를 어루만져주던 용운은 조금도 언짢은 기색이 없었다. 사람들의 눈치에 예민하던 백영은 그게 진심임을 알 수 있었다. 어쩌면 그가 손을 내밀어주던 순간부터 이미 사랑하게 되었는지도 몰랐다.

자신의 소원이 결코 이룰 수 없는 것임을 알면서도 억제하지 못했다. 그렇게 시간이 흘렀다. 대신 더욱 완벽한 그가 되기 위하여 노력했다. 자신이 그에게 더 가까워질수록 그 사람이 더 안전해지고 자유로워질 테니.

"백영."

그걸로 족했다.

"예, 전하."

자신의 이름에 정을 담뿍 담아 부드럽게 불러주는 그 목소리만으로도.

"백영."

백일몽에서 깨어나 정신이 들었을 때, 이미 백영은 채염을 안은 채 돌아서서 그녀를 몸으로 막고 있었다. 밀쳐내면 둘 다 살 수도 있었을 것이다. 하지만 그녀가 회임 중이라는 데 생각이 미쳤다.

— 의원이 말하길, 지금은 가장 조심해야 할 때라고 했어요. 아주 작은 충격으로도 아기가 잘못될 수도 있다고요.

백영은 진용운에게 가까워질수록 이상하게도 그의 마음까지 짐작하게 되었다. 그를 가까이에서 계속 관찰해서인지도 몰랐다. 그녀가 본 진용운은 외롭기 짝이 없는 이였다. 너무도 외로워서 마음이 시릴 지경인 사람. 그 이유가 궁금했다. 그를 경애하는 수많은 가신과 백성들, 사랑하는 여인까지 곁에 있음에도 불구하고 그가 외로워 보이는 이유가.

진용운은 가끔 깊은 생각에 잠긴 채 먼 하늘을 바라볼 때가 있었다. 그 동작을 똑같이 따라하다 보니, 문득 이런 생각이 떠올랐다.

'돌아가야 할지도 몰라.'

돌아간다고? 어디로? 정확히 알 수는 없었지만, 그는 이곳이 아닌 어딘가 다른 세상에 속한 사람이 분명했다. 그러나 이제 그의 아이가 생겼다. 이곳의 여인과 사랑을 나눠 잉태된 그의 분신이었다. 그 아이를 잃는다면 그는 더욱 아파하고 외로워질 것이었다. 그를 아프게 할 순 없었다. 목숨과 바꾸더라도.

"이야아아아!"

서황은 무시무시한 기세로 날아드는 팔뚝 굵기의 화살을 보며 기합을 내질렀다. 어딘가 높은 곳에서 아래로 쏘아낸 화살이었다. 화살은 비스듬히 대각선 아래로 벼락처럼 떨어져 내려왔다. 그의 품 안에서 요원이 겁에 질려 외쳤다.

"안 돼요, 공명 님. 이건 화영의 화살…. 못 막을 거야. 피해요!"

새끼손가락만 하던 몸집이 제법 커져, 이제 그녀는 얼추 손바닥만 해져 있었다. 조금씩 품에 담고 다니기가 부담스러워졌다. 그래도 서황은 그녀가 빨리 크기를 즐거운 마음으로 기다리고 있었다. 어서 쑥쑥 커서 다른 사람들과 다를 바 없는 몸이 되어 자신의 여인이 되어주기를 바랐다. 서황은 그녀의 목소리를 들으며 이를 악물었다.

'미안하오, 요원. 어쩌면 그날을 못 볼지도 모르겠소.'

그는 대도에 기를 주입하여 앞으로 내세웠다. 선택의 여지가 없었다. 등 뒤에 주군이 있다. 피하는 대신 무조건 막아내야 했다. 직후였다.

쩌엉!

천둥 치는 듯한 소리와 함께, 그의 기가 응축된 도신에 화살이 충돌했다. 그 충격파로 근처에 있던 27, 28호가 나가떨어져 정신을 잃었다. 불타던 지붕이 불길과 함께 날아가버렸다. 서황의 상의가 갈가리 찢기고 앙다문 이가 깨졌다. 잇새에서 피가 뿜어져 나왔다.

"크악!"

와장창! 도가 박살 나 산산조각으로 흩어졌다. 그 순간 서황은 자신의 머리가 왼쪽 아래로 힘껏 잡아당겨지는 것도 느끼지 못했다. 요원이 한 짓이었다.

천강위 화영의 천기와 힘 그리고 원한이 고스란히 담긴 화살. 대도를 부수고도 힘이 남은 화살은, 그의 머리가 있던 자리를 무서운 기세로 스치고 지나가 그보다 키가 조금 작은 백영의 뒷목

바로 아래에 꽂혔다.

"…!"

백영은 고개를 젖히며 경련했다. 아프다기보다 뜨거웠다. 오래전, 그녀의 얼굴을 태운 불길이 몸속에서 다시 타오르는 것 같았다. 뒤에서부터 꽂힌 화살이 그녀의 등을 꿰뚫고 명치로 비스듬히 빠져나왔다. 눈앞에 튀어나온 피 묻은 화살촉을 보며 채염은 헉 하고 숨을 들이켰다.

"저…"

뒤를 돌아보고 비통한 목소리로 중얼거리던 서황의 눈이 획 뒤집혔다.

"…언하."

귓가를 스치고 지나간 화살이 한쪽 고막을 찢고 평형기관을 뒤흔들어놓은 탓이었다. 서황의 거구가 쿵 하는 소리를 내며 쓰러졌다.

"커흑."

백영은 작게 기침을 했다. 입에서 피가 왈칵 쏟아져 앞섶을 적셨다. 채염은 달아나는 대신, 비틀거리는 그녀를 부축하여 서둘러 주저앉았다. 이어서 제 무릎에 백영의 머리를 누였다. 몸에 화살이 관통해 있었기에 옆으로 눕게 했다. 옆쪽에서 보자 화살의 형상이 눈에 확 들어왔다. 화살이라기보다 작살에 가까운, 채염 자신의 손목보다도 굵은 흉악한 물건.

'얼마나 아플까.'

채염은 흘러내리는 눈물을 억누르지 못했다. 그녀의 눈물이 백영의 얼굴에 뚝뚝 떨어졌다. 백영은 애써 고개를 옆으로 돌렸다. 흐려진 그녀의 눈동자가 눈물 흘리는 채염을 응시했다. 파리해져가는 입술에서 희미한 목소리가 새어 나왔다.

"엄마…."

의술에도 조예가 있던 채염은 곧 깨달았다. 화타가 와도 백영을 살리기란 불가능하다는 걸. 채염은 상체를 깊이 숙여 백영의 머리를 가만히 안고 속삭였다.

"그래, 아가. 엄마 여기 있어."

"엄… 마…."

"고생했어. 이제 편히 쉬렴."

눈물이 하염없이 쏟아졌지만, 채염은 백영에게 웃어 보이려고 애썼다. 그녀를 따라 희미하게 미소 짓던 백영이 마지막 힘을 짜내어 중얼거렸다.

"사모합니다…."

"…."

"용운 님…."

한 번도 입에 담아본 적 없는 그의 이름이었다. 세상을 떠나기 전 마지막으로 말하고 싶었다. 채염은 이미 예전부터 그녀의 마음을 짐작하고 있었다. 백영의 손을 잡은 채염이 말했다.

"그분께 전해줄게요. 꼭."

백영은 채염의 품 안에서 천천히 눈을 감았다.

망루 위에서 화살을 날린 화영의 얼굴은 무섭게 굳어 있었다.

양수가 초조한 기색으로 물었다.

"뭡니까? 어찌 된 겁니까? 제가 보기에는 셋 다 쓰러진 것 같은데…."

"진용운이 여자 대신 화살을 몸으로 막고 죽었다."

"예?"

놀란 양수는 이어진 화영의 말에 더욱 놀랄 수밖에 없었다.

"하지만 저건 진용운이 아니었다."

"예에엣? 그럴 리가…. 제가 그자를 못 알아볼 리가 없습니다. 분명히 문희의 집 안으로 들어갔어요."

"빌어먹을. 속았구나, 양수. 이렇게 된 이상 저 여자라도 죽여야겠다."

화영이 새 화살을 꺼내 시위에 얹었을 때였다.

"그만. 화영, 거기까지다."

그녀도, 양수도 잘 아는 묵직한 음성이 들려왔다. 상대를 확인한 양수가 떨리는 목소리로 입을 열었다.

"관승 님…."

"양수, 설마 네가 날 끌어들여 전하께 투항하자고 한 건 이 일을 위해서였나?"

화영이 눈썹을 꿈틀거렸다.

'진용운이 아니라, 전하라고 불렀어.'

잠깐 잊고 있던 관승의 성정이 기억났다. 자신이 옳다고 믿는 건 그 믿음이 확실히 틀렸음이 드러날 때까지 믿었다. 반대로, 그르다고 판단한 대상에는 가차 없었다. 그 성정을 따라 망설임 없이 송강을 떠났다. 그리고 지금 그녀가 진용운을 택했다는 것은….

"그랬다면 아무리 양수 너라도 용서할 수 없다. 화영, 너도 마찬가지다. 이 관승, 유주성의 치안을 책임진 기도위의 자격으로 두 사람 다 체포하겠다. 죄목은 전하와 문희 님의 암살 기도, 가신 살해 및 초병 살해 그리고 반란 획책이다."

관승이 들어올린 언월도의 날 끝이 둘을 향했다. 그것만으로도 전신이 묵직해지는 압력이 느껴졌다. 화영은 잠시 머리를 굴렸다. 둘의 무력은 비등. 원거리에서는 그녀가 훨씬 우세, 근거리에서는 관승이 압도적으로 강했다. 결론은 지금 싸웠을 경우 십중팔구 패배였다.

'쳇.'

양수, 이 녀석은 관승의 성정을 안다고 생각했겠지만 제대로 파악하지 못했다. 아마 결정적인 순간에는 동조해주거나, 그렇진 않아도 모른 척해주지 않을까 하고 당연시했을 터. 그건 관승이란 인간을 너무도 모르는 생각이다.

'하지만 데려가야겠지. 진용운에 대한 이 녀석의 일그러진 원한은 확실히 쓸모가 있다. 또 난 아직 이쪽 세상의 물정과 돌아가는 정황을 잘 모르니 거기에 대한 지식이 필요하기도 하고.'

양수까지 보호해야 한다면 더더욱 후퇴가 답이었다.

"순순히 항복해라."

관승이 한 발 다가섰다. 화영은 대답하는 대신 허공으로 솟구쳐 올랐다.

"화영!"

관승이 버럭 외치는 순간, 화영은 근거리에서 쓸 수 있는 가장 강력한 천기를 발동했다.

천기 발동, 만시지우(萬矢之雨)

픗! 시작은 한 발의 화살이었다. 관승의 머리 위 허공으로 쏘아진 화살은 즉시 수천, 수만 발로 나뉘어 아래로 쏟아져 내리기 시작했다. 이름 그대로 마치 화살의 비처럼.

"이런 거로 날 해할 수 있다고 생각하나!"

관승은 노하여 외치며 언월도를 풍차처럼 휘둘렀다. 채채채채채챙! 언월도에 맞은 화살들이 성벽 위로 어지러이 튕겨 나갔다. 천기를 발동하고 내려선 화영이 대꾸했다.

"해하진 못하지만, 발을 묶어둘 순 있겠지. 배신자 관승."

그녀는 관승이 보는 앞에서 양수의 뒷덜미를 붙잡고 성벽 아래로 뛰어내렸다.

"거기 서라! 이런….."

관승은 둘을 추격하려 했으나, 화살 비는 여전히 무서운 기세로 쏟아지고 있었다. 언월도를 휘두르는 동시에 억지로 발을 옮겼다. 역시, 이 상태로는 전력으로 달릴 수가 없었다. 화살 비는 마치 살아 있는 구름이 따라오기라도 하는 것처럼 그를 추격해왔다. 게다가 애초에 속도는 화영이 훨씬 빨랐다.

관승은 화살 비 아래서 분한 듯 입술을 깨물었다.

순욱을 지키던 흑영대원 2호, 위연은 점차 힘이 다해가고 있었다. 특급 장수의 무력을 가진 그였으나, 계속해서 덤벼드는 흑영대원들을 다 감당하긴 무리였다. 더구나 그는 상대를 최대한 다치지 않게 하려 했다. 더 힘이 들 수밖에 없었다. 지친 위연의 몸 여기저기에 상처가 늘어갔다. 보다 못한 순욱이 그를 만류했다.

"그만하면 충분하네. 이제 됐네."

"그 말이 맞아, 2호."

위연은 흠칫했다. 감히 덤벼들기도 버거운 상대. 무력 때문이 아니라, 그가 태생적으로 맞서기 어려운 단 두 사람 중 하나인 전예가 모습을 드러낸 것이다. 전예는 소수의 군사를 거느리고 몇몇 주요 가신들을 대동한 채였다. 순욱의 체포에 증인으로 삼기 위해서였다.

그는 위연을 향해 무표정한 얼굴로 말했다.

"자네가 반역자를 감쌀 줄은 몰랐군, 2호. 더구나 내 명령까지 거역해가면서 말이다."

"전…."

뭔가 설명하려던 2호, 위연은 입을 다물었다. 오래전 용운과 나눈 대화가 떠올라서였다.

— 난 전예를 믿어요. 그에게 모든 감찰권을 줄 생각입니다. 허나 그와는 별개로, 무소불위의 권력을 갖게 된 존재에게는 반드시 제어장치가 필요해요. 난 위연, 당신을 그 장치로 삼을 겁니다.

— 저는 유비군에 있을 때도 반골의 상이라 하여 눈총받고 계속 진급이 미뤄졌습니다. 한데 주공은 뭘 믿고 제게 그런 중임을 맡기십니까?

— 반골의 상 따위는 없습니다. 그를 믿지 못한 상관이 있을 뿐이죠. 난 전예를 믿는 만큼 그대를 믿어요. 허나 이 제어장치는 기밀이 유지될 때에야 비로소 효과가 있습니다.

그때 용운이 내린 임무는 단 두 사람의 보호. 그중 하나가 바로 순욱이었다. 설령 용운 자신이 그를 해치려 해도 막으라는 명령이었다. 이걸 전예에게 구구절절 털어놔도 될까? 고민 끝에 위연이 힘겹게 꺼낸 말은 이랬다.

"…문약 님은 반란 세력이 아닙니다."

"나도 그리 믿고 싶네. 허나 내가 전부터 말하지 않았나. 정보기관은 객관적 증거를 최우선으로 여겨야 한다고."

"…."

"이미 문약 님의 이름이 적힌 연판장을 입수했을 뿐 아니라, 보는 자리에서 직접 서명했다는 증인까지 확보했네."

말하는 전예의 눈빛은 위연이 아닌 순욱을 향해 있었다. 많은 것을 묻고 싶은 의문을 담아서.

"문약 님, 전하께서 왕위에 오르신 게 그토록 못마땅하셨습니까? 문희 님을 왕후로 삼는 것이 그리도 싫던가요?"

"…솔직히 마음에 들진 않았지. 허허."

"그분께서!"

그답지 않게 버럭 소리 지른 전예가 목소리를 억눌렀다.

"그분께서 당신을 얼마나⋯."

그 목소리에 어린 물기를 느낀 순욱은 입을 다물었다.

"⋯."

"순욱 문약, 그대를 반역죄로 체포하겠습니다."

전예가 순욱을 포박하려고 막 나섰을 때였다. 그가 거느리고 온 일행 가운데서 한 사내가 비명 같은 고함을 지르며 튀어나왔다.

"감히 전하를 배신하다니. 죽어라, 문약!"

전예는 순간적으로 당황했으나, 우선 그를 진정시키려 했다.

"기분은 알지만 이러시면 안 됩니다. 체포해서 법대로⋯."

말하던 전예가 흠칫 놀랐다. 문제의 사내가 코앞에서 갑자기 목표를 그로 바꿨기 때문이다. 초인의 경지에 도달한 다른 장수들에 비해, 상대적으로 전예는 무공이 약한 편이었다. 그의 임무는 전면에 나서서 싸우는 게 아니었기 때문이다. 더구나 직전까지 조금도 의심치 않은 사람이 코앞에서 찔러오는 비수에는 속수무책이었다.

"안 돼! 국양!"

뒤에서 순욱이 놀라 외치는 소리가 들려왔다. 순간, 전예는 비로소 깨달았다. 순욱은 이자를 끌어내기 위해, 누구도 의심하지 못했고 증거 하나 남기지 않은 이자가 결정적인 순간 행동하도록 만들기 위해, 스스로 흙탕물을 덮어썼음을. 배에 파고드는 시린 비수의 날을 느끼며, 전예는 씁쓸하게 웃었다.

'하하, 증거에만 집착한 나머지 오랫동안 함께 전하를 섬겨온

당신을 믿지 못했다니. 이건 그 대가인 모양입니다, 문약 님.'

전예는 눈을 질끈 감았다. 아름다운 자신의 주군이 미치도록 보고 싶었다.

2

순욱의 사정

전예가 공격받는 것을 뒤에서 본 순욱이 안타깝게 부르짖었다.

"국양 님!"

이번 일은 비밀을 철저히 엄수해야 했다. 그만큼 상대는 신중했고 증거를 거의 안 남겼다. 또한 유주국 내에서의 신망도 높았다. 감히 누구도 '그'를 의심하기 어려울 만큼. 그랬기에 전예에게도 숨겼다. 전예를 못 믿어서가 아니라, 정확한 물증이 없어서였다. 전예의 성격상 이 얘기를 듣게 되면 분명 은밀히 내사를 시작할 것이다. 조금이라도 이상한 낌새를 채면, 상대는 꼬리를 완전히 감춰버릴 게 뻔했다. 그럼 다음에는 어떤 식으로 공작을 시도할지 짐작도 가지 않았다.

그러다 순욱은 '그'가 불온한 움직임을 보이는 양수와 접촉했음을 알아냈다. 설득하러 온 양수에게서 직접 들은 얘기였다. 그 외중에도 '그'는 연판장에 이름을 남기지 않는 치밀함을 보였다. 대신 구두로 분명히 약조했다고 양수는 몇 번이나 힘주어 말했다. 이에 순욱은 자신의 이름을 스스로 연판장에 적는 과감한 모험을 행했다. '그'를 끌어내기 위해. 아니나 다를까, '그'는 순욱을 체포하는 자리에 직접 동행했다.

순욱이 이런 위험한 일을 할 수 있었던 건 용운에 대한 믿음 덕이었다. 용운은 예전, 순욱에게 재상 자리를 맡기면서 말했었다.

"문약, 이제 앞으로 모든 걸 그대 뜻대로 해요."

"하하, 주공. 그랬다가 제가 딴마음이라도 먹으면 어쩌려고 그러십니까?"

농담처럼 한 순욱의 대꾸에, 용운이 답했다.

"그랬다면 그게 옳은 거겠죠."

"주공…."

"설령 그대가 나를 밀어내고 내 자리를 차지한다 해도, 그것은 분명 그럴 만한 이유가 있어서일 거예요. 그럼 난 순순히 물러날게요. 백성들에게도 내 아래에 있는 것보다 그대의 통치하에 있는 게 더 행복할지도 모르니까요."

용운이 진지하게 나오니 순욱은 오히려 당황했다.

"주공, 무슨 말씀을…. 그저 농이었습니다."

"난 진심이에요. 그대가 어떤 일을 해도 나는 그 결정을 믿어요. 나 자신보다 더."

십 년 넘게 이어져온 자신에 대한 군건한 신뢰. 순욱은 눈시울이 뜨거워지는 걸 참고 고개를 조아릴 수밖에 없었다.

"…이 순문약, 성심을 다해 주공을 보필하겠나이다."

"건강하게 오래만 살아요. 하하."

이런 무조건적인 믿음을 받는 가신이 얼마나 있으랴. 그렇기에 순욱의 행보는 오히려 더 신중해졌다. 그것을 용운도 잘 알았다. 그래서 그가 채염이 왕후에 오르는 데 대해 반대 의사를 표했을 때도, 용운은 이렇게 말했을 뿐이었다.

"좀 기다려야겠네. 다른 사람도 아니고 문약이 반대한다면 그럴 만한 이유가 있을 테니."

그 말을 전해 들은 순욱은 순욱대로 너털웃음을 지었다.

"아직 때가 아니니, 조금만 참으시라고 일러라. 많이 애가 타시겠지만. 하하!"

이런 절대적인 믿음을 바탕으로 순욱은 스스로 흙탕물을 덮어써가며 내부의 독을 드러내고자 했다.

'하지만 이리될 줄 알았다면.'

이렇게 전예를 잃게 될 줄 알았다면, 결코 숨기지 않았을 것이다.

'내가 체포되는 걸 눈으로 보고 나면 안심하고 뭔가 행동에 나서리라고 생각했다. 하여 그 이후를 기약하려 했건만. 설마 국양을 직접 노릴 줄이야! 혹시 애초에 국양이 목표였던가?'

장내는 얼어붙은 것 같은 침묵에 휩싸였다. 병사들은 숨소리조차 크게 내지 못했고 가신들은 창백하게 질렸다. 이는 전예를 공격한 자가 너무도 뜻밖의 인물이어서였다. 또 그 공격이 극적으로 막혀서이기도 했다.

"국양… 아!"

애통해하던 순욱의 얼굴에 화색이 돌았다. 전예를 공격한 자와 전예 사이의 각도가 틀어지면서, 중간에 낀 사람의 모습이 드러난 것이다. 2호. 아니, 위연 문장. 그가 전예와 변절자 사이에 끼어들어 변절자의 손목을 움켜잡고 있었다.

'헉!'

'어느새….'

병사들과 흑영대원들 중 누구도 2호의 움직임을 제대로 본 자가 없었다. 그는 원래도 뛰어난 무공의 소유자로 알려졌다. 하지만 그보다 더 수준 높은 실력자임이 분명했다. 그러고 보면 2호는 4호 못지않게, 아니 그 이상으로 불가능해 보이는 임무를 늘 성공해왔다. 2호, 위연이 나지막히 중얼거렸다.

"전하께서 제게 이르시길, 어떤 일이 있어도 두 사람을 반드시 보호하라 하셨습니다. 그 한 분이 문약 영감, 그리고…."

눈을 뜬 전예는 어느새 평소의 그로 돌아왔다. 자신을 공격한 자, 자신을 보호한 자, 순욱을 끝까지 믿지 못했다는 실수의 자각. 이런 요소들을 통해 상황이 어찌 돌아간 것인지 한순간에 깨달은 터였다. 연판장이라는 물증을 너무 믿었지만, 그래도 전예는 전예였다. 그는 사뭇 통쾌하다는 투로 말했다.

"다른 한 사람이 나였군?"

"그렇습니다, 대장."

"자네도 어지간하군. 문약 님을 보호하느라 만신창이가 되면서도 그걸 끝까지 숨기다니. 그래도 덕분에 반역자가 드러났어. 안 그렇소?"

전예가 자신을 공격한 자를 응시하며 말했다.

"건공(建公) 님?"

성성한 백발에 수염도 허옇지만, 아직 건장한 체격에 눈빛도 형형한 노인이 전예를 마주 노려보았다. 건공은 바로 사마의의 부친, 사마방의 자였다.

　비슷한 시각, 익주 성도.
　익주성 대전에는 늘 그렇듯 송강과 병마용군 '경'이 함께 있었다. 둘은 곧 유주성에서 일어날 변란, 즉 진용운의 첫 번째 시련에 대해 얘기하는 중이었다.
　"첫 번째 시련은 소중한 것을 잃게 하는 거라 하셨는데, 그건 아마도 사람이겠지요?"
　경의 질문에, 송강은 고개를 끄덕였다.
　"진용운은 대부분의 사람을 믿지 않았던 제 아비와는 달리, 한 번 정을 준 사람은 절대적으로 신뢰하지. 그런 사람을 잃었을 때, 그의 가장 큰 무기인 '마음'에 금이 가게 될 거야. 그는 심기가 약해서 일단 박살 냈다가 다시 굳힐 필요가 있다."
　"그럼 역시 진용운이 가장 믿는 사람이면서 한 황실 부흥에 미련을 가진 순욱을 포섭하는 건가요? 그렇게만 되면 충격이 엄청나겠죠."
　송강은 피식 웃었다. 어쩐지 쓸쓸한 웃음이었다. 부러움과 질투, 반발 같은 감정이 고루 배어 있는 그런 웃음.
　"경, 넌 엄청나게 똑똑하고 현재 천하의 모든 정보를 머릿속에 담고 있지. 하지만 역시 병마용군이 되어서 그럴까, 사람의 마음에 대해서는 다 알지 못하는군."
　"무슨 말씀이신지…."

"진용운이 어떤 수를 썼는지는 몰라도, 그의 가신들은 대부분 유독 충성심이 높아. 나하고 비교되게 말이야. 절반 넘는 인원이 날 배신했잖아?"

"…."

"그 충성심 높은 가신들 중에서도, 특히 목에 칼이 들어올지언정 눈 하나 깜짝하지 않고 진용운에 대한 신의를 지킬 자가 셋 있어. 조운 자룡, 전예 국양 그리고 마지막으로 순욱 문약이야. 이 셋은 어떤 수를 써도 전향시키기 불가능하다는 결론을 얻었다. 심지어 성수를 써도."

"그건 불가능합니다. 성수는 나노머신이 뇌에 직접 작용하는 원리인데…."

"그들에겐 과학으로는 설명되지 않는 게 있어."

"그럼 누구를 잃게 된다는 겁니까?"

"왜 잃는다는 말을 그리 어렵게 생각하지? 난 저들을 변절시키려는 무모한 시도는 하지도 않아. 그냥 죽이려는 거지."

"네?"

"그중에서도 제일 눈엣가시 같은 놈. 이제까지 위원회의 일을 수도 없이 방해하고 무수한 성혼단 신도들을 처단한 놈…."

송강은 으드득 이를 갈았다.

"바로 전예 국양, 그놈을 죽일 거야. 시련도 행하고 원한도 갚으니 일석이조겠지."

경은 조금 놀랐다. 진한성 이후 송강이 누군가에 대해, 더구나 이 시대의 인물을 두고 이토록 증오심을 드러내는 모습은 처음 봤다.

"내가 늘 말했지만, 진용운은 심기가 약해. 병마용군을 잃고 머리 색이 바뀌더니 많이 과감해졌다곤 하나, 그건 적들을 상대할 때의 얘기고. 평범한 백성들이나 제 가신들에게는 여전히 놀라울 정도로 무르지. 주군이 그렇다 보니 그 신하들도 비슷하게 닮아가는 분위기야. 당장 굶주린 이리 같던 여포만 해도 진용운과 손잡더니 사랑놀음이나 하는 길들인 개가 되어버렸지. 한데 그놈은 달라. 전예!"

송강은 생각하다 보니 더 분이 치밀었는지, 누대에서 벌떡 일어나 대전을 어슬렁거렸다.

"놈은 어둠 속에 암약하면서, 원래 진용운이 손에 묻혔어야 할 피를 제가 모조리 뒤집어쓰고 있어. 권력을 갖거나 유지하기 위해서 피와 희생은 필수인지라, 왕들 중에는 역사적으로 형제자매마저 죽인 자들도 허다한데, 그걸 그놈이 다 처리하고 있다고!"

"악역을 자처하고 있는 거로군요."

"결과적으로 그놈 때문에 진용운의 '마음'이 보호받고 있으니 그것만으로도 제거해야 마땅해. 각성의 방해물이니까. 게다가 성혼교도들까지 귀신같이 찾아내서 족족 죽여버리니, 유주성 안에서 우리의 눈과 귀가 반 넘게 가려졌어."

경은 그간의 일을 떠올리며 고개를 끄덕였다.

"정말 이 시대의 인간이라 믿기 어려울 정도로 교묘하고 영리하면서도 무서운 자였지요. 유주성에는 지금도 성혼교도를 침투시키기가 거의 불가능합니다. 저는 사실, 진용운의 가신들 중 순욱이나 곽가보다 전예가 더 뛰어나다고 여겨오긴 했습니다만."

"반대로 놈만 제거하면, 진용운은 장님이 되고 귀머거리가 된다는 뜻이야. 그만큼 그자에게 의존하는 바가 커. 게다가 이제까지는 감찰이 두려워 진용운의 세력에 없는 거나 마찬가지이던 부패, 암투, 권력 남용 등이 고개를 들겠지. 후임으로 누가 오더라도 전예, 그자만은 못해."

송강은 양수와 화영 외에 변란의 또 다른 한 축을 말해주었다. 그가 준비한 것을 들은 경은 감탄해 마지않았다. 양수가 일으킬 소동에 정신이 팔린다면 성공할 수밖에 없는 안배였다. 가르친 보람이 느껴졌다. 이제 송강은 경 자신이 필요 없을 정도의 책략가가 되어가고 있었다.

"지금쯤 슬슬 때가 되었을 텐데, 성공했을까요?"

"내가 고른 패는 전예 그놈조차 함부로 뒤를 캐거나 의심하기 쉽지 않은 인물이긴 한데… 결과는 기다려봐야겠지."

송강은 서늘한 어조로 덧붙였다.

"혹 거사가 실패한다 해도, 거기서 비롯된 불씨가 진용운의 세력을 안에서부터 태울 것이다."

경이 무심한 얼굴로 그녀의 말을 받았다.

"그의 약한 심기 때문에 철저하게 숙청하지 못할 게 분명하니까요. 사마 가문 전체를 말입니다. 그렇다고 이제까지처럼 완벽하게 신뢰할 수도 없으니, 결국 남겨진 자들의 마음에는 원망과 증오가 쌓이게 마련이지요."

"외통수라는 거군. 호호!"

송강의 웃음소리가 대전에 울려 퍼졌다.

전예는 순욱을 체포하러 오면서 몇몇 중신들과 동행했다. 순욱 문약이라는 이름이 그에게 주는 부담감은 그 정도로 컸다. 천하의 전예라 해도 혼자 처리하기가 두려웠다. 이에 자신에게 힘을 실어주는 동시에, 공정한 증인이 되어줄 만한 이들을 데려온 것이다. 또 나중에 뒷말이 나오지 않게 하기 위한 안전장치이기도 했다. 친족인 순유를 포함시킨 것도 그래서였다.

초창기부터 용운을 섬겨온 공신이거나, 깊은 신뢰하에 중책을 맡은 인물들. 행정과 조세를 전담한 최염, 탁군 지사이긴 하지만 일부러 은밀히 불러온 순유, 사마 가문의 현 가주이자 북평군 지사 사마랑과 부군사 사마의의 아버지인 사마방. 이 세 사람이 바로 그 증인들이었다.

공정함을 위해 대동하긴 했지만, 전예는 차라리 순욱의 조카인 순유를 내심 경계하면 했지, 사마방이 자신을 암습해오리라곤 전혀 예상치 못했다. 그렇기에 겉으로는 태연한 척해도 그가 받은 충격은 더 컸다.

'설마, 사마 가문 전체가 반역에 동참한 것인가? 아니, 그렇지는 않을 것이다. 아니어야 한다. 그보다 사마 가문이 대체 왜?'

우드득! 뼈 부러지는 소리에 전예는 퍼뜩 정신을 차렸다. 끝까지 단도를 놓지 않는 사마방의 손목을 위연이 악력만으로 으스러뜨리는 소리였다. 그제야 단도를 놓친 사마방은 허탈하게 웃었다.

"허허, 아쉽구나. 교의 가장 큰 장애물을 치워버릴 수 있는 기회였는데…."

그의 중얼거림은 가뜩이나 경악해 있던 장내의 인물들을 거의 기함하게 만들었다. 용운에게 대적하는 '교'는 하나뿐이었다. 용운의 치세는 매우 너그러웠지만 절대적인 금기 몇 가지가 있었다. 성혼교 혹은 성혼단이라 불리는 사교가 그중 하나였다. 조운이 한 개 지부를 쓸어버리면서 시작된 성혼단과의 악연은, 그게 위원회가 만든 사이비 종교임을 알게 되면서 적으로 굳어졌다. 거기다 탁군의 성혼교도들이 내통한 탓에 결과적으로 노식이 전사했음이 알려진 순간, 아예 척결 대상으로 정해졌다.

백성들에게 한없이 인자한 용운이었으나 성혼교 신도에게만은 단호했다. 전예는 그런 용운의 뜻을 충실히 반영했다. 전쟁에서 죽은 자들을 제외하고, 그간 전예가 지휘하는 흑영대원들의 손에 죽어간 성혼교도만도 수천에 달했다. 적발되는 순간, 지위 고하와 이유를 막론하고 대부분 그 자리에서 죽여버렸다.

그러자 성혼교 역시 유주왕에 대한 원한을 쌓아갔다. 거한회에 자금을 지원하는 세력의 정체가 성혼교라는 소문이 있었다. 성혼교의 세력이 넓고 깊게 퍼져 있음은 용운의 가신들도 잘 알고 있었다. 한데 그 손길이 사마 가문에까지 뻗쳤으리라곤 생각조차 못했다.

최염이 떨리는 목소리로 입을 열었다.

"건공 님, 어째서…."

사마방은 으스러진 손목의 고통에 식은땀을 흘리면서도 담담하게 대답했다.

"미안하게 됐소, 계규(季珪, 최염의 자). 허나 여기선 할 말이 없구려."

배의 상처를 손으로 누르던 전예가 준엄하게 명했다.

"다들 뭐 하는가! 반역자를 체포하지 않고!"

퍼뜩 정신을 차린 흑영대원들은 서둘러 사마방을 결박하여 끌고 갔다. 전예는 착잡한 표정으로 그 뒷모습을 바라보다가, 순욱을 향해 깊숙이 허리를 숙였다.

"면목 없습니다. 저자를 끌어내리려고 하신 일이었군요. 덕분에 암중의 반역자도 잡고 제 목숨도 건졌습니다."

순욱은 고개를 끄덕였다. 큰일을 해냈지만 진행 과정이 예상과 많이 달랐다. 이 일이 불러올 파장에 그의 표정은 어두웠다.

"앞으로가 걱정입니다. 사마 가문이 유주에 미치는 영향력을 국양 님도 잘 아시지 않습니까. 차라리 제가 착각한 것이길 바랐건만…. 그럼 잠시 옥중에서 쉬다가 전하께서 꺼내주실 때 나오면 되었을 텐데."

"한데 어떻게 눈치채신 겁니까?"

"가서 상처부터 치료하세요."

"알기 전에는 궁금해서 눕지도 못할 것 같습니다. 제가 몰랐던 게 분하기도 하고요."

"거, 사람 참…."

"잠깐만 기다려주십시오."

전예는 상황을 정리한 뒤, 2호로 하여금 최염과 순유를 보호하여 거처로 데려다주게 했다. 일단 이 일을 함구하도록 부탁했음은 물론이다. 그리고 대충 응급처치를 하자마자 내막을 알려주길 조르니, 순욱은 입을 열지 않을 수 없었다. 하긴, 앞으로의 수습을 위해서라도 전예가 최대한 빨리, 최대한 많은 것을 아는 편이 좋았다.

"처음 사마방을 의심하게 된 계기는 사소했습니다. 바로 졸업생들과의 경연에서부터였습니다."

순욱은 종종 태학 졸업생들과 대화를 나눴다. 용운이 이를 '경연'이라 칭하여 그 호칭이 굳어졌다. 그러는 사이 경연은 태학 졸업생이면 거쳐가는 관문처럼 되었다. 순욱에게 수준 높은 학문을 익힌 젊은 피들과의 교류는 언제나 즐거웠으며, 그 자신을 긴장하게 하는 원동력도 되었다. 또한 졸업생들도 대재상인 순욱으로부터 지혜를 얻을 수 있는 기회였기에 마다하지 않았다.

"한데 어느 순간부터 경연에서 드러나는 졸업생들의 어조가 서서히 달라지더군요."

경연에서 주고받는 문답 중에는 현 유주왕 용운의 통치에 대한 생각을 묻는 내용도 있었다. 겉으로 확실하게 드러나진 않았지만, 일부 졸업생들이 용운을 평하는 태도가 미묘하게 부정적이거나 냉소적이었다.

"유주 밖에서 폭군처럼 묘사되고 있으나, 전하만큼 너그럽게 통치하는 분도 없습니다."

전예가 순욱의 말에 고개를 끄덕였다.

"오히려 당신에 대한 비판을 너무 허용하셔서 제 입장에서는 골치 아플 지경이었지요. 경연도 그중 하나였고요."

그렇다 보니 간혹 용운의 정책에 대해 비판적인 의견을 개진하는 이들이 없는 건 아니었다. 한데 태학 졸업생들 중 그런 자들이 조금씩 늘어갔다. 순욱은 거기에 대해 의구심을 품은 것이다.

'이상한 일이구나.'

원래 그들은 용운을 가장 숭상했던 계층이고 또 그래야 정상이었다. 태학은 용운이 학자와 선비를 얼마나 아끼는지 보여주는 결정체였다. 어떤 제후가 입학부터 졸업할 때까지의 전 과정을 무상으로 제공하며 그 가솔들까지 돌봤던가. 황실에서도 제대로 해내지 못한 일이었다. 졸업한 후, 유주성 내에 남길 자원하면 곧장 임관시켜 후한 녹봉이 나왔다. 또 그렇게 힘들여 키운 인재가 외부로 나가고 싶다고 해도 못 나가게 강제하지 않았다. 어차피 그런 자들은 극히 드물었을뿐더러 나갔다가 역으로 유주성이 얼마나 살기 좋고 공정하며 평화로운지 깨닫고 돌아오곤 했다.

'그런 졸업생들 일부가 전하께 적대감을 갖게 된 이유가 무엇인가?'

순욱은 긴 시간을 두고 그 부정적인 부류들의 동향과 태학을 은밀하게 감시했다. 전예에게 가려져 있지만 그런 쪽의 능력은 순욱도 결코 뒤처지지 않았다. 통치에 더 재능이 있기에 그 일을 맡았을 뿐. 정사에서 순욱이 조조 밑에 있을 때 진궁이 장막과 여포를 끌어들여 모반한 사건이 있었다. 당시 순욱은 거짓 사자가 와서 성문을 열어주길 요구하자, 이미 모반을 간파하고 거부했다. 그 덕에 조조는 근거지를 되찾을 수 있었다. 또 조조에게 헌제를 맞아들이길 권유하여, 그 후 도의적으로 큰 명분과 방패를 만들어준 것도 그였다. 순욱의 능력이 대략 이랬다.

조사 결과, 순욱은 몇 가지 단서를 찾아냈다. 첫 번째는 일부 태학 졸업생들의 모임이었다. 겉으로는 황실 부흥을 궁극적인 목표로 삼은 듯하나 실제로는 익주를 성지라 칭하는 모임이다. 두 번째는 그 모임의 후원금이 사마 가문에서 나왔으며, 구성원 모두가 태학의 학장 사마방이 직접 사사한 자들이라는 거였다.

'건공 님이 설마?'

믿기 어려운 마음에 순욱은 사마 가문의 장원을 직접 찾아가 대화를 나눠보기로 했다. 형식상으로는 사마 가문에서 운영하는 상단에 대한 논의였으므로 정식 초대를 받아서 갔다. 그는 예정 시간보다 조금 일찍 도착하여, 장원 내부의 잘 가꾼 정원을 구경하며 마음을 추스르고 있었다.

'아닐 것이다. 어긋난 방향으로 혈기가 뻗친 태학 졸업생들 일부의 비행일 뿐. 건공 님이야 워낙 많은 학생을 가르치시니…'

그러다 그가 정원 한구석에 이르렀을 때였다. 작지만 깔끔하고 단단하게 잘 지은 정자가 있었다. 그 정자 안에서 사마욱이 성난 어조로 누군가와 대화 중이었다. 사마욱은 사마방의 사남이자 사마의의 동생 중 하나였다. 순욱은 정자에 앉은 사마욱을 보자마자 근처 풀숲에 몸을 숨겼다. 이는 본능적인 예감에서 나온 행동이었다.

"둘째 형님은 그자에게서 대체 뭘 보고 그토록 따르는 거야? 난 그자가 우리 가문을 대하는 태도가 너무 부당한 것 같아."

사마팔달 중 가장 성격이 급하다고 평가받는 넷째 사마욱이 격앙되어 내뱉었다. 거기 답하는 건 삼남 사마부의 목소리였다.

"그자라니, 말을 조심해라, 욱. 그림자의 눈과 귀는 어디에나 있다."

"쳇…. 쥐새끼 같은 녀석들. 감히 우리 가문의 장원에 숨어 있진 못할걸."

"그래도 방심해선 안 된다. 그리고 한 세력이나 가문에 권력을 집중시키지 않는 게 전하와 문약 영감의 방침이지 않느냐. 그런 와중에 아버님께서는 태학의 학장을, 큰형님은 북평군 지사를, 둘째 형님은 부군사를 맡으셨으니 난 나름 우리 가문을 대우해 준 것이라 본다."

사마부의 말에 사마욱이 코웃음을 쳤다.

"형은 참 속도 좋아. 그 자리들의 공통점을 못 느꼈어? 아니면 모른 척하는 거야?"

"무슨 말이냐?"

"태학의 학장은 말이 거창해서 학장이지, 결국 그냥 학생들 가르치는 거잖아. 유주성의 정치에는 전혀 영향력이 없다고."

"그렇게 졸업한 자들이 다 요직에 오르니, 어찌 영향력이 없다고 하겠느냐?"

"감찰, 잊었어? 칼 같은 감찰. 유주성에서는 학연도 지연도 혈연도 다 소용없어."

"그건…."

"북평군 지사 자리도 마찬가지야. 고구려가 그자…, 전하와 혈맹이라는 건 천하가 다 아는 사실. 그전에 공손찬은 고구려와 선비족에게서 중원을 지키는 역할이라도 했지. 이제 북쪽 끝의, 고구려와 본토 사이에 낀 그 땅의 지사라고 해봐야 무슨 힘이 있다고? 실제로 배치된 병력도 미미하잖아. 부군사는 말할 것도 없고. 어차피 모든 군권은 대장군 조자룡과 총군사 곽봉효가 쥐고 있는데 말이야."

"으음…. 너무 부정적으로만 보는 것 같구나. 일례로, 봉효 님이 총군사 자리에서 물러나신다면 다음 차례는 둘째 형님이 될 것 아니겠느냐."

"글쎄? 갑자기 어디서 나타났는지 모를 노숙 자경이란 자에게 중책을 맡기고, 여몽 같은 입 싼 애송이에게 부지사 자리를 줬지. 진군도 마찬가지야. 전하는 검증이라곤 없이, 우리 사마 가문의 의중과도 무관하게 제 입맛에 맞는 자들을 주위에 앉히고 있어. 외부에서 나타난 자에게 또 총군사 자리를 덜컥 내주지 말란 법이 없잖아?"

순욱은 한동안 그 자리에 서서 둘의 대화를 듣고 있었다. 엿들으려 한 건 아니었는데, 듣다 보니 이제 나설 수도, 거길 떠날 수도 없게 되어버렸다. 사마욱의 말은 맞는 부분도 있었지만, 대개 비뚤어진 시각과 오해에서 나왔다. 하지만 사마팔달의 한 사람인 그의 생각이 그렇다면 사마 가문 전체의 분위기를 알 만했다.

사마욱은 성난 어조로 말을 이었다.

"제일 열 받는 건 채염 문희, 그 몰락한 집안의 아무것도 없는 여자한테 빠져서 우리 누이를 거들떠보지도 않는다는 거야! 그 탓에 연은 상사병에 걸릴 지경이 됐잖아!"

사마욱이 말한 누이는 바로 사마연이었다. 영리하고 청초해서, 한때 순욱도 용운의 신붓감으로 고려한 적이 있었다. 사마연 또한 용운에 대한 호감을 드러냈다. 사실 가장 강성하고 유력한 호족이자 가문의 딸인 그녀와 연을 맺는 게 용운에게도 유리하고 사마 가문에 믿음을 주는 길이기도 했다. 이런 상황에서 대부분의 제후는 그 길을 택할 터였다. 그러나 역사상 형주가 어떻게 쇠락했는지 잘 아는 용운은 결코 그럴 마음이 없었다.

정사에서 형주의 지배자 유표는 유력한 호족 집안의 채씨 부인을 후처로 맞이했다. 유표가 죽은 후, 채씨 부인의 동생 채모는 친족인 장윤과 공모하여, 장남 유기 및 그를 지지하던 유비를 쫓아내 유종을 후계자로 삼았다. 그때 조조가 형주로 쳐들어오자, 유종은 싸워보지도 않고 항복했고 형주는 고스란히 조조의 손에 들어갔다. 이래저래 용운은 한 가문에만 힘을 실어주는 일을 막을 셈이었다. 외척을 경계한 것이다. 그런 면에서 채염이 혈혈단신인 것은 오히려 장점이 되었다.

"후~ 어쩌겠느냐. 사람의 마음이라는 게 그렇게 편한 대로 움직이지 않는 것을."

사마부는 한숨을 내쉬며 동생을 달랬다. 사실 사마연을 생각하면 그도 마음이 편치만은 않았다. 사마연은 밝고 붙임성이 있어서 오라버니와 동생들을 두루 잘 챙겼다. 그러던 아이가 용운과 채염의 사이가 알려진 뒤 얼굴이 반쪽이 되어 제대로 잠도 못 자고 못 먹고 있으니.

"나 참, 그 마음이 그렇게 움직인 자체가 우리 가문을 가볍게 여겨서 그런 거라니까? 형은 유주성의 재정 3할 가까이가 우리 장원에서 나오는 걸 알기나 해?"

"되었다. 이만 들어가보자. 문약 님께서 방문하신다 했으니 손님을 맞이할 준비를 해야지."

순욱은 두 젊은이의 목소리가 멀어짐을 느끼며 조심스레 수풀에서 나왔다.

'이건…. 본의 아니게 심각한 얘기를 들었군.'

심상치 않은 건 사마방의 아들들만이 아니었다. 얼마 후 안내된 사마방의 서재에서도 그랬다. 얼핏 보면 아무 생각 없이 넘어갈 수 있는 것들이었지만, 이미 경계심이 생긴 순욱의 시각에는 달랐다. 한쪽 벽에 크게 걸린 지도만 해도 거슬렸다. 익주를 붉은 테두리로 표시해놓았던 것이다. 그때 사마방이 들어오는 바람에, 순욱은 시선을 돌렸다.

"허허, 어서 오십시오, 문약 님. 오랜만에 뵙는군요."

"그간 격조하였습니다."

"전하를 대신해 거의 정무를 맡아보시니 바쁘신 게 당연하지요."

이런저런 대화를 나누던 중 순욱은 자연스럽게 주제를 지도로 돌렸다.

"형주로 보낸 원군은 잘 싸워주고 있는지 모르겠습니다. 백부(손책)는 중요한 아군이니, 그가 유경승(景升, 유표의 자)에게 먹히지 않도록 해줘야 할 텐데요."

"그렇지요. 허허."

"그나저나 건공 님께서는 벌써 그 이후의 일을 생각하시는 모양입니다."

"이후라니요?"

"익주 정벌을 건의하시려는 게 아닙니까? 저 지도를 보면요."

순간, 사마방의 얼굴에 분노와 불쾌감이 떠올랐다가 사라졌다. 아주 짧은 시간이었지만, 순욱은 놓치지 않았다. 익주는 위원회의 근거지이자 성혼단의 성지로 알려져 있었다. 그 익주를 칠 거냐는 말에 분노를 드러낸 것이다. 사마방은 언제 그랬냐는 듯 온화하게 말했다.

"아닙니다. 상행 범위를 저쪽으로도 넓혀볼까 생각하느라 표시해둔 것뿐입니다."

순욱은 등줄기에 찬물을 끼얹은 듯한 한기를 느꼈다. 그는 애써 태연을 유지하며 말했다.

"위험하지 않을까요?"

"위험한 만큼 이문도 크겠지요."

둘은 잠시 더 대화를 나누다 자리를 파했다.

순욱의 얘기를 들은 전예가 입술을 깨물었다.

"상단이었군요. 사마 가문의 상단은 늘 사람이 바뀌는 데다 외부로 도는 일이 많아서 감시하기가 어렵습니다. 또 유주의 주요 수입원이다 보니 함부로 할 수 없고요."

"그렇습니다. 성혼단의 인물을 상단에 숨겨 왕래해왔던 거죠."

"하아…."

전예는 긴 한숨과 함께 벌렁 누워버렸다.

"미치겠네. 원칙대로라면 사마 가문을 쓸어버려야 하는데…. 그 여파를 어찌 감당하지요?"

순욱도 마주 한숨을 내쉬며 말했다.

"일단 건공 님은 상단 운영과 관련해서 문제가 발견되어 잠깐 구금한 걸로 하지요. 그리고 전하께서 돌아오실 때까지 기다리는 수밖에 없소."

"하긴 지금 이 문제만 터진 게 아니죠. 덕조(양수), 그자 쪽 일은 어찌 되었는지 모르겠군요."

그 직후였다. 흑영대원 하나가 문이 부서져라 뛰어들어왔다.

"대장! 여기 계십니까?"

"아, 제발 별일 아니라고 말해줘."

"큰일 났습니다."

"괜찮아. 이보다 큰일은 없을 테니까. 뭔데?"

"그것이…."

흑영대원은 자신이 죄라도 지은 양 고개를 들지 못하고 말을 이었다.

"백영이 피습당해 죽었습니다."

"뭐라고?"

전예는 벌떡 일어나 앉았다. 순욱도 크게 놀랐다.

"설마 백영을 전하로 착각하고?"

"그런 것 같습니다. 그리고 문희 님께서…."

전예는 저도 모르게 수하의 멱살을 와락 움켜잡았다.

"문희 님이, 뭐?"

"피습당했을 때 함께 계셨습니다. 다행히 백영이 감싼 덕에 무사하십니다만, 격한 복통을 호소하여 현재 청낭원에 계십니다."

"흥수는?"

"기도위 관승이 발견하여 싸움을 벌였으나 놓쳤습니다. 기도위의 말로는 화영이라는 자라고 합니다. 양수도 함께 달아난 것 같습니다."

전예가 날카로운 눈빛으로 말했다.

"지금 즉시 성문을 모두 닫고 출입을 통제하라. 그리고 기도위 관승 또한 체포하여 가두도록."

"존명!"

흑영대원은 서둘러 달려 나갔다. 마주 보는 전예와 순욱의 눈빛이 흔들렸다. 양수가 일으킨 변란은 이제 걷잡을 수 없는 사태로 흘러가고 있었다.

3

정양성 전투, 종장

용운과 학소 그리고 여몽이 정양성에서 온회의 대군을 맞아 싸운 지도 한 달 가까이 지났다. 용운은 시간이 지날수록 점차 초조함을 느꼈다. 식량이 바닥을 드러냄은 물론이고 땅이 얼어붙어 우물을 새로 파기도 어려웠다. 정양성에서의 지난 몇 주를 떠올린 용운은 치를 떨었다.

'온회의 능력이 이렇게 뛰어날 줄은 몰랐네.'

병주목 온회의 군사 운용은 실로 교묘했다. 그는 우선, 정양성 주변의 경작지를 초토화했다. 다음엔 식량이 될 만한 것을 모조리 거둬들였다. 짐승은 물론 마른 나무조차 남겨두지 않았다. 여몽은 어떻게든 보급로를 구축하려고 안간힘을 썼지만, 그때마다 번번이 가로막혔다.

온회는 여몽의 움직임을 정확히 꿰뚫고 있었다. 무엇보다 큰 타격은 상곡군에서 오던 수송부대까지 전멸한 일이었다. 그때는 용운도 직접 출진하여 수송부대를 엄호하려 했다. 그러나 위보계(僞報計, 거짓 정보를 흘려 속이는 계책)에 속아 다른 방향으로 가는 바람에 간발의 차로 실패하고 말았다. 그 일은 용운에게 두고두고 큰 굴욕으로 남았다.

'그렇다고 성을 나가 정면으로 싸우기도 쉽지 않은 상황이니.'

우선 병력이 너무 부족했으며, 굶주림 탓에 병사들의 사기도 저조했다. 그나마 수비 총책임자가 학소였기에 이제까지 버틴 것이다. 만약 나가 싸운다면, 단 한 번이 한계일 듯했다.

'이대로 있다가는 큰일 나겠어. 어떻게든 돌파구를 마련해야지.'

물론 용운이 마음먹고 독하게 손을 쓸 경우, 병력 차이를 상당 부분 상쇄할 수 있을 터였다. 그는 이제 일만의 병사 정도는 감당할 자신이 있었다. 하지만 차마 그럴 엄두가 나지 않았다. 아무리 전쟁에 익숙해졌다고 해도 용운이 직접 죽인 사람의 수는 상대적으로 매우 적었다. 그런데 자그마치 일만에 달하는 적병을 쓰러뜨려야 한다. 사정 봐줄 여유가 없으니 그 과정에서 반 이상이 죽을 것이다. 즉 오천 명을 죽여야 했다. 말이 오천 명이지, 어마어마한 숫자였다.

'평생 내 손에서 그 피비린내가 지워지지 않을 것 같아.'

성혼단이 대부분이라곤 해도 평범한 백성도 상당수 섞여 있을 게 분명했다. 어차피 죽인다는 점에서는 장수와 병사들을 부려 행하는 것도 마찬가지지만, 직접 일방적인 학살을 벌이는 것과는 달랐다. 스스로도 이기적이라는 생각이 들었다. 그러나 생리적으로 도저히 불가능한데 어쩌겠는가. 사람에게 해악을 끼치는 바퀴벌레 같은 생물이라 해도, 오천 마리를 일일이 때려죽여야 한다면 치가 떨릴 것이다. 그 대상이 바퀴벌레에서 쥐로 바뀐다면 회의감이 들지도 모른다. 하물며 사람이었다. 정상적인 정신 상태로 오천 명의 인간을 죽이기란 결코 쉽지 않았다. 그런 면에서는 아예 그 부분을 둔화시켜 전장에 최적화시켜놓은 사천신녀가 오히려 강했다. 돌이켜보면 첫 만남부터 그녀들은 성혼단 마을 하나를 눈도 깜빡하지 않고 몰살해버렸었다.

'난 그렇게는 못하니 방법은 하나뿐이다.'

생각을 마친 용운은, 곧 학소와 여몽을 불러 작전 회의를 열었다.

"성안에 적의 간자가 있는 게 분명해요."

그는 경이로운 기억력으로 유주성에서 모병한 병사 대부분의 얼굴과 이름을 기억했다. 하지만 정양성에 있던 병사들은 원래부터 있던 자인지 최근에 모집한 자인지 알 수 없었다. 그렇다고 대인통찰로 일일이 확인하기도 불가능했다. 한 번에 확인 가능한 최대 인원은 열 명 정도. 그러고 나면 극심한 두통으로 인해 잠시 쉬어야 했다. 그런 식으로 수천 명을 일일이 면담하듯 확인할 시간이 없었다.

용운의 말에, 여몽이 고개를 끄덕였다.

"제 생각도 그렇습니다."

"…"

물끄러미 쳐다보는 시선에 여몽이 반문했다.

"왜 그러십니까?"

"그게 다야?"

"예."

여몽은 시무룩해졌다. 원래 거기다 몇 배의 말은 더 붙였어야 할 그였다. 그러나 몇 번의 패배 후 기가 많이 죽어 있었다. 내심 웃은 용운이 여몽에게 설명했다.

"잘 들어, 자명. 다시 한 번 상곡군으로 이어지는 보급로 구축을 시도할 거야."

"이미 여러 번 실패했는데 또요? 송구하지만 제 생각은 온회에게 다 읽히고 무력은 적장보다 못합니다. 전 머저리예요."

"이번에는 좀 다를 거야. 자명(子明, 여몽의 자)은 모레 인시(寅時, 새벽 3시 30분부터 5시 30분)가 시작되자마자 보급로 구축에 나설 거라고 병사들에게 알리고 준비시켜."

"…."

다음 날 저녁이었다. 간자에게서 들어온 정보를 입수한 온회는 고개를 갸웃거렸다.

"이제 포기한 줄 알았더니, 또 보급로 구축을 시도한단 말인가?"

해진이 제법 공손한 어조로 말했다.

"병주목이 워낙 철저히 숨통을 틀어막았으니, 어떻게든 살길을 열려는 게 아니겠소?"

"다른 방도가 없긴 합니다만, 조금 의외이기도 합니다. 저는 저들이 이제 곧 성을 나와서 변칙적인 공격을 시도할 거라고 예상했습니다."

해보가 형의 뒤를 이어 온회에게 맞장구를 쳤다.

"크흐흐, 형과 내가 버티고 있는 데다 병력도 적으니, 성을 나올 엄두를 못 내겠지. 이번 시도만 깨부수면 놈들은 두 손 들고 항복할 거요."

온회는 죽간을 들여다보며 잠시 고민에 빠졌다. 뭔가 이상하게 마음에 걸렸지만, 이제까지 간자의 보고는 정확했다.

'정말 마지막 발악인 건가? 곧 본격적으로 겨울이 되니 마음이 급하긴 할 터. 눈이 내리기 시작하면 아예 보급로를 만드는 자체가 어려워지니.'

해진, 해보는 잠자코 온회의 결정을 기다렸다. 처음에 비해 놀랄 만한 변화였다. 마침내 마음을 정한 온회가 입을 열었다.

"알겠습니다. 그럼 두 분 장군께서는 예상되는 보급로에서 대기하고 계시다가 적 별동대를 격파해주십시오. 되도록 적장을 사로잡으라고 했었지만, 이번에는 죽여도 좋습니다."

그의 말에, 해진이 반색했다.

"오오, 그게 정말이오?"

"예. 저도 슬슬 끝을 봐야 할 것 같습니다. 아무리 진지를 구축했다 해도, 야영하기 어려운 때가 코앞으로 다가왔으니 말입니다."

"그 말이 맞소. 아침에 일어나면 코끝이 얼어 있더라고. 이러다 입이 돌아갈 지경이오."

"이제 얼마 안 남았습니다. 성내에 있는 교인의 말에 의하면, 내일 인시가 시작되자마자 출발한다 하니 그 전에 가 계시는 게 좋겠습니다."

잠깐 시간을 짐작해본 해보가 투덜거렸다.

"아, 망할 놈들. 꼭두새벽도 아니고 한밤중에…. 그런다고 안 들 킬 것 같나?"

형제는 이 분노를 여몽에게 풀겠다고 다짐했다.

'알고 보니 여몽의 특기는 도망이었어. 위인이고 뭐고 여몽 아 니라 관우라도 이번에야말로 붙잡아 족칠 것이다.'

밤이 깊었다. 해씨 형제는 밥을 든든히 먹은 다음, 소수의 병사 를 거느리고 진지를 나섰다. 목적지는 온회가 짚어준 예상 보급 로였다. 정양성 뒤쪽, 호수 근처를 지나는 분지였다.

"좋아. 여기선 쉽게 도망가기도 어렵겠군."

"그러게, 형. 오늘은 꼭 망할 놈의 여가를 붙잡자고."

해진, 해보는 각자 흩어져 호수 근처의 큰 바위 뒤편에 몸을 숨 겼다. 그러기를 얼마 후였다. 과연 익숙한 갑옷 차림의 장수가 병 사들을 거느리고 조심스레 다가오는 모습이 보였다. 두 천강위 는 그들이 자신들 사이에 도착하자마자 길 양옆에서 튀어나오며 외쳤다.

"으하하, 또 걸려들었구나, 여몽!"

"오늘은 절대 안 놓친다!"

먼저 해진의 채찍이 여몽을 향해 뻗어갔다. 이 공격을 여몽은 늘 아슬아슬하게 피해냈다. 하지만 그것은 형제가 그를 생포하 려 했기에 가능한 일이었다. 오늘은 달랐다. 채찍과 동시에 뒤쪽 에서 해보가 공격을 가했다. 채찍에 신경을 쓴다면 꼼짝없이 등 에 낫이 박힐 수밖에 없었다. 더구나 해보의 낫은 유물이었다.

던질 경우, 소유자의 뜻대로 날아가 박힌다.
단, 저절로 회수하는 일은 불가능하다.

독성을 가진 쇠로 벼려져, 낫의 날에 베이거나
찔린 자는 중독된다.

용운이라면 이렇게 보였을 것이다. 그러나 용운이 아니라도 자신이 가진 유물의 효력 정도는 해보도 알고 있었다.

"죽어라!"

붉은 낫 한 자루가 여몽의 등으로 날아들었다. 여몽은 당황했는지 그 직전까지도 미처 대응을 하지 못했다. 그의 죽음을 확신한 형제는 후련함과 섭섭함을 동시에 느꼈다. 그 직후였다.

"커… 헉?"

해진은 제 명치에 꽂힌 낫을 어리둥절해서 내려다보았다. 동생의 낫은 목표에서 결코 빗나가지 않음을 알고 있었다. 한데 이게 왜 자신에게 꽂혀 있는지 이해가 가지 않았다. 그의 안색이 순식간에 시커멓게 물들었다.

"혀, 형!"

크게 놀란 해보가 악을 썼다. 그의 등 뒤에서 맑은 목소리가 들려왔다.

"거기 신경 쓸 때가 아닐 텐데."

해보는 등골이 오싹했다. 여몽이 아니다!

"우아아악!"

그는 발악하듯 외치며 나머지 한 자루의 낫으로 뒤를 후렸다. 그러나 그 자리에는 이미 아무것도 없었다.

'어디 갔지?'

그게 그가 떠올린 마지막 생각이었다. 쾅! 폭음과 함께 해보의 몸은 팔매질하듯 날아가서 호수 가운데 떨어졌다. 그리고 그대로 떠오르지 않았다. 해보를 일격에 날려 보낸 자. 여몽의 갑옷을 입은 자는 바로 용운이었다.

시간을 되돌려 정양성에서 어제의 작전회의 때였다.

"자명은 모레 인시가 시작되자마자 보급로 구축에 나설 거라고 병사들에게 알리고 준비시켜."

여몽에게 명한 용운이 덧붙였다.

"인시가 되면, 내가 자명의 갑옷을 입고 대신 보급로 쪽으로 간다."

용운의 말에, 학소는 침묵을 지켰고 여몽은 펄쩍 뛰며 반대했다.

"예? 안 됩니다! 절대 안 됩니다. 그 형제가 얼마나 무서운데요."

"그럼 어쩌자는 거야? 이러다 여기서 해를 넘기겠어. 이대로 본격적인 겨울이 오면, 적과 싸우기 전에 다들 굶어 죽고 말걸?"

"허나 자칫 전하의 신변에 일이라도 생기면 그와 비할 바가 아닙니다!"

여몽의 말이 끝난 직후였다. 파팟! 갑자기 대전에 한 줄기 바람이 일었다.

옆구리가 허전함을 느낀 여몽은 자신의 검이 어느새 용운의 손에 쥐여진 것을 보았다.

"어?"

당황하는 여몽에게 학소가 천천히 말했다.

"전하의 무공은 가신들이 짐작하는 것 이상일 거요."

"헐, 전하…, 아니 언제 이렇게 강해지셨습니까? 아니면 원래 강하셨던 건가? 저만 몰랐나요? 그 위원회 형제 놈들은 합공이 무서워서 그렇지, 아예 움직임이 보이지도 않을 정도는 아니었거든요. 이러면 얘기가 좀 달라지지요!"

주군의 신위에 놀란 여몽은 금세 기가 살았다. 용운이 침착한 목소리로 회의를 정리했다.

"자명은 내가 떠나고 조금 뒤, 별동대를 이끌고 적 진영 후미로 돌아가."

"예잇."

"백도(伯道, 학소의 자)는 측면을 치세요. 무리는 하지 말고요."

"알겠습니다."

"백도의 부대가 교전하는 사이, 자명은 적의 군량에 불을 지르도록. 찾지 못하겠으면 그냥 후미에다 화공을 가해도 좋아. 한참 비가 안 온 데다 북풍이 불고 있으니, 불은 금세 번질 거야."

용운은 금안(金眼, 금색 눈)을 차갑게 빛냈다.

"그사이 나는 해진, 해보 형제를 쓰러뜨리겠다. 내일 새벽이 그자들의 제삿날이 될 거야."

일반 병사 수천을 죽이긴 어려웠지만, 천강위를 멸하는 데는 추호도 망설임이 없었다. 학소와 여몽은 동시에 포권하며 입을 모아 답했다.

"존명!"

이리되어 해진과 해보가 여몽인 줄만 알았던 상대는 사실 용운이었던 것이다.

"하나 잡았고."

나직하게 말한 용운이 멈칫했다. 채찍 두 갈래가 날아와 그의 발목을 휘감은 까닭이었다. 해진은 독 기운에 입에서 검붉은 피를 흘렸다. 그는 죽음을 예감했다. 해보의 낫에 어린 독은 광물 자체가 품은 거라 방사능과도 비슷했다. 이겨내지 못하면 딱히 해독할 수단이 없었다. 그러면서도 용운이 공격을 마친 직후의 짧은 순간을 놓치지 않고 채찍을 휘둘렀다. 그의 채찍 또한 해보의 낫과 마찬가지로 유물 중 하나였다.

용린쌍편 龍鱗雙鞭 가치 : 19 소유자 : 해진	절대 끊어지지 않으며 길이를 줄이거나 늘일 수 있다.

용운은 사물통찰로 채찍을 확인했다.

'흠, 유물이었나.'

그를 향해 해진이 이를 갈며 물었다.

"네놈은 누구냐?"

용운은 대답 대신 투구를 벗었다. 희미한 달빛 아래, 은발이 반짝이며 바람에 휘날렸다. 그 머리를 본 해진은 신음하듯 중얼거렸다.

"진용운…."

"그래, 나다."

"흐으, 설마 네놈이 직접 나설 줄은."

"게다가 생각보다 세지?"

"하지만 이제 넌 끝장이다. 내 채찍은 절대 끊어지지 않으니까."

허리를 굽혀 수도로 채찍을 내리쳐본 용운이 고개를 끄덕였다.

"정말 그러네."

"발목을 잘라주마."

그 말이 끝나기가 무섭게 해진은 채찍 손잡이를 쥔 채 용운에게 딸려갔다. 용운이 다리를 움직여 그를 끌어당긴 것이다.

"아까운 채찍을 굳이 끊을 필요는 없지."

"크윽!"

"그걸 쥔 놈만 없애면 되니까."

퍼억! 둔탁한 파육음에 해진은 눈을 부릅떴다. 용운이 채찍과 함께 허공에 붕 뜬 그의 몸을 아래에서부터 쳐올린 것이다. 그냥 주먹이 아닌 공파권이었다. 주먹으로 가격한 부분의 공간 자체를 파괴하는 절대적인 살육 권법. 공파권에 맞은 해진의 심장 부위가 사라져버렸다. 그는 멍하니 생각했다.

'어이가 없군. 이 정도로 쉽게 당하다니. 하긴 해보가 죽었으니 차라리 잘된 건지도….'

하지만 이렇게 그냥 죽기는 너무도 억울했다.

'천강위의 체면이 있지. 멍청한 해보 녀석.'

아직 그에게는 마지막 한 수가 남아 있었다. 천기인 동시에 필살기인, 죽는 순간에만 사용 가능한 기술이었다. 해진은 용운에게 떨어져 내리며 히죽 웃었다.

"같이 죽자, 진용운."

"…?"

순간, 용운은 해진의 수호성이 뭔지 떠올렸다. 천폭성(天爆星). 그게 그가 가진 숙명의 별.

'설마?'

천기 발동, 폭발의 덫!

위기감을 느끼자마자 용운은 시공권을 사용했다.

천기 발동, 시공권!

용운은 안도의 한숨을 내쉬었다. 코앞에서 해진의 몸뚱이가 풍선처럼 부풀어 오른 채 멈춰 있었다. 이목구비를 알아보기 어려울 정도였다. 남은 생명력과 성혼을 일시에 증폭, 소모하여 폭발시키는 흉악하기 짝이 없는 수법. 이렇게 가까이에서 당했다면, 아무리 용운이라도 무사하지 못했을 것이다.

'자, 이제 이걸 어쩐다.'

뒤로 물러났더니 채찍과 함께 해진이 딸려왔다. 이래서야 시공권을 풀자마자 코앞에서 폭발하긴 마찬가지다.

'채찍은 처음부터 이 수를 위한 복선이었나 보군. 어쩔 수 없다. 어차피 죽을 몸이니 너무 잔인하다고 생각하지 말라고.'

잠깐 생각한 용운은 공파권을 써서 그의 손목을 절단했다. 이어서 해진의 몸뚱이를 호수 안으로 던져넣었다. 주변에 다른 아군 병사들도 있었기 때문이다. 바위 뒤에 숨길 생각도 해봤지만, 폭발하면서 바위 파편이 사방으로 흩어져 오히려 피해가 커질 듯했다. 물 안에서 터뜨리는 게 최고였다. 용운은 원래 자리로 돌아와서 시공권을 풀었다. 직후, 거대한 폭음과 함께 물기둥이 치솟아 올랐다.

"으헉!"

소스라친 병사들이 놀라서 털썩 주저앉았다. 그때, 예기치 못한 일이 벌어졌다. 호수에 빠져서 먼저 죽은 줄만 알았던 해보가 폭발의 서슬로 호수 밖으로 튕겨 나온 것이다.

"헐, 너 아직 안 죽었냐?"

용운은 해보를 내려다보며 어이없다는 듯 말했다. 사실 해보는 이미 죽은 거나 다름없었다. 겨우 숨만 붙어 있는 정도였다. 그는 죽기 직전 용운을 노려보더니 마지막으로 저주를 퍼부었다.

"너무 좋아하지 마라, 진용운. 곧… 유주성에서부터 네놈을 절망에 빠뜨릴 소식이 날아올 테니…. 그때는 피눈물을 흘릴 것이다."

해보는 해진보다 무력이 조금 약한 대신, 머리는 좀 더 돌아갔다. 그래서 형제 사이에 머리를 쓸 일이 생기면 늘 그가 맡았다. 그는 직접 듣진 못했지만, 송강이 유주성에서 뭔가를 꾸미고 있다는 건 알고 있었다. 천강위 시진이 상인처럼 꾸미고 여러 차례 익주를 떠나는 걸 봤기 때문이다. 수하의 말에 의하면, 유주성 내의 요인과 접촉하는 듯하다고 했다. 또 양수의 존재도 있다. 송강은 무서운 여자였다. 지금쯤 유주성에서는 반드시 사달이 났을 것이다.

'지금이 아니라도 곧.'

이렇게 생각하니 조금이나마 위안이 되었다.

'진용운은 반드시 파멸한다.'

용운은 해보를 향해 몸을 굽히며 물었다.

"뭐? 그게 무슨 소리야?"

그러나 그는 이미 눈을 뜬 채 숨이 끊어진 후였다. 이어서 시체가 급격히 풍화되기 시작했다. 인간 사냥꾼 해진, 해보 형제의 최후였다.

'쳇, 이상한 소리를….'

용운은 찜찜한 기분에 가볍게 혀를 찼다. 정양성에 온 뒤 흑영대와의 연락이 끊겼다. 용운이 도중에 일정을 바꾼 탓도 있지만, 애초에 병주와 익주 쪽은 유독 정보망이 약했다. 흑영대를 보내기만 하면 죽어나가는 통에, 제대로 정보망을 구축하지 못한 탓이었다.

그러나 용운은 내심 믿는 구석이 있었다. 조조와 원술은 서로 피 터지게 싸우는 중이었다. 형주는 거리가 먼 데다 최강의 정예 부대를 보내두었다. 또 가장 경계해야 할 익주 쪽은 딱히 움직임이 보이지 않았다.

'만약 그들이 군사라도 일으켰다면 어차피 이 지역을 지나야 한다.'

안 그러면 위치상 원술의 세력이나 조조의 세력을 돌파하고 지나가야 하는데, 아직까지 그런 조짐은 보이지 않았다. 무엇보다 위원회가 그런 대규모의 군사적 행동을 한 적은 아직까지 한 번도 없었다. 다른 제후에게 천강위가 붙어 지원은 했을망정 독자적으로 움직이지는 않았다. 마치 뭔가 꺼리는 것처럼.

'군사적 침공이 아니라면 결국 책략이나 암살인데, 거기에 대한 대비는 해두었으니까.'

유주성에서는 순욱이 대신 일을 처리해주고 있으며 전예도 건재했다. 그 둘의 호위는 2호, 위연에게 오래전부터 부탁해두었다. 또 도성에는 서황도 남아 있다. 무엇보다….

'설령 천강위를 유주성으로 보냈다 해도 다른 사람도 아닌 관승이 지키고 있잖아.'

배신을 우려하는 가신들과는 달리, 용운은 그녀를 믿었다. 대인통찰로 호감도를 확인했을 뿐 아니라, 성정을 어느 정도 파악했기 때문이다. 아무리 생각해도 유주성에 큰 불안요소는 없었다.

'괜히 내 마음을 어지럽히려고 한 헛소리가 분명해. 그보다 지금쯤 한창 여몽과 학소가 병주군과 싸우는 중이겠군. 어서 가서 도와주자. 해진과 해보가 죽었으니, 내가 조금만 힘을 보태도 적을 무너뜨릴 수 있을 거야. 이제 그만 병주에서의 전투를 끝내고 돌아가야지. 아 참, 그 전에….'

해보는 물 밖으로 튀어나올 때, 낫을 끝까지 쥐고서 나왔다. 용운은 한 쌍의 낫과 채찍을 챙긴 다음, 정양성을 향해 달리기 시작했다. 유주 병사들이 허겁지겁 그 뒤를 따랐다. 해진과 해보를 따라왔던 병주군 병사들은 망연자실 주저앉아, 그들의 뒷모습을 멍하니 바라보았다.

"우리 장군을… 터뜨려서 죽였어."

"악귀…. 유주왕은 역시 은마(銀魔)야!"

본의 아니게 용운의 악명이 더해지는 순간이었다.

같은 시각, 정양성 앞의 벌판에서는 치열한 전투가 벌어지고 있었다. 이제껏 감탄스러울 정도로 수성을 잘해오던 적장이 성 밖으로 뛰쳐나온 데 대해, 온회는 기회다 싶으면서도 약간의 의구심이 들었다.

'한계가 온 것인가, 아니면 속셈이 있는 건가?'

그러나 보급로 구축을 위해 출발한 여몽의 부대 외에는 적의 다른 움직임이 없었다. 결국, 이대로라면 굶주린 끝에 성을 빼앗길 게 분명하다고 판단한 적장의 마지막 도발로 해석했다. 지금 상황에서 본격적인 겨울로 접어들면 곤란하긴 온회도 마찬가지였다.

'이 정도면 시간도 충분히 끌었으니.'

그는 돌격해오는 유주군을 맞아 싸웠다. 공교롭게 해진, 해보가 없는 상황이었으나 수적으로 훨씬 우세했으므로 크게 마음에 두지 않았다. 이제까지의 공성전이 아닌, 야전이 펼쳐졌다. 황량한 벌판이 병사들의 함성과 비명, 쇠 부딪치는 소리와 말 울음소리로 가득 찼다. 얼마 안 가 병주군은 유주군을 밀어내기 시작했다. 그렇게 얼마간의 시간이 흐른 후였다. 진형 가운데서 병력을 지휘하던 온회는 뭔가 위화감을 느꼈다.

'뭐지, 이 싱거운 대응은?'

죽음을 각오한 옥쇄치고는 이상할 정도로 저항이 약했다. 병주군이 밀면 버티는 대신 그대로 밀려났다. 마치 물 위에 뜬 배를 밀어내는 것처럼.

'배? 물 위에 뜬 배라고? 그럼 바람은? 물길은 어디로 흐른다는 것인가?'

온회가 눈을 가늘게 뜨고 보니, 유주군은 정면에서 비켜나며 그대로 측면으로 이동하고 있었다. 물론 그럴 마음을 먹는다고 뜻대로 다 되진 않는다. 그 선두에는 적장이 있었다. 좀 전까지 정양성을 지키던, 거대한 기둥처럼 생긴 이상한 무기를 든 자였다.

'옆에서 공격하면 먹힐 거라고 생각했나.'

온회는 유주군을 관찰하면서 전령을 불러 명을 내렸다. 동시에 자신도 북을 쳐서 지휘했다. 곧 병주군의 진형이 양쪽으로 크게 벌어졌다. 마치 학이 날개를 편 것 같다 하여 학익진이라 불리는 진형이었다. 옆으로 돌아가려던 유주군은 한쪽 날개에 걸려 주춤했다. 그사이 다른 쪽 날개가 선회하여 그들의 뒤를 막아버렸다. 사이에 들어온 적을 싸안듯 하여 앞뒤, 혹은 양옆에서 협공하는 게 학익진의 무서운 점이었다.

"음."

빈틈을 찾아가며 부대를 움직이던 학소가 신음했다. 이미 수성전을 할 때 느꼈지만, 새삼 적장의 기량을 실감했다. 자신의 의도를 눈치채자마자 대응해오고 있다. 더구나 학소는 본격적인 야전이 이게 처음이었다. 아무래도 서툴렀다. 정신을 차려보니, 어느새 사방이 병주군이었다.

"자, 장군님. 포위됐습니다!"

겁에 질린 부장의 목소리에 학소가 외쳤다.

"모두 나를 중심으로 둥글게 둘러싸고 서라! 방패를 든 자가 제일 바깥쪽으로 나가고 사이에는 창병이 들어간다!"

서툴다면 잘하는 일로 바꾸면 된다. 방어는 반드시 벽 뒤에서만 할 수 있는 게 아니다.

'나는 철벽. 철벽의 학소 백도다. 어디서든, 어떤 공격이든, 전하가 오실 때까지 막아낸다.'

학소의 투지가 발휘되었다. 그 결과, 그는 성벽 위가 아닌 벌판에서 철벽 특기를 발동했다. 그를 중심으로 한 병사들의 방어력이 일제히 높아졌다. 무슨 기계처럼 신체 내구력이 올라간 게 아니라, 적의 공격에 대한 대응력이 강화된 것이다. 병사들은 이를 학소의 지시 덕이라 여겼다. 그 생각은 어느 정도는 사실이기도 했다. 전장 특기는 그것을 가진 자가 내리는 지시나 내뿜는 기세

등의 형태로 발휘되었으니까. 학소의 부대는 마치 한 마리의 거대한 거북이처럼 변하여 병주군의 맹공을 막아내기 시작했다. 거기에는 냉철한 온회도 휘말려버렸다. 그 틈을 타, 은밀하게 움직이는 소수의 부대가 있었다. 바로 보급로 구축을 위해 움직인 걸로 알려진 진짜 여몽의 부대였다.

"백도 님이 잘해주고 계시는군. 하지만 엄청 위태로워 보인다. 서두르자!"

전신에 검은 칠을 한 여몽의 별동대는 병주군의 뒤편으로 돌아갔다. 적 진채는 소수의 병사들만이 지키고 있었다. 이번 싸움이 마지막 결전이라 여긴 온회가 전 병력을 출동시킨 까닭이었다. 잠시 진채를 살피던 여몽이 명했다.

"군량을 어디다 쌓아놨는지 모르겠네. 에라, 그냥 확 질러버려!"

여몽의 별동대는 병주군 진채에 일제히 불화살을 날렸다. 한 번에 오십여 발씩, 두세 번을 반복했을 뿐이지만 효과는 상당했다. 춥고 건조해서 일대가 바짝 마른 데다 강풍까지 불었기 때문이다.

"불이다!"

"적의 습격이다!"

여몽은 갈팡질팡하는 병주군 사이를 헤집고 다니면서 날뛰었다.

"와하하, 이제까지 잘도 우리를 핍박했겠다? 내가 바로 유주의 여자명이다!"

멀리서 온회도 진채에 불길이 솟는 걸 보았다. 정신을 차려보니 어느 틈에 꽤 멀리까지 전진해 있었다. 유주군은 밀려날 때도 그냥 밀려난 게 아니었다. 흥분한 병주군이 자신들을 밀어붙이도록 하면서, 진채와 떨어뜨려놨던 것이다.

"주목님, 어쩌지요?"

부관의 물음에, 온회는 굳은 얼굴로 답했다.

"어차피 지금 우리가 포위한 병력이 적의 본대 전부다. 이들을 전멸시키고 나면 진채는 필요 없다. 곧장 정양성을 점령할 수 있을 테니까. 신경 쓰지 말고 더 몰아붙여라!"

"알겠습니다."

포위된 상태에서 병주군의 공격이 더욱 거세지자, 학소의 방어에도 한계가 왔다. 이미 그 자신도 전신에 크고 작은 상처를 입었다. 멀리서 불길이 오르는 걸 언뜻 봤지만, 적은 조금 동요하나 싶더니 그리로 눈길조차 주지 않았다. 식량을 태울 태면 태워봐라, 어차피 너희를 전멸시키면 그만이니, 라는 식이었다. 그러다 서서히 날이 밝아왔다. 시야가 밝아지자 온회는 즉시 화살 공격을 명했다.

"이런, 방패병!"

학소도 즉각 방패병을 앞세워 대응했으나, 비처럼 쏟아지는 화살을 다 막아내기에는 무리였다. 첫 번째 화살 공격에, 그의 바로 근처에 있던 병사들이 우수수 쓰러졌다. 여의금고저를 휘둘러 화살을 쳐낸 학소는 주위를 둘러보았다.

"으음, 설마. 이거 위험한가."

학소의 목소리에는 절망도, 두려움도 느껴지지 않았다. 그저 조금 난감해하는 기색뿐. 하지만 새벽 햇살에 반사되어 멀리서부터 반짝이는 은빛 머리카락을 알아봤을 때는, 그의 얼굴에도 억누를 수 없는 희열이 떠올랐다. 그는 나직하게 중얼거렸다.

"조금 늦으셨습니다, 전하."

4

용운의 분노

온회의 병주군 병사들 중 '그것'을 제일 먼저 본 건 외곽에 잠복해 있던 척후병이었다. 현재 진형은 병주군이 학소의 부대를 밖에서 둥글게 포위한 모양새였다. 자연히 병주군의 시선은 대부분 학소 부대에 집중되어 있었다. 학소 부대는 완전히 포위된 채 빗발치는 화살 공격에 쓰러지면서도, 방패병들과 거대한 기둥을 든 학소의 뒤에 숨어 악착같이 버티는 중이었다.

'그놈들, 더럽게 끈질기긴 하군.'

척후병은 혀를 내둘렀다. 그는 성혼교도였다. 따라서 성혼교인을 탄압한 유주왕과 유주인들을 증오했다. 동정심은 전혀 일어나지 않았다. 끝까지 버티면 포위한 상태에서 몰살해도 무방하다고 여겼다. 그때, 빠르게 접근해오는 뭔가를 본 척후병이 고개를 갸웃거렸다.

'저게 뭐지?'

동이 트는 새벽, 불그스름한 햇빛에 반사되어 반짝이는 빛줄기가 다가왔다. 너무 빨라서 형체를 정확히 알아보기 어려웠다. 사람인가, 짐승인가. 뭔지 모르니 보고하기도 애매했다. 거리가 가까워져, 그 빛의 정체를 알았을 때는 이미 늦은 후였다. 척후병은 눈을 치뜨고 중얼거렸다.

"은…마?"

콰앙! 순간 사람과 사람이 부딪쳐서 내는 소리라고 믿기 어려운 굉음이 벌판에 울려 퍼졌다. 쏜살같이 뻗어온 빛줄기가 그대로 병주군을 직격한 것이다. 진형의 한쪽 면이 무너졌다. 동시에 거대한 충격파와 먼지구름이 일었다. 만약 이들이 현대문물을 알았다면, 분명 바주카포나 미사일에 맞았다고 여겼을 것이다. 진형 제일 바깥쪽에 있던 병사들이, 갑옷이며 무기 파편 등과 함께 우수수 날아갔다.

"아니?"

전황을 주시하던 온회가 입을 떡 벌렸다. 그는 어지간해선 감정 변화가 크지 않은데, 지금 눈에 보이는 괴사 앞에선 놀라지 않을 수 없었다. 누군가가 무서운 속도로 달려오더니 병주군 진형을 들이받았다. 그건 들이받았다고밖에 표현할 수 없는 돌진이었다. 문제의 적은 사내인지 여인인지 구분하기 어려운 미인이었다. 심지어 갑옷조차 입지 않은 가벼운 차림새였다. 그 상태에서 홀로 무장한 장정들 사이에 뛰어드는 건 자살행위처럼 보였으나, 오히려 튕겨 난 건 병주군 쪽이었다. 그랬다. 그들은 말 그대로 '튕겨 나고' 있었다. 말도, 활을 든 궁병도, 철갑으로 전신을 감싼 중장보병도, 육중한 방패를 내세운 방패병도, 그의 앞을 가로막는 것은 모조리 튕겨 날아갔다. 그냥 튕겨나기만 한 게 아니라 여지없이 깨지고 부서졌다. 날아갔다가 떨어진 자는 누구 하나 성치 못했는데, 그렇다고 죽은 자는 없었다. 서너 군데가 부러져 쓰러진 채 신음할 뿐.

멀리 떨어진 데다 동체 시력이 범인의 그것을 넘어서지 못한 온회의 눈에 보인 건 그 정도가 다였다. 그것만으로도 충분히 경악스럽긴 했다.

그러나 학소는 좀 더 정확히 볼 수 있었다. 자신의 주군, 왕이 무슨 짓을 하고 있는지. 파괴의 빛줄기는 바로 용운이었다.

쾅! 퍼석! 콰직! 쩍! 얼핏 보면 황소처럼 무턱대고 돌진해오는 것 같다. 온회가 들이받았다고 느꼈듯. 그러나 용운은 주먹과 팔꿈치, 어깨 등을 교묘하게 사용하여 적을 깨부수고 있었다. 오른쪽 주먹을 뻗어 정면의 적 셋을 날려 보낸 후, 오른손을 거둬들이며 곧장 왼쪽 주먹을 휘둘렀다. 그러면 어김없이 적 몇 명이 고꾸라졌다. 그러고선 연이어 상체를 비틀며 오른쪽 어깨로 적을 들이받고 왼쪽 팔꿈치를 써서 측면에 있는 병사들을 쳐냈다. 이 동작이 달리는 속도를 조금도 늦추지 않으면서 물 흐르듯 빠르게 이뤄졌다. 그렇다 보니 한꺼번에 십 수 명의 병사들이 날아가는 것처럼 보였다. 그런 용운의 전신은 은은한 푸른색 빛에 감싸여 있었다. 검도, 화살도 튕겨내는 기의 갑옷이다.

'유형화한 기(氣)로 몸을 보호하시는 건가.'

학소는 경탄했다. 용운의 무공 수준은 그가 생각한 것보다 까마득히 위였다. 순간 그는 문득 한 가지 사실을 깨달았다.

'저번에 나와 대련했을 때는 많이 봐주신 거였구나.'

그때쯤에는 똘똘 뭉쳐 겨우 버티고 있던 학소 부대 병사들의 눈에도 용운의 모습이 들어왔다.

"어, 어…?"

"설마, 저거….'

반신반의하던 병사들이 함성을 지르기 시작했다.

"전하! 전하!"

"전하아아아! 전하께서 우리를 구하러 오셨다!"

그들은 아이처럼 용운을 부르고 눈물 흘리면서 발을 굴렀다. 용운이 입꼬리를 살짝 올렸다.

"잘 버텨줬어, 다들. 자, 학소, 이제 움직여야지?"

학소는 본능적으로 기세를 포착했다. 바닥까지 떨어졌던 병사들의 사기가, 죽을 위기에서 살아났다는 환희와 맞물려 폭발적으로 높아지고 있었다.

'좋아.'

그는 숨을 크게 들이마셨다가 일시에 내뱉으며 일갈했다.

"전군, 전하를 마중 나간다!"

"우와아아아아!"

장관이 펼쳐졌다. 수는 여전히 병주군 쪽이 훨씬 많았는데, 갑자기 바깥쪽에서 찔러 온 검 한 자루에 허둥대고 있었다. 아니, 그것은 검이 아니라 정(釘, 석재의 표면을 다듬는 데 쓰는 송곳 같은 도구)에 가까웠다. 정이자 스스로를 내리치는 망치였다. 학소 부대는 모루가 되어 그 사이에 낀 병주군을 으깨고 깎아냈으며 부쉈다.

"노, 놈을 막아라!"

퍼뜩 정신이 든 온회가 외쳤다. 잡으라거나 죽이라고 하지 않고 막으라 했다. 그만큼 위협적으로 느꼈다는 의미였다. 용운이 다가오는 방향에 있던 병주군은 뒤늦게 선회하여 그를 상대하려 했다. 창병들이 일제히 창을 내밀었다. 용운은 그대로 창의 숲을 향해 돌진하며 소나기처럼 주먹질을 퍼부었다. 수십 개의 창대가 수수깡처럼 일시에 부러졌다.

"으헉!"

창병들이 황급히 비켜나자, 그 뒤를 도끼와 방패를 든 병사들이 대신했다. 차차착! 방패병들은 옆 사람과 어깨를 맞대고 방패를 앞으로 내밀어 빈틈없이 붙였다. 벽을 만들어서 용운을 저지하려는 의도였다. 슉! 순간, 용운이 한 마리 새처럼 가볍게 뛰어올랐다. 뛰어오르는 동시에 마침내 옆구리의 검을 뽑았다. 가느다랗고 긴, 특이한 형태의 검이었다.

검후가 남긴 두 자루의 검 중 하나, 천하에 자르지 못할 것이 없다는 유물인 필단검이다. 검후는 모든 걸 절단하는 필단검과 어떤 공격도 막아내는 총방도를 썼는데, 사후 그것을 용운과 조운이 각각 한 자루씩 나눠 가졌다.

필단검을 뽑은 용운은 옆돌기를 하는 것처럼 허공에서 몸을 옆으로 비스듬히 누였다. 이어서 손잡이 가운데를 잡고 검을 쥔 팔을 늘어뜨리더니 회전하기 시작했다. 이 모든 동작이 공중에 뜬 상태에서 이뤄졌다. 검 끝은 지상 쪽을 가리켰다. 그리고 검과 지상 사이에는 병주군이 있었다. 당연히 재난이 벌어졌다.

휘리리릭! 서걱! 서걱! 팟! 파바바바바바바박! 용운은 회전하면서 계속 앞으로 비행했다. 인간이라곤 믿기지 않는 경공(輕功, 몸을 가볍게 하거나 바람처럼 빨리 달리게 하는 무공)이었다. 그가 지나는 경로에 있던 적병들이 모두 썰려서 피를 내뿜으며 쓰러졌다.

학소는 그 광경을 마주 보면서 뭐에 홀린 것처럼 미친 듯 소리쳤다.

"뚫어라! 전하께서 오신다!"

문득 눈가로 뜨거운 게 흐르는 감각이 느껴졌다. 그는 눈물을 흘리고 있었다. 피보라를 일으키며 날아오는 왕이 너무도 아름답게 보여서 눈물이 났다. 적에게는 악몽 같은 광경이겠지만, 학소에게는 아름답기 그지없는 모습이었다.

용운이 날아간 자리로 붉은 길이 만들어졌다. 땅이 병주군의 피로 젖어서였다. 위에서 보면 붉은 선을 그어놓은 것처럼 보이리라. 인간의 벽을 뚫은 용운이, 마침내 학소의 앞에 내려섰다.

"나 왔어요, 백도."

"전하…."

"오래 기다렸죠? 해진과 해보를 처리하는 데 생각보다 시간이 더 걸렸네요."

학소는 목이 메어 더 말을 하지 못하고 고개만 끄덕였다. 싱긋 웃은 용운이 말했다.

"이제 나갑시다."

용운은 뚫고 들어온 길을 되돌아 나갔다. 그 뒤를 살아남은 학소 부대가 붙어 따랐다. 그런데도 병주군은 감히 가로막을 엄두를 내지 못했다. 포위망을 뚫고 나온 용운이 학소에게 말했다.

"백도, 이제 저기서 달려오고 있는 자명(여몽)의 부대와 합류하여 적을 격파하세요."

"전하께서는…?"

"저는 따로 할 일이 있어요."

적 본진을 태워버린 여몽은 학소가 고단한 상황이 됐음을 알아채고 구하러 오는 중이었다.

"알겠습니다."

학소는 힘차게 고개를 끄덕였다. 그리고 중상을 입은 자들을 제외한 나머지 수하들과 다시 병주군을 공격하기 시작했다. 여전히 수적 열세였으나 이번에는 진형 바깥쪽이라는 점이 아까와 달랐다. 또한 병주군은 용운의 신위에 반쯤 넋이 나가 있었다. 그 때문인지 좀체 힘을 쓰지 못했다.

'저런 자를 어떻게 이겨. 인간이 맞긴 한가?'

'유주왕은 소문대로 마귀가 분명하다.'

거기에 경기병인 여몽 부대까지 와서 휘저어주자, 병주군은 점차 와해되기 시작했다. 거기엔 지휘관 온회가 공황 상태에 빠진 것도 한몫했다. 그가 그리된 이유는 간단했다. 맨몸뚱이로 수만의 아군 진영을 뚫고 들어간 자가, 이제 자신에게 똑바로 달려오고 있었기 때문이다. 그 공포는 상상을 초월했다.

"흐, 흐억!"

용운은 달려가면서 필단검을 가볍게 흔들어 피를 털어냈다. 입맛이 씁쓸했다. 적군이 현대식으로 표현하자면 스크럼을 짜서 대응해오기에 어쩔 수 없이 살수를 썼다. 그들 모두를 죽이지 않기 위해, 역설적으로 그들의 용기를 흩어버리고 의지를 짓밟아야 했다. 상당수가 성혼교도였기에 더더욱 그랬다. 성혼교인은 어지간해선 굴복하지 않기 때문이었다. 어마어마한 학살을 벌인 것처럼 보이나, 실상 죽은 인원은 천 명이 채 안 되었다. 일직선상의 병사만 벤 데다 그나마 급소를 베인 자도 그중 일부였던 까닭이다. 그래도 적들에게 공포감을 주기에는 충분했다. 창도, 칼도 닿지 않는 허공을 날아가며 위에서부터 베어오는 검이었으니.

'나 좀 보게. 천 명 죽인 건 대수롭지 않은 것처럼 합리화하는군…'

용운은 큰 뜻을 품긴 했지만 이상론자도, 도덕군자도 아니었다. 필요하다면 적을 죽여야 함을 알고 있었다. 그 필요 이상의 살상이 내키지 않았을 뿐이다. 그건 인간이라면 당연히 가져야 할 마음이었다.

'그래서 정했다.'

용운은 정면에 위치한, 점점 가까워지는 목표를 똑바로 노려보았다.

'온회, 너 하나만 붙잡아서 이 싸움을 끝내겠다고.'

용운의 안광을 정면으로 받은 온회는, 이젠 숫제 심장이 멎는 기분이었다.

"주목님을 지켜라!"

부장과 호위병들이 부랴부랴 앞을 막아섰다. 하지만 수만 대군도 막지 못한 용운의 쇄도를 그들이 막아낼 리 없었다.

'온회까지 앞으로 스무 보.'

그들을 쳐 쓰러뜨리며 용운은 생각했다.

'온회까지 앞으로 열 보. 이거 어떤 드라마에서 봤던 건데. 하하. 아니, 그 드라마가 만화 대사를 표절했다고 했던가. 아무튼 나도 써먹어보네. 원소군 한복판을 뚫고 안량을 벤 관우의 기분이 이런 거였을까?'

슈욱! 그는 마침내 온회의 코앞에 우뚝 섰다.

'뭐, 기분 나쁘지는 않군.'

온회는 이제까지의 냉정하고 침착하던 모습이 무색하게 식은 땀을 줄줄 흘렸다. 그를 물끄러미 바라보던 용운이 입을 열었다.

"항복하세요. 안 그러면 당신을 죽일 겁니다. 그래야 수만의 병주군을 다 죽이지 않아도 되니까요."

"…유주왕이시오?"

"그래요."

온회는 용운의 양 허리춤에 매달린 채찍과 낫을 흘끔 보았다. 분명 눈에 익은 물건들이었다. 해진, 해보 두 장수의 운명이 짐작이 갔다. 이제까지 몰아붙인 한 달여의 시간이 허망했다.

'이 사람이 유주왕. 과연 명불허전이구나. 대군은 그에게 처음부터 위협이 아니었다. 거기에 해진, 해보 형제와 내가 더해졌기에 압박할 수 있었을 뿐. 해씨 형제를 방심시켜 끌어낸 다음 해치웠으니, 나를 노리는 데 더는 방해물조차 없을 터. 이 싸움은…'

온회의 고개가 푹 수그러졌다.

'처음부터 진 싸움이었다.'

그랬던 그가 다시 고개를 번쩍 들었다.

'그러나 동시에 이긴 싸움이기도 하다.'

애초에 온회의 목적은 시간을 끄는 것이지, 이 성을 차지하는 게 아니었다. 한 달 동안 유주왕을 붙잡아뒀으니 임무는 충분히 달성한 셈이었다.

"항복하겠소."

냉정한 지휘로 유주군을 궁지에 몰았던 온회가 붙잡히는 순간이었다.

온회가 항복하자, 남아 있던 병주군도 일제히 무기를 버렸다. 전장을 수습하던 여몽이 용운을 보고 달려와 기쁜 표정으로 보고했다.

"대승입니다, 전하!"

"그래. 수고했어, 자명."

막상 용운은 순수하게 기뻐할 수가 없었다. 그는 순순히 포박당하는 온회를 보면서, 뭔가 꺼림칙한 기분이 들었다. 그때, 병사하나가 황급히 달려와 보고했다.

"전하, 방금 흑영대원들이 도착했습니다. 전하를 찾고 있으니성으로 가보셔야 할 듯합니다."

"뭐? 알았어요."

성으로 가려던 용운이 멈칫했다.

"잠깐, 그런데 '들'이라고 했나요?"

"예? 옛."

"어째서 들이죠? 전령 임무를 맡은 흑영대원은 혼자 움직이는데."

"그것이, 유주성과 서관에서 각각 한 명씩 왔습니다."

용운은 깜짝 놀랐다. 유주성에서 여기까지 왔다니, 게다가 서관에서도. 이는 분명 자신의 행보를 쫓아온 결과였다. 문득 해보가 죽기 전에 했던 말이 떠올랐다.

— 너무 좋아하지 마라, 진용운. 곧… 유주성에서부터 네놈을 절망에 빠뜨릴 소식이 날아올 테니…. 그때는 피눈물을 흘릴 것이다.

용운은 이상하게 가슴이 두근거렸다. 이런 기분이 든 뒤면 꼭 좋지 않은 일이 벌어지곤 했다.

한 번 보고 들은 것은 잊지 않는 용운이었다. 그러나 다시 한번 물어보지 않을 수 없었다. 기억나지 않아서가 아니라 믿기지 않아서였다.

"사마방이 반역을 꾸몄고 국양을 죽이려고 했다고요?"

"그렇습니다, 전하."

흑영대원은 침상에 누워 힘겹게 답했다. 그는 전예가 특별히 보낸 자로, 흑영대 내에서 달리는 속도로는 제일 빨랐다. 거기에 청낭원에서 만든 특수한 약을 복용했다. 잠력을 폭발시켜 일시적으로 신체 능력을 높이지만, 그 후에는 한동안 요양해야 하는 약이었다. 전예는 평소라면 절대 수하에게 그런 약을 먹이지 않을 사람이다. 그러나 반대로, 꼭 그래야만 하는 일이 생기면 서슴

없이 먹일 사람이기도 했다. 그리고 이번 일은 약을 먹는 정도가 아니라, 달리다 죽는 한이 있어도 서둘러야 할 일이었다.

그 옆에는 상곡군에서부터 시작하여 서관까지 들렀다가 온, 다른 흑영대원 하나가 초췌한 몰골로 앉아 있었다. 그는 허탈한 기색이었다. 힘들게 왔는데, 본성에서 추가로 파견한 요원과 동시에 도착했으니 그럴 만도 했다. 용운이 들렀던 곳을 따라간 까닭에 유주에서부터 새로운 연락을 받지 못해 이런 일이 벌어졌다. 용운은 허탈감과 의문이 담긴 목소리로 말했다.

"대체 사마방이 왜?"

"대장님도 그걸 궁금해하십니다만, 그자가 전하께 직접 말씀드리겠다며 입을 열지 않습니다."

"…그래서 그 뒤는 어떻게 조치했죠?"

"사마 가문의 장원을 봉쇄하고 병력을 파견해 포위했습니다. 또한 형주로 간 사마중달을 제외한 사마가(家)의 모든 외부 인원을 불러들였으며 전원 포박하여 지하 뇌옥에 가둬둔 상태입니다."

용운은 눈을 지그시 감았다. 당연한 조치였다. 하지만 속이 쓰렸다. 불덩이가 들끓었다.

'여러 사람이 보는 앞에서 전예의 암살을 기도했다면 따로 증거조차 필요 없어. 사마방에게 불순한 의도가 있었음은 분명하다. 하지만 대체 왜?'

용운이 충격받을 보고는 이게 다가 아니었다. 누워 있던 흑영대원은 크게 숨을 들이마셨다. 그리고 결심한 듯 입을 열었다. 모든 보고 내용이 워낙 충격적이고 기밀을 요하는 것이었기에, 따로 죽간조차 만들지 않았다. 모든 것은 육성으로 보고하게 했다. 만약 새어 나갈 위기에 처할 경우, 자결하면 그만이다.

"한 가지 심각한 일이 더 있습니다."

"이것보다 더 심각할 게 있나요?"

"반역의 배후에는 양수 덕조, 그자도 있었습니다."

용운은 그로서는 드물게 냉소적으로 대꾸했다.

"한 번 준 기회를 다시 걷어차는군요. 그 얘기는 별로 놀랍지도 않네요."

"그가 성혼단의 화영이라는 자와 손잡고⋯."

'화영'이란 이름이 나온 직후부터 이미 용운의 안색은 굳어지기 시작했다. 별안간 심장이 미친 듯이 뛰었다. 그러다 흑영대원이 말을 마치자⋯.

"주모(채염 문희를 가리킴)의 암살을 기도했습니다. 그 결과, 주모를 보호하려던 백영이 사망했고 주모는 중태입니다."

용운이 눈을 부릅뜨고 양팔을 축 늘어뜨렸다. 입에서는 신음 같은 중얼거림이 새어 나왔다. 경악과 고통으로 가득한, 듣는 사람조차 비통해지는 음성이었다.

"아아, 안 돼⋯."

"전하⋯."

두 흑영대원은 황송함에 어쩔 줄을 몰랐다. 앉아 있던 자는 납작 엎드렸고 누운 자는 눈을 질끈 감아버렸다.

더는 소중한 이들을 잃지 않겠다고 다짐했는데. 이미 백영을 잃었고 문희마저 잃을지도 모른다. 황망함과 절망은 곧 무서운 분노로 변했다. 용운은 주먹을 불끈 움켜쥐고 허공을 향해 노호를 토했다.

"양수, 화영…. 으아아아아아아!"

순수한 증오. 누군가를 이토록 미워해보기는 이번이 처음이었다. 그새 날이 완전히 밝아 쾌청하던 하늘에 어디선가 먹구름이 몰려왔다. 일대가 밤처럼 캄캄해졌다. 병사들은 두려운 표정으로 하늘을 올려다보며 수런거렸다.

야산으로 도주 중이던 양수가 혼잣말을 했다.

"이상하게 오싹하네."

도주 중이긴 한데, 정확히는 화영의 손에 들려가는 중이었다. 그가 너무 느린 탓이었다. 업혔으면 덜 춥고 더 편했겠지만, 화영의 등에 메고 있는 거대한 활 때문에 그럴 수도 없었다. 바람처럼 달리던 화영이 차갑게 대꾸했다.

"당연히 오싹하겠지. 내가 뛰는 중이니까."

귓가로 차가운 바람이 휙휙 스쳤다. 사실 양수는 이미 추위에 대한 감각은 사라진 지 오래였다. 얼어 죽을 것 같던 시간이 지나자, 감각이 없어지는 시기가 왔다. 지금 느끼는 오한은 좀 다른 거였다. 심장 깊은 곳을 움켜쥐는 것 같은 불길함과 두려움이 버무려진 싸늘함. 피부가 아니라 몸속 깊은 곳을 몸서리쳐지게 하는 그런 오한이었다. 마치 죽음을 예고 받은 듯한….

"흰소리하지 말고 어디로 가야 하는지나 말해. 이제 유주에서는 충분히 멀리 왔어."

통명스레 말하면서도 화영은 달리기를 멈췄다. 양수가 얼어 죽
지나 않을까 약간 신경 쓰이는 기색이었다. 땅에 내려선 양수가
화영의 물음에 답했다.

"역시 형주로 가야겠지요."

"왜지?"

"현재로서는 진용운에게 맞설 만한 가장 유력한 세력이니까
요. 익주로 돌아가실 게 아니라면. 또 거기에는 유현덕 님도 계시
고 말입니다."

"유비 현덕이라…."

나쁘지 않았다. 한때 그를 '왕'으로 여긴 적도 있었다. 그러나
유표는 어느 정도의 그릇일지 짐작이 가지 않았고 유비로는 진
용운에게 맞서기에 부족한 감이 있었다. 화영이 다시 물었다.

"조조나 원술은 어때? 더 가깝고…."

"지금 그 둘은 서로 싸우기 바쁩니다. 진용운이 그 틈을 노려
쳐들어오지 않는 데 감사해야 할 지경입니다. 어느 한쪽이 이긴
다 해도 진용운을 상대하긴 무리입니다."

단정 짓는 양수의 말에, 화영이 반문했다.

"넌 진용운을 싫어하는 게 아니었나? 그런 것치곤 꽤 높이 평
가하는군."

"전 그를 싫어하지 않습니다."

히죽 웃은 양수가 덧붙였다.

"증오하지요."

"흥."

"감정적인 부분과 상대를 평가하는 부분은 별개입니다. 이번에 반란을 진행하면서 더 확실히 깨닫게 됐습니다."

"무엇을?"

"진용운의 강함을 말입니다. 현재 그자의 세력은 중원 제일입니다. 우리가 달아난 뒤로 어떻게 진행됐는지는 모르겠습니다만, 대역까지 준비해뒀을 정도라면 분명 반란은 실패했을 겁니다."

"결국 전쟁으로 무너뜨리는 수밖에 없다는 건가."

"그렇긴 합니다만, 전혀 성과가 없었던 건 아닙니다."

양수는 함께 일을 꾸몄던 사마방의 얼굴을 떠올렸다. 온화하면서도 청수한 분위기에 진심이 느껴지는 말투. 제일 섬뜩했던 건 자신이 하려는 행동이 진심으로 진용운을 위해서라고 믿고 있다는 점이었다.

"전하께서는 눈과 귀가 가려져 속고 계시네. 밖으로는 우리 사마 가문의 여식을 배필로 맞아들여 정치와 상업을 편안케 하고 안으로는 성혼교를 인정하여 사상을 안정시킨다면, 머지않아 천하의 주인이 되실 것을."

그는 이상하게 눈을 번들거리며 말했었다.

"재상인 순욱과 정보를 쥐고 휘두르는 전예. 그 둘이 문제일세. 특히, 전예는 성혼교의 공적이기도 하니, 절대 살려둬선 안 될 자일세."

사마방은 가문의 명예와 자신의 신념에 취해 제정신이 아닌 것처럼 보였다. 그가 쓰던 찻주전자에, 꽤 오래전부터 물 대신 '성수'라 불리는 미지의 뭔가가 들어 있었다는 사실은 양수조차 몰랐다. 사마방이 전예 암살에 성공했든 실패했든, 사마 가문은 이제 용운과 함께하기 어려워졌다.

'전자였어도 곧 제압당할 것이고 후자라면 축출. 허나 그 후유증은 진용운에게도 부담스러울 터. 가장 강력한 조력자에서 내부의 거대한 암덩어리가 된 사마 가문을 어찌 처리할 것인가.'

결과를 못 보고 떠나는 게 아쉬웠다. 그런 타격을 준 것만으로도 이번 일은 성공적이라 할 수 있었다. 문득 쓰러지던 채염의 모습이 뇌리를 스쳤다. 양수는 고개를 세차게 흔들어 그녀를 떨쳐냈다.

'이젠 돌이킬 수 없는 강을 건넜어, 누이. 나나, 누이나….'

그는 자신이 북부로 파견됐을 때, 뭔가의 영향으로 마음이 파괴됐음을 이미 자각하고 있었다. 하지만 머릿속이 흐릿하던 기간이 지나자, 그 현상은 오히려 자신을 돌아볼 수 있게 해주었다. 숨기고 있던 진정한 어두움과 욕망을 적나라하게 꺼내어 보여주었다.

'이대로 진용운이라는 자의 그늘 밑에서 안주할 것인가, 양덕조? 제 여자까지 빼앗기고서 신하로서 그를 대할 수 있겠는가?'

결론은 아니라는 거였다. 채염을 영영 잃는 한이 있더라도.

'내 여자가 못 될 바에는, 죽인다.'

군자의 복수는 십 년이 지나도 늦지 않다 했다. 이제 형주로 가서 새로운 그림을 그려보리라. 짧은 휴식을 마친 두 남녀는 남쪽을 향해 다시 걸음을 재촉했다.

5

왕의 귀환

　유주성은 평소답지 않게 괴괴했다. 무거운 공기가 성 전체를 짓누르고 있었다. 늘 웃는 얼굴이던 백성들은 우울한 표정으로 숨죽인 채 생활했고 병사들도 활기가 없었다. 얼마 전 일어났던 반역 사건은 유주의 백성들에게도 큰 충격을 주었다. 모두가 경애하던 왕을 향해, 가장 가깝던 신하들이 반란을 일으킬 줄은 누구도 예상치 못했다.

　사마 가문의 봉문(封門, 문을 걸어 잠그고 출입을 막음, 혹은 가문이 몰락하여 폐쇄됨)은 정신적으로뿐만 아니라 실제 경제에도 충격이었다. 사마 가문에서 사고파는 생필품의 물량만도 엄청났기 때문이다. 당장 시전 거래가 3할가량 줄어들었고 사마 가문의 상단 활동이 중단되어 세수도 감소했다.

　그나마 순욱과 전예가 사태 수습을 위해 제대로 잠도 못 자고 일해서 이 정도였다. 다른 세력이었다면 더욱 크게 흔들렸을 터였다. 조조 세력으로 치자면, 하후 가문의 반역. 유비 세력에 빗대자면 관우나 장비, 둘 중 한 사람과 그 수하 모두가 반란을 일으킨 것에 버금가는 사건이었으니 그럴 만도 했다.

순욱은 최염 등과 머리를 맞대고, 구멍 난 재정을 메우는 방도를 고심했다. 또한 이 일이 최대한 밖으로 새어나가지 않도록 하는 한편, 민심 달래기에도 노력했다. 전예는 사마 가문의 요인 전원을 체포했다. 심지어 북평에 있던 사마랑까지 불러들여 가둘 예정이었다. 그로서는 당연한 일이었다. 가주 사마방이 그런 엄청난 일을 벌인 이상, 가문 전체를 의심할 수밖에 없었다. 단, 여인들과 어린아이들은 배려하여 따로 마련한 저택에 구금해두었다.

흑영대의 지하 뇌옥은 사마 가문 사람들로 가득 찼다. 그 지하 뇌옥 안에서 초췌한 모습으로 앉아 있던 사마부가 말했다.

"아버지, 정말 반역을 꾀하신 겁니까?"

사마방은 조금 떨어진 뇌옥에 분리되어 갇혀 있었다. 그는 가부좌를 하고 앉아 눈을 감은 채 아무 말도 하지 않았다. 사마부의 목소리가 높아졌다.

"정말 그러셨냐는 말입니다! 저희에게까지 알리지도 않으시고…. 아버지 혼자 멋대로, 가문을 담보로 삼고 그런 일을 벌이셨습니까?"

듣다 못한 사마욱이 좀 떨어진 다른 뇌옥에서 외쳤다.

"그만해, 형! 내가 말했잖아. 그자는 우리 가문을 부당하게 대한다고. 이제 우리가 있던 자리는, 또 어디선가 데려온 근본도 없는 자에게 맡기면 그만이야."

얼마 후, 사마방이 무거운 입을 뗐다.

"함부로 말하지 마라. 전하와 우리 가문, 모두를 위해서 한 일이었다."

　전예는 집무실에서 그들의 대화를 듣고 있었다. 그의 집무실과 뇌옥은 층이 분리되어 있었다. 그러나 뇌옥 안에 특수한 형태로 설치된 관이 소리를 모아 집무실로 전했다. 소곤대는 게 아니라면 대부분의 대화를 엿들을 수 있었다. 그런 얘길 듣는 전예도 심정이 착잡하긴 마찬가지였다.

　'후…. 도무지 이해가 가질 않는구나. 대체 언제부터였던 걸까? 그리고 내 일처리 방식이 그토록 반감을 살 만한 것이었나? 그저 전하를 위해, 해야만 하는 더러운 일을 대신한 것뿐인데.'

　무엇보다 용운이 받을 충격이 걱정이었다. 그나마 진짜로 순욱이 반란을 일으켰을 경우보다는 백배 나았지만.

　'부디 아기라도 무사해야 할 텐데.'

　전예는 한숨을 내쉬고 처리하려던 서류를 들여다보았다. 그러다 갑작스러운 오한에 몸을 부르르 떨었다.

　'이게 무슨?'

　그때, 수하 흑영대원이 집무실로 들어와 떨리는 목소리로 보고했다.

　"전하께서 돌아오셨습니다."

　"…올 게 왔군."

　전예는 천천히 자리에서 일어섰다. 용운을 맞이하러 나가기 위해서였다. 주군의 귀환이 이토록 두려우면서 걱정스러웠던 적은 처음이었다.

용운은 거느린 수하 하나 없이 홀로 돌아왔다. 소식을 전하러 왔던 두 흑영대원은 정양성에 남겨두었다. 도저히 강행군을 할 상태가 아니었다. 그는 학소와 여몽에게 간단히 사정을 설명한 뒤, 온회를 유주로 압송하도록 명하고 출발했다. 그 후 잠도 안 자고 먹지도 않으면서 달려 유주성에 도착한 것이다. 성문을 지키던 초병은, 처음에 용운을 못 알아볼 뻔했다. 평소와 달리 흑영대원들이 입는 검은 무복 차림에, 얼굴에도 웃음기가 전혀 없었기 때문이다.

"저, 전하?"

　쾌청하던 유주 일대가 갑작스레 흐려졌다. 용운은 당황하는 초병의 앞을 스치고 지나갔다. 곧장 채염의 처소로 향하기 위해서였다. 그때, 보고를 받은 전예가 서둘러 달려왔다.

"오셨습니까, 전하."

　그를 본 용운의 얼굴에 비로소 감정이 돌아왔다. 굳었던 표정이 풀리면서 입도 열렸다.

"국양, 다친 데는 없어요?"

"예. 전 괜찮습니다. 혹 지금 문희 님에게 가시려는지…."

"맞아요."

　다른 사람은 몰라도 전예는 알았다. 용운이 채염을 얼마나 아끼고 사랑하는지를. 제일 먼저 그리로 발길이 향할 수밖에 없었다.

　'아이 얘기는 직접 들으시는 게 낫겠지.'

　말을 삼킨 그가 정중히 손짓을 했다.

"지금 댁이 아니라 다른 데 계십니다. 제가 안내하겠습니다."

용운은 묵묵히 고개를 끄덕이고 전예의 뒤를 따랐다. 두 사람이 향한 곳은 청낭원 내의 별실이었다. 청낭원은 현대로 치면 의대와 대학병원 그리고 기숙사가 합쳐진 개념의 시설이다. 의원을 키워내는 동시에, 그 의원들이 상세가 가벼운 환자들을 대상으로 동의하에 실습을 한다. 전 과정을 마친 실습생은 정식 의원이 되어 청낭원의 선생 겸 의원이 되었다. 혹은 유주성 내에 따로 의방을 차릴 수도 있다.

그러나 대부분은 청낭원에 남는 쪽을 택했다. 청낭원에 거주하는 경우 숙식이 제공됐으며 보수가 후해서이기도 했지만, 무엇보다 보는 사람들의 눈길이 달라서였다. 이 시대는 의원을 천시하는 경향이 강했는데, 유주국에서만은 달랐다. 백성들은 의원을 존경했고 실력이 뛰어날수록 그에 걸맞은 대우를 받았다.

그런 눈빛을 한번 맛본 의생들은 유주국 밖으로 나갈 생각을 하지 못했다. 잠시 파견 정도면 몰라도, 아예 떠난다는 건 상상하기 어려운 일이었다. 이는 실력 좋은 의원을 양성하기 위해 용운이 의도적으로 조성한 분위기였다. 충분히 살 수 있는 사람이 제대로 치료를 못 받아 죽는 경우가 허다했다. 그런 사태를 막으려면 의원 확보가 필수였다.

한의학에 대한 화타의 지식 및 경험과 위생, 소독 등 용운이 알고 있는 현대 의학의 개념이 더해진 효과는 탁월했다. 유주국에서는 사망자가 이 시대 평균 10분의 1 이하로 줄었다. 높은 생존율은 자연히 노동력, 군사력의 확장으로 이어졌고 용운에 대한 칭송도 나날이 드높아졌다. 백성들이 보기에는 중병에 걸린 사람을 왕이 의원을 보내 고쳐주니 칭송하지 않을 수 없었다.

청낭원 후원을 지나자니, 이런 과정들이 용운의 머릿속을 쭉 스쳤다. 덕분에 마음이 조금이나마 진정되었다.

'그래, 이렇게 분노에 가득 찬 상태로 문희를 만날 수는 없어. 우선 진정하자.'

그렇게 잠시 걷자, 작지만 깨끗한 가옥들이 드문드문 위치한 공간이 나타났다. 청낭원의 선생들이 거주하는 장소였다. 채염은 그중 비어 있는 제일 안쪽 집에 있었다. 앞까지 용운을 안내한 전예가 말했다.

"여깁니다. 전 밖에서 기다리겠습니다."

"아니, 가봐요. 내가 흑영대로 찾아갈 테니."

"그리하시겠습니까. 그럼…."

전예를 보낸 용운이 문 앞에서 헛기침을 했다. 누군가 하고 밖을 내다본 자가 깜짝 놀랐다. 머리를 단정히 빗어 넘긴, 정갈한 옥색 장포 차림의 여(女)의원이었다. 청낭원 안에서는 남자 의생은 파란색, 여자 의생은 옥색으로 복색이 정해져 있었다.

"전하!"

"으음, 문희가 여기 있다 해서 왔습니다."

"예, 어서 드십시오. 잠들어 계신데 곧 일어나실 겁니다."

채염을 진료하는 데 지장이 없도록 하기 위해 일부러 여자 의원을 배정한 모양이었다. 용운은 가신들의 이런 배려가 고마웠다. 그는 긴장한 여의원에게 숨죽여 물었다.

"어디가 안 좋은 겁니까?"

"특별히 다치거나 나쁜 곳은 없습니다만, 지금은 아주 작은 충격도 위험할 수 있는 시기입니다. 몇 번 하혈도 했고…. 무엇보다 기력이 너무 떨어져서 걱정입니다. 탕약을 드리면서 계속 지켜보는 중입니다."

여의원은 용운이 채염의 임신 사실을 당연히 아는 줄 알고 설명했다. 용운은 용운대로 이를 다르게 해석해서 들었다.

"그렇군요."

"전 이만 물러나 보겠습니다."

"수고했어요."

여의원은 용운이 들어오자 자리를 비켜주었다. 용운은 잠시 우두커니 서서 채염을 바라보았다.

'문희…'

파리한 얼굴에, 떠날 때보다 더 말라 보이는 몸이 안쓰러웠다. 뭘 그렇게 무리했기에 기력이 떨어진 걸까.

'작은 충격에도 위험할 수 있는 시기라니, 원래 어딘가 몸이 안 좋았던 건가?'

용운은 채염의 옆에 앉았다. 조심한다고 했는데도 기척이 느껴졌는지 그녀가 눈을 반짝 떴다. 잠시 용운과 채염의 시선이 마주쳤다. 힘이 없는 대로 방긋 웃은 채염이 가냘프게 말했다.

"이게 꿈이라면 계속 깨지 않았으면 좋겠어요."

용운은 그녀의 뺨을 부드럽게 어루만졌다.

"꿈이 아니에요, 문희. 내가 돌아왔어요. 너무 늦어서 미안해요."

"보고 싶었어요, 전하."

채염의 눈가로 한 줄기 눈물이 주르륵 흘렀다.

"그리고… 죄송해요."

"죄송하다니, 뭐가? 왜 그런 말을 해요?"

"제가 좀 더 조심했어야 했는데…. 저 때문에 우리 아이까지 위험해졌어요."

용운은 한 대 세게 맞은 것 같은 충격을 받았다. 아이? 아이라니? 그는 떨리는 목소리로 입을 열었다.

"아이…요?"

"네. 먼 길 가시는데 괜히 신경 쓰실까봐 돌아오신 후에 말씀드리려 했는데…."

기쁨, 놀라움, 걱정, 두려움 등 온갖 감정이 마음속에서 어지러이 소용돌이쳤다. 용운은 좀처럼 정신을 차릴 수가 없었다. 분명 그럴 만한 일은 있었지만 이렇게 갑자기. 머리로는 이해했는데 실감이 나질 않았다.

'아이. 그러니까 내가 아버지가 된다고? 내 아버지처럼?'

용운의 나이도 어느덧 서른다섯이었다. 겉보기에는 전혀 늙지 않았으나, 처음 이 세계로 온 이후 무려 십칠 년의 세월이 흘렀다. 이 시대의 기준으로 보아 아버지가 되기에 이미 너무 늦었다. 일찍 혼인한 사람은 손자도 볼 나이였다. 하지만 용운은 아직도 자신이 게임과 역사책을 좋아하는 열여덟 살 소년에 머물러 있는 것 같았다. 그러다 갑자기 자신의 아이가 생겼다는 말을 듣자 어떻게 반응해야 할지 혼란스러웠다. 퍼뜩 정신을 차린 그가 채염에게 다급히 물었다.

"가만, 위험해지다뇨? 설마….'"

"암습을 받았을 때 넘어지면서 배를 땅에 세게 찧었어요. 그때 피가 조금 비쳤고…. 그 후로 계속 배가 굳으면서 아파요. 태동도 느껴지지 않고요. 만약 아기가 잘못되기라도 하면 어쩌죠?"

채염은 말하면서 눈물을 펑펑 쏟았다. 애써 참아온 눈물이 누구보다 믿고 의지할 수 있는 한 사람을 보자 주체할 수 없이 쏟아졌다. 용운이 허리를 굽혀 그녀를 조심스럽게 안았다.

"울지 말아요. 분명 괜찮을 거니까."

"백영이… 목숨과 바꿔 구해준 아기인데."

채염이 흐느끼며 하는 말에, 용운은 가슴이 아렸다.

'그래, 백영. 그 아이를 잃었지….'

도적떼에 몰살당한 마을에 갔다가 발견한 소녀였다. 유일한 생존자인 그녀를 못 본 체할 수 없어 데려와 돌봐주었다. 백영은 은혜에 보답하려는 듯 모든 일에 최선을 다했다. 특히, 만학관에 들어간 후로는 용운의 모습으로 완벽하게 변장하는 데 피나는 노력을 했다. 그리고 결국 그의 모습을 하고 죽었다. 뭔가 떠오른 듯 채염은 훌쩍거리는 와중에 몇 마디를 덧붙였다.

"백영은 전하를 많이 좋아했어요. 아니, 사모했어요. 자신의 목숨보다 더. 마지막 순간에도 전하를 불렀어요."

"…그랬군요."

"그 아이를 잊지 말아주세요."

"그럴게요. 평생 기억할 겁니다."

용운은 진심을 다해 그녀의 죽음을 애도했다. 고맙다. 만약 문희와 아직 태어나지도 못한 아이를 둘 다 잃었다면, 난 버티지 못했을 거야. 넌 내가 계속 살아갈 수 있게 해주었으니 내 목숨까지 구한 거나 마찬가지다. 고맙구나, 백영아, 아니 수아야….

'헤헤, 정말이에요, 전하?'

까르르 웃는 그녀의 어린 시절의 웃음소리가 귓가에 들리는 듯했다. 내성적인 그녀가 용운 앞에서만 보이던 웃음이었다. 그렇게 용운은 또 한 사람을 떠나보냄과 동시에 가슴속 깊숙이 묻었다. 이번 여정은 유난히 아팠다. 원수화령에 백영까지, 소중한 이를 둘이나 잃었다.

'더는 안 된다.'

그는 채염의 머리를 쓰다듬으며 말했다.

"그대도, 아이도 반드시 무사하게 하겠어요. 백영에게 보답하기 위해서라도. 그러니까 그만 울어요. 너무 울면 아기에게 더 안 좋을 거예요. 내가 이렇게 왔으니까, 그냥 마음 푹 놓고 쉬어요."

"네…."

"그런데 생각해보니까 조금 괘씸하네. 대체 언제부터 숨긴 거예요?"

일부러 화난 척하는 용운의 말투에, 채염은 눈이 젖은 채 비로소 조금 웃었다. 그녀는 용운의 손을 꼭 잡고 이런저런 얘길 하다가 다시 까무룩 잠들었다. 용운은 채염이 잠든 후에도 옆에 앉아 손을 놓지 않았다.

'그래도 문희가 무사해서 다행이야.'

어느 정도 긴장이 풀리자 피로가 일시에 몰려왔다. 돌이켜보면 해진, 해보 형제와 싸운 뒤 전쟁을 치르고 곧장 달려온 것이다. 꼬박 72시간 이상을 한숨도 못 잔 건 물론 쉬지도, 먹지도 못했다. 보통 사람이라면 피곤한 정도가 아니라 졸도했을 터였다. 며칠 입원해서 링거라도 맞아야 할 수준이었다. 벽옥접상에 의해 바뀐 체질, 자연의 기운을 계속 흡수하면서 자가 치유하는 특성 덕에 버틴 것이다.

'으음, 이러고 있을 때가 아니라 바로 처리해야 할 일이 많은데. 다쳤다는 서황에게도 가봐야 하고 순욱도 만나야 하고. 또 구금된 사마 일족들도….'

용운이 이런 생각을 하면서 애써 졸음을 쫓을 때였다.

— 아빠?

갑자기 머릿속에 울려 퍼지는 아이의 맑은 목소리에, 그는 화들짝 놀라 주위를 둘러보았다.

"누구야?"

— 아빠야?

"아빠라니, 넌 설마…."

— 난 지금 엄마 배 속에 있어, 아빠. 엄마랑 잡은 손을 통해서 아빠를 느낄 수 있어.

"네, 네가 정말… 내 아이라는 거야?"

— 응. 그럼 누구 아이겠어? 헤헤.

"아…."

용운은 벅찬 기분에 뭐라 해야 할지 몰라 잠시 멍해져 있었다.

그러다 겨우 다시 입을 열었다.

"안녕?"

— 아빠, 웃겨. 안녕이라니. 까르르! 나도 안녕?

"으응. 그런데 너는 아들이니, 딸이니?"

— 난 여자아이야. 그래서 걱정이야.

"오오, 딸이구나! 그런데 뭐가 걱정이야?"

— 아빠의 그 반짝거리는 머리카락이 너무 예뻐서. 딸인 내가 아빠보다 못나 보이면 어떡해?

"하하! 별걱정을 다 하는구나. 넌 아마 세상의 아기들 중에서 제일 예쁠 거야."

— 아빠, 너무 걱정하지 마. 나 사실 갑자기 세게 부딪쳐서 좀 아팠는데, 아빠가 엄마 손을 잡아주면서 되게 따뜻하고 기분 좋은 뭔가가 엄마 몸속으로 들어왔어. 지금은 날 감싸주고 있고. 그래서 이제 괜찮을 것 같아.

"정말? 정말 괜찮은 거야?"

— 응, 정말. 이제 열심히 커서 좀 이따 아빠랑 엄마 만나러 갈게. 그때는 절대로 엄마 혼자 두지 말고 꼭 곁에 있어야 해?

"그래, 그래. 약속하마."

"뭘 약속해요?"

"…어?"

용운은 채염의 목소리에 잠에서 깨어났다. 그녀가 안쓰럽다는 듯 용운을 바라보며 말했다.

"많이 피곤하셨나 봐요. 앉은 채로 잠드시다니. 잠꼬대까지 하시고….”

“아아, 정양성에서부터 쭉 달려왔더니. 이제 괜찮아요. 조금 잔 덕에 피로가 풀렸어요.”

용운은 마지막으로 채염의 손등을 가볍게 토닥이고 자리에서 일어섰다.

“가봐야겠어요. 처리할 일이 많아서. 지금 성의 상황이 안 좋아요.”

“네, 저도 잘 알아요. 얼른 가보세요.”

채염은 조금도 서운한 기색을 보이지 않았다. 자신의 정인이 짊어진 것들의 무게를 잘 아는 까닭이었다.

“금방 또 올 테니 잘 쉬고 있어요.”

못내 아쉬워하며 방을 나가려던 용운이 문득 말했다.

“아 참, 우리 아기는 아무래도 예쁘고 똑똑한 딸인 것 같아요.”

“그걸 어찌 아세요?”

“녀석이 아까 말을 걸더라고요. 꿈속에서.”

“전하도 참.”

용운은 채염의 웃음을 뒤로하고 청낭원을 나왔다. 다음에 들른 곳은 서황의 거처였다. 그는 한쪽 귀가 떨어져 나가고 내장이 진탕됐다. 그 탓인지 아직도 머리에 붕대를 감고 있었다.

“저, 전하!”

용운을 본 서황이 크게 당황하여 일어나려 했다. 그는 나중에 의식이 돌아온 후, 비로소 백영이 용운의 대역임을 들었다. 주군을 지키지 못한 죄책감에 자결할 생각까지 했던 서황은 크게 안도했다. 그러나 눈앞에서 용운과 완전히 똑같은 사람이 화살에 꿰뚫린 모습을 봤다. 그 충격이 여전히 남아 있었다. 또 마음 한 구석에서는 정말 용운이 무사할까 하는 의구심이 있었다. 그러다 용운을 대면하자, 저도 모르게 콧날이 시큰해지고 눈시울이 붉어졌다.

"전하, 정말 무사하셨군요."

용운은 손을 내저어 그가 일어나지 못하게 제지한 후, 조용히 말했다.

"애썼어요, 공명."

"전하, 송구합니다. 아씨를 제대로 지키지 못해…."

"그대는 몸을 던져가며 최선을 다했어요."

"크흑, 전하…."

"다른 생각 말고 어서 회복해 일어날 생각만 해요. 그게 날 돕는 길이니까."

"명심하겠습니다."

그때, 방문이 벌컥 열리더니 한 소녀가 뛰어들어왔다. 유난히 체구가 작은 소녀였다.

"공명 님! 내상약을 새로 타왔…."

용운을 본 소녀가 들어오려다 말고 굳었다. 용운도 놀란 시선으로 소녀를 보았다. 그가 중얼거렸다.

"공명, 설마 나 없는 사이에 딸이 생겼…."

화들짝 놀란 서황이 손사래를 쳤다.

"아니, 아닙니다. 전하!"

"하하, 나도 알아요. 너, 요원이지?"

용운은 한 번 본 사람의 외모를 잊지 않았다. 설령 그 대상이 갑자기 몇 십 배로 커졌어도. 소녀, 요원은 고개를 끄덕였다. 그리고 등 뒤로 접어 붙여두었던 날개를 펼쳐 보였다.

"놀랍구나. 어떻게 갑자기 이리 커진 거지?"

"암습을 당해서 공명 님이 많이 다쳤었는데, 덩치가 작으니까 제대로 간호할 수가 없더라고요. 그 전에도 조금씩 몸이 커지고는 있었지만 그걸로는 어림도 없었죠. 그런데 커지고 싶다고 간절히 염원했더니 갑자기 자라는 속도가 빨라져서 지금처럼 됐어요. 여기서 멈추긴 했지만 이 정도로도 충분해요."

"그랬군."

요원의 설명을 들은 용운은 고개를 끄덕였다. 병마용군의 동력원은 영혼이었다. 비과학적이긴 하지만 분명 그랬다. 그 영혼과 주인과의 결속이 강할수록 병마용군의 힘도 강해진다. 서황을 생각하는 간절한 마음이 성장을 부추긴 모양이라고, 그는 생각했다.

'또 일방통행이어서는 효과가 적지. 아마 서황도 그녀를….'

잠깐 서황과 요원을 번갈아 보던 용운이 말했다.

"어차피 큰 거, 가능하다면 좀 더 커져야겠는데, 요원? 안 그랬다간 서황이 철컹철컹…. 아, 물론 실제 나이는 해당 안 되겠지만 말이야."

"예? 전하, 그게 무슨 말씀이신지…."

서황은 어리둥절해했고 요원은 부끄러운 듯 고개를 푹 숙였다.

그녀의 뾰족한 귀 끝이 빨갛게 달아올랐다.

"하하, 아닙니다. 그럼 충분히 휴양하도록 해요, 공명."

"예, 전하. 빨리 나아서 자리를 털고 일어나겠습니다."

대화하면서 대인통찰로 서황을 확인해보니 전체적으로 능력치가 떨어져 있었다. 아마도 내상 탓이리라. 한데 특이한 점은 호감도 수치와 지력만은 올라 있었다.

'호감도는 그렇다 치고 지력은 왜…'

죽을 고비를 넘기면서 뭔가 깨달음이라도 얻은 걸까. 아무튼 잘된 일이었다.

'그 두 사람도 잘되었으면 좋겠네.'

서황의 집을 나와, 흐뭇한 미소를 머금고 걷던 용운의 표정이 점차 변했다. 지나치게 흥분하지 않기 위해, 분노에 이성을 태워버리지 않기 위해 어쭙잖은 농담까지 했다. 채염이 무사함을 알고 여유가 생긴 까닭도 있다. 하지만 이제 차가운 머리로 일을 처리해야 할 때였다.

인기척을 느낀 사마방이 천천히 눈을 떴다. 뇌옥 앞에 와서 선 사람을 본 그의 얼굴에 인자한 미소가 가득 피어올랐다.

"전하! 무사히 돌아오셨군요."

"건공(建公, 사마방의 자)…"

용운은 사마방을 보자마자 대인통찰부터 사용했다. 그리고 결과를 본 뒤 한숨을 내쉬었다. 용운에 대한 그의 호감도는 92였다. 처음 사마 가문의 반역을 들었을 때부터 의심했던 일이었다.

"건공, 내 장담컨대 지금 여기 흑영대원이라곤 하나도 없고 사마 가문의 사람들과 나뿐입니다. 그러니 솔직히 말해주세요."

"뭐든 말씀하십시오, 전하."

"그대는 정말 나에게 반역하려 했나요?"

주변의 뇌옥에서 동요하는 기색이 느껴졌다. 구금된 사마 가문의 일원들이 둘의 대화에 온 신경을 기울이고 있는 것이다. 사마방은 진심으로 놀란 표정이 되어 말했다.

"반역이라니요. 그럴 리가 있겠습니까, 전하!"

"그런데 왜 전예를 해치려고 했지요?"

"그건 그자가 전하의 눈과 귀를 가려, 진실을 접하지 못하게 했기 때문입니다."

"진실이라는 게 뭔데요?"

자세를 고쳐 앉은 사마방이 진지하게 말했다.

"바로 전하께서 천하의 주인이 될 수 있는 확실한 방법입니다."

"그런 게 있나요? 문약과 봉효 같은 천재들도 감을 못 잡던데?"

"그건 그들이 일을 너무 어렵게 생각하기 때문입니다. 제가 설명해드리겠습니다."

"말해봐요."

"전하, 만약 전하께서 사마 가문의 여식을 왕후로 맞아들이신다면, 가문의 모든 걸 바쳐 유주국의 부흥을 위해 분골쇄신하겠습니다. 그 혼약으로 말미암아 기반을 더욱 탄탄하게 다지고…."

"그리고요?"

그때, 근처의 뇌옥에 있던 삼남, 사마의의 바로 아래 동생인 사마부가 외쳤다.

"아버지! 안 됩니다!"

그러나 이미 사마방은 입을 뗀 후였다.

"안으로는 성혼교를 받아들여 유주국 백성들의 사상을 통일하는 것입니다. 그러자면 전하께서 우선 신도가 되어 백성들에게 모범을 보이셔야 하겠지요. 또 성혼교인을 박해한 전예, 그자를 죽여 익주에 계신 교조에게 사죄해야 합니다."

말을 마친 그는 한기에 몸을 부르르 떨었다. 용운의 전신에서 피어오르는 한기였다. 직접 체감할 수 있을 정도로 뇌옥 전체의 공기가 싸늘해졌다. 살기가 너무도 맹렬하여 한기처럼 작용한 것이다. 다른 사마 가문의 일원들은 숨도 크게 쉬지 못했다.

"그러니까."

용운은 옅은 미소를 띤 채 한 마디, 한 마디를 끊어가며 말했다. 극도로 분노했다는 뜻이었다.

"그대는 지금 노자간(노식)을 죽게 하고, 내 암살을 여러 차례 기도했으며, 여러 군웅들에게 파고들어 천하의 환란을 키우고, 급기야 바로 얼마 전에는 내 정인과 자식을 죽이려 한 무리에."

"…"

"나더러 굽히고 들어가라는 거군요?"

듣고 있던 사마방이 태연하게 답했다.

"그렇습니다, 전하. 다 전하를 위한 일입니다."

사마부는 속으로 탄식했다. 맙소사. 채염 문희, 그녀가 유주왕의 아이를 가졌단다. 그렇다면 왕의 분노가 어느 정도일지 짐작할 만했다. 사마방은 거기에 부채질을 한 꼴이었다.

'이제 사마 가문은 멸족할지도 모르겠구나.'

하다못해 큰형 사마랑이나 둘째 사마의가 있었다면 일이 좀 달라졌을까. 아버지는 대체 언제부터 성혼교에 몸을 담은 것일까.

'이제 만약 중달 형이 이 사실을 안다면….'

사마부는 친형인데도 가끔 사마의가 무서울 때가 있었다. 그가 어떤 일을 벌일지 걱정이었다. 여러 가지 의문과 두려움이 사마부의 가슴을 무겁게 짓눌렀다.

6

용운, 파악하다

　유주성의 지하 뇌옥은 '지하 뇌옥'이라는 단어가 주는 어감보다는 훨씬 쾌적했다. 이 시대에는 죄인들이 감옥에서 병을 얻어 죽는 일이 흔했다. 위생 상태가 불량함은 물론이고 먹을 것도 제대로 주지 않았기 때문이다. 거기다 고문과 매질이 가해지니 버티기 어려웠다. 하지만 유주성의 감옥은 다른 곳과 완전히 달랐다. 이는 죄인의 인권을 생각해서라기보다, 오히려 제대로 처벌하기 위해서였다. 지은 죄에 대한 벌을 받기도 전에 감옥에서 죽어나가는 일을 막으려 한 것이다. 당연히 식사와 의복 등도 제대로 제공되었다. 그래서인지 사마방은 조금 지친 것 외에는 상태가 썩 좋아 보였다. 용운은 한동안 사마방과 이런저런 대화를 나누었다.

　"문약(순욱)에 대해 어떻게 생각해요?"

　"그야말로 하늘이 내린 진정한 재상감이지요."

　"정말, 국양(전예)이 도를 넘었다고 보나요?"

　"그렇습니다, 전하. 그의 전횡은 도를 넘은 지 오래입니다."

언뜻 보기에는 반역자를 심문하는 게 아니라, 신하의 충언을 듣는 자리처럼 보였다. 둘 사이를 갈라놓고 있는 쇠창살만 아니라면. 그렇게 한동안 얘기를 나눈 후였다. 용운은 고개를 끄덕이며 알 수 없는 말을 했다.

"과연 역시 그랬군. 알았어요."

"오오, 전하! 제 뜻을 알아주시는 겁니까?"

"그건 아니지만, 무슨 일이 있었는지는 짐작이 가는군요. 그대의 답에서 몇 가지 일정한 규칙을 발견했거든요."

"전하, 저의 충심을 믿어주십시오. 유주에는 반드시 성혼교가 필요합니다!"

사마방은 마지막까지 성혼교의 필요성을 역설했다. 용운은 씁쓸한 심정으로 자리를 떴다. 그리고 그 뒤로도 한동안 뇌옥에 머무르며, 사마 가문의 한 사람 한 사람과 일일이 대화했다. 반응은 다양했다. 죄스러워 어쩔 줄 몰라 하는 자도 있고 반감을 드러내는 자도 있었다. 또 눈을 감고 입을 다문 채 침묵하기도 했다. 그러나 성혼교를 입에 담거나 옹호하는 자는 전무했다. 단 한 사람, 사마방 외에는.

뇌옥을 나온 용운은 전예의 집무실로 향했다.

"오셨습니까, 전하."

"지금, 건공(建公, 사마방의 자)을 심문하고 오는 길이에요."

"전하께서 보시기에는 어떻습니까?"

"그는 아무래도 머리가 아픈 듯하더군요."

용운은 대화만 나눈 게 아니라 사마방을 유심히 관찰했다. 그가 반역한 과정이 도무지 석연치 않아서였다. 용운을 배신하긴 양수도 마찬가지였지만, 그와 사마방은 뚜렷한 차이가 있었다. 바로 용운에 대한 호감도 수치였다. 양수는 확실한 적의를 보인 반면, 사마방은 여전히 90이 넘는 수치를 유지하고 있었다. 즉 그는 진심으로 자신이 용운을 위해 일을 저질렀다고 믿는 것이다.

게다가 아무리 젊은 시절에 무예를 익혔다곤 하나, 이제 사마방은 백발이 성성한 노인이었다. 그런 자가 흑영대원 2호, 위연이 움직이고서야 간신히 막을 만한 암습을 전예에게 가했다. 힘, 속도, 살기를 누르는 능력 등 모든 면에서 거의 불가능한 일이었다. 용운이 알기로, 이런 증상을 보이는 원인은 단 한 가지뿐이었다.

'성수. 그리고 그 안에 든 나노머신.'

십 년 넘게 지난 일이지만 용운은 여전히 생생하게 기억했다. 조운과 함께 북평으로 가던 도중 들른 마을에서 벌어진 일이었다. 그 마을은 알고 보니 성혼단 지부 중 하나였다. 노인과 여자, 심지어 아이들까지 뭐에 홀린 듯 용운 일행에게 달려들었다. 그들은 무작정 덤비기만 한 게 아니라, 신체 능력도 비정상적으로 높아진 상태였다. 사정을 봐줬다곤 해도 조운의 공격을 버텨 낼 정도로. 결국 사천신녀가 그들을 모조리 도륙했다.

그 마을에서 발견한 게 바로 성수였다. 그 뒤 용운은 사린이 망치 안에 보관해뒀던, 성수가 담긴 플라스크를 안도전에게 넘겨주었다. 성수를 만드는 데 참여했으니 파훼법도 알 터. 거기에 대비한 연구를 시키기 위해서였다. 지금 그나마 나노머신을 다룰 가능성이 있는 이는 안도전이 유일했다. 위원회는 시공을 넘어오면서 현대의 소지품을 딱 한 가지씩 가져올 수 있었는데, 그녀에게는 자체 발전 시스템이 적용된 나노머신 생성기가 주어졌기 때문이다.

전예는 '머리가 아프다'는 용운의 말이 무슨 의미인가 하고 고개를 갸웃거렸다.

"건공에게 광증이 일어났다는 말씀입니까?"

"음…. 그것과는 좀 달라요."

용운은 전예에게 다른 것에 대해 물었다.

"지금 사마 가문의 장원은 어떻게 되어 있죠?"

"봉문하여 폐쇄해둔 상태입니다."

"잘했어요. 누구도, 아무것도 손대지 못하게 해요. 특히, 건공이 썼던 물건은 그게 뭐든 고스란히 보존해요. 안도전이 올 때까지."

"명심하겠습니다."

급한 불은 껐지만 여전히 문제는 남아 있었다. 사마방이 저지른 짓이 성수 안에 있던 나노머신에 의한 행동이라 해도, 설명할 방도가 없다. 다른 가신들이 보기에는 엄연한 반역 행위였다. 행위에는 책임이 따랐다. 더구나 다른 잘못도 아니고 반란이다.

'차라리 횡령 같은 거였다면 귀양 보내는 정도로 마무리할 수 있었을 텐데.'

정보부 최고 수장을 여러 사람이 보는 앞에서 죽이려 했다. 이를 묵인하고 넘어간다면 공정성에 대한 의문이 생긴다. 그런 게 쌓여, 유주국의 법체계와 질서가 뿌리째 흔들리게 된다. 성혼교의 사술이라고 말한다 해서 먹힐지도 의문이었다. 결국, 사마방은 처벌해야만 했다.

'그는 마지막까지 억울해할 테지.'

용운은 생각할수록 화나고 답답해서 미칠 지경이었다. 사마방은 사마의의 부친이라는 것 외에도 유주에 많은 공헌을 했다. 태학의 설립을 적극 지지하고 도왔으며 초대 교장을 맡아 여러 인재를 배출했다. 가주로서 원로들을 설득하고 젊은이들을 어르고 달래어, 가문 전체의 분위기를 친(親)용운 쪽으로 이끌어준 것도 그였다. 사마 가문에서 매년 나오는 수만 냥 단위의 이익 중 반이상을 아낌없이 용운에게 쾌척했다. 순욱과 전예, 곽가 등은 늘암습을 경계토록 대비했으나 이런 식으로 사마방을 노릴 줄 몰랐다. 당하고 보니 그의 자리가 얼마나 컸는지 실감 났다. 더 보호하지 못한 게 후회스럽고 미안했다. 그 감정은 고스란히 위원회에 대한 분노로 치환되었다.

'위원회 놈들, 한동안 잠잠하다 했더니 이런 비열한 짓을.'

하필 이런 일이 벌어지고 있을 때, 상곡군에서는 흡혈마와 식인귀가 날뛰었다. 정양성으로는 해진, 해보를 앞세운 온회의 군대가 쳐들어왔다. 연이어 그런 일에 얽히는 바람에 용운은 제때 귀환하지 못했다. 그사이 귀순한 척하던 양수는 불만 있는 자들을 선동하는 한편, 화영으로 하여금 용운을, 정확히는 용운으로 위장한 백영을 죽이도록 했다. 이 모든 일이 다 겹친 게 정녕 우연일까?

'그럴 리가 없지.'

잠시 고심하던 용운은 순욱을 불렀다. 순욱과 전예는 현재 성에 남은 인원 중에서는 가장 믿을 수 있는 이들이었다. 또한 달라진 위원회의 공세에 맞설 능력을 가진, 몇 안 되는 이들이기도 했다.

'나 혼자 모든 걸 해결할 수는 없어. 믿을 수 있는 사람들과 힘을 합쳐야 해.'

잠시 후, 순욱이 전예의 집무실로 들어왔다.

"전하, 이제야 제대로 인사드리게 되는군요. 오자마자 큰일 겪으셨습니다."

"문약이 더 고생했죠. 무사해서 다행이에요."

둘의 인사는 간단히 끝났지만, 오가는 눈빛만으로도 서로에 대해 깊은 신뢰가 느껴졌다. 그 모습을 지켜보던 전예는 미미한 질투를 느꼈다.

"설마 진짜 체포되는 건가 하고 긴장했습니다."

순욱의 너스레에, 전예는 머쓱한 표정을 지었다.

"송구합니다. 저도 그만 깜빡 넘어갔습니다."

"미안하오, 국양. 그대한테까지 숨겨서. 허나 상대가 워낙 거물인 데다, 명확한 물증이 없어서 말이오."

"이해합니다. 만약 제게 말씀하셨다면, 전 물증을 찾기 위해 사마 가문에 대한 내사를 시작했을 테지요. 그 과정에서 저들이 눈치챘을지도 모릅니다. 그게 아니더라도 제가 위험해졌을 가능성도 있고요. 마지막에 절 노린 걸 보면…."

새삼 사건이 떠올랐는지 순욱의 표정이 굳었다.

"그렇다 해도 건공이 직접 극단적인 행동을 하리라고는 생각도 못했소. 난 그게 놀랍소. 건공을 포섭하여 국양을 노리다니….

건공은 그야말로 아무도 의심하지 않을 사람이고 그대는 우리의 눈과 귀나 마찬가지니, 꼭 군사를 일으켜 쳐들어오지 않더라도 실로 효과적으로 타격을 줄 방도를 찾아낸 셈이오."

용운이 순욱의 말에 덧붙였다.

"두 사람을 부른 것도 그래서입니다. 저들의 방식이 예전과 사뭇 달라졌어요. 이전에는 원소에게 그랬듯 우리와 적대적 관계인 자들에게 능력을 빌려주는 식이었다면, 이번에는 독자적으로, 안팎에서 동시에 일이 벌어지도록 책략을 꾸몄어요."

용운은 순욱과 전예에게 성 밖에서 있었던 일을 상세히 얘기했다. 다 듣고 난 순욱이 놀란 기색으로 말했다.

"그건 우리 움직임을 상당히 상세히 알고 있지 않으면 일어날 수 없는 일이군요."

"그렇죠?"

전예가 분한 듯 으드득 이를 갈았다.

"제길! 나한테 개망신을 줬겠다…. 병주와 익주 쪽은 사람을 심기 어려워서 정보가 거의 없었습니다. 그 틈에…."

"너무 자책하지 말아요, 국양. 저들도 국양의 중요성을 아니까 암살하려 한 거죠. 흑영대로부터 들어온 정보 덕에, 성혼단과 위원회의 수상쩍은 움직임을 차단한 일이 한두 번이 아니었으니까."

"그리 말씀해주셔서 감사합니다. 한데 전하야말로 대단하십니다. 2호 녀석에게 그런 임무를 맡길 생각은 어떻게 하셨습니까?"

용운은 살짝 겸연쩍게 웃었다.

"사실 2호를 안 건 아주 오래됐어요. 그가 유현덕 밑에서 졸병으로 있을 때부터 눈여겨봤거든요. 무술 실력이나 지휘력은 뛰어난 것 같은데, 주변 동료들과 융화를 잘 못하더군요. 그래서 국양의 말을 따르기만 하면 별문제가 없고 개인 능력치가 중시되는 흑영대원으로 삼은 거예요. 그가 설마 2호 자리까지 치고 올라올 줄은 몰랐죠."

"그 녀석, 감히 말씀드리자면 무공만으로는 유주 사천왕에 버금갈 겁니다. 그러니 다른 단점이 좀 있어도 2호 자리에 올릴 수밖에 없었지요. 대신 전하의 말씀대로 2호가 된 지금까지도 딱히 동료나 수하가 없습니다. 하여간 전하의 사람 보는 눈은 중원 제일일 겁니다."

당연했다. 그 사람에 대해 미리 아니까. 뭔가 부끄러워진 용운은 성수에 대해 얘기했다. 아무리 천재라도 아예 개념이 다른 문물을 이해하기란 불가능에 가깝다. 중세 시대 사람에게 스마트폰에 대해 백날 설명해봐야, 그가 생각하는 스마트폰과 실제 스마트폰과는 차이가 날 수밖에 없다. 그나마 그런 물건이 있다는 걸 믿기만 해도 다행이다. 따라서 나노머신은 말해봐야 어차피 이해하기 어려울 테니, 머릿속에 벌레를 집어넣었다는 식으로 말을 바꿨다. 그것만으로도 순욱과 전예는 경악했다.

"맙소사. 그런 흉악한 술법이…. 그럼 지금 건공의 머릿속에 벌레가 있다는 말씀입니까? 회의 주술사가 명령하는 대로 움직이게 되는?"

"그래요."

순욱에 이어 전예도 치를 떨었다.

"어쩐지 이상하다 했습니다. 어디에나 불만을 품은 자들은 있기 마련. 양수를 이용해 그런 자들을 끌어내어 소탕하려 했지요. 허나 사마 가문은 반역할 만한 낌새도, 그럴 이유도 없었는데 역시…."

두 사람은 오래전 초창기부터 용운을 섬겼다. 그렇다 보니 지금까지 위원회나 성혼단과 접할 일도 많았다. 그러면서 보통 상식으로는 이해하기 어려운 일들도 많이 접했다. 예를 들면 천기가 그랬다. 당장 아군인 서황만 해도 날개 달린 요정 같은 것을 키우고 있지 않은가. 덕분에 과학적인 접근보다 이런 식의 설명이 먹혔다. 그 정도가 아니라, 용운의 말에 대해 놀랄망정 일말의 의심도 품지 않았다.

"해결할 수 있는 사람은 안도전밖에 없어요. 그녀는 예전에 잠시 회에 몸담았던 적이 있어서, 그 벌레를 이용하는 술법에 대해 알거든요."

"오오, 그렇군요!"

반색하던 순욱의 안색이 다시 어두워졌다.

"하지만 전하, 그렇다고 해서 건공의 처벌을 피하긴 어렵습니다. 또 그에게는 어쩌면 더 잔인한 일이 될지도 모릅니다. 정신을 차리고 나서 자신이 전하께 무슨 일을 벌였는지 깨닫는다면…."

"…그래도 반역이라는 오명은 벗겨줘야지요. 지금 상태로 놔둘 수도 없고요."

전예가 용운에게 동의를 표했다.

"전하의 말씀이 옳습니다. 그럼 최대한 빨리 그녀를 데려와야 겠군요."

"그래요. 중산군으로 사람을 보내야겠어요."

유주국 중산군. 구 지명으로 기주 중산국 노노현인 그 지역은 여포가 지사로 있는 곳이었다. 현재는 형주로 출진한 여포를 대신해, 부지사인 신기군사 주무가 다스리고 있었다. 이 시점에서 안도전은 성수에 대항할 유일한 방법이나 마찬가지였다. 무슨 일이 있어도 지켜야 했다. 그녀의 중요성을 이해한 전예가 답했다.

"지금 즉시 최고의 실력자를 보내도록 하겠습니다."

뭔가 곰곰이 생각하던 순욱이 그의 말을 이었다.

"건공이 어떤 경로로 성혼교를 접했느냐가 문제군요. 유주성 내에서는 국양 덕에 성혼교의 씨가 마르다시피 한 지 오래입니다. 아마 외부 인사를 통해 그 벌레라는 것이 침입한 게 분명합니다."

용운과 전예가 기다렸다는 듯 동시에 말했다.

"사마 상단."

순욱은 고개를 끄덕였다.

"검증된 인물만 들였다고 생각했습니다만…. 요 몇 개월간 건공 님과 접촉한 상단 관계자를 모두 조사해보도록 하지요."

셋의 대책회의는 이렇게 끝났다. 그 밖에도 해결해야 할 일들이 많았지만, 나머지는 차차 풀어나가야 할 것들이었다. 우선 양수와 사마방에게 말려들어, 어설프게 반란에 가담한 불만분자들이 몇 있었다. 그들은 모두 유주성 밖으로 영구 추방하기로 했다. 다른 곳에서 유주성이 얼마나 살기 좋았는지 깨닫고 다시 돌아갈 수 없음을 실감하는 거야말로 매우 혹독한 처벌이 될 터였다. 또한 양수와 화영의 얼굴을 그린 수배서를 널리 붙이고 추격대를 구성하여 뒤쫓도록 했다.

이번 사건과 관련해서는 처벌받을 자들만 있는 건 아니었다. 백영은 관직을 높여주고 성내에 특별히 그녀를 기리는 묘를 만들도록 했다. 서황 또한 관직을 높였으며 식읍을 늘렸다. 전예는 흑영대장 겸 정보부장의 자리 외에도 추가로 후작위에 봉했다. 가장 큰 공을 세운 순욱은 이미 최고의 자리에 있었기에 벼슬로는 포상하기가 불가능했다. 이에 용운은 해진이 쓰던 채찍을 그에게 내렸다. 그가 무인이 아니었으므로 사용법은 이미 해골패쇄기를 습득하여 애병으로 삼은 바 있는 서황에게 배우도록 했다. 유물을 사용하기 위해서는 사용자의 기(氣)를 각인하는 과정이 필요했기 때문이다.

얼마 후, 한 사내가 유주성을 나서고 있었다. 그는 바로 흑영대원 2호, 위연 문장이었다. 위연은 말을 달리면서 연신 투덜거렸다.

"큰일을 해결한 지 며칠 지나지도 않았는데, 또 중산군까지 보내시다니. 게다가 나는 이미 2호라서 더 승진할 수도 없으니 불공평하지 않은가."

말과는 달리 그는 내심 뿌듯했다. 용운이 직접 어깨를 두드리면서 칭찬하고 부탁하다시피 명했기 때문이다.

'2호, 아니 위연. 내가 없는 사이 정말 잘해줬어요. 역시 믿고 맡긴 보람이 있군요. 이제 중요한 임무를 하나 더 맡기려는데, 역시 그대밖에 믿을 사람이 없어요. 최대한 빨리 중산군으로 가서 봉선 장군의 가신인 안도전을 데려와요. 그녀의 신변에 각별히 유의하면서.'

"어쩔 수 없지. 믿을 사람이 이 2호뿐이라는데. 이랴!"

위연은 중산 방향으로 달리는 말에 더욱 박차를 가했다.

유주성의 때아닌 혼란이 용운의 귀환으로 어느 정도 진정될 무렵. 익주에서는 송강이 두 번째 시련을 준비하고 있었다. 그녀는 용운이 관승을 치하하고 포상하는 모습과 백영의 장례를 치르는 광경 등을 유라의 눈을 통해 보고 귀를 통해 들었다. 유라는 적발귀 유당의 병마용군이자 누이였다. 물론 유라 자신은 그런 사실을 전혀 몰랐다. 관승이 금은보화를 받는 걸 보며 부러워하거나 백영의 죽음에 슬퍼했을 뿐이다. 특정 병마용군과 시야 및 청각을 공유하여 동시에 보고 들을 수 있는 것. 이게 천강위들도 모르는 송강의 천기 중 하나, 감각공유(感覺共有)였다. 그는 이 천기를 이용해 익주 내에서도 바깥의 일들을 훤히 알고 목표물을 감시해왔다. 한 번에 하나의 병마용군하고만 공유가 가능하다는 한계가 있긴 했지만, 그래도 강력한 천기임에는 분명했다. 송강은 집중을 풀고 침상에서 일어나 앉았다.

"생각보다 잘 수습했군. 설마 전예 곁에 비밀 호위를 심어두고 제 허수아비까지 만들어뒀을 줄이야. 진용운, 생각보다 치밀해."

그녀의 중얼거림에, 가영이 대꾸했다.

"그렇다 해도 사마 가문이 봉문됐으니 타격이 클 것입니다."

"그 타격은 당장 나타나진 않을 거야. 서서히 누적되다가 상행이 끊기고 사마 가문 출신의 관리들이 맡아 하던 일에 지장이 생기고 나면 한꺼번에 몰려들겠지. 그때까지 기다리기만 할 생각은 없어. 이번 일 덕에 효과가 더 커질 두 번째 시련을 내려줘야지."

첫 번째인 상실의 시련은 일부만 성공하는 데서 그쳤다. 이 상실의 대상은 이미 밝혀졌듯 사람이었다. 원래대로라면 진짜 목표였던 전예에 더해, 채염, 사마방, 그 밖에 사마 가문의 모두를 잃게 됐을 것이다. 그랬다면 말 그대로 상실이 뭔지 용운에게 톡톡히 느끼게 해줬을 터였다. 송강은 맨살이 드러난 다리를 길게 뻗으며 말했다.

"두 번째 시련은 궁핍(窮乏)."

가영은 무릎 꿇고 앉아, 그녀의 작은 발을 제 허벅지에 얹었다. 그 자세에서 양가죽으로 된 신발을 신겨주며 답했다.

"다스릴 땅이 커진 만큼 소모되는 세금도 엄청나게 많아졌지요. 게다가 진용운은 가뜩이나 세금을 적게 걷으니…."

"이제까지는 사마 가문에서 바치는 일종의 기부금으로 메웠으나, 그게 힘들어졌지. 게다가 나머지 자금줄마저 막히면 어떻게 될까? 그때도 그가 그토록 아끼고 돌보는 백성들이 여전히 그를 지지할까? 가난과 굶주림은 부모 자식과 부부 사이마저 갈라놓는 건데 말이야."

가영이 씩 웃었다.

"그야말로 왕에게 걸맞은 시련이라 할 수 있겠군요."

"참, 조조와 원술의 전쟁은?"

"현재로서는 원술 쪽이 좀 유리합니다. 아무래도 그쪽에 천강위 둘이 있는 데다 조조는 오용과 동평을 잃는 바람에…."

"그럼 안 되지. 조조가 이겨야 마지막 세 번째 시련을 행하기가 쉬워지거든."

"그럼 조조를 좀 도울까요?"

"아직 남은 사람이 있어?"

"최근에 예언을 받아온 자가 있지 않습니까. 장청도 부상에서 다 회복했고요."

"아아, 그 둘이 있었지, 참."

나머지 천강위들은 전부 죽거나 뿔뿔이 흩어졌다. 예전처럼 임무를 받아 파견된 게 아니라, 아예 회를 배신하거나 개인의 목적을 위해 떠난 자들도 다수였다. 관승, 오용, 진명, 호연작, 화영, 유당, 이규 등이 다 그런 축에 속했다. 그러고 보니 천강위도 이제 얼마 남지 않았다. 지살위는 말할 것도 없었다.

'천 년의 제국을 이루고자 했는데, 백 년, 아니 오십 년도 지나지 않아 이 모양이라니. 역시 우리로는 안 돼.'

송강은 새삼 자신의 선택이 틀리지 않았음을 실감했다.

'더 강해져, 진용운. 더욱더 담금질해줄 테니.'

이 감정이 기대인지 증오인지, 아니면 왕에 대한 애정인지, 이제 송강 자신도 알 수 없었다. 그저 끝을 향해 나아갈 뿐이었다.

206년 겨울 현재, 조조군은 크게 두 갈래로 나뉘어 있었다. 하나는 하후돈이 지휘하는 정예 유격부대였다. 이 부대는 진류성을 함락한 후 그대로 남하하여, 원술의 근거지이자 곡창지대인 여남을 노렸다. 원술군은 전선을 길게 펴 국지전이 일어날 때마다 전개했던 부대를 감싸듯 하여 대응해왔다. 그 전략을 깨뜨리는 한편, 오래 끌어온 전쟁을 끝내기 위한 전략이었다.

나머지 하나는 조조가 직접 거느린 본대다. 조조군 본대는 각성한 우금의 활약으로 기세를 타, 패국을 탈환하고 갇혀 있던 진규를 구했다. 한편 원술은 안방인 여남이 위태롭다는 전갈에, 무송과 노지심에게 가후를 딸려 보냈다. 그러나 원술 자신은 여음에 머물러 있었다. 모든 병력을 집결한 다음, 일거에 북진하여 조조를 격파하겠다는 욕망 때문이었다.

하후돈의 유격대는 가후 및 정립이 이끄는 원술군과 신급현에서 조우했고 첫 싸움에서 패했다. 노지심과 무송이 이끄는 복병에게 당한 것이다. 많은 병사를 잃었지만, 더 심각한 문제는 장수들의 부상이었다. 특히, 조인은 도저히 싸우지 못할 지경이라 진채를 차리고 요양해야 했다. 그러던 차에 원술의 장수인 진기의 병사들 중 장패와 친하게 지내던 자들 몇 명이 탈영하여 투항해왔다. 그들로부터 수송대에 대한 정보를 얻은 하후돈은 직감했다. 이게 승패를 가르는 열쇠라고. 하후돈의 명을 받은 하후연과 조창은, 허창으로 북상 중인 적의 수송부대를 향해 출발했다. 며칠 뒤, 두 사람은 드디어 수송대를 발견했다.

"저 부대인 모양입니다, 숙부."

조창이 말했다. 그의 목소리는 열에 들떠 거칠었다. 하후연은 고개를 끄덕였다.

"그렇구나. 규모가 엄청나 속도를 내지 못한 모양이다. 저 군량을 빼앗으면 더할 나위 없겠지만, 불태워 없애기만 해도 아군의 승리다. 여의치 않으면 불을 질러버리거라."

"그러지요."

"그럼 곧바로 공격하자꾸나."

하후연과 조창의 부대는 원술군 수송대를 야트막한 협곡 위에서 내려다보고 있었다. 그러다 적당히 가까워지자 함성과 함께 아래로 달려 내려갔다.

"헉!"

"적의 기습이다!"

수송대는 소스라치게 놀라 허둥댔다. 그러나 협곡 사이의 길이 전부 수레로 메워질 정도라 대응이 느렸다. 그사이 수송대 앞에 도달한 하후연과 조창은 닥치는 대로 적병을 쳐 죽이며 날뛰기 시작했다. 곧 병사들은 수레를 버리더니 일제히 달아났다. 협곡 안에는 엄청난 숫자의 수레들만 덩그러니 남겨졌다.

"뭐지, 이게?"

얼떨떨해진 하후연이 말한 직후였다. 수레의 행렬 뒤편에서 두 인영이 모습을 드러냈다. 상대를 확인한 조창이 눈을 부릅떴다.

'저년은!'

하후돈을 위기에 몰아넣었던 거구의 여인.

'무송이라 했었나.'

나중에 이름을 알아보았다. 무송은 실로 강했다. 그녀가 먼저 퇴각하지 않았다면, 하후돈을 도우려고 나섰던 조창 자신도 쓰러졌을 터였다.

하후연은 하후연대로 놀랐다. 무송의 옆에 제 키보다 큰 쇠지팡이를 짚고 서 있는 소녀 때문이었다. 그녀는 조인을 빈사 상태에 몰아넣은 장본인이었다.

'노지심⋯.'

하후연이 활을 쏴 막았지만, 제대로 맞힌 건 한 대도 없었다. 이 두 사람이 여기 있다는 건⋯.

"함정⋯이었던 모양이군."

하후연이 중얼거렸다. 조창은 이를 드러내고 웃었다. 그는 궁지에 몰렸을 때 더욱 힘을 발휘하는 종류의 인간이었다.

"수송대를 보호하려고 나선 걸 보면, 우리가 영 헛짚은 건 아니라는 뜻이지요."

"그런가. 그럼 여기서 이기면 함정을 이득으로 만들 수도 있겠구나."

두 장수를 본 무송과 노지심은 눈살을 찌푸렸다. 무송이 어이없다는 듯 중얼거렸다.

"벌써 이긴 것처럼 말하네?"

노지심도 화난 어조로 말했다.

"나한테 화살 쏜 사람이야, 무송."

"응. 저 수염이 누런 놈은 날 방해했던 녀석."

문득 노지심이 의기양양한 투로 으스댔다.

"거봐, 나 따라오길 잘했지?"

"뭐? 왜?"

"저쪽, 두 명이잖아."

"저 정도는 나 혼자로도 충분하거든?"

"하지만 한 명은 활쟁이인걸. 그리고 무송, 오는 도중에도 계속 엉뚱한 길로 가려고…."

무송은 얼른 큰 소리로 웃으며 얼버무렸다.

"하핫, 그래. 역시 노지심과 떨어질 순 없지."

울상이 되다시피 했던 가후의 얼굴이 떠올랐다. 그는 어떻게든 노지심을 남겨 본진 수비를 맡기려 했으나 결국 실패했다. 가후가 진짜로 곤란해한 이유는 전력 약화보다 정립에 대한 명분이 없어져서였다. 노지심과 무송이 자신의 통제만 따른다는 걸 보여줘야 했는데 그러지 못한 것이다. 무송은 입맛을 쩝 다셨다.

'미안, 가후. 어쩌겠어. 우린 한 번도 떨어져본 적이 없거든.'

그런 주위 사람들의 고생을 아는지 모르는지, 노지심은 사뭇 결의에 찬 투로 말했다.

"우리 밥 빼앗으려고 왔어."

"턱도 없지. 박살 내버리자."

무송은 조창에게, 노지심은 하후연을 향해…. 두 여장수는 말도 타지 않고 수레 위를 건너뛰며 달려왔다.

"카하하하, 죽여주마. 망할 년들!"

조창은 광소를 터뜨리며 마주 달려 나갔다. 하후연은 제자리에 서서 재빨리 활을 겨눴다. 무송이 귀찮다는 듯 앞을 가로막은 조창에게 주먹을 내질렀다. 쾅! 무송의 눈이 조금 커졌다. 조창이 마주 주먹질을 해서 그녀의 주먹을 맞받은 것이다. 충격은 거의 없었으나 그 바람에 돌진이 멈췄다. 반면 조창은 주먹의 살이 터지면서 피가 배어 나왔다. 관자놀이에 힘줄이 불끈 솟았다.

'쓰벌, 이 힘. 저번에도 느꼈지만 온몸이 부서지는 것 같구먼.'

그 옆을 노지심이 비호처럼 스치고 지나갔다.

"어딜!"

조창은 반대편 손으로, 수레에 실린 쌀가마니 하나를 집어던졌다. 무서운 괴력이었다. 쌀가마니는 거력이 담긴 채 빙글빙글 돌면서 노지심에게로 날아갔다. 힐끗 뒤를 돌아본 노지심이 철선장으로 쌀가마니를 내리쳤다. 퍽 하고 가마니가 터지며 쌀이 산산이 흩어졌다. 그때, 빈틈만 노리던 하후연이 활시위를 놓았다. 쐐액! 날카로운 소리와 함께 화살이 노지심의 머리로 날아갔다.

"활쟁이, 싫어!"

노지심은 다급히 철선장을 휘둘러서 화살을 쳐냈다. 그러나 화살은 한 발이 다가 아니었다. 동시에 쏜 또 다른 화살 하나가 무송의 오른쪽 어깨에 박혔다.

"어라?"

무송이 당황한 소리를 냈다. 조창의 머리에 가려, 미처 자신에게 날아오는 화살을 못 본 것이다. 직전에야 고개를 틀어 화살을 피한 조창이 히죽 웃었다.

"어떠냐, 한 방 먹었지?"

"시도는 좋았는데…."

"뭐?"

"너희, 큰일 났다."

무송은 턱짓으로 노지심 쪽을 가리켰다. 그녀는 아연해져서 무송을 바라보고 있었다.

"무송, 화살, 맞았어?"

"응. 겁나 아파."

말과는 달리 무송은 아무렇지 않게 어깨를 흔들어 화살을 떨쳐냈다. 이번에는 조창의 눈이 커졌다. 깊이 박힌 줄 알았던 화살은 거죽을 살짝 찔렀을 뿐이었다.

'그러고 보니 이 여자, 갑옷도 입지 않았잖아.'

원래는 어깨를 꿰뚫었어야 정상이었다. 한데 피가 조금 나는 정도가 다였다.

'대체 몸이 얼마나 단단한 거야?'

그래도 노지심에게는 다른 의미로 심각하게 받아들여지는 모양이었다.

"피 난다, 무송…."

노지심의 목소리에 울음이 섞였다. 그러거나 말거나, 기회를 놓칠 하후연이 아니었다. 그녀가 얼마나 무서운 적인지 잘 아는 그였다.

'겉모습에 현혹되어서는 안 된다.'

하후연은 재빠른 손놀림으로 연거푸 활을 쐈다. 화살 뒤에 화살, 또 그 뒤에 화살. 혼신을 다한, 기예에 가까운 궁술이 발휘되었다. 세 발의 화살은 조금씩 거리를 둔 채 동시에 날아왔다. 그렇다고 일직선상도 아니었다. 맨 처음의 화살을 막거나 피해도, 곧바로 두 번째 화살에 맞을 수밖에 없는 절묘한 위치와 거리다.

예기치 못한 일이 벌어진 건 그때였다.

천기 발동, 여래광풍(如來狂風)!

허공에서 거대한 손바닥이 나타나 협곡 사이를 세차게 휘저었다. 그러자 강렬한 돌풍이 일었다. 제대로 서 있기조차 힘든 바람에, 하후연은 말에 탄 채로 뒤로 고꾸라졌다. 갑작스러운 돌풍에 놀란 조창이 주먹 쥐었던 손을 폈다. 그러자 그와 주먹을 맞대고 있던 무송도 자연스레 손가락을 벌렸다. 이어서 그 사이에 제 손으로 깍지를 껴버렸다. 조창은 기겁해서 날뛰었다.

"아니, 이 미친년! 무슨 짓이야?"

"같이 날아가기 싫으면 꽉 잡아."

무송은 조창의 손을 힘껏 잡은 채 돌풍을 버텨냈다. 그 서슬에 하후연이 날린 화살은 다른 방향으로 날아가버렸다. 바람이 잔잔해졌음을 깨달은 조창이 고개를 들고 이죽거렸다.

"흐흐, 잡아줘서 고맙…."

콰앙! 순간, 그는 정수리에 엄청난 충격을 받았다. 눈이 휙 뒤집혔다. 어느새 달려온 노지심이 철선장으로 그의 머리를 내리친 것이다. 무송은 축 늘어지는 조창을 보면서 가볍게 한숨을 내쉬었다.

"내가 너희 큰일 났다고 했지?"

그때, 이미 노지심은 그 자리에 없었다.

7

대립하는 천강위들

하후연은 조창이 무너지는 걸 보며 외쳤다.

"황수아(조창의 아명)!"

순간, 시야가 어두워지더니 차가운 목소리가 들려왔다.

"무송, 피 나게 했어. 활쟁이 죽일 거야."

"…!"

하후연과 조창은 백 보 이상 떨어져 있었다. 한데 조창을 쓰러뜨린 노지심은, 하후연이 한 소리 외치는 사이 그 거리를 격하여 나타났다. 어떻게 그게 가능한지 고민할 새도 없이 철선장이 그의 머리 위로 벼락처럼 떨어졌다.

"큭!"

하후연은 급한 김에 활을 들어 막으려 했다. 아무리 세게 당기고 휘어져도 끄떡없던 활대가 단숨에 부러졌다. 그걸 보며 하후연은 다급히 몸을 틀었다. 머리를 노린 철선장이 그의 왼쪽 어깨를 쳤다. 단숨에 어깨뼈가 부러지며 왼팔이 축 늘어졌다. 하지만 하후연 또한 십 년 이상을 전장에서 보낸 역전의 맹장이었다. 그는 고통을 억눌러 참으며 성한 오른손으로 검을 뽑아 휘둘렀다. 쟁! 철선장으로 검을 쳐낸 노지심은 그대로 한 바퀴 돌면서 하후연의 옆구리를 가격했다.

"크헉!"

숨이 콱 막혔다. 하후연은 못 견디고 풀썩 주저앉았다. 노지심이 그에게 재차 철선장을 내리치려는 찰나였다. 쾅! 폭음이 일면서 그녀의 작은 체구가 뒤로 쏜살같이 날아갔다. 그때, 무송은 축 늘어진 조창의 먹살을 쥔 채 한 대 쥐어박은 다음, 결정타를 먹일까 말까 망설이던 중이었다. 조창이 노지심에게 맞아 기절한 상태가 아니었다면 이미 주먹의 태풍을 맞았을 것이다. 한순간이나마 자신에게도 맞섰던 상대를, 정신을 잃은 사이에 죽인다는 게 뭔가 마음에 안 들었다. 그 망설임이 조창을 살렸다.

"노지심!"

노지심이 날아가는 광경에, 무송이 조창을 팽개치고 달려가려할 때였다. 누군가가 협곡 위에서부터 뛰어내려 그녀의 앞을 가로막았다. 뒤이어 차가운 목소리와 함께 검이 뻗어왔다.

"지금 그쪽에 신경 쓸 때가 아닐 텐데."

분명, 들어본 적 있는 음성이었다. 이 검격 또한 마찬가지였다. 한 치의 틈도 없이 그저 피할 수밖에 없는 완벽한 공격. 놀란 무송이 내뱉었다.

"주동?"

검은색 무복 차림의 사내가 길고 아름다운 수염을 쓰다듬으며 대꾸했다.

"오랜만이군, 무송."

"당신이 왜 날 공격하는 거지?"

"상황이 바뀌었다. 조조를 도우려는 게 그분의 뜻이다. 원술을 버리고 떠나라."

"뭐? 그렇게 멋대로…. 잠깐 멈추라고!"

퍼픽! 검을 피하던 무송의 몸이 크게 흔들렸다. 등 뒤에서 갑작스레 가해진 일격 탓이었다. 쌍장을 내밀어 등을 후려친 장본인이 말했다.

"앗? 끄떡도 없네. 죄송해요. 헤헷."

"너…."

소년처럼 짧은 머리에, 초록색 경장을 입고 귀여운 외모를 가진 소녀. 바로 주동의 병마용군인 청청(靑靑)이었다. 노한 무송이 몸을 돌리며 강렬한 정권을 뻗었다. 청청은 원숭이처럼 그녀의 팔을 휘감아 돌아 공격을 피했다. 이어서 무송의 어깨를 밟고 폴짝 뛰어넘어 주동의 옆에 가서 섰다.

"헤헷, 들은 것만큼 그렇게 강하진 않네요."

청청의 말에, 시선을 무송에게 고정한 주동이 대꾸했다.

"쓸데없는 짓을."

"하지만 선생님 이름을 막 부르고 말씀에도 토를 달아서…. 어라?"

말하던 청청이 비틀거리더니 엉덩방아를 찧었다.

"어? 제가 왜 이러죠, 선생님?"

당황하는 그녀에게, 주동이 말했다.

"권풍(拳風, 주먹이 일으킨 바람)을 가까이에서 접한 탓에 내부가 뒤흔들렸다. 정통으로 맞았다면 뼈도 못 추렸을 거다. 잠시 그렇게 앉아 있어라."

"흐에에…."

청청이 울상을 지었다. 무송 쪽을 본 그녀는 오싹 소름이 끼쳤다. 무송에게서 시커먼 살기와 기파가 아지랑이처럼 피어올라 협곡을 가득 메우다시피 했다. 검세를 취한 주동이 입을 열었다.

"다시 말한다. 상황이 바뀌었다. 이건 그분의 지시이니, 계속 맞선다면 회에 대한 반란으로 간주하겠다."

"…원술 편에서 싸우면 안 된다는 건가?"

"그건 네 자유다. 단, 내가 당분간 조조군에서 싸울 것임을 명심해라."

무송은 힐끗 시선을 돌렸다. 좀 떨어진 곳에서는 노지심이 철선장을 휘둘러 암기를 막아내느라 바빴다.

"익, 이익!"

놀랍게도 괴력의 소유자인 노지심이 한 발 막아낼 때마다 조금씩 뒤로 밀리고 있었다. 암기의 정체는 비황석이라 불리는 돌이었다. 평범한 돌이 아니라 기(氣)를 담을 수 있는, 특수한 재질로 만들어진 돌이다. 기가 담긴 돌은 던질 때는 가볍지만, 상대에게 맞는 순간 수백 배로 충격이 증폭되었다. 그 비황석을 유물로 가졌으며, 또 쓸 수 있는 사람은 무송이 알기로 단 한 명뿐이었다.

"장청도 왔나."

무송의 물음에, 주동은 고개를 끄덕였다.

"그렇다."

노지심은 원거리 공격에 약한 편이었다. 하필 상대가 장청이었다. 상성이 나빴다. 숨을 내쉬어 살기를 가라앉힌 무송이 말했다.

"여기선 물러나도록 하지. 그러니 공격을 멈춰라."

주동이 세차게 휘파람을 불었다. 그러자 팔매질이 뚝 멎었다. 성나서 달려가려는 노지심의 허리를 어느 틈에 다가온 무송이 붙잡아 안았다.

"기다려, 노지심."

"무송!"

"저거 장청이야. 회의… 알지?"

"장청? 장청이 날, 왜?"

"일단 후퇴하자. 가서 얘기해줄게."

"하지만 우리 밥은?"

"먹게 해줄 테니까 걱정 마."

마지막으로 주동을 한 번 노려본 무송은 노지심을 어깨에 앉히고 순식간에 달아났다. 주동은 비로소 긴장을 풀고 검을 늘어뜨렸다.

"후."

몸이 정상으로 돌아온 청청이 벌떡 일어서며 종알댔다.

"우와, 신기하다! 몸이 말을 안 들었어요. 그나저나 선생님께서 긴장하신 모습은 처음 봐요. 무송은 선생님보다 서열도 낮잖아요?"

"겨우 한 단계 차이다. 그리고 서열이 무의미한 녀석들이 몇 명

있지. 저 무송과 노지심 외에 호연작, 이규, 사진 같은⋯.”

“으엑, 어쩐지 죄다 피하고 싶은 이름들이네요.”

그때, 하후연이 다가오는 걸 알아챈 주동이 말했다.

“이제부터는 입을 다물어라.”

하후연은 고통스러운 표정으로 옆구리를 감싼 채였다. 그런 중에도 주동을 향해 포권하며 말했다.

“고맙소, 덕분에 중요한 임무를 이행할 수 있었소이다. 괜찮다면 귀공의 존함을 알려줄 수 있겠소?”

“주동이라 합니다. 무명의 필부에 불과합니다.”

“무명의 필부라기에는 실로 훌륭한 검술이었소.”

“수련을 마치고 출사한 지 얼마 되지 않았습니다.”

“어디로 가시던 길이오?”

주동은 검을 검집에 넣으며 답했다.

“제 고향은 여남으로, 태어나서부터 지금까지 쭉 그곳에서 자랐습니다. 피치 못할 사정이 있어 여남을 떠나 업성으로 향하던 중, 우연히 귀공이 위험에 처한 걸 보고 나선 것입니다.”

“그 정도의 실력이라면, 여남의 주인인 원공로가 중히 썼을 터인데. 떠나는 이유라도 있소?”

슬쩍 떠보는 하후연에게, 주동은 짐짓 분개한 척 말했다.

“제가 오랫동안 수련에 전념하는 사이 집안이 풍비박산 났더군요. 저희 가문은 여남의 유지였는데, 재산과 땅을 탐낸 원술 놈이 아버님과 일족들을 해치고 강제로 빼앗은 것입니다. 피가 거꾸로 치솟는 듯했지만 제 실력이 아무리 뛰어나도 혼자 원술에게 맞서긴 어려웠습니다. 마침 맹덕 공이 놈과 싸우는 중이라는 얘기를 듣고 거기 합류하려 했습니다만."

주동은 안광을 날카롭게 빛내며 검을 약간 뽑았다.

"혹 그대는 원술의 수하입니까?"

하후연은 상처의 아픔도 잊고 서둘러 손을 내저었다.

"당치 않소! 사실 난 맹덕 님을 모시는 장수요."

"맹덕 님의 장수가 어찌 이곳까지 내려와 있단 말입니까?"

"오랫동안 수련만 했다더니 그대가 돌아가는 정세를 잘 모르나 보오. 맹덕 님은 원술의 세력을 완전히 격파하기로 마음먹고 일군을 파견하였소. 그 부대의 지휘관 중 하나가 바로 나요. 신급현에서 일전을 치르던 중 적의 수송부대가 여길 지난다는 정보를 입수하여 기습한 참이었소."

주동은 검 손잡이를 놓고 기쁜 빛을 보였다.

"오, 잘되었습니다! 그렇다면 이거야말로 인연이 아닙니까? 맹덕 님을 모시러 가던 길에, 그분의 장수를 돕게 되다니."

"그러게 말이오."

하후연 또한, 약간 남아 있던 의구심을 풀었다. 이 주동이라는 자가 갑자기 나타난 시점이 절묘했을뿐더러, 적장과 뭔가 대화하는 듯하여 의심이 일었던 것이다. 그는 주동의 부축을 받으며 조심스레 물었다.

"한데 아까는 무슨 얘길 한 거요?"

"아아, 여자에게 손을 쓰고 싶지 않으니 물러나라고 했습니다."

"허허! 그 여자는 보통 여자가 아니오. 사정을 봐주고 할 상대가 아니란 말이오."

"예, 그런 것 같더군요. 사실 계속 싸웠다면…."

주동은 턱으로 조창 쪽을 가리켰다. 기절한 조창의 옆에는 짧은 머리에 팔이 유난히 긴 사내가 앉아서 상태를 살피고 있었다.

"저분이 위험해질까 우려되어 물러나도록 한 것입니다."

"저 사람은?"

"염려 마십시오. 저와 함께 수련한 벗입니다. 제가 검술을 익히는 사이, 저 친구는 암기술을 익혔지요."

"과연 빼어난 솜씨였소. 보이지도 않는 곳에서 정확히 팔매질을 하더이다."

주동은 연기가 아닌 진심으로 조금 놀랐다.

"그게, 저 친구가 던지는 돌이 보이셨습니까?"

"흉한 꼴을 보이긴 했지만, 나 또한 궁술을 특기로 하는 자요. 필부들보다는 훨씬 눈이 좋소."

주동과 하후연이 다가오자 긴 팔 사내가 일어서서 포권했다.

"장청이라 합니다."

"반갑소. 사연은 주동 공에게서 들었소. 도움 주셔서 고맙소이다. 한데 그 녀석의 상태는 어떻소?"

"머리를 세게 맞았으나, 다행히 생명에는 지장이 없는 듯합니다. 그저 정신을 잃은 것뿐입니다."

"휴, 다행이구려."

하후연은 데려온 병사들에게 일러, 협곡에 흩어진 수레를 거두도록 했다. 그는 썩 기분이 좋았다. 좀 다치긴 했지만, 대신 주동과 장청이라는 실력자들을 거뒀기 때문이다. 둘은 하후연이 함께 싸우자고 제안하자, 크게 기뻐하며 그 자리에서 수락했다.

"이렇게 빨리 원수를 갚을 기회가 올 줄은 몰랐습니다."

주동의 말에, 하후연도 좋은 말로 대꾸했다.

"내 두 사람의 공은 반드시 주공께 알려 좋은 자리를 만들어보겠소."

"그래 주신다면 더할 나위 없지요."

적당한 수레에 조창을 눕힌 하후연은 병사들을 지휘하여 신급현으로 돌아갔다. 물론 주동과 장청도 함께였다.

며칠 후, 하후연 일행은 신급현에 도착했다. 초조해하며 기다리던 하후돈은 크게 기꺼워했다. 그에게 지난 일을 설명한 하후연이 말했다.

"수레가 너무 많아 다 끌고 오지 못했습니다. 행여 적들이 가져가지 못하도록 태워버렸는데 아깝군요."

"아니, 잘했네. 애초에 우리 군량이 부족해서가 아니라, 적의 밥줄을 끊으려고 취한 작전이니까. 목적은 충분히 달성했어."

그는 주동과 장청의 어깨를 두드리며 반겼다.

"환영하오. 묘재에게서 얘기는 잘 들었소. 도움을 주어 고맙소."

"저희야말로 받아주셔서 감사합니다. 복수할 날이 더 가까워졌으니까요."

하후돈은 그들에게 막사를 내어주고 병사도 배당했다. 잠시 후, 유엽이 다가와 우려의 뜻을 표했다.

"장군, 조금 주의하시는 게 좋겠습니다. 우연치고는 너무 공교로운 게 아닌지….”

"자양(子揚, 유엽의 자), 나도 그런 생각을 했네만, 정말 우연일 뿐이라는 결론이 났네. 저들에게 딴 뜻이 있었다면, 그 자리에서 황수아와 묘재가 죽도록 버려두면 될 것을 뭐하러 굳이 구해줬겠나?”

"우리 영내에 잠입하려 한 게 아니겠습니까?”

"알아내봐야 단둘이서 뭘 한단 말인가? 아, 그 시녀까지 합하면 셋이로군. 또 어차피 아군이 여기 있다는 사실은 다 알려져 있네. 당장 코앞에서 가후의 부대와 대치한 상태니까. 이렇게 번거롭게 일을 벌일 필요가 없다는 걸세.”

유엽이 생각하기에도 그랬다. 더구나 원술군에게는 무엇보다 식량이 중요한 상황이었다. 그걸 버리고서까지 저 주동과 장청이라는 자들을 잠입시키려 할 것 같지는 않았다.

'허나 이상하게 뭔가 마음에 걸리는구나. 그게 뭔지는 잘 모르겠지만…. 나라도 저들을 잘 살펴봐야겠다.'

한편, 본진으로 돌아간 무송과 노지심은 정립에게 크게 책망을 당했다.

"수송부대를 못 지키고 쫓겨 왔다고? 수레 한 대도 못 건지고? 그게 지금 할 말인가?”

"아아, 미안.”

무송의 불량한 태도가 정립의 화를 더욱 돋웠다.

"내, 그대들을 군법으로 엄히 다스려야겠다."

그의 말에, 무송은 입가를 비틀며 웃었다.

"뭐 어떻게 할 건데?"

"그래도 네 녀석이…."

가후가 얼른 끼어들어 두 사람을 말렸다.

"총군사, 잠깐 진정하시지요. 무송 장군도 그만하십시오."

"빌어먹을, 더러워서 못해먹겠네."

욕설을 내뱉은 무송은 노지심의 손을 잡고 막사로 돌아가버렸다. 황당한 표정으로 서 있던 정립이 길게 한숨을 내쉬었다.

"후우…."

"총군사, 이해해주십시오. 워낙 성정이…."

"아무리 품종 좋은 말이라 해도 길들여서 탈 수 있어야 비로소 쓸모가 있는 법. 저 둘의 실력이 뛰어나긴 하나, 이래서야 어찌 장수로서 부린단 말인가? 더구나 임무에 실패하기까지 했는데 저 태도는 무언가?"

"적들이 이미 대비하고 있었다 하니, 어쩔 수 없었지 않겠습니까?"

"그것도 이상하네. 비록 진기가 경솔하게 행동했다고 하나, 벌써 우리 보급 문제에 대한 정보가 적들의 귀에 들어갔다는 건가?"

"실은 진기의 수하 몇이 탈영했다고 합니다."

"그건 그렇다 쳐도 얼마 전까지만 해도 무송과 노지심에게 맥도 못 추던 적장들이 어찌 저들을 오히려 쫓아 보낼 수 있단 말인가? 그런 싸움을 치렀는데 긁힌 자국 하나 없고 말일세."

"군사께서는 지금 저들이 적과 내통했다고 보십니까?"

"그건 아니네만, 임무를 가벼이 다뤘을 가능성은 충분하네. 당장 보낼 때만 해도 그 노지심이라는 아이는 싫다고 고집부렸지 않나."

"그건…."

"내가 우려하는 게 이런 것일세. 저들의 실력을 감안하여 중요한 임무를 맡겼는데 정작 통제가 안 된다면 그만큼 아군에게 돌아오는 피해도 커지게 되네."

정립은 규칙과 법도를 매우 중히 여겼다. 그렇다 보니 노지심과 무송은 그에게 눈엣가시였다. 잠시 생각하던 가후가 말했다.

"저들에게 만회할 기회를 주면 되지 않겠습니까?"

"어찌 말인가."

"어차피 식량이 곧 동나게 생겼으니, 어떻게든 적들을 끌어내어 전면전으로 가야 합니다. 그때 두 사람을 선봉에 세우는 겁니다. 애초에 둘은 머리를 쓰거나 계략에 따라 움직이는 것보다 정면승부가 적합한 성정입니다. 그 싸움에서 이긴다면 오늘의 과(過)를 상쇄하고도 남습니다."

"흠…. 하긴 다른 방법이 없겠군."

마지못해 동의한 정립은 가후와 머리를 맞대고 조조군을 끌어낼 방도를 의논하기 시작했다.

막사로 돌아온 무송은 침상에 털썩 드러누웠다. 노지심도 얼른 그 옆에 따라 누웠다. 무송은 제 옆구리에 찰싹 달라붙은 노지심을 향해 말했다.

"넌 어쩌고 싶어?"

"응?"

"아까 주동이 그러더라. 자기들은 조조를 돕기로 했다고. 그게 그분의 뜻이라고."

"우리, 조조랑 싸우는 중."

"맞아. 그러니까 이대로는 못 있어. 결정을 해야 돼. 계속 원술 편에 서서 조조군과 싸우거나, 아니면 여길 떠나거나, 그도 아니면 조조 쪽으로 넘어가서 주동을 돕거나. 원래대로면 마지막 방법을 택해야겠지만…."

"싫어!"

"그러니까. 나도 영 안 내키네."

노지심은 입고 있던 옷의 찢어진 부위를 꿰매면서, 그 위에 초승달 모양으로 곱게 자수를 놓은 부분을 내밀었다.

"이거, 해줬어."

"그래. 그랬지."

"다들 무송은 멋지다 하고 노지심은 예쁘다고 했어."

"그건 좀 마음에 안 드네."

"조조군 편먹으면 이렇게 해준 할아버지, 죽여야 돼. 우리 부하였던 아저씨들, 우리가 죽여야 돼. 그건 싫어."

"우리가 달아나도 다 죽는 건 마찬가지야. 주동과 장청은 엄청나게 강하니까. 조조군 자체도 이미 강하지만…."

"그것도 싫어. 주동과 장청도 싫어."

"그럼 뭐, 어쩔 수 없네."

무송은 노지심의 머리를 쓰다듬으며 웃었다.

"한바탕 거하게 싸울 수밖에."

"나, 싸움 잘해! 무송도!"

"하지만 주동과 장청은 장난 아니야. 거기다 우리에겐 없는 병마용군까지 있잖아."

"그래도 이겨!"

"여전하구나, 우기는 건. 이러고 있으니까 옛날 생각나네."

일찍이 진한성이 위원회를 배신할 때, 다섯 개의 병마용군상을 빼돌렸다. 아마도 그중에 둘에게 해당하는 병마용군이 있었으리라. 그래도 별로 상관없었다. 어차피 부를 만한 영혼이 없었으니까. 각자, 서로 외에는.

둘은 철이 든 무렵부터 지금까지 쭉 함께였다. 처음 만난 건 상하이의 뒷골목에서였다. 앵벌이 무리에 속해 있던 무송은 어린 나이에도 불구하고 벌써 그룹의 리더였다. 여자답지 않은 화통한 성격과 큰 체구 그리고 싸움 실력 덕이었다. 무송이 속한 앵벌이 그룹의 위에는 깡패 조직이 하나 있었고 아이들로 이뤄진 수많은 무리가 거기 속했다. 아이들을 시켜 종일 구걸하게 해서 그 돈을 빼앗다가, 장기 의뢰가 들어왔을 때 팔아넘기는 게 깡패들의 주요 사업이었다. 그들에게 아이란, 먹이고 재워주는 것만으로 매일 돈을 벌어다 주고 마지막에는 거금을 안겨주기까지 하는 훌륭한 사업 수단이었다. 그 깡패 조직 위에는 더 크고 세력이 강한 조직이 있고 최종적으로는 삼합회로 이어져, 아이들이 자력으로 조직을 벗어나기란 불가능에 가까웠다. 결국, 매일 구걸하여 돈을 갖다 바치다가 마지막에는 장기가 뜯겨 죽는 게 아이들의 운명이었다.

그러던 어느 날, 소녀 하나가 무리에 들어왔다. 아비가 도박에 미쳐 푼돈을 받고 소녀를 팔아넘겼다고 했다. 소녀는 처음부터 다른 아이들의 이목을 끌었다. 하얀 피부에 예쁘고 귀여운 외모 때문이었다. 나이가 조금만 더 많았다면 소녀는 홍등가 쪽으로 팔아넘겨졌으리라. 다행히 소녀는 나이에 비해 체구가 작은 데다 실제 나이마저 어려서 짐승 같은 사내들도 욕정의 대상으로 삼지는 않았다.

'하지만 그렇게 되는 것도 시간문제겠군.'

무송은 쯧 하고 혀를 찼다. 그녀가 원래부터 이렇게 선머슴 같은 성격은 아니었다. 깡패들 눈에 여자로 안 보이게 하려고 의식적으로 애쓰다 보니 변한 것이다. 아이들이 게걸스레 밥을 먹는 동안, 소녀는 구석에 웅크리고 앉아 떨고 있었다. 틈에 파고들어 먹을 것을 얻어낼 생각도 못 했다. 무송은 처음 본 순간부터 어쩐지 자꾸 소녀가 신경 쓰였다. 누군가 한 사람을 편애하면 엄청나게 귀찮아질 것임을 뻔히 알면서. 결국, 무송은 참지 못하고 소녀를 부르고 말았다.

"야, 이리 와봐."

소녀는 잠시 눈치를 보다가 머뭇거리며 다가왔다. 무송은 그녀의 어깨에 팔을 턱 얹었다. 그리고 놀라움과 질시가 뒤섞인 눈으로 바라보는 아이들을 향해 선언했다.

"앤 이제부터 내가 챙긴다. 아무도 건드리지 마. 때리거나 괴롭히기라도 했다간 죽을 줄 알아."

그렇게 하루, 한 달, 또 몇 년이 지났다. 무송은 겉모습만으로는 완연한 성인이 됐다. 소녀 또한 제법 여성스러운 곡선이 생겼다. 여러 아이들이 들어오고 또 사라졌지만, 무송은 계속해서 리더 자리를 지켰다. 이는 그녀의 돈벌이 실력이 워낙 뛰어나서 팔아 넘기는 것보다 놔두고 부리는 편이 훨씬 이익인 까닭이었다. 그러나 결국 사달이 났다. 무송이 잠깐 자리를 비운 틈이었다. 아이 하나가 황급히 달려와, 무송의 거처로 깡패 조직의 중간 보스가 들어갔다는 말을 전했다.

"거기에 지금 그 아이 혼자 있어!"

깡패들은 소위 '생쥐 굴'이라 불리는 앵벌이들의 거처로 오길 꺼렸다. 음습하고 지저분해서였다. 일부러 찾아왔다면 이유는 하나뿐이었다. 무송은 숨이 턱에 닿도록 달려가 좁고 더러운 골목 제일 안쪽 집의 문을 벌컥 열었다. 아니나 다를까, 옷이 반쯤 찢어진 소녀는 바들바들 떨면서 울고 있고 그 앞에 반라의 깡패가 버티고 서 있었다.

"그만둬!"

외치는 무송을 돌아본 깡패가 같잖다는 듯 웃었다.

"지금, 나보고 말한 거냐?"

쫙! 눈앞이 번쩍하더니 뺨에 불이 일었다.

"미친년이, 돈 좀 잘 벌어온다고 오냐 오냐 해줬더니, 눈에 뵈는 게 없냐? 누구더러 하라 마라야?"

"그 애는… 건드리지 마."

"뭐? 야, 이년아. 그럼 내 기분은 누가 풀어줄 건데?"

을러대던 깡패는 이상한 눈빛으로 무송의 전신을 훑었다.

"그러고 보니 너도 꽤… 아니, 훌륭하잖아?"

이제까지는 아예 그런 시선으로 본 적이 없어서 전혀 몰랐다. 키가 170센티미터가 넘는 무송은 쭉 뻗고 탄력 있는 훌륭한 몸매에 큰 가슴을 가졌다. 예쁘장하긴 하나 비쩍 마른 소녀보다 훨씬 나았다.

"좋아. 그럼 네가 대신해라."

깡패는 무송을 끌고 가 침상에 쓰러뜨렸다. 무송은 눈을 꼭 감고 이 순간을 버티려 했다. 욕망을 채우고 나면 소녀를 버려두리란 생각에서였다. 깡패는 무송의 몸을 짓누른 채 거친 숨을 내뿜으며 말했다.

"야, 이제까진 몰라봤다. 네가 이렇게 멋진 여자가 됐다는 걸 말이야. 어때? 너, 나한테…."

말하던 깡패의 눈이 갑자기 가운데로 몰리더니 뒤로 획 뒤집어졌다. 고개를 돌려 외면하고 있던 무송은 놀라서 깡패를 쳐다보았다. 목과 가슴 언저리에 뜨끈한 게 느껴졌다. 깡패의 목에서 흐르는 피였다. 축 늘어지는 몸뚱이를 치워버리고 보니, 손에 식칼을 든 소녀가 벌벌 떨고 있었다. 그녀가 깡패의 뒷목을 찔러버린 것이었다.

"너…."

말하려던 무송은 어이없다는 듯 웃어버렸다.

"이제 보니 제법 강단이 있잖아?"

그때부터 긴 도피 생활이 시작되었다. 조직은 집요하게 둘을 쫓았다. 죽은 깡패가 하필 삼합회 본단 간부의 조카였던 게 화근이었다. 위원회의 사람이 찾아온 것은 두 소녀가 붙잡히기 직전이었다. 그를 따라가 별의 힘을 얻고 '무송'과 '노지심'이라는 새로운 이름을 받은 두 소녀는 조직의 추격 앞에 스스로 위치를 드러냈다. 그날, 상하이의 두 개 조직이 몰살당했다.

"싸워보지, 뭐. 그때처럼."

무송이 중얼거렸다. 노지심은 너무 흥분했다가 지쳤는지, 그새 그녀에게 몸을 바짝 붙이고 새근새근 잠들어 있었다.

'가후를 도와 조조군과 싸운다면 위원회에, 그분에게 맞서는 게 된다.'

이번 상대는 옛날의 조직과 차원이 달랐다. 두 사람에게 힘을 준, 바로 그 조직이었다.

'아니, 그 전에 주동과 장청을 이기는 것부터가 급선무네.'

원래 교사였던 주동은 검술의 기술적인 면에서는 위원회 최강이라고 알려졌다. 힘과 정신적인 부분에서 임충에게 밀려 존재감이 작았으나, 이는 그가 일부러 의도한 거라고 무송은 추측하고 있었다. 주동은 아끼던 제자가 성폭행당한 끝에 살해당하자 가해자들을 고소했다. 그러나 하나같이 고위 관료나 유력한 집안의 자식이었던 터라 아무도 제대로 처벌받지 않고 풀려났다. 그때 주동은 이미 미쳤다. 결국, 성혼을 얻은 주동은 그들을 찾아가 하나하나 난자하여 죽였다. 마지막 가해자의 집은 수백 명의 경호원이 철통같이 지키고 있었는데 그들마저 모조리 죽여버렸다. 살해당한 여제자를 그가 진심으로 사랑했으리라고 무송은 어렴풋이 짐작했다. 청청이라는 이름으로 옆에 붙여둔 것만 봐도 알 수 있었다.

장청은 프로야구 선수 출신이었다. 하는 짓에서 알 수 있듯 포지션은 당연히 투수, 그중에서도 파이어볼러(강속구를 주특기로 하는 투수)였다. 그는 유망한 선수였다가 폭력사태를 일으켜 제명됐는데, 얼마 후 위원회의 눈에 들었다. 그 뒤 장청은 자신이 속했던 팀의 숙소를 찾아갔다. 유망주였던 그를 질시하여 구타한 다음, 다 같이 짜고 입을 맞춰 내쫓은 선배 선수들이 있는 곳이었다. 장청은 선배 선수들을 모두 묶어서 세워놓고 죽을 때까지 공을 던져 맞혔다. 그들이 다 죽었을 때쯤에는 몸에 성한 부위가 하나도 없었을 정도라고 들었다.

'결국, 둘 다 엄청 세면서 미친놈들이라는 거지. 둘 다 병마용군도 있고.'

그래도 이겨야 했다. 노지심을 위해서라도.

'넌 내가 언제까지나 지켜줄게.'

뭔가 행복한 꿈이라도 꾸는 걸까. 노지심은 옅은 미소를 머금고 있었다. 무송은 그런 노지심의 머리를 가만히 어루만졌다.

8

천강위 대 천강위

여남은 원술 세력의 기반이자 최대 곡창지대다. 그 여남이 위태롭다는 급보에, 가후는 전속력으로 진군해왔다. 그 바람에 군량을 제대로 챙기지 못했다. 그렇다고 해서 그 중요한 군량을 아예 돌보지 않을 사람은 아니었다. 허창에는 여남에 이어 두 번째 규모의 군량고가 존재했다. 거기 비축된 식량을 믿은 것이다.

그러나 장패와 그 무리가 허창의 군량을 불태워버렸다. 설상가상으로 진기가 이끄는 수만의 병력까지 더해졌다. 식량은 예상치의 절반 이하로 줄었는데, 먹을 입은 세 배가 된 꼴이었다. 마지막으로, 여남에서 올라오던 수송부대까지 조조군 별동대에 막혀 격파당했다.

노지심과 무송이 수확 없이 돌아온 순간, 가후는 인정했다. 식량 없이 한 달은 족히 버텨야 할, 최악의 상황이 됐음을. 하후돈의 진영에서도 그 사실을 알고 있었다.

"다음 보급을 기다리기까지는 까마득하고 병사들은 이미 굶주리기 시작했습니다. 그런 사정이니 가후와 정립은 반드시 전면전을 걸어올 겁니다."

주동의 말에, 하후돈은 고개를 끄덕였다.

"과연, 그대의 말이 타당하네."

그는 이 멋진 수염을 가진 사내가 썩 마음에 들었다.

'태도가 정중하고 말씨는 유려한 데다 생김도 훌륭하구나.'

겉모습뿐만 아니라 무공 실력 또한, 그 무섭던 원술군의 여장
수를 격퇴했을 정도로 출중했다. 게다가 지금 보니 전술적 식견
마저 뛰어났다. 장수로서 어찌 마음에 들지 않을 수 있겠는가.

함께 온 장청이라는 자의 솜씨도 놀라웠다. 그는 수백 보 떨어
진 데서 병사가 쓴 투구 끝의 술을 팔매질로 정확히 맞혔다. 힘든
전투를 치르던 중 뜻하지 않게 맹장을 둘이나 얻었다. 적의 보급
로를 막는 데도 성공했다. 모처럼의 호재에 하후돈은 기분이 매
우 좋았다. 그는 두 사람을 자신의 권한으로 편장군에 임명하고
각각 일천씩의 병사를 맡겼다.

"돌아가면 주공께 아뢰어 더 큰 상을 주도록 하겠네."

하후돈의 말에, 주동은 겸손한 태도로 답했다.

"공을 탐하여 행한 일이 아닙니다."

"허허, 허나 공을 행했다면 마땅히 그에 따른 보답을 받아야 다
른 이들도 분발한다네."

다만, 하후돈은 그렇다고 해서 기존의 수하들을 무시할 정도로
어리석지는 않았다.

"그대 생각은 어떤가, 자양(子揚, 유엽의 자)?"

하후돈이 묻자, 유엽은 신중하게 답했다.

"제 생각도 주동과 같습니다."

"그럼 우리가 장차 어찌하면 되겠는가?"

"아군은 진격에 중점을 두어 기병의 비율이 높고 저들은 상대적으로 보병과 창병이 많습니다. 따라서 탁 트인 평지보다는 구릉에서 일전을 벌이려 할 것입니다. 아군의 사기가 올랐으니 소수의 부대로 적을 꾀어내어 둘러싼다면 가히 멸하기 어렵지 않을 듯합니다."

"허나 가후와 정립은 이름난 모사들일세. 둘 다 노회하여 경험도 많지. 그런 수에 쉽게 걸려들겠는가?"

"쫓아올 수밖에 없는 상황을 만들면 됩니다. 아마 적은 지금쯤 두 분 장군에게 이를 갈고 있을 테니, 정찰 나온 것처럼 하면서 도발하길 반복한다면 추격해오지 않고서는 못 배길 것입니다. 마침 두 분은 엄청난 무공의 보유자이기도 합니다. 그만큼 몸을 빼내기도 쉽지 않겠습니까?"

유엽은 말하면서 주동과 장청을 보았다. 둘에게 미끼 역할을 해달라는 의미였다. 주동은 속으로 웃으면서 슬쩍 입꼬리를 올렸다.

'이것 봐라?'

유엽은 여전히 그를 뭔가 미심쩍게 여기는 게 분명했다. 분명한 증거나 확신이 있는 건 아니다. 이는 책사로 타고난 자가 가진 본능적 감이었다.

'군이 걸려들 필요는 없지만, 앞으로 한동안 조조 밑에서 싸울 듯하고…. 미리 입지를 다져두는 것도 나쁘지 않겠지.'

주동은 포권하며 순순히 말했다.

"제가 맡을 일이 있다면 기꺼이 따르겠습니다."

"오오, 그래 주겠나!"

위험을 강요하는 작전이었기에 주저하던 하후돈이 반색하며 기뻐했다. 그러거나 말거나 장청은 무표정한 얼굴로 말이 없었다. 그의 관심사는 오직 조운 자룡 하나뿐이었다. 방심했다고 하나, 무려 천강위인 자신이 이 시대의 무장 따위에게 처참하게 패했다. 그 후유증으로 몇 달이나 요양해야 했다. 그나마 천강위의 육체가 아니었다면, 또 병마용군 '매드 크라운'이 최선을 다해 구해주지 않았다면 그 자리에서 죽었을 것이다. 장청은 그 사실이 수치스러워 견딜 수가 없었다.

'두고 보자, 조자룡. 내 언제고 반드시 네놈과 만나 사지를 으스러뜨리고 그 머리에 나의 변화구를 박아줄 테니.'

주동과 장청은 백여 명 규모의 정찰대를 꾸렸다. 그리고 당장 그날부터 정찰을 가장한 도발을 시작하기로 했다.

그 무렵, 원술군 진영.

가후는 무송과 노지심의 중요성을 역설하여, 분노한 정립을 간신히 진정시켰다. 그 후 둘은 대책을 위한 논의에 들어갔다.

"이제 어쩌면 좋겠는가? 당장 내일 먹일 군량도 부족한 판일세. 차라리 남은 식량을 털어서 배불리 먹이고 일전을 치르는 게 낫지 않겠나?"

정립이 어두운 표정으로 말했다. 가후가 그에게 물었다.

"총군사님, 애초에 여기 결집한 이유가 뭐였습니까?"

이는 정립을 시험하려는 게 아니라, 그와 문답을 주고받으면서 자신의 생각도 정리하려는 의도였다.

"음? 그야 여남이 공격받는 일을 막기 위해서가 아니었나."

"그러면 반대로, 여남을 뺏기지 않으면 아군이 이기는 게 아니 겠습니까?"

"그렇다고 볼 수도 있겠지."

가후는 거칠해진 턱을 어루만지며 말을 이었다.

"원래는 저도 전면전을 생각했습니다. 무송과 노지심, 두 장수 의 무력을 믿었기 때문입니다. 허나 그쪽에 두 사람을 묶어둘 정 도의 적장이 나타난 이상, 오히려 패배할 가능성도 커졌습니다. 우리에게는 두 장군을 제외하고 남는 장수라곤 진기뿐인 반면, 저들에게는 하후돈, 하후연, 조창 등 맹장이 수두룩하니까요."

"그렇다고 장기전으로 가기는 불가능하네."

가후가 혼잣말을 하듯 중얼거렸다.

"딱 한 조각이 모자란데…."

"한 조각이라?"

그때, 전령이 막사로 급히 달려와 보고했다.

"군사님, 적의 정찰대가 아군 진영 근처를 얼쩡거리고 있다고 합니다. 한데 수는 적지만, 지휘하는 자가 적의 장수인 듯합니다. 어찌할까요?"

보고를 들은 가후는 두건 아래로 눈을 빛냈다.

"마침 상대가 알아서 먼저 움직여주는군요."

주동과 장청은 소규모 부대로 원술군 진채 근처를 헤집고 다녔다. 무시하자니 틈만 나면 장청이 팔매질로 병사의 머리를 터뜨려 죽였다. 못 견디고 뛰쳐나가면 주동이 막아서서 현란한 검술로 도륙했다. 파파파파팟! 원술군 병사들은 그의 검광이 번쩍임과 동시에 갑옷째 깍둑썰기를 당해 수십 조각으로 나뉘어 흩어졌다.

단칼에 목을 베거나 심장을 찌르는 일도 충분히 가능했고 더 효율적이었지만, 주동은 굳이 번거로운 방식을 택했다. 자신의 살의를 충족하는 동시에 적에게 극도의 공포를 불러일으키기 위해서였다. 그러다가 포위될 만하면 귀신같이 몸을 빼냈다. 두려워서가 아니라 적을 약 올리려는 것이었다.

그런 일이 며칠에 걸쳐 몇 차례 반복되었다. 결국, 진기는 화가 머리끝까지 치밀었다. 배가 고파서 신경이 더욱 날카로워진 참이었다.

"내 저 쥐새끼 같은 놈들을 기필코 잡아 족치리라!"

마침 또 정찰대가 나타났다는 보고가 들어왔다. 그는 가후와 정립의 허가도 기다리지 않고 본대를 이끌고 출진했다. 삼만에 달하는 군사가 물밀듯 진격해왔으나 주동은 눈도 깜빡하지 않았다.

"퇴각."

그가 명하자마자 정찰대는 순식간에 달아났다. 기병과 보병이 섞인 삼만의 병력보다 백여 기의 경기병이 훨씬 빠름은 자명한 일. 진기는 기껏 대규모 부대를 움직여놓고 허탕 치는 수밖에 없었다. 그들을 추격하여 따라잡기에는 병사들이 너무 지쳐 있었다. 병력은 그냥 움직일 수 있는 게 아니다. 수가 많을수록 많은 자원이 소모되었다. 특히, 식량 배급을 반밖에 못 받고 있는 원술군에게 체력 소모는 큰 타격이었다. 진기의 병사들은 그 한 번의 출진으로도 기진맥진했다.

진기의 행위를 보고받은 정립은 그를 근신케 하고 싶었지만, 그러자니 장수가 없었다. 어쩔 수 없이 호통치는 데서 그치고 다음부터는 소수의 병력을 내보내 맞서게 했다. 하지만 그런 병력은 두 천강위의 좋은 먹잇감일 뿐이었다. 오백여 명의 병사가 단둘에게 몰살당했다. 정찰대가 개선해올 때마다 조조군의 사기는 높아지고 반대로 원술군의 사기는 저하되었다.

마침내 원술군 진영은 쥐 죽은 듯 조용해졌다. 마치 상갓집을 연상케 하는 분위기가 된 것이다. 밤에도 불을 밝힌 채 가만히 보초만 설 뿐, 두런거리는 대화조차 거의 오가지 않았다.

"연일 패하기만 하는 데다 배에 든 게 없으니 어찌 떠들 기운이 있겠는가."

직접 언덕에 올라 원술군의 동태를 살핀 하후돈이 흡족한 듯 중얼거렸다. 슬슬 끝장낼 때가 다가온다는 느낌이 왔다.

그렇게 또 며칠이 더 흐른 후였다. 주동과 장청은 앞서와 마찬가지로 소수의 병력을 운용하여 원술군을 우롱하고 있었다. 그러던 중 둘의 병력과 엇비슷한 수의 원술군 부대가 급습해왔다. 절묘한 지점에서 매복하고 있었기에 퇴각할 틈도 없었다.

"호오?"

장청은 선두에 선 적을 향해 몰우전을 날렸다. 본래 몰우전은 그의 천기이면서 별명인 동시에 기공파를 암기처럼 쏘는 기술이기도 했다. 그러나 평범한 적에게는 굳이 기를 낭비하지 않고 아무 돌멩이나 던져도 효과는 충분했다. 조조군에서는 하후연이나 조창 정도에 해당하는 특급 장수가 아니고서는 돌을 던지는 족족 머리가 터져 나갔다.

픽! 퍼픽! 한데 이번에는 결과가 좀 달랐다. 선두에 선 자가 장청의 팔매질을 주먹으로 쳐낸 것이다. 상대를 확인한 주동이 중얼거렸다.

"무송."

그는 무송에게 말을 달려 나가며 외쳤다.

"결국 그분께 맞서겠다 이거냐?"

주동을 알아본 무송이 마주 대꾸했다.

"아니, 그러니까 가만 좀 놔뒀으면 됐잖아. 그리고 자기는 언제부터 그렇게 충성했다고?"

주동은 칼질로 대답을 대신했다. 추르르르륵! 순식간에 격자가 그어지며 무송의 왼쪽 팔뚝에 그물 모양의 상처가 생겼다. 무송은 식은땀을 흘리며 내뱉었다.

"그놈의 흉악한 검술은 여전하네."

"동지였던 점을 감안해서 일부러 토막 안 내고 봐준 거다. 지금이라도 원술을 떠나라."

"거참, 원술 때문에 붙어 있는 게 아니라니까. 노지심이 여기 남고 싶다는데 어떡해?"

"우정은 좋다만, 어린애 말을 따랐던 걸 후회할 게다. 넌 날 절

156

대 못 이긴다."

무송은 전형적인 돌격형의 근거리 투사였다. 이는 주동도 마찬가지. 비등한 실력이라면 맨주먹보다 검을 쥔 자가 유리할 게 뻔하다. 하물며 주동의 검술은 극에 달했다는 평가를 받고 있었다. 무송이 히죽 웃었다.

"응, 맞아. 그래서 너랑 안 싸워."

"음?"

쩡! 뒤이어 주동에게 벼락같은 공격이 떨어졌다. 주동은 다급히 검을 들어 막느라 무송에게 대꾸할 엄두도 내지 못했다. 무송은 여유롭게 그의 옆을 스쳐 지나가며 말했다.

"지난번에는 우리가 진 게 아니라 내가 진 거야. 상성이 안 좋았거든."

주동은 철선장을 내리쳐 누르는 상대를 보고 이를 악물었다.

"넌, 노지심…."

"주동, 나랑 싸워."

노지심은 원거리 공격에 극단적으로 약했다. 천강위가 아닌 하후연의 화살에도 당황할 정도. 눈앞의 대상에 집중하기에 시야가 좁아서였다. 대신 일대일의 근거리 대결에서는 그녀를 상대할 이가 몇 없을 정도의 강력함을 보였다. 그게 가능한 자는 대충 노준의, 관승, 임충, 호연작, 서령, 이규 정도인데 노준의와 임충은 이미 죽었다. 관승과 호연작, 이규는 사실상 회를 떠났다. 즉 이제 위원회 내에서는 근거리 대결로 노지심을 제압할 사람이 극소수였다.

까드드득. 주동은 검에 가해지는 어마어마한 압력을 온몸으로 느끼며 말했다.

"빌어먹을 언랭커들."

노지심이 무표정한 얼굴로 대꾸했다.

"욕, 싫어."

보통 체구가 작으면 힘이 약하고 공격 범위도 짧아지는 게 약점이 된다. 그러나 노지심은 괴력의 소유자인 데다 길고 둔탁한 무기를 썼다. 그렇게 되니 작은 체구는 오히려 공격받을 부위가 작아지는 장점이 됐다. 철선장 뒤로 몸을 가리기만 해도 어지간한 급소가 다 숨겨진다. 싸우는 입장에서는 난처하기 짝이 없었다.

'무슨 힘이…'

이제 내리눌러진 검이 주동의 이마에 닿을 지경이 되었다.

"차핫!"

견디다 못한 주동은 검을 머리 뒤로 넘기며 노지심을 힘껏 차올렸다. 노지심은 주동의 발차기를 피해 그의 정강이를 발끝으로 찍어 스스로 몸을 날렸다. 동시에 주동의 등 뒤로 공중제비를 하면서 철선장을 그의 목에 가로로 걸고 양손으로 잡아당겼다.

"컥!"

주동은 철선장에 목이 졸리는 형국이 됐다. 떨쳐내려 해도 작은 상대가 등 뒤에 매달린 모양새라 방도가 없었다. 노지심이 싸늘하게 내뱉었다.

"죽어."

괴롭기는 무송과 싸우게 된 장청도 마찬가지였다. 그는 멧돼지처럼 돌진해오는 무송을 향해 연신 돌을 던졌다. 픽! 퍼픽! 대포알 같은 팔매질이 작렬했지만 무송은 멈추기는커녕 속도도 느려지지 않았다. 그녀의 강점 중 하나는 강철 같은 강도와 엄청난 재생력을 겸비한 근육이었다. 초선의 그것보다 상위 개념인데, 심지어 천기도 아니고 천강위가 되면서 그냥 얻은 체질이었다. 양팔뚝을 얼굴 앞에 십자로 교차하고 힘을 주면, 현대의 로켓포를 쏴도 별 타격이 없을 정도였다.

'저 무식한 년!'

장청은 어금니를 악물었다. 퍼버벅! 좀 전까지와는 다른 둔탁한 굉음이 울렸다. 드디어 무송이 멈칫했다. 위기감을 느낀 장청이 천기를 발동한 것이다. 무송은 벌겋게 부어오른 팔을 보며 말했다.

"이건 좀 아프네."

장청은 기가 찼다. 좀 아프다? 그의 천기, '몰우전'은 물리적 충격으로만 따지면 사냥용 라이플보다 강한 정도지만, 진짜 무서운 점은 체내의 기를 흩는다는 데 있었다. 원거리에서 기공파로 직접 타격하는 까닭이다. 즉 호신강기(기로 몸을 보호하는 무공)를 쓰는 강자라도 몰우전은 막지 못한다. 호신강기 생성을 위한 기가 흩어지는 탓이다. 또한 맞는 순간 기를 폭발시켜버리기도 했다. 몸 내부에서 폭발이 일어나는 것이다.

"어디, 이것도 막아봐라!"

분노한 장청이 다른 천기를 발했다.

천기 발동, 무한마구(無限魔球)!

기를 더욱 압축하여 공처럼 둥글게 뭉치는데, 이를 기환(氣丸)이라 한다. 무한마구는 그 기환 수백 개를 넓은 범위에 난사하는 기술이었다.

"글쎄, 안 된다니까."

무송은 양팔을 교차한 자세로 몸을 더욱 웅크렸다. 쾅! 콰콰쾅! 그녀의 전신을 기의 탄환이 두들기고 지나갔다. 그러나 그녀는 곧 멀쩡히 몸을 일으켰다.

"아이고 삭신이야. 몸살 난 거 같네."

장청은 말없이 무송을 노려보고 있었다. 상극은 상극이다. 질려버리기라도 한 것일까.

무송은 고개를 양쪽으로 우둑우둑 꺾었다. 그녀는 수백 개의 기환 중 하나가 허공에서 선회하여, 자신의 뒤통수로 날아오고 있음을 전혀 눈치채지 못했다. 이거야말로 천기, 부선전구(不旋転球, 너클볼knuckle ball), '개(改, 개량하다).' 수백 개의 무한마구 안에 방향이 바뀌는 기환 하나를 심어두는 수법이다. 조운에게 패배한 충격으로 부단히 수련한 끝에 새로 얻은 천기였다.

슉! 잔상을 남길 정도로 순식간에 돌진해온 무송이 장청에게 손을 내밀었다.

"잡았다!"

순간, 그녀의 뒤통수에 주먹만 한 기환이 틀어박혔다.

"어…?"

뒤통수가 움푹 파이며 무송의 눈빛이 흐려졌다. 언뜻 봐도 두 개골이 함몰된 심각한 부상이었다. 장청은 앞으로 무너지는 그녀의 어깨를 양손으로 붙잡으며 말했다.

"워워, 아직 쓰러지면 안 되지. 이 정도로….."

"그러게."

"…네년?"

"이 정도로 쓰러질 리가 없지. 스스로 잡혀줘서 고맙군."

무송은 즉시 이마로 장청의 안면을 들이받았다. 쾅! 피가 뿜어져 나오며 코가 단숨에 내려앉았다. 장청은 얼굴을 감싸 쥐고 비틀비틀 물러났다. 무송이 뒤통수를 어루만지며 그에게 말했다.

"미안한데 난 뼈도 재생하는 몸이라. 부러지더라도 몇 초 내로 붙어. 두개골 함몰 정도는 아무것도 아니지. 그래도 머리가 좀 울리긴 하네."

"으윽…. 네가 감히."

무송은 둔기나 타격기 종류를 쓰는 사람에게는 악몽과 같은 상대였다. 그녀의 몸을 상하게 하려면 검으로 절단해버리는 게 유일한 방법이었다. 괴로워하는 장청의 얼굴에 무송의 발끝이 틀어박혔다.

"내 노지심한테."

콰득! 얼굴을 싸쥔 채로 장청의 손등 뼈가 부러졌다. 그의 재생력 또한 보통 사람보다 월등하긴 했으나 무송에 비하면 턱도 없었다.

"팔매질을 해댔겠다?"

장청은 고통에 찬 고함을 내질렀다.

"으아아… 컥!"

하지만 그마저도 마음대로 내지를 수 없었다. 발차기에 이은 주먹이 목젖을 강타했기 때문이었다.

"쿠웩!"

장청은 울컥 피를 토하며 허리를 굽혔다. 드러난 목덜미에 또 인정사정없는 팔꿈치가 꽂혔다. 무송은 엎어지는 장청을 무릎으로 쳐올리며, 그가 했던 말을 비웃듯 그대로 돌려주었다.

"워워, 아직 쓰러지면 안 되지. 이 정도로."

강제로 일으켜 세워진 장청이 신음하듯 내뱉었다.

"크흐…. 매드 크라운!"

"기다렸습니다, 주인님."

특기 발동, 저글링(juggling)

무송의 몸이 갑자기 허공으로 붕 떠올라 회전하다가 추락했다.

"아니?"

졸지에 나뒹군 그녀는 어리둥절해서 주위를 두리번거렸다. 어느 틈에 기이한 복장과 행색의 여인이 장청을 부축하고 있었다. 착 달라붙는 검은색의 전신 타이즈. 과장스럽게 칠한 입술과 하얗게 그린 눈가. 두 개의 뿔 끝에 방울이 달린 모양의 모자까지. 어쩐지 보는 사람을 오싹하게 하는 외양이었다.

"피에…로?"

무송은 장청을 구한 여인을 보며 중얼거렸다. 그녀는 바로 병마용군 '매드 크라운'이었다. 장청이 매드 크라운을 처음부터 투입하지 못한 데는 이유가 있었다. 바로 오용의 일 탓이었다. 송강은 주동과 장청을 하후돈에게 보내기 전 이렇게 당부했다.

"오용은 조조에게 성혼단이라는 사실과 조조의 아버지를 살해했다는 게 들통났어요. 그 과정에서 자신의 천기는 물론, 경의 특기도 사용해서 조조를 제거하려 한 모양이고. 따라서 조조군 내부에는 성혼단에 대해 적대적 분위기가 감도는 상태죠. 이 시대의 관점으로 볼 때 비상식적인 힘을 남발하면 성혼단임이 발각될 우려가 있으니, 최대한 눈에 안 띄도록 자제하세요."

매드 크라운은 모든 병마용군들 중 가장 이목을 끈다고 해도 과언이 아니었다. 생김은 물론, 그녀의 능력 자체도 그랬다. 순간적으로 대상의 중력을 해제하는 '저글링'과 이십 명의 꼭두각시를 부리는 흙 인형술까지. 소위 사술(邪術)이라 불릴 만한 것들뿐이었다. 이에 그녀가 나서는 일을 자제해왔는데, 상성이 최악인 적을 만나 어쩔 수가 없었다.

'할 수 없군. 데리고 나온 병사들을 모조리 죽이는 수밖에. 저쪽도 물론….'

장청의 눈에 음습한 독기가 흘렀다.

슈르르르륵! 무송의 주변으로, 매드 크라운과 같은 시커먼 전신 타이즈에 얼굴에는 물음표가 그려진 모양새의 꼭두각시들이 무수히 솟아났다. 꼭두각시들은 팔을 늘어뜨린 채 슬금슬금 다가오다가 일제히 달려들었다.

"쳇. 이것들은 또 뭐야?"

무송은 맨 앞에서 덤비는 놈을 주먹으로 후려쳤다. 퍽! 꼭두각
시는 흙이 가득한 자루가 터지는 듯한 모양새로 터져버렸다. 그
러자 금세 다른 놈이 솟아나서 그 자리를 메웠다.

"참나. 이거, 사람도 아니네?"

무송이 그 광경에 어이없어할 때였다. 방금 새로 생겨난 꼭두
각시의 머리가 터지면서 장청의 기환이 안면으로 날아들었다.
꼭두각시를 눈가림용으로 사용한 것이다.

"헛!"

불의의 일격을 당한 무송의 머리가 뒤로 확 젖혀졌다. 피가 허
공에 흩뿌려졌다.

"하하, 어떠냐! 네년 몸뚱이가 아무리 단단해도 얼굴은…."

의기양양해하던 장청의 얼굴이 금세 흐려졌다. 다시 고개를 든
무송의 입에 기환이 물려 있었다. 피는 입술이 터지면서 난 것이
었다. 장청은 어이없다는 투로 중얼거렸다.

"저 괴물 같은 계집…."

무송은 퉤 하고 기환을 뱉어버리더니 대꾸했다.

"괴물은 네 쫄따구지. 혼자 안 되니까 스물두 명이서 덤비냐?"

"흐, 흥…. 이것도 능력의 일부다."

"그래, 어디 피 터지게 싸워보자."

무송은 피투성이가 된 얼굴로 히죽 웃었다. 투콰콰콱! 흙 인형
들이 사방으로 튕겨났다.

특기 발동, 저글링(juggling)!

매드 크라운은 틈을 보아 무송의 균형을 무너뜨렸다. 그녀가 휘청할 때 장청이 기환을 날려 보냈다.

"웃차!"

무송은 옆에 있던 흙 인형 둘을 한꺼번에 붙잡아 내밀어서 기환의 방향을 돌렸다. 이어서 아예 흙 인형을 양손에 쥐고 풍차처럼 휘두르며 덤벼들었다. 사람 몸무게보다 무거운 샌드백을 엄청난 힘으로 휘두르는 격이니, 거기 실린 힘은 어마어마했다. 부딪치는 족족 흙 인형들이 산산이 터져 나갔다.

"저년, 흙 인형에 기를 불어넣었구나!"

경악한 장청이 외쳤다. 무송이 흙 인형을 내리치는 찰나, 매드 크라운은 다급히 특기를 해제했다. 그리고….

"내 진짜 무기가 뭔지 잊었어?"

흙 인형이 사라진 자리에는 무송의 주먹이 날아들고 있었다.

"망할."

장청은 눈을 질끈 감았다. 콰득!

"이런."

무송이 혀를 찼다. 매드 크라운이 몸을 날려 장청을 막아선 것이다. 무송의 주먹은 그녀의 머리에 틀어박혔다. 매드 크라운은 참혹한 꼴이 되었다. 머리가 이상한 모양으로 찌부러지고 한쪽 안구가 흘러나왔다. 그녀는 그 와중에도 양손을 올려 무송의 팔을 붙잡으며 말했다.

"달아…나세요, 주인님…."

"자, 잘했다. 매드 크라운!"

장청은 뒤도 안 돌아보고 도망쳤다. 무송이 뒤쫓으려 했지만, 필사적으로 매달리는 매드 크라운 탓에 결국 실패했다.

"저런 쓰레기 같은 놈."

그녀는 퉤 하고 침을 뱉었다. 이어서 매드 크라운에게 말했다.

"야, 됐으니까 그만 떨어져. 그만하면 충분…."

말하던 무송이 멈칫했다. 매드 크라운은 이미 숨이 끊어져 있었다. 무섭지만 슬픈 가짜 생명체.

"…이래서 너희가 질색이야."

무송은 씁쓸하게 중얼거렸다.

노지심과 주동의 승부는 아직 팽팽했다. 본래 노지심이 그를 제압하고 있었으나, 그녀 역시 주인의 위기를 보고 가세한 청청의 공격으로 주의가 흐트러지기 시작했다. 집중력이 깨지자 손발이 어지러워졌다. 고수인 주동은 그 작은 틈도 놓치지 않았다. 그가 막 노지심을 몰아붙이기 시작했을 때였다. 장청을 패주시킨 무송이 그쪽에 가세하면서 전세는 또 기울어졌다. 결국, 형세가 불리함을 깨달은 주동도 퇴각을 결심했다.

"청청, 안 되겠다."

"옙, 선생님."

그의 말이 떨어지자마자 청청은 기다렸다는 듯 품에서 연막탄을 꺼내 던졌다. 펑! 자욱한 연기가 순간적으로 시야를 가렸다. 연기가 걷혔을 때 이미 둘은 사라진 후였다.

믿었던 주동과 장청이 패주해오자 조조군은 바짝 긴장했다. 잠시 후, 두 여장수를 앞세운 소규모 부대가 파상적인 공세를 가해왔다. 그러나 하후돈이 염려한 대대적인 공격으로는 이어지지 않았다. 적당히 공격하다 물러나는 적들을 보던 유엽이 하후돈에게 말했다.

　　"장군, 뭔가 이상합니다."

　　"응? 뭐가 말인가."

　　"우리가 적을 도발한 지 며칠이나 지났습니까?"

　　"이래저래 보름 가까이 됐을 거네."

　　"그 정도면 아무리 식량을 쪼개어 배급했다 해도, 지금쯤 쫄쫄 굶주려 있겠지요."

　　"그렇겠지."

　　"그럼 지금 반대로 적 본진으로 쳐들어가 보는 게 좋겠습니다."

　　굳은 유엽의 얼굴을 본 하후돈은 긴말 않고 즉각 병력을 수습하여 출발했다. 잠시 후, 원술군의 진채가 보였다. 여전히 깃발이 질서정연하게 꽂혀 있고 분위기는 괴괴했다.

　　"이대로 적진을 향해 돌격하라!"

　　와아아아아! 함성을 지르며 쳐들어가던 조조군은 곧 어리둥절해졌다. 앞에 세워둔 울타리를 부수고 막사에 불을 질렀으나, 누구 하나 맞서 싸우기는커녕 뛰어나오는 이도 없었다.

　　"아무도 없습니다!"

주위를 한 바퀴 달려 확인해본 부장이 말을 몰아오며 외쳤다. 하후돈의 얼굴이 일그러졌다.

"한 방 먹었군."

옆에 있던 유엽이 말했다.

"아무래도 아군이 도발을 시작한 초반에 일찌감치 조금씩 빠져 퇴각한 것 같습니다."

본진 전체가 유인되어 나오진 않았으나 원술군은 도발에 넘어간 것처럼 움직여 다수의 사상자를 냈다. 아니, 진기 같은 경우는 실제로 도발당했다. 가후가 그를 굳이 제지하지 않았을 뿐이다. 아군 장수마저 속임수의 재료로 삼은 것이다. 도발이 통하고 있다고 착각할 수밖에 없었다.

"퇴각? 어디로?"

"아마 여남이겠지요. 어차피 아군도 여남을 노릴 테니, 식량도 부족한 상황에서 굳이 신급현을 지킬 필요가 없다고 판단한 모양입니다. 그러자 아군의 도발을 역으로 자신들의 움직임을 감추는 데 이용한 겁니다."

유엽이 이런 움직임을 쉽게 예상하지 못한 것은 대부분의 책사와 장수는 근거지로 적이 발을 들이는 걸 꺼리기 때문이었다. 근거지, 즉 본성이 전장이 되면 그만큼 피해가 커지고 복구에도 시간이 걸린다. 농성은 대개 적에 비해 열세일 때 행하는 수단이었다. 그러나 적은 오히려 근거지인 여남을 전장으로 삼으면서, 조조군을 더욱 깊숙이 끌어들이는 형세를 만들었다. 식량 사정 또한 단번에 해결됐을 것이다. 냉철한 유엽도 얼굴이 벌겋게 달아올랐다.

"가후의 판단인가?"

"정립도 있습니다."

"장수는 부족하나, 무서운 책사가 둘이었구나."

하지만 선택의 여지는 없었다. 이곳까지 와서 되돌아갈 수는 없었다. 적이 끌어들인다면 끌려 들어가 줄 수밖에.

"전군, 이대로 진격한다. 목표는 여남이다."

하후돈이 상처 입은 야수처럼 으르렁댔다.

9

형주의 불길

가후와 정립의 용병술에 농락당한 하후돈이 분노에 차서 여남으로 진격할 무렵.

용운은 대전에서 사마랑을 마주하고 있었다. 사마랑은 사마의의 형이자 사마방의 장남이었다. 곧 사마 가문의 기둥이 될 사람이나 마찬가지. 사마 가문이 반역에 휩쓸렸으니, 북평지사로 나가 있던 그 또한 소환되어온 것이다. 잠시 마주 보고 있던 군신은 씁쓸하게 웃었다.

"전하, 이게 다 무슨 일입니까?"

"그러게 말이에요."

"아버님께서 반역이라니, 있을 수 없는 일입니다. 전하께서도 아시지 않습니까."

"할 말이 많은데, 그 전에 보여줄 게 있어요."

용운은 설명하기 전, 그를 사마방에게 데려갔다. 사마랑은 용운과 전예가 지켜보는 가운데, 사마방과 대화를 나누도록 허락받았다. 처음에는 아버지가 지하 뇌옥에 갇혀 있다는 사실에 분노하던 사마랑은, 곧 경악을 금치 못했다.

"오오, 왔느냐, 백달(伯達)."

사마랑은 단도직입적으로 물었다.

"아버지…, 정말 반란을 꾀하신 겁니까?"

"아니, 아니다. 난 반역한 게 아니야."

"역시 그렇지요? 뭔가 잘못된…."

"그저 주공의 눈과 귀를 가린 것들을 치워드리려 했을 뿐이다. 바로 저자!"

사마방은 전예를 손가락질하며 노려보았다.

"저자가 정보를 독점하여 전하를 속이고 성혼교도들을 탄압하고 있다."

전예는 어깨를 으쓱하고 말았지만, 사마랑은 가슴이 철렁 내려앉았다.

"예? 그게 무슨 말씀입니까? 성혼교는 또 왜 나오고요?"

그의 등 뒤로 식은땀이 바짝 돋아났다. 사마랑은 용운의 치세를 가장 오래 봐온 사람 중 하나였다. 처음 순욱에게서 전해 듣고 용운을 만났을 때부터, 이 사람이면 믿을 수 있다는 신뢰가 생겼다. 그랬기에 아버지를 설득하여 전 가문을 이끌고 용운을 따르는 과감한 결정을 내릴 수 있었다. 그의 짐작은 대체로 들어맞았다. 딱 한 번, 원소에 대한 분노로 무리하게 출정했다가 업성을 빼앗긴 것 외에 용운은 거의 실정을 하지 않았다.

하지만 그것도 이해할 수 있었다. 사마랑은 용운이 제 사람들을 얼마나 아끼는지 잘 알았다. 그런 그가 눈앞에서 검후를 잃었다고 들었다. 또한 당시 업성은 수성에 탁월한 순욱이 지키고 있었고 병력도 충분했다. 조조가 그처럼 총력으로 공격해올 줄도 몰랐다. 또 조조가 그렇게 빨리 힘을 키울 줄도 몰랐다. 이는 용운의 실수라기보다 책사들의 예측 실패였다.

유우의 관인을 이어받아 유주에 정착한 뒤로도 용운은 선정을 폈다. 업성에서 빠져나온 대부분 사람들이 먼 유주까지 찾아온 것만 봐도 그의 인덕을 알 수 있었다. 유주성이 과거의 업성보다 번창해지는 데는 그리 오랜 시간이 걸리지 않았다.

'그런 전하께서 단 하나 용납하지 않는 존재가 바로 성혼교였다.'

처음에는 지나치게 억압하는 게 아닌가 우려하던 사마랑도 곧 이해하게 되었다. 성혼단은 중원으로 빠르게 퍼지며 세를 불렸다. 도중에 용운의 암살을 기도하는가 하면 노식의 죽음에도 결정적인 역할을 했다. 급기야 노준의라는 자를 앞세워, 요동을 다스리던 공손탁을 멸하고 공손찬의 남은 세력도 멸하더니 유주성을 침공해왔다. 진한성과 장수들의 분전이 아니었다면 세력의 근간이 흔들렸을지도 모를 위기였다.

'그게 다가 아니다.'

조조의 아버지를 살해하여 그 죄를 조운에게 덮어씌움으로써 결과적으로 조조가 복양성에서 초유의 대학살을 일으키고 업성을 빼앗게 만들었다. 그것 또한 성혼단 소속인 오용의 계략임을 조조에게 가 있던 흑영대원 만총이 알려왔다. 심증은 있었지만 확실한 증거는 없던 상황이었다. 그 사실을 전해 들은 용운의 가신들은 경악했다. 오용의 수법이 실로 교묘하면서도 극악한 데 경악했고 그런 자가 조조의 총군사 자리까지 올라간 데도 놀라지 않을 수 없었다. 무엇보다 두려운 건 그런 일을 가능케 한 성혼교의 힘이었다. 그 사건으로 대부분의 가신이 성혼교에 대해 뚜렷한 경각심을 갖게 되었다. 그중에는 사마랑도 포함되어 있었다. 그는 비로소 성혼단이 가장 위험한 적이며 치명적인 독임을 확실히 인지했다.

아버지의 입에서 그런 성혼교를 비호하는 말이 나오다니.

"아버지, 지금 무슨 얘길 하고 계시는지 아십니까? 성혼교 탄압이라니요. 그들은 없어져야 마땅한 무리입니다."

사마방은 용운과 대화할 때와 사뭇 다른 반응을 보였다.

"아니다, 아니야! 다 잘못됐어!"

혼란스러운 듯 외치다가 머리를 쥐어뜯기 시작한 것이다. 용운은 다급히 면회를 중단시켰다. 그리고 사마랑과 함께 뇌옥을 나왔다.

"어떤 느낌인가요?"

용운의 물음에, 넋이 나가 있던 사마랑이 답했다.

"정상이 아닌 것 같았습니다."

"맞아요. 건공은 지금 정상이 아닙니다. 성혼교의 무리가 그의 머릿속에 벌레를 집어넣는 술법을 썼거든요."

"네?"

믿기 어려운 얘기였지만, 이런 상황에 용운이 근거 없는 소리를 할 리가 없고 농담할 리는 더욱 없었다. 사마랑 또한 성혼교가 쓰는 사술에 대한 얘기를 여러 차례 들어왔다. 인간 같지 않은 힘을 발휘하고 산양성에서는 돌풍을 일으키기까지 했다고. 황건적의 수괴였던 장각 삼형제 또한 그런 사술을 사용한 적이 있었다.

"한데 그걸 증명할 방법이 없어요. 건공이 전예를 찌르려는 걸 본 목격자는 많고요."

용운이 어두운 기색으로 말을 이어갔다.

"유일한 방법은 그 술법에 대해 잘 아는 여포의 가신을 불러와 해결하게 하는 거예요. 그런데 그것도 확실하진 않아요."

"그렇습니까…."

"미안해요, 백달."

용운은 시무룩한 어조로 말했다. 그의 사과에, 사마랑이 오히려 손을 내저었다.

"아니, 아닙니다. 전하께는 잘못이 없습니다. 성혼교, 그 죽일 놈들이 죄인이지요."

그는 어쩐지 눈물이 날 것 같았다. 몹쓸 계략에 걸려든 아버지가 안쓰럽고 그런 와중에도 이렇게까지 배려해주는 용운이 고마웠다. 다른 주군이었으면 진작 목을 쳤을 사안이었다. 사마랑은 떨리는 목소리로 말했다.

"전적으로 전하의… 처분에 맡기겠습니다. 그 결과가 어떻든 원망하지 않겠습니다."

"…모두에게 좋은 결과가 되도록 최선을 다할게요. 갑자기 먼 길 오느라 힘들었을 텐데, 물러가서 쉬어요."

사마랑은 또 한 번 뭉클했다. 감옥에 갇힐 각오까지 했건만. 그러고 보니 한때 가문 사람 모두가 구금됐다고 들었는데 뇌옥에는 사마방 혼자뿐이었다.

"괜찮으시겠습니까?"

용운은 사마랑의 물음에 담긴 의미를 알았다. 사마 가문 사람들의 반발이 우려되지 않느냐는 뜻이었다. 그는 부드럽게 웃으며 답했다.

"그대가 가서 잘 다독여줘요. 기껏 큰맘 먹고 다 풀어줬으니까."

"그리하겠습니다."

사마랑과 일별한 용운은 거처로 돌아왔다. 벌써 사마방과 사마 가문의 처벌을 요구하는 상소가 빗발치듯 올라오고 있었다.

'피곤하다….'

그가 향한 곳은 궁이 아닌, 채염의 집이었다. 그녀는 피습 후 새로 마련한 저택으로 옮겨가 있었다. 저택을 지키고 있는 이는 뜻밖에도 관승이었다. 여자이면서 최강 무력의 소유자니, 전예가 현재 할 수 있는 최선의 조치를 취한 듯했다. 그녀는 용운을 보자 머뭇거리더니 포권했다.

"오셨…습니까."

아무래도 아직 용운을 주군으로 대하는 게 익숙지 않은 모양이었다. 가볍게 웃음이 나왔다.

"하던 대로 해요, 관승."

"음…. 면목이 없다."

화영과 양수를 놓친 걸 두고 하는 말이리라. 그래도 용운은 거짓 귀순이 아니라 진실하게 행동한 그녀가 고마웠다. 또 어쩌면 그녀가 있었기에 화영이 추가 암살 시도를 포기했는지도 몰랐다.

"아니에요. 그대는 잘못한 게 없습니다. 오히려 내가 고마워해야죠."

"…."

"필요 없을 것 같긴 하지만, 가신들과 그 사람이 불안해하니까 당분간 부탁해요."

용운은 관승의 어깨를 두드려주고 문 안으로 들어섰다. 그 뒷모습을 바라보는 관승의 눈빛이 흔들렸다.

방 안에 들어서자, 유라가 채염에게 수다를 떨고 있었다. 유라는 유당의 누이이자 병마용군이다. 대부분의 병마용군이 그렇듯 보통 사람보다 훨씬 강한 전투력을 가졌다. 두 여성 흑영대원이 부상으로 요양 중이라, 외부에서 첩보 임무를 수행 중이던 그녀를 불러들인 모양이었다.

"앗, 전하께서 오셨네. 그럼 전 이만 가볼게요. 좋은 시간 보내세요."

"그래, 고마워."

완전히 왈가닥이 된 유라가 눈을 찡긋하며 나갔다. 채염은 용운을 향해 잔잔하게 웃었다.

"힘드셨죠?"

그녀는 아직 안색이 파리했지만 그 와중에도 용운을 위로하려 했다. 사마 가문의 일로 그의 심경이 얼마나 복잡할지, 일부 가신들에 대한 배신감으로 얼마나 씁쓸할지 아는 까닭이었다. 채염과 마주 앉은 용운은 그녀의 어깨에 살며시 이마를 기댔다.

"응, 이번 일은 좀 힘드네요."

"고생하셨어요."

채염의 손이 용운의 등을 부드럽게 쓰다듬었다. 용운은 눈을 감은 채 손길을 음미하며 말했다.

"반역에 가담한 자들 대부분은 뭔가 부정을 저질러서 처벌이 두려웠거나, 거한회의 끄나풀들이었어요. 그들은 죄의 경중에 따라서 처벌하면 그만이에요. 문제는 사마 가문, 그중에서도 사마 방인데…."

"그가 국양 님의 암살을 꾀했다고 들었습니다만."

"그게 순수하게 그의 의지대로 행한 게 아니라, 성혼교의 사술에 걸려 조종당했다는 게 문제예요. 한데 그걸 증명할 방법이 없어요."

용운은 현재 상황과 자신의 고민을 털어놓았다. 잠시 생각하던 채염이 말했다.

"사실이 그렇다 해도 잘못 자체가 사라지는 건 아니지요. 어떤 형태로든 처리가 되어야 할 거예요. 하지만 사정을 아는 용운 님은 그를 처벌하기가 싫으신 거고요."

"정확해요."

"그 전에 사마 가문의 가주 자리를 곧 백달(사마랑) 님에게 물려줄 거라고 하던데, 맞나요?"

"맞아요. 이르면 내년이라도 물려주고 대부분의 활동에서 은퇴할 예정이었죠."

"그럼 얼마 후 대외적으로는 뇌옥에서 병사했다고 발표하되, 실제로는 사마 가문의 장원 깊숙이 머무르게 하는 게 어떨까요? 죽은 사람을 처벌할 수는 없으니까요. 어차피 은퇴할 생각이었다면 그런 은둔이 크게 불편하지는 않을 테고…. 시간이 지나 여파가 가라앉으면, 성혼교의 사술이었음이 밝혀졌다고 발표하여 명예도 어느 정도 회복시켜줄 수 있겠죠. 그게 건공(사마방) 님의 목숨도 구하고 사마 가문과도 척을 지지 않을 방도인 듯해요. 가문의 세력이 어느 정도 위축되는 건 감수해야겠지만요."

용운이 잠자코 있자, 채염이 조심스레 물었다.

"송구합니다. 제가 너무 주제넘었다면…."

"문희."

"네?"

"그대는 내 보물이에요."

채염은 부끄러운 듯 얼굴을 붉히며 웃었다.

"당장 국양(전예)과 그 방법에 대해 의논해야겠어요. 그 전에…."

어깨에서 얼굴을 뗀 용운이 그녀의 배에 귀를 갖다 댔다.

"우리 딸 심장 소리가 들리려나."

"호호, 아직 그럴 시기는 아니에요."

"뭐가 들리는 것도 같은데?"

용운은 그렇게 짧지만 행복한 한때를 보냈다. 그러다 문득 조운의 얼굴이 떠올랐다.

'내게 자식이 생겼다고 하면, 형님께선 어떤 표정을 지으실까?

아마 당신 일처럼 기뻐해주시겠지? 아, 보고 싶다. 형님도, 사천 신녀도, 문원(장료)과 준예(장합)도…. 그러고 보니 서주의 문제를 해결하고 나서 구강으로 향한다는 소식 이후로 들어온 정보가 없네.'

슬머시 불안감이 일었다. 그새 너무 많은 일이 한꺼번에 벌어져서 형주로 보낸 원군에게 신경을 쓰지 못했다.

'별일 없겠지? 무력으로는 유주 사천왕에다 여포, 책사로는 곽가와 사마의가 함께 있으니까.'

용운은 사마 가문 건을 해결하는 동시에, 사람을 보내 형주의 상황을 알아보기로 마음먹었다.

약 한 달여 전, 양주 구강군 음릉현.

황색 갑옷 차림의 부대가 기세 좋게 손책군을 몰아붙이고 있었다. 유표의 장수인 황조(黃祖)가 지휘하는 부대였다. 정사의 황조는 강하태수를 지냈으며 군벌 수준으로 세력이 막강했다. 원술의 명으로 유표를 치러 온 손견과의 전투에서 손견이 전사한 일을 계기로, 손씨 일가와 대대로 원수가 되었다. 원래 감녕을 수하로 두었으며, 손책에게 크게 패하기도 했으나 끝내 강하를 지켜냈다.

하지만 208년, 여몽, 능통, 동습 등 맹장들을 앞세운 손권의 침공에 끝내 패하여 효수(梟首, 목이 잘려 높은 곳에 매달림)되었다. 결국, 비참한 최후를 맞긴 했지만《삼국지연의》에 묘사된 것보다는 훨씬 능력이 뛰어난 노장이다. 손견, 서곤, 능조 등 손가의 뛰어난 장수들이 황조와의 전투 중 전사한 것만 봐도 그랬다. 거의 초창기 오나라 세력의 주적이라 할 수 있었다.

역사가 바뀐 이 세계에서는 손책이 아직 생존해 있었으나 세력은 훨씬 약했다. 천강위 서령의 도움을 받는 한편, 조조 등의 압박에서 자유로워진 유표가 막강해진 탓이었다. 덩달아 황조 또한 세력이 강해졌다. 단, 정사에서 유표의 밑에 있되 독립적이었던 것과는 달리, 현재는 완전히 예속되어 있었다.

"끈질긴 손가의 애송이 같으니라고. 이번에야말로 끝장내줄 수 있겠구나."

황조는 포위된 손책군을 보며 회심의 미소를 지었다. 세력 규모만으로 따지면 진작 밀어버렸어야 정상이었는데, 손책 및 그 휘하 장수들의 무력과 주유의 지략 탓에 오랫동안 어려운 싸움을 했다. 이제 그 싸움에 종지부를 찍을 때가 다가왔다.

손책은 주유와 나란히 말에 탄 채 근위병에게 둘러싸여 있었다. 그가 피로한 기색으로 중얼거렸다.

"이게 마지막인가?"

합비를 거쳐 여강, 단양까지 차지했을 때만 해도 분위기가 좋았다. 그러나 유표의 반격이 시작되면서 연전연패. 순식간에 북쪽으로 밀려났다. 급기야 가족들이 있는 구강까지 포위되었다. 여기서 더는 물러날 곳도 없었다. 손책은 최후의 일전을 각오했다.

"그간 고마웠다, 친구."

그의 말에 주유가 발끈했다.

"헛소리하지 마, 이 자식아!"

"야, 주공한테 너무 막말하는 거 아니냐?"

"네가 방금 친구라고 했잖아."

"맞아, 친구. 아주 오래전부터 이 못난 놈을 믿어주고 도와준 진정한 친구였지. 결국, 이리되어 면목 없다."

"아직 끝난 게 아니야. 이번 전투만 버텨내면….'

"버티면, 뭐?"

"백부….'

주유는 손책의 이런 모습을 처음 보았다. 늘 쾌활하고 강인한 그가 이토록 지치고 좌절한 것을. 그래서 마음이 더 아팠다.

"아니, 제 탓입니다, 주공. 책사인 제가 유표의 모사들인 방통과 제갈량을 감당하지 못한 잘못이 큽니다.'

"그건 그래.'

"주공!"

"하하, 농담이야. 이왕 이리된 거 누구 잘잘못을 따져서 뭘 하겠어? 모두가 최선을 다했는데. 매 순간 불꽃처럼 살았으니 후회는 없다.'

"주공….'

둘이 대화하는 순간에도 방원진 제일 바깥쪽의 손책군 병사들이 죽어나가고 있었다. 그 사이에서 노장 황개와 한당, 해적이었던 능조, 이제 성년이 되어 아버지 능조를 따라 참전한 능통, 충실한 진무, 그 밖에도 장흠, 동습 등이 분전하는 모습이 보였다. 심지어 손책의 호위 담당이던 송겸까지 나아가 싸우고 있었다.

"저들에게 부끄럽지 않도록 싸워야겠군. 남은 가족들은 중모(仲謀)가 잘 보살펴줄 테지."

손책이 중얼거렸다. 중모란 동생 손권의 자였다. 형만 졸졸 따라다니던 꼬마는, 어느새 스물여섯의 장성한 청년이 되었다.

"딱 하나, 손가 부흥의 염원을 이루지 못하여 아버님을 뵐 일이 죄송스러울 뿐이다. 그리고…."

손책은 용운의 아름다운 얼굴을 떠올렸다. 아버지끼리 친구여서 더 친해질 수 있었는데, 친교를 제대로 쌓지 못한 것이 아쉬웠다.

'서로 워낙 험난하게 살았지.'

특히, 용운이 조조에게 업성을 빼앗겼을 때와 유비와 싸울 때 더 돕지 못한 게 한스러웠다. 그러니 그가 원군을 보내지 않았다고 해서 원망할 순 없었다. 더구나 새로 차지한 영토를 정비하느라 여력이 없을 텐데, 북쪽 끝 유주에서 이곳 양주까지… 지나친 욕심이었다.

"그냥 그 녀석… 진용운을 한 번 더 보고 싶군."

손책이 말을 마친 직후였다.

"보러 가면 되잖아, 꼬마."

오래된, 하지만 너무도 익숙하고 그리운 목소리. 이미 교공의 두 딸 중 첫째와 다분히 정략적 결혼을 했지만 늘 그리워하던 사람의 목소리였다. 손책도 세월은 비껴가지 못하여, 사춘기 격투 소년은 서른둘의 청년이 되었다. 그러나 그 음성을 듣는 순간, 그는 십 수 년 전의 소년으로 되돌아갔다.

"누나…?"

"그래, 누나다."

마치 요술처럼 그녀, 이랑이 나타나 있었다. 십 년 넘는 세월이 흘렀음에도 불구하고 그녀는 예전에 손책이 사랑했던 모습 그대로였다. 갑자기 나타난 이랑은 한가로이 주위를 살폈다.

"역시 주씨 꼬마도 같이 있네."

천하의 책략가 주유도 여기에는 놀랄 수밖에 없었다. 그는 크게 당황하여 더듬거렸다.

"누, 누님께서 어떻게 여기 계십니까?"

"으윽, 징그러워. 누님이라니. 너 아저씨 다 됐구나?"

피식 웃은 이랑이 답했다.

"어떻게 있긴. 주군이 보내서 왔지."

"네?"

"저길 봐."

이랑이 가리키는 방향을 본 손책의 가슴이 쿵 하고 세차게 뛰기 시작했다. 근처 숲에서 한눈에 알아볼 수 있는 맹장들이 황조군을 향해 쇄도하고 있었다.

"저건…."

창 한 자루를 비껴든 채 흔들림 없이 곧장 돌격하는, 구름 위의 한 마리 용을 연상케 하는 장수. 그의 이름을 손책은 나직하게 입에 담았다.

"조운 자룡."

뭐가 그리 신나는지 광소를 터뜨리며 빛살처럼 쏘아져 나가는 은색의 사자.

"마초 맹기."

양손에 각각 삼첨도를 들고서도 멋지게 균형을 유지하며 날듯이 달리는 검은 표범.

"장료 문원."

어디까지나 냉정을 잃지 않고 등 뒤에 큰 활을 든 미녀를 태운, 한 마리 매와 같은 긴 머리의 장수.

"장합 준예…와 성월인가."

다소 경박하게 검을 휘둘러대면서 갈지자로 달려가는 장수도 있었다.

"저건 누군지 모르겠군."

첨언하자면 그는 바로 장연이었다. 마지막으로….

"아아!"

손책은 탄성을 지를 수밖에 없었다. 싸우기 위해서 태어났다고 알려진 사나이. 천하제일의 맹장이라 불리는 그, 여포 봉선이 검은 전신 무복 차림의 여인을 감싸 안듯 앞에 태우고 불길한 흑색 번개가 되어 돌진하는 중이었다. 여포가 우렁찬 함성을 질렀다.

"오라아아아아아앗!"

그의 앞쪽에 앉아 있던 청몽이 투덜댔다.

"시끄러워. 귀청 떨어지겠네."

그게 다가 아니었다. 조운의 뒤로는 최근 마초가 아닌 그에게서 창술을 배우기 시작한 마철, 마휴, 마대 삼형제가, 여포의 양옆에는 호위무사 팽기와 초정이, 마초의 양옆으로는 충성스러운 방덕과 조개가, 장연의 앞으로는 그가 달리는 진로를 방해하며 금빛 망치를 든 사린이 함께 달려오고 있었다.

"야, 사린아! 좀 비켜봐!"

"장연 아저씨가 알아서 비켜!"

장연은 사린을 피하느라 갈지자로 달린 것이다. 좌우간 그 광경은 천군만마가 따로 없었다.

쾅! 콰앙! 서걱! 파파팟! 투콱! 소리는 각기 달랐으나, 그들은 모두 다른 지점에서 황조군과 충돌하여 대참사를 일으켰다. 뒤 혹은 옆에서 급습당한 황조군 병사들은 튕겨 날아가고 터지고 부러지고 꿰였다. 첫 번째 공격만으로 단숨에 수십 명의 병사가 절명했다.

크게 놀란 황조가 외쳤다.

"어디서 나타난 놈들이냐?"

"최후의 발악을 하려고 손가 놈이 식객이라도 동원한 모양입니다. 제가 처리하겠습니다."

황조의 부장 등룡(鄧龍)이 기세 좋게 달려 나갔다. 그가 택한 상대는 하필 여포였다. 하긴 누굴 골랐어도 결과는 마찬가지였을 것이다.

"함부로 설치는구나! 이 등룡 님이 상대해…."

그를 힐끗 본 여포가 귀찮다는 듯 방천화극을 휘둘렀다. 부웅! 서걱!

"…주마…."

등룡은 근처의 부하 몇 명과 함께 그대로 상체가 썰려, 왜 죽는

지도 모르고 죽었다. 청몽이 어이없다는 투로 중얼거렸다.

"와, 진짜 무식하네."

"틀을 말은 아닌 것 같다. 낫으로 수백 명씩 목을 쳐 죽이는 여자한테서."

"…여포, 말솜씨 좀 늘었다?"

"잘했다, 원래."

한가로이 대화하는 둘과는 달리 황조군은 공포에 질렸다.

"히익!"

뒤로 거느린 청광기를 더해도 오백이 안 되는 적에게 수만의 병력이 압살되는 진풍경이 벌어지고 있었다. 여기에는 용운군 장수와 병사들의 특수성도 작용했다. 용운 휘하의 장수들은 여러 요인으로 인해 원래 역사보다 훨씬 강해져 있었다. 천강위와의 대결, 용운이 제작해준 이 시대에 있을 수 없는 무기, 마찬가지로 용운에게서 전수받은 기의 운용법, 천강위에게서 획득한유물 등. 이런 것들 중 하나만 있어도 비약적으로 강해질 판에 대부분의 사유가 겹쳤다. 원소, 조조, 유비 등과도 쉴 새 없이 싸워왔다. 병사일 뿐인 청광기 또한 하나같이 일당백을 자랑하는 역전의 용장이 되어 있었다. 거기다 황조군은 다 이긴 싸움이라 보고방심하고 있었다. 충격은 몇 배가 되어 돌아왔다. 마지막으로….

"어디, 나도 오랜만에 힘을 좀 보태볼까…."

특기 발동, 플래시 오브 다크니스(flash of darkness)!

신(新) 사천신녀까지 나선 게 결정타였다. 지이이잉! 이랑의 손바닥에서 방사된 검은 빛줄기가 수십 장의 거리를 격하고 날아와 황조군 병사들을 맞혔다. 흑광에 맞아 쓰러진 자들이 시커멓게 녹아내렸다.

"앗, 이랑. 치사하다!"

질세라 특기를 발동한 사린도 거대한 팽이처럼 회전하기 시작했다. 거기 스친 황조군 병사들은 낙엽처럼 튕겨 부스러지면서 날아가버렸다.

'저토록 강할 수가…'

손책은 그 광경을 멍하니 바라보았다. 그때, 손책군 뒤쪽으로 수레 한 대가 와서 섰다. 거기서 두 사람의 학사가 내렸다. 총군사 곽가와 부군사 사마의였다. 곽가가 평소와 달리 정중한 태도로 포권했다.

"유주국의 총군사 곽가 봉효가 손가의 주인을 뵙습니다."

"오오, 봉효! 명성은 많이 들었소. 우릴 돕기 위해 먼 길을 와줘서 고맙소."

"아닙니다. 전하와 백부 님의 우의를 감안했을 때 좀 더 빨리 와서 도와드렸어야 했는데 너무 늦어 송구할 따름입니다. 이쪽은 제 제자 겸 유주국 부군사인 사마의 중달입니다."

"안녕하세요?"

사마의가 손을 팔랑팔랑 흔들며 인사했다. 손책은 조금 당황했지만 곧 너털웃음을 터뜨렸다.

"하하! 옛날 생각이 나는군. 그건 전에 가끔 진 사부님과 이랑

누나가 하던 인사법이야."

그새 재빨리 사마의를 쥐어박은 곽가가 말했다.

"저희가 비록 늦었지만, 작금의 위기는 타개하고도 남을 것입니다."

과연 견디다 못한 황조군이 퇴각하기 시작했다. 유주군이 도착한 지 반 시진(약 한 시간)도 채 지나지 않았을 때였다. 조운을 필두로 한 유주 장수들은 잠시 추격하면서 죽이길 거듭하다가 멈춰 섰다. 그만하려는 게 아니라, 큰 한 방을 먹이기 위해서였다. 장합이 모는 말 등 위에 일어서서 길고 늘씬한 한쪽 다리를 그의 어깨에 얹어 자세를 고정한 성월이 말했다.

"좋아요오, 다들 거기 가만히 있어요. 뭐, 뒤섞여도 맞히진 않겠지만 귀찮으니까."

두 사람의 양옆과 뒤에는 화살통을 가득 실은 말 세 마리가 서 있었다.

"화살이 좀 적지만 아쉬운 대로…."

특기 발동, 초절난사(超絶亂射)!

츄르르르르르르륵! 파팟! 파파파파팟! 정신없이 달아나던 황조군 병사 하나가 기이한 소음에 뒤를 돌아보았다. 허공을 새카맣게 덮은 화살 비가 그의 시야에 들어왔다. 그는 절망 어린 욕설을 내뱉었다.

"이런 니미럴…."

결국, 황조군은 수천에 달하는 시신을 버려둔 채 달아났다. 이는 유주군이 형주와의 전쟁에 본격적으로 개입함을 알린 서막이었다. 또한 천하대전의 불길이 남쪽까지 번지는 계기이기도 했다.

높은 창공을 날던 거대한 붉은 새 한 마리가 인간 여자의 목소리로 중얼거렸다.

돌아간다, 돌아가. 거대한 운명의 수레바퀴가….

10

밤의 추격

황조군은 유주의 원군에게 쫓겨 다급히 십여 리나 퇴각하고서야 멈췄다. 어찌나 서둘렀는지 황조는 투구가 벗겨져 날아간 것도 몰랐다. 그런 뒤 병력을 점검해보니 반 이상을 잃었다. 그중에는 서둘러 후퇴하는 와중에 떨어져 나간 자들도 다수였지만 어쨌거나 큰 피해였다. 그야말로 눈 깜짝할 사이에 벌어진 일이었다.

황조는 가무잡잡한 얼굴에 주름이 가득했다. 오랫동안 강한 햇빛을 받으며 물가에서 생활한 까닭이었다. 그는 그 얼굴을 공포와 분노로 일그러뜨리고서 반백이 된 머리를 풀어헤친 채 말했다.

"그자들은 대체 누구냐? 설마 육가가 백부(손책) 놈을 도우려고 나선 건 아니겠지?"

육가는 강동의 명문 호족 집안으로, 정사에서 오나라의 대도독이 된 육손을 배출한 가문이다. 가주인 여강태수 육강은 원술과 대립하다 위협을 느껴 일족이 전원 오현으로 피난했다. 그 후 상황을 방관하면서 내실을 키워, 제법 강성한 세력으로 성장했다. 유표는 육가와 손가의 동맹을 매우 경계하여 지속적으로 감시하고 있었다. 사실 손책이 육가와의 혼인 동맹에 실패한 것도 유표가 뒤에서 공작을 한 탓이었다.

원래 정사에서는 원술의 명을 받은 손책이 여강태수 육강을 죽였다. 그 탓에 두 가문은 손권의 대에 이르러서야 화해하게 되었다. 그러나 바뀐 역사로 인해 손책은 아예 원술 밑으로 들어가지도 않았다. 덕분에 육강도 수명이 늘어 육가는 정사에 비해 상대적으로 안정된 상태였다.

황조의 말에 수하 하나가 답했다.

"육가는 아닌 듯합니다. 그 정도의 장수들을 그렇게 여럿 거느리고 있었다면, 애초에 원술에게 밀려나지도 않았을 겁니다."

"그, 그렇지⋯. 그럼 대체 누구란 말이냐?"

"좀 알아봐야 할 것 같습니다."

유표의 세력은 아직 양주와 형주 이북으로 진출하지 않았다. 그렇다 보니 조운, 여포 등을 알아보는 자가 아무도 없었다. 황조가 정신 차리고 부대를 수습하는데 저만치서 커다란 흙먼지가 일었다. 대규모의 병력이 다가오고 있다는 의미였다. 뱀 보고 놀란 가슴 밧줄 보고 놀란다고 황조는 가슴이 덜컥 내려앉았다.

'헉! 설마 놈들이 여기까지 쫓아온 건 아니겠지?'

다행히 곧 유표를 상징하는 유(劉) 자가 쓰인 황색 깃발이 보였다. 유표는 자신이 황실의 일원임을 내세우기 위해 금빛에 가까운 황색과 적색을 즐겨 사용했다. 좀 더 가까워진 뒤에 보니 유표의 장수 왕위(王威)가 이끄는 부대였다. 왕위는 특급은 아니지만 상당한 무공을 자랑하는 장수였다. 또 황조를 존경하여 평소 관계도 좋았다. 이에 황조는 크게 기뻐하며 그를 맞이했다.

"어서 오시게, 왕 장군!"

"황조 님."

왕위는 동성현을 정벌하고 합비로 가던 차였다. 동성현은 손책의 세력하에 있는 주요 성이었다. 구강과 동성현이 넘어가면 사실상 손책은 재기가 어려워진다. 이에 유표는 방통의 조언대로 두 갈래 병력을 내어 각각 그 두 곳을 치게 한 것이었다. 그중 한 갈래로 구강을 치러 갔던 황조가 엉뚱한 곳에 있자 왕위는 의아해하며 물었다.

"어찌하여 여기 계십니까?"

"…면목이 없네."

"혹 백부한테 당하셨습니까?"

"그건 아닐세. 놈을 구강까지 몰아붙이고 포위하여 거의 끝장내기 직전이었네. 한데 갑자기 나타난 원군에게 밀려 퇴각했네."

"원군이요? 양주 일대에 아직 손가를 도울 자들이 있습니까?"

"그러게 말일세. 워낙 갑작스레 당한 터라, 아직 놈들이 누군지 파악조차 못했네. 일단 합비로 돌아가서 정보를 좀 수집해봐야겠네."

잠시 생각하던 왕위가 말했다.

"그러지 말고 저와 함께 다시 놈들을 치러 가시죠."

"응? 지금 말인가?"

"예. 합비신성에도 주공(유표)의 눈과 귀가 있습니다. 사실 손책은 다 잡은 먹이나 마찬가지였는데, 패해서 쫓겨온 걸 주공께서,

아니… 서 총관이 알게 된다면 심히 고단해지실 겁니다."

서 총관이란 다름 아닌 천강위 서령을 가리켰다. 그는 참모도, 장수도, 그렇다고 행정관도 아닌, 총관이라는 묘한 자리를 차지하고 있었다. 이름 그대로 총관은 대부분의 영역을 총괄했다. 개념은 유표의 비서실장 격이었는데, 형주의 살림은 물론 유표에게 올라가는 모든 정보가 그를 통했다. 유표는 그런 서령을 절대적으로 신뢰했다. 그렇다 보니 다른 가신들은 서령 앞에서 설설 기었다. 과연, 서 총관이라는 말을 들은 황조의 얼굴도 흙빛이 되었다.

"아마 좋은 꼴은 못 보겠지. 이미 강하에서의 일로 그자한테 단단히 찍힌 듯하네."

"예. 그리되느니 저와 함께 바로 들이쳐서 구강을 함락한다면 앞서의 패배도 묻힐 것입니다."

황조는 잠시 망설였다. 정체 모를 원군의 위용이 새삼 떠올라서였다. 하지만 서령도 무섭기는 마찬가지였다. 더구나 왕위는 앞서 죽은 등룡보다 훨씬 강한 장수인 데다 이만이라는 대군을 거느린 상태다. 그런 황조를 왕위가 재차 설득했다.

"적은 설마 퇴각한 황조 님이 곧바로 돌아와 반격하리라고는 생각도 못 할 것입니다."

황조는 점차 두려움이 가시고 마음이 움직였다.

'그래, 아까는 방심했다가 갑작스럽게 사방에서 공격받은 까닭도 있었다. 내게 남은 병력과 왕위의 병력을 합치면 얼추 삼만. 적은 언뜻 봐도 수천에 불과했다. 이제 만반의 대비를 하고 간다

면 어찌 패하겠는가?'

결심한 황조는 왕위의 제안을 수락하고 고마움을 표했다.

"신경 써줘서 고맙네. 과연 자네의 의견이 묘책일세. 그리하세."

"잘 생각하셨습니다."

두 장수는 병력을 합쳐 재편한 다음, 다시 구강을 향해 진격해 갔다.

한편 구강 음릉성에서는 유주군을 맞이한 손책이 조촐하게나마 연회를 베푸는 중이었다. 그런 손책을 바라보던 이랑은 어쩐지 뭉클했다.

'어른이 되었구나, 책.'

이제 그는 예전의 소년 태를 벗고 한 세력의 주인 분위기가 완연했다.

"멀리서 와주셨는데 대접이 이 모양이라 미안하기 짝이 없소. 부끄럽지만 얼마 전부터 유표에게 정신없이 밀리던 참이라 그렇소. 내 유주왕과 그대들의 은혜는 반드시 보답하리다."

손책의 말에, 조운이 일행을 대표하여 일어서서 포권하며 말했다.

"저희의 파병은 전하와 백부 님 사이의 오랜 우정과 일찍이 백부 님께 입은 후의에 의한 것. 어찌 보답을 바라겠습니까? 이제 최선을 다해 고단함에서 풀어드릴 터이니 너무 심려치 마십시오."

"고맙소, 자룡."

비록 차린 것은 적었지만, 연회는 시종일관 훈훈한 분위기에서 진행되었다. 양 진영의 장수들 중 교분이 있던 이들은 지난 안부를 묻고 초면인 이들은 인사를 나누었다. 특히, 유주 대장군으로 명성이 자자한 조운과 '최강의 사내'란 수식어가 붙은 여포는 선망의 대상이었다. 손책의 가신들은 물론이고 연회에 참석한 여인들까지 몰려와 눈을 빛내며 온갖 질문을 퍼부었다. 조운은 그런 상황을 비교적 여유롭게 잘 넘겼으나, 여포는 그러지 못했다.

"봉선 장군님, 적장 등룡을 단숨에 베어 죽이셨다지요. 그때의 얘기를 좀 자세히 해주실 수 있습니까?"

"봉선 장군님, 이곳 양주 쪽은 처음이신가요? 첫인상이 어땠습니까?"

"봉선 장군님, 아직 혼인을 안 하셨다 들었는데 특별한 이유라도 있나요?"

"봉선 장군님…."

"봉선 장군님…."

참다못한 여포가 폭발하기 직전이었다. 누군가 그의 손을 잡고 연회장에서 끌고 나왔다. 상대를 확인한 여포는 이끄는 대로 순순히 따랐다. 손의 주인은 바로 청몽이었다. 성 후원으로 나온 청몽이 쑥스러운 듯 말했다.

"그냥 놔뒀다가는 주변에 있는 사람들을 다 베어버릴 것 같더라."

"호통 정도는 쳤을지도 모른다. 베진 않겠지만. 전하의 입장을 생각해서."

"그래도 데리고 나오길 잘했네."

청몽이 손을 놓자, 여포가 다시 그 손을 잡았다.

"놓지 마라. 모처럼 잡았는데."

"또, 또 이런다. 하여간 틈만 주면."

"싫은가, 내가?"

여포의 직설적인 질문에 청몽은 멈칫했다. 잠시 망설이던 그녀가 천천히 입을 열었다.

"이제 전처럼 싫진 않아."

"그럼 어째서 자꾸 거리를 두는 거지?"

"……."

"혹 전하 때문인가?"

당황하는 청몽을 향해 여포가 말을 이었다.

"알지 않나, 너도. 그분의 마음은 이미, 다른 사람을 향해 있다는 걸."

"……."

"단신으로 조조의 근거지에 뛰어들었다가 나온 분이다. 그 여인을 구하려고."

"……시끄러워."

"더구나 너는, 호위무사다. 전하의. 예전 공손찬의 참모 시절이었을 때라면 몰라도, 지금은 모두 반대할 것이다. 가신들이. 그런데도 계속 미련을 못 버린다면 서로를 힘들게 할 뿐이다."

급기야 청몽이 소리를 질렀다.

"네가 뭘 알아!"

"청몽…."

"네가 전하에, 아니 용운이에 대한 내 마음이 어느 정도인지, 포기하기로 했는데도 놔지지 않아서 내가 얼마나 괴로운지 알기나 해? 이 원정을 자청한 이유도 사실은 한동안 떨어져 있어보려고 한 거야. 안 그러면, 나도 모르는 사이에 눈이 그 자식을 좇고 있으니까. 내 의지하고는 무관하게 그 녀석이 하는 말에 귀를 기울이고 일거수일투족에 집중해서, 하루에 열두 번도 더 기분이 오르락내리락하게 되니까. 안 보는 사이 어떻게든 마음을 정리해보려고 한 거라고. 그런데 서로를 힘들게 할 뿐이니 그만하라고? 네가 대체 뭘 아는데!"

마구 쏟아낸 청몽은 여포를 두고 어딘가로 달려가버렸다. 쫓아가려던 여포는 긴 한숨과 함께 발을 멈췄다. 그는 어느새 달이 떠오른 밤하늘을 올려다보며 나직하게 중얼거렸다.

"잘 안다. 나도 그러니까. 너에 대한 내 마음이 바로 그런 식이니까…."

손책과 주유는 곽가와 사마의, 두 책사와 더불어 얘기를 나누고 있었다. 처음에는 의식적으로 전쟁에 대한 주제를 피했다. 하지만 못 본 지가 몇 년이요 깊은 교류도 없어, 화제는 금세 바닥났다. 결국, 대화는 유표와의 싸움에 대한 것으로 옮아갔다. 곽가가 조심스레 물었다.

"처음에는 오히려 백부 님이 우세했다고 들었습니다. 왜 갑자기 이렇게 전세가 뒤집힌 겁니까?"

"분명 그랬소."

손책은 길게 한숨을 내쉬었다. 유표와의 전쟁이 본격적으로 시작되고 얼마 지나지 않아, 손책은 합비신성에 이어 안풍현과 육안현, 여강군까지 양주 대부분을 차지했다. 손책 자신의 통솔력과 무력에 더해, 황개나 한당 같은 노장들의 노련함, 진무와 송겸, 능통을 비롯한 젊은 피들의 패기, 마지막으로 주유의 진법과 책략까지 더해진 효과는 엄청났다. 파죽지세로 밀고 들어간 손책은 반년 만에 황조가 지키고 있던 강하를 공격하기에 이르렀다.

강하는 형주의 관문과도 같은 주요 거점이었다. 자연히 방비가 단단했다. 이제까지 함락해온 성들과는 차원이 달랐다. 성벽은 높고 튼튼했으며 강과 연결된 해자는 배 서너 척이 다닐 수 있을 정도로 넓고 깊었다. 더구나 길어진 전쟁으로 인해 손책의 가신들과 양주 백성들의 피로는 극에 달해 있었다. 그렇다고 여기까지 와서 포기하고 돌아갈 순 없는 노릇. 손책은 최대한 빨리 강하를 무너뜨리기로 마음먹었다. 이에 몸을 사리지 않고 직접 앞장서서 싸웠다. 그렇게 몇 주에 걸친 맹공 끝에 강하태수 황조를 궁지에 몰아넣었을 때였다.

"그자가 나타나면서 상황이 달라지기 시작했소."

말하던 손책의 음성에서는 상대에 대한 분노와 증오 그리고 경외감이 동시에 느껴졌다.

"방통 사원이라는 책사요."

그 이름에 곽가와 사마의는 서로 마주 보았다. 두 사람은 이제 눈빛만 봐도 생각이 통할 정도가 되었다. 티격태격하는 듯하지만, 서로를 깊이 아끼며 누구보다 인정하는 스승과 제자였다. 둘은 이번 원정길을 통해 사이가 더 돈독해졌다.

'유비 공략전 초기에 형주군을 이끌고 와서 거한회를 도왔던 자의 이름이로군.'

'공명에게 나쁜 영향을 끼친 놈이지요, 아마도.'

그 와중에도 손책의 말은 계속되었다.

"금세라도 무너질 것 같던 강하성은 하루아침에 달라졌소. 애초에 물자는 넉넉했는데, 우리의 기세에 휘말리다 보니 위태로워진 거요. 방통은 그 사실을 파악했고 싸움을 지구전으로 끌고 가기 시작했소."

곽가가 조심스럽게 끼어들었다.

"포기하지 못하셨군요."

"…그렇소. 그때 원정을 포기하고 회군했다면, 하다못해 지금쯤 합비신성에 주둔하고 있기라도 했을 거요. 공근(주유)도 수차례 회군을 권유했건만, 나는 끝내 고집을 부렸소."

옆에 있던 주유가 덤덤하게 대꾸했다.

"주군을 설득하지 못한 책략은 아니 냄만 못합니다."

"그건 그래요."

사마의가 불쑥 말하자 곽가가 눈총을 주었다. 손책은 별로 개의치 않고 말을 이었다.

"강하에서 뜻하지 않게 발목을 붙잡혀 몇 개월을 허비하는 사이, 마침내 그들이 합류했소. 유비 현덕, 관우 운장, 장비 익덕 그리고…."

유비의 이름이 나올 때부터 곽가와 사마의의 표정은 과히 좋지 않았다. 그러다 손책이 마지막으로 입에 담은 이름을 듣는 순간, 곽가의 표정은 싸늘해졌고 사마의는 눈을 날카롭게 빛냈다.

"그리고 제갈량 공명."

"…."

"방사원의 별명은 봉추(鳳雛, 봉황의 새끼)요, 제갈공명의 별명은 복룡(伏龍, 엎드린 용)이라 하더군. 그 말 그대로 그야말로 용에게 봉황의 날개까지 달린 꼴이 됐소."

강하를 포위하고 있던 손책군은 밤사이 은밀히 강을 건너와 배후를 급습한 유비군에게 대패했다. 나중에 제갈량의 책략이라고 들었다. 그 싸움에서 손책은 정보를 잃었다. 손견 대부터 손가를 섬겨온 충신으로, 그에게는 숙부와 같은 존재였다. 관우의 공격에 맞서 손책을 지키려고 싸우다 죽은 것이다. 이미 일흔을 넘긴 노장은 한창 물이 오른 관우의 실력을 감당하지 못했다.

"덕모(德謨, 정보의 자) 님의 죽음을 보면서도 나는 달아날 수밖에 없었소."

말하던 손책의 눈시울이 붉어졌다. 이미 한참 지난 일이지만, 충신의 죽음에 대한 기억은 여전히 그를 괴롭게 했다. 그 후 손책군은 뭐에 홀리기라도 한 것처럼 연전연패했다. 여강에 이어 합비신성까지 다시 빼앗겼다. 그 싸움에서는 선봉장 능조가 장비의 손에 죽었다. 그렇게 손책은 아끼던 장수들과 병사들을 계속해서 잃어가며 이곳 구강까지 쫓겨온 것이다. 그 참담한 심정은 이루 말하기 어려울 터였다.

"그럼 유비 삼형제와 방통, 제갈량은 지금 합비에 있는 겁니까?"

곽가의 물음에, 손책이 고개를 끄덕였다.

"합비에서 패하여 퇴각할 무렵, 유, 관, 장은 거기 자리를 잡고 더는 추격해오지 않았소. 대신 황조가 뒤를 이어 구강까지 쫓아오더군. 강하에서의 일로 서 총관에게 엄히 추궁을 들었다니, 그 자도 꼬리에 불이 붙은 심정이었을 거요."

"서 총관은 누굽니까?"

그 물음에는 주유가 대신 답했다.

"이름은 서령. 한 자루의 특이한 창을 잘 써서 별명은 금창수(金槍手)라 합니다. 형주의 총관이며 유표가 절대적으로 신임하는 자입니다."

"총관?"

생소한 관직명에 곽가가 고개를 갸웃거렸다.

"아마 들어보신 적 없을 겁니다. 총관(總官)은 유표가 서령을 위해 새로 만든 관직입니다. 행정 쪽은 물론, 정보와 군사적인 부분까지 모두 그를 거쳐 가야 한다는군요. 그를 맞아들이고서부터 형주가 급격히 강해지기 시작했습니다. 아군은 거기에 위협을 느껴 싸움을 시작한 것이고요. 더 놔뒀다가는 감당하기 어려워진다는 확신이 들었습니다."

곽가는 주유의 설명을 들으며 고개를 끄덕였다. 어쩐지 방통이나 제갈량의 얘기보다 그 서령이라는 자가 더 신경 쓰였다.

'전하한테서 그자가 천강위, 그러니까 회의 일원이라고 들은

까닭인가. 확실히 범상치 않은 행보로군. 사실상 형주에서는 일인지하 만인지상의 위치에 있지 않은가.'

얘기를 듣고 난 사마의가 손책을 위로했다.

"이제 걱정 마세요. 아군은 더 뛰어난 책사가 셋이 되었으니까 반드시 합비를 탈환하고 강하를 백부 님께 안겨드릴 겁니다."

이 싸움에서 손책군과 유주군이 한 가지 협의해야 할 점이 있었다. 바로 유주군이 어디까지 지원해줄 것인가 하는 문제였다. 유주군은 확실히 최정예였지만, 먼 길을 빨리 오기 위해 규모를 최대한 간소화했다. 따라서 수행 가능한 작전에 한계가 있었다. 그것을 사마의가 은연중에 지정해버린 것이다. 유주군의 도움은 '강하 공략'까지라고. 그들을 최대한 활용할 생각을 하던 주유는, 그린 듯 아름다운 눈썹을 살짝 찡그렸다.

'어리고 언뜻 언행도 경솔한 듯하나 다루기 쉽지 않은 자로구나. 예측이 어려워서 더욱 그렇다. 유주왕이 저자를 딸려 보낸 이유를 알겠다.'

사실 막 나가고 제멋대로이기는 곽가도 만만치 않았다. 한데 사마의와 붙여놨더니 묘하게 자제하고 있었다. 제자의 행동을 수습하기 바빠서였다. 상대적으로 곽가는 진중해 보이기까지 했다. 그를 잘 아는 독설가 희지재나 친우 순욱이 알았다면 박장대소했을 일이었다.

손책이 술잔을 들며 사마의에게 답했다.

"말씀만으로도 고맙소. 다시 기회를 잡았으니 우리도 최선을 다하리다."

청몽은 밤길을 달리고 또 달렸다. 예전에도, 그러니까 인간이었을 때도 그녀는 달리기를 잘하는 편이었다. 다만, 그때는 단거리에 강했고 오래달리기라면 기겁했는데, 이제 어지간히 달려서는 숨도 안 찼다. 처음에는 새로 얻은 이 육체가 마냥 좋았다. 영화에서 본 히어로가 따로 없다고 여겼다. 사람을 죽이기는커녕 때려본 적도 없었는데, 용운의 적에게는 자연스럽게 살의가 솟고 죽인 뒤에도 전혀 가책이 느껴지지 않는 게 신기했다.

솔직히 지금도 그랬다. 가끔 자신이 괴물이 된 것 같아 씁쓸할 때는 있었지만 그뿐이었다. 죽인 자의 망령이 보여 두렵다거나, 죄책감으로 불면증에 시달린다거나 하는 일은 전혀 없었다. 한마디로 외상 후 스트레스 장애 같은 증상이 일어나지 않도록, 뇌와 신경까지 완벽하게 커스터마이징된 육체였다.

'누군지는 몰라도 이렇게 전투 기계로 만들 거였으면…'

그렇다고 아예 감정 자체가 없진 않았다. 고통을 느꼈고 죽음의 위기 앞에선 두려웠다. 간혹 부모님의 목소리가 들리면 그립고 슬펐다. 무엇보다 용운이 더는 자신을 봐주지 않는 게 미칠 듯 아팠다.

'…확실하게 기계로 만들던가. 싸우기에 필요 없는 부분만 쏙 빼버리지 말고 쓸데없는 감정 자체를 다 지워줬어야지.'

달리던 청몽이 멈춰 섰다. 얼마나 오래 달렸는지, 어느새 날이 희뿌옇게 밝아오고 있었다.

'난 정말 그 애에 대한 마음을 완전히 정리할 수 있을까? 그저

친구로만 볼 수 있게 될까?'

수천 명의 사람을 죽였고 또 죽일 것이다. 그런 주제에 누군가의 마음에 대해 고민한다. 그들이 영원히 가족에게 돌아갈 수 없게 하고 사랑도 못하도록 만들어놓고 제 사랑이 이뤄질 수 없음을 괴로워한다. 역설적이고 이기적이었지만 그게 인간이었다. 이런 감정이 청몽으로 하여금 아직까지는 자신이 인간임을 실감케했다.

'아, 예쁘다.'

청몽은 멍하니 서서 지평선 너머로 천천히 떠오르는 태양을 바라보았다. 이곳은 확실히 북부와 달랐다. 평지보다 산이 더 많던 북부에 비해 대부분이 평야지대였다. 그 가운데를 여러 갈래의 물줄기가 도도히 흘렀다. 분명 얼마 전까지만 해도 겨울 같았는데, 다시 초여름의 한가운데로 들어온 기분이었다.

그때, 그녀가 눈을 가늘게 떴다.

'응?'

멀리서 대규모의 병력이 다가오고 있었다. 정확히 청몽을 마주보는 방향이었다. 보통 사람의 육안으로도 보일 정도로 가까웠다.

'제길, 너무 정신을 빼놓고 달렸더니….'

그녀는 성에서 나와 속이 후련해질 때까지 남서쪽으로 곧장 달려왔다. 즉 저들의 목표는 구강, 음릉성이라는 의미였다. 조금 전까지의 잡념이 싹 사라졌다.

'어서 돌아가서 알려야 해.'

사천신녀는 검후가 죽고 용운의 마음이 채염에게 향한 이후로 많이 약해졌다. 여전히 초인 수준이긴 했으나, 전처럼 몇 만의 적군을 단 넷이서 몰살하는 것은 어려워졌다. 대신, 원래 정체를 용운에게 들켜 금기가 풀리면서, 일정 거리 이상 멀어지면 약화되는 증상은 사라졌다. 아무튼 청몽이 비록 전술적인 부분에 어둡긴 했지만 단신으로 적군에게 뛰어들 만큼 어리석진 않았다. 그녀가 돌아서서 반대 방향으로 달리려 할 때였다. 갑자기 나타난 몇 명의 기병이 앞을 가로막았다.

"이건 뭐야? 왜 이런 곳에 여자가….."

"수상하다. 붙잡아."

'척후병.'

아무리 감정이 격해져 있었다곤 해도 너무 무뎌졌다는 자책 따위, 할 틈이 없었다. 슈숙! 그들을 보자마자 청몽은 두 자루의 사슬낫을 날렸다. 단숨에 두 개의 목이 허공으로 떠올랐다.

"아니?"

"적이다. 죽여!"

뒤에 있던 기병들이 연이어 달려들었다. 그러나 그들은 청몽의 털끝 하나 건드리지 못했다. 슝! 슝! 파파팍! 청몽은 마치 날아다니듯 가벼운 몸놀림으로 몸을 회전하면서 사슬낫을 휘둘렀다. 그녀가 지나갈 때마다 어김없이 몇 명의 적병이 피를 뿜으며 쓰러졌다. 순식간에 십여 명의 기병을 베고 내려선 직후. 덥석! 손하나가 그녀의 발목을 움켜잡았다. 분명 목을 베어 죽였다고 여긴 적병의 손이었다. 벤 게 살짝 얕았던 모양이라곤 하나, 쩍 벌어진 목에서 피를 꿀렁꿀렁 쏟아내면서도, 숨이 거의 넘어가면서도, 그는 눈을 번들거리며 손에 더욱 힘을 주었다.

"히익!"

청몽은 소스라치게 놀랐다. 발을 잡아 빼려고 안간힘을 썼지만, 가느다란 발목을 단단히 잡은 손은 결코 풀리지 않았다. 사실 낫으로 손목을 잘라버리면 그만이었다. 그런데 이상하게도 그 생각을 하지 못했다. 분명 죽였다고 생각한 적이 마지막 생명을 바치면서 쏟아내는 적의에 질린 것일까. 아니, 새삼 그럴 것도 없었다. 이미 다 셀 수도 없을 정도로 많은 적을 죽여왔으니까.

아니면 용운과의 관계로 인해 정신적으로 불안정해진 게 원인일까. 어쨌거나 청몽은 어이없는 반응을 보였고 그사이 적 본대는 코앞까지 다가왔다. 그녀는 똑똑히 보았다. 선두에 선 적의 눈빛이 놀라움에서 분노로, 이어서 살의로 변해가는 것을. 비로소 정신이 들었다. 낫을 내리쳐 손목을 끊어냈다. 문제의 적병은 이미 절명한 지 오래였다. 단, 그에게 시간을 허비한 사이, 적의 대군을 코앞에 두게 되었다. 도망쳐야 하나?

'여기서 죽어버릴까.'

문득 이런 생각이 뇌리를 스쳤다. 그럼 용운이 조금이라도 슬퍼해주겠지. 검후가 죽었을 때, 머리가 새하얘질 정도로 비통해하던 그의 모습이 떠올랐다. 이곳에서 자신이 죽을 각오로 전력을 다해 싸우면, 적의 수를 반은 줄일 수도 있을 것 같았다.

'그럼 원군으로 온 체면치레도 다 한 셈이고. 최소한 죽어도 쪽팔리지는 않을 테니.'

청몽이 낫을 양손에 나눠 쥐었을 때였다.

"실망이군."

등 뒤에서 익숙한 목소리가 들려왔다. 동시에 당장이라도 달려들 것 같던 적 선두가 멈칫했다. 고개를 돌려 목소리의 주인을 확인할 필요도 없었다. 난 언제 저 사내의 음성에 익숙해진 걸까.

"여포."

여포가 천천히 청몽의 옆에 와서 섰다. 그에게서 물씬 땀 냄새가 풍겼다. 마치 야수 같은 체취였다. 그래도 역겹지는 않았다. 그는 호흡을 다스리고는 있었으나 아직 숨이 거칠었고 양어깨가 오르내렸다. 먼 거리를 전력을 다해 달려온 모양새였다.

"밤새 날 쫓아온 거야?"

"그래."

"왜?"

"한밤중에 혼자 뛰쳐나갔으니까. 내 여자가."

"누가 네 여자야?"

이 지역은 가뜩이나 해가 져도 찌는 듯 무더웠다. 땀이 흐르고 지치는 게 당연했다. 여포는 갑옷도 입지 않은 상태였다. 갑옷은 커녕 상체를 드러내고 비단 바지에 요대만 착용했다. 그 모습을 본 청몽이 말했다.

"미쳤네, 미쳤어. 여기가 무슨 유주성인 줄 알아? 무장도 제대로 안 하고 돌아다니게? 그나마 그 와중에도 무기는 들고 왔으니 다행이지만."

"너겠지, 미친 쪽은."

여포는 낮은 음성으로 으르렁대듯 말했다.

"너라면 분명 몸을 빼낼 수 있다. 저들은 결코 잡지 못한다. 마음먹고 달아나는 너를. 한데 넌 피하려는 듯하더니 갑자기 싸울 태세를 취했다."

"…."

"설마 자포자기한 거였나? 그래서 싸우다 죽으려 했나? 고작 남자 때문에?"

청몽은 부인하지 못했다. 이럴 때만 쓸데없이 눈치는 빨라가지고. 순간적인 충동이긴 했지만, 분명 그런 생각을 했다. 그 마음을 들켜버렸다. 하필 가장 들키고 싶지 않은 녀석에게. 그러자 청몽도 진심을 말하기 쉬워졌다. 뭔가 어차피 바닥까지 보인 기분이어서였다.

"고작 남자가 아니야."

청몽은 다시 슬금슬금 다가오기 시작하는 적군을 보며 갈라진 목소리로 답했다.

"내 전부였어. 한때는 손에 넣었다고 생각했는데, 갑자기 빠져나가버렸어. 그렇다고 그를 떠날 수도, 미워할 수도 없어."

"나는!"

그녀의 말을 가로막으면서 여포가 외쳤다.

"나는, 어떡하라는 건가? 네가 여기서 죽으면, 손에 넣어본 적조차 없는 난 어쩌라는 건가? 내 전부는 너인데!"

"…."

가슴이 먹먹했다. 내가 뭐라고, 이 짐승 같은 남자는 이토록 날 원하는 건가. 못된 말을 하고 비수를 찌르기나 했을 뿐인데. 비유

적인 표현이 아니라 진짜로 찔렀다. 그것도 꽤 여러 번. 그때, 여포가 한 걸음 앞으로 나서며 말했다.

"혼인하자."

"…갑자기 뭔 소리야. 이런 상황에."

"내가 격파하겠다. 저놈들을. 넌, 뒤에서 구경만 해라. 그리고 해내면, 혼인해다오."

"아니, 진짜 미쳤어? 넌…."

병마용군이나 천강위도 아니잖아, 라고 말할 틈도 없이 여포가 뛰쳐나갔다. 청몽은 그 뒷모습을 멍하니 바라보며 생각했다. 정말로 미쳤네. 제정신이 아니네. 전쟁이라는 허울 좋은 핑계를 덮어쓰고 있지만, 결국 살인, 그것도 대학살을 벌일 참이면서 그걸가지고 청혼하다니. 심지어 그따위 청혼에 갑자기 두근거리는나도….

"덩달아 미쳤고."

청몽은 여포의 뒤를 따라 달렸다. 청혼은 둘째 치고, 일단 저 무식한 남자가 죽는 꼴을 눈앞에서 보기 싫었다. 그러면서 느꼈다. 죽어버렸다고 생각한 심장이 다시 뛰기 시작했음을. 그게 여포의 청혼 때문인지, 아니면 전투에의 흥분 때문인지 그녀는 정확히 알 수 없었다.

11

두 사람의 전투

여포는 미칠 듯 화가 치밀었다. 어금니를 악물어 날카로운 턱선 부근의 근육이 불끈 치솟았다. 이제껏 여러 여자를 알았다. 딱히 금욕적으로 살지는 않았다. 그의 외모는 용운처럼 아름답지도, 조운처럼 단정하지도 못했다. 그래도 여자가 부족했던 적은 한순간도 없었다. 남자다운 투박한 생김에, 무뚝뚝한 태도에는 여자를 잡아끄는 뭔가가 있었다. 무엇보다 여포는 강했다. 이런 시대에 강함은 최고의 미덕이었다. 그만큼 오랫동안 여자를 지켜줄 수 있고 위로 올라갈 가능성이 높아지기 때문이다. 그래서 여포의 주위에는 늘 여자가 많았다.

그러나 진심으로 마음을 준 상대는 처음이었다. 이 여자. 처음에는 서로 죽여야 할 적으로 만났던 여자. 목숨을 바칠 만큼 다른 남자를 사랑하고 좀체 길들어지지 않으며 서슴없이 칼을 휘두르는 살쾡이 같은 여자. 이 여자의 몸 어딘가에 손끝이 닿기만 해도, 그 작은 손을 잡는 것만으로도 사춘기 소년처럼 가슴이 마구 뛰었다.

그 여자가 무너지려는 꼴을 눈앞에서 봤다. 그렇게 의연한 척하더니 싸우다가 죽으려고 한 모양이다. 도저히 그 남자에 대한 마음을 접을 수가 없어서. 무너지는 자신을 어쩌지 못해서. 순간적인 충동이라 해도 용납할 수 없었다. 이 순간 여포는 용운의 가신이 되기로 결심한 이래 처음으로 그가 증오스러웠다. 그렇다고 용운이 그녀를 받아주는 건 더욱 싫었다. 그냥 그녀의 마음에서 나가쳤으면 싶었다. 자신의 마음은 아랑곳하지 않는 여자도 미웠다. 그 증오와 미움을 적들에게 쏟아붓기로 했다. 적들의 입장에서는 날벼락이겠지만 그래야 했다.

이제부터 사사로운 감정으로 살육을 벌일 것이다. 그래서 어쩌라고? 어차피 저들은 죽여야 할 적이었고 적을 한 명이라도 더 죽이면 칭송받는 게 여포의 일이었다. 그 일을 하면서 울분도 풀 수 있다면 좋은 거 아니겠는가.

이 순간 여포는 오랜만에 피에 굶주렸던 예전의 모습으로 되돌아갔다.

'곧장 반격해서 허점을 노리려던 참이었나 본데, 늦었다. 저 여자의 변덕 때문에 내게 들켜버렸으니까. 이곳이 너희의 무덤이될 것이다.'

여포는 어깨가 떡 벌어졌으나 큰 키에 비해 허리가 가늘고 팔다리도 길었다. 그 몸이 놀라울 정도로 가볍게 땅을 박찼다. 어어하는 사이, 그는 형주군 선두와 순식간에 가까워졌다. 그쪽도 마주 달려오는 참이었기에 체감은 더했다. 슝! 아무렇지 않게, 달려오던 기세 그대로 여포가 방천화극을 위로 올려쳤다. 서걱!

보통 위에서 아래로 내리치거나 휘두르기 마련. 허를 찌르는 선제공격에, 선두에 섰던 병사는 몸을 고스란히 내줬다. 사타구니에서부터 어깨까지 갑옷째 몸이 갈라졌다. 아래로 피와 내장이 후두둑 쏟아져 내렸다. 바로 뒤에 있던 자도 덩달아 뱃가죽이 길게 찢겼다. 병사는 무슨 상황인지도 모른 채 제 몸을 내려다보다가 양손으로 헛되이 내장을 쥐어 끌어넣으려 했다. 그러다 눈이 획 뒤집히면서 앞으로 엎어졌다. 우직! 그 등을 짓밟아 등뼈를 부러뜨리면서 여포가 돌진했다.

"으, 으헉!"

놀란 병사들이 마구잡이로 창을 내찔렀다. 제대로 된 공격은 하나도 없었다. 위력도 약했지만, 여포에게 닿으려면 한참 먼 거리였다. 한 번에 두 명을 처리한 여포는 수직으로 치켜들었던 방천화극을 곧장 아래로 내리쳤다.

"캬앗!"

목표가 된 형주군 병사는 두려움을 떨치려는 듯 고함지르며 창을 수평으로 잡고 위로 들었다. 그러나 그 창이 머리 위에 오기도 전에, 방천화극의 날이 먼저 그의 정수리로 파고들었다. 쩍! 머리를 쪼갠 방천화극의 날은 튕기듯 올라와, 놀라서 굳은 양옆의 병사를 연이어 찍었다. 픽! 퍼픽! 눈 깜짝할 사이 세 사람이 절명했다. 여포 특유의 채찍처럼 방천화극을 휘둘러 치는 기술이었다. 거의 스무 자(약 6미터) 밖에서 날아오는 번갯불 같은 참격에 병사들은 속수무책으로 쪼개졌다.

"포, 포위하라!"

질려버린 부장 하나가 겁에 질려 고함질렀다. 대열이 옆으로 길게 펼쳐지면서 여포를 둘러싸려 했다. 휘잉! 여포는 오른쪽에서 왼쪽으로 방천화극을 휘둘러, 창대로 제일 바깥쪽의 병사를 후려쳤다. 오른쪽으로 이동하려던 병사들이 그 서슬에 우르르 쓰러졌다. 손책군을 오랫동안 괴롭혀온 형주의 정예병들이 어린아이 취급당하고 있었다. 콰콰콰콰콱! 쓰러진 병사들의 머리를, 방천화극의 창날 끝이 쿡쿡 찌르고 지나갔다. 한 번에 한 명, 정확하고 치명적인 일격이었다. 무모함에서 시작된 전투는 죽이기에 최적화된 효율적인 움직임으로 메워졌다.

여포를 쫓아오던 청몽은 저도 모르게 멈춰 서서 그 광경을 바라보았다. 전장 쪽에서 그녀를 향해 바람이 불어왔다. 피비린내와 절규가 뒤섞인 바람이었다. 여포는 마치 그 바람을 타고 움직이는 듯했다.

미끄러지듯 적들의 공격을 피하는 동시에 방천화극을 내찌르거나 휘둘러 쳤다. 눈이나 명치 등을 찔린 적은 그대로 쓰러졌고 옆구리와 어깨를 맞은 자들은 피를 토했다. 그야말로 목불인견의 참상이었는데, 청몽은 무의식중에 아름답다고 느꼈다. 사람이 죽는 모습이 아니라, 여포의 움직임이. 오직 살육이라는 하나의 목적에 최적화된 간결하면서도 날카로운 반응들이, 살인병기의 몸을 가진 그녀에게 이상적으로 비쳤다.

다른 장수가 싸우는 모습을 이렇게 가까이에서 자세히 본 적이 별로 없었다. 그나마 예전에 전장에 뒤섞여 싸웠을 때는 용운의 가신들의 기량이 지금만 못했다. 함곡관 전투 때만 해도 그랬다.

지금 중원 최강을 논할 때 꼭 들어가는 대장군 조운은 아직 애송이었고 검후는 그를 아이처럼 돌봐주었다.

그로부터 십 년 넘는 세월이 흘렀다. 청몽은 여포가, 용운의 장수들이 얼마나 강해졌는지 새삼 깨달았다. 자신들이 멈춰 있는 사이, 그들은 단련하고 싸웠으며 또 단련해왔다. 타고난 여포의 자질은 그 과정에서 더욱 빛을 발했다. 그 결과, 원래 역사보다 몇 배나 강한 아수라가 탄생했다.

'너란 놈은 정말….'

청몽은 여포의 움직임을 눈으로 좇으며 생각했다.

'싸우기 위해서 태어난 남자구나.'

그녀와는 전혀 다른 기분으로 여포를 바라보는 자들이 있었다. 황조와 왕위였다. 왕위가 미세하게 떨리는 목소리로 물었다.

"저자입니까?"

황조는 대답조차 못하고 고개만 끄덕였다. 사실 저런 자가 여덟? 아홉? 아무튼 여럿이었다. 왕위는 깊게 숨을 들이켰다.

'진정하자. 확실히 대단하긴 하나 싸워보기도 전에 압도당해서는 안 된다.'

애초에 병사들이 장수를 상대하기는 어려웠다. 저자는 특별한 무공으로 인해 더욱 위력적이고 현란하게 보이는 것뿐이다. 무엇보다 이쯤에서 멈추게 하지 않으면 아군의 사기가 땅에 떨어질 듯했다.

"제가 처리하겠습니다."

왕위는 말 옆구리를 박차고 달려 나갔다. 무슨 생각인지 적장은 말도 타지 않은 채였다. 더구나 싸움이 시작되고 지금까지 숨한 번 돌리지 않았다. 기회를 노리면 승산이 있다.

"돌격!"

왕위의 고함에, 몇 열의 병사들이 반사적으로 우르르 돌진했다. 왕위는 그 뒤에 바짝 붙어 달렸다. 그쪽을 힐끗 본 여포가 팔을 뒤로 한껏 빼더니 쏘아진 화살처럼 앞으로 내뻗었다. 츄악! 섬뜩한 파육음과 함께 병사 몇 명이 한꺼번에 방천화극에 꿰여 꼬치처럼 되었다.

왕위는 오싹했지만 멈추지 않고 달려 나갔다. 저자의 창은 병사들의 시신에 묶여 멈췄다. 수하의 목숨으로 번 이 틈에 공격해야 했다. 통성명을 할 정신도 없었다. 이름을 말하는 사이 찔러오고도 남을 자였다.

"타앗!"

왕위가 힘찬 기합성을 지르며 대도를 내리쳤다.

'잡았다!'

순간, 여포의 허리가 부드럽게 비틀리며 상체가 반 바퀴 돌았다. 그 바람에 왕위의 대도는 텅 빈 허공을 내리쳤다. 여포는 대도를 내리치고 옆으로 지나가는 왕위의 허리를 잡아챘다. 그의 몸이 말 등에서 떨어져 붕 떴다가, 여포의 왼팔에 긴 채 옆구리에 매달린 꼴이 됐다. 여포는 그대로 왼팔에 힘을 주었다. 우득! 왕위는 단말마의 비명을 질렀다. 그걸로 끝이었다. 허리가 부러지고 내장이 파열된 왕위가 축 늘어졌다. 여포는 귀찮다는 듯 그의 시신을 팽개쳤다.

"어어, 어엇….."

왕위를 응시하던 황조가 멍청한 소리를 냈다. 뒷골이 당기고 등허리가 싸늘해졌다. 적장은 아직 천 명도 채 죽이지 못했다. 물론 천 명도 엄청난 수였지만 아직 이만 구천에 달하는 병사가 남아 있었다. 그런데도 어쩐지 달아나야 한다는 생각이 강하게 들었다. 손책에게 성이 포위되어 맹공격을 당했을 때조차 성을 버리고 도망칠 궁리는 한 번도 해본 적이 없었는데.

그러다 문득 그 이유를 깨달았다.

'나를 보고 있다.'

여포는 언제부터인지 황조를 응시하고 있었다. 잠깐 눈앞의 적을 처치하느라 시선을 떼긴 했으나, 곧 그에게로 눈길이 되돌아왔다. 상당히 먼 거리였음에도 그것을 느낄 수 있었다.

'날 죽여서 이 부대를 와해하려는 것이다.'

이제 왕위마저 죽였으니 단기로 대군을 상대하기에는 타당한 작전이었다. 물론, 마음먹는다고 해서 아무나 해낼 수 있는 일은 결코 아니었다.

'저런 괴물 같은 놈이 어디서 갑자기….'

황조는 주춤주춤 뒷걸음질 치며 외쳤다.

"내 앞을 막아라! 궁병들은 양옆으로 움직여라!"

황조 또한 무수한 전투를 경험한 노련한 장수였다. 그는 맹수와 정면으로 대치한 듯한 두려움 속에서도 적절한 지시를 내렸다. 곧 황조의 전면에 위치한 병사의 벽이 두꺼워졌다. 무려 만

단위의 인간들로 이뤄진 벽이었다.

'이제 좀 숨통이 트이는구나.'

인의 장벽으로 살기를 막은 황조는 그 뒤쪽으로 몸을 숨겼다. 뿐만 아니라 수시로 위치를 옮겼다. 무조건 맞서 깨부수는 게 능사가 아님을, 그는 강하 전투에서 방통이라는 젊은 책사를 보고 배웠다.

'나를 노린다면 무리해서 밀고 들어올 터. 제 무력을 과신하는 자는 무리하기도 쉽다. 날 추적해오다 보면 아군의 진형 가운데 갇힐 것이다.'

여포는 금세 황조를 시야에서 놓쳤다. 쳇. 그가 혀를 찼다. 아무래도 의도를 눈치챈 모양이다. 하지만 그렇다고 해서 달라질 것은 없었다.

'가로막는다면 뚫고 가면 그만.'

황조의 예상대로였다. 여포는 점차 형주군 진형 안으로 유인당해 들어갔다. 이상하게 몸이 무거워졌다. 그가 막 한 차례 공격을 퍼부었을 때였다. 화살 한 대가 정확히 미간을 향해 날아왔다. 하필 초식을 마친 뒤 숨을 다 내뿜은 직후였다. 공교로웠고 우연이었으나 치명적이었다. 실제로 전장에서는 노린 화살보다 눈먼 화살에 맞아 죽는 경우가 더 많았다.

팔을 들어 올리거나 몸을 비틀어 회피하기에도 늦었다. 여포는 차라리 머리를 숙여 화살을 정수리에 빗맞히려 했다. 챙! 순간, 날카로운 소리와 함께 가녀린 인영이 그의 앞에 나타났다.

"무식하긴. 머리로 받으려고?"

화살을 낫으로 쳐낸 청몽이 톡 내쏘았다. 핀잔 투의 말과는 달리 그녀는 몹시 놀란 상태였다.

"보기만 하라고 했다."

여포의 말에, 청몽은 콧방귀를 뀌었다.

"어설퍼서 영 두고 볼 수가 있어야지. 그러다 내 눈앞에서 덜컥 죽는 꼴이라도 보면 꿈자리가 사나울 것 같고."

"날 걱정해준 건가, 지금?"

"내 정신건강을 걱정한 거거든?"

대화하는 순간 청몽은 문득 깨달았다. 이 남자가 눈앞에서 죽었을지도 모른다고 생각하니 싫었다. 몹시 싫었다. 생각보다 훨씬 견디기 어려울 것 같았다.

'내 눈에 들겠답시고 혼자 수만 명한테 덤벼드는 무식한 놈 하나쯤 있어도 좋잖아. 어차피 내 짝사랑은 끝났는데. 나도 살아야 하잖아.'

촤악! 그녀는 한 차례 낫을 휘둘러 여러 개의 목을 베어내며 말했다.

"아무리 오래 걸려도, 결국 네 마음을 못 받아줄지도 몰라."

조금, 아주 조금 그녀의 마음이 움직였다. 거기 화답하듯 적병 수십을 흩어버린 여포가 대꾸했다.

"상관없다. 내 곁에만 있어라. 다른 놈한테 가지 말고."

청몽은 허공으로 가볍게 뛰어올랐다. 이어서 사슬낫을 아래쪽으로 휘두르며 특기를 발했다.

특기 발동, 허공참수(虛空斬首)!

두 개의 사슬낫이 마치 살아 있는 것처럼 교차 왕복하면서 적군 가운데를 헤집었다. 거기 걸려들면 어김없이 몸통이 잘리고 팔다리가 날아갔다.

"으악!"

"아아악!"

그야말로 대참사. 엄청난 짓을 저지른 청몽이 여포의 뒤에 내려서서 등을 기대고 외쳤다.

"다른 여자한테 눈 돌리면 네가 자는 사이에 비수를 꽂아버릴 수도 있어."

"바라던 바다."

"홍, 말은 쉽지."

흑색의 남녀는 사이좋게 피보라를 일으키면서 대군을 양단해 갔다. 한 쌍의 사신이 따로 없었다.

좀 떨어진 곳, 약간 솟은 언덕 위에 엎드려서 전황을 지켜보는 자들이 있었다. 군복 차림의 장한 지살위 팽기와 웃통을 벗은 대머리 거인, 지살위 초정이었다. 팽기는 명색이 여포의 호위대인 만큼 늘 그의 움직임에 주의를 기울였다. 그러다 여포가 갑자기 성을 뛰쳐나가자 그를 추적했다. 근거리 순간 이동이 가능한 천기를 사용했기에 체력도 거의 소모하지 않았다.

팽기는 여포가 전투를 시작한 순간 가세하려다가 마음을 바꿨다. 청몽에 대한 여포의 마음은 이미 잘 알고 있었다. 그녀가 여포를 쉽게 받아들이지 못하는 이유도. 어쩌면 이 싸움이 두 사람에게 중요한 전환국면의 계기가 될 듯했다. 그렇다 쳐도….

"저 둘, 대체 뭐 하는 짓거리야?"

팽기가 어처구니없다는 투로 내뱉었다. 그는 군인 출신이었으나 이런 대규모의 학살 장면을 볼 일은 많지 않았다. 더구나 현대의 전투는 대개 총기로 이뤄졌기에, 오히려 훼손된 시신과 피를 보는 경우도 적었다. 그런데 여포와 청몽은 일대의 벌판을 말 그대로 피바다화하는 중이었다. 잘려 뒹구는 머리통과 사지, 내장을 밟으면서 한마디로 한류 드라마에서 본 '밀당'을 하고 있었다. 죽이면서 다짐받고, 죽이고 고백하고 있다. 이건 공동묘지에서 데이트하는 것보다 더했다. 어지간히 미친 자들에게 익숙해진 팽기도 어이가 없었다. 초정은 커다란 양손으로 뺨을 감싸고서 황홀한 기색으로 중얼거렸다.

"어머, 주공께 저런 낭만적인 면이…."

"어디가 낭만적이야, 미친놈아. 그나저나 굳이 우리가 나설 필요도 없어 보인다."

팽기의 말대로였다. 병력은 여전히 많았으나 형주병은 전의 자체를 상실해가고 있었다. 여포와 청몽이 초당 한 명씩 동시에 죽여댄다고 해도, 삼만 명을 죽이려면 15,000초. 현대의 단위로 거의 네 시간이 넘게 걸린다. 한시도 쉬지 않으면서 죽이는 속도도 전혀 느려지지 않았을 때의 경우다. 여포가 아무리 신위를 자랑해도 사람이었다. 이미 그는 호흡이 조금씩 가빠지고 있었다.

하지만 정사에서 관우가 홀로 원소의 대군을 흩어버리다시피 했을 때, 모든 적병을 죽여서 그 일을 해낸 건 아니었다. 엄청난 수의 병사를 뚫고 들어와 적장을 죽였고, 그 결과 적군의 사기가 곤두박질쳤기에 승리했다. 이 시대의 전투에서 사기란 승패를 좌우하는 열쇠와도 같았다. 형주군은 왕위가 여포의 팔에 끼여 죽었을 때, 이미 사기가 바닥으로 떨어졌다. 거기다 여포와 청몽은 수천 명을 참살하면서 아직까지 상처 하나 입지 않았다. 장창 부대를 내세워도, 화살을 쏴붙여도 소용없었다. 죽이고 또 죽이면서 밀고 들어올 뿐. 그 모습을 보면서 아무렇지 않다면 그게 비정상이었다.

"으, 으헉. 이건 도저히 상대할 수 없는 괴물들이야!"

훈련과 군법으로 간신히 유지되어오던 인내의 끈이 끊어졌다. 선두에 섰던 병사들이 완전히 전의를 상실하고 무기를 떨어뜨리더니 양팔로 머리를 싸쥔 채 엎드려버렸다.

"죽이지 마!"

청몽이 날카롭게 소리 질렀다. 그녀의 의도를 알아차린 여포가 고개를 끄덕였다. 두 사람은 무기를 버리고 엎드린 자들은 건드리지 않고 그냥 지나쳤다. 그게 시작이었다. 대열 여기저기서 항복하는 자들이 생겨났다. 맞서지 않으면 살 수 있음을 알게 된 것이다. 곧 형주군은 빠르게 와해되어갔다.

"이럴 수가⋯."

황조는 양쪽으로 갈라지는 아군 진영을 보며 탄식했다. 겨우 적장을 진형으로 끌어들이고 있었는데, 웬 계집이 나타나면서

망쳐버렸다. 설상가상으로 적장 못지않게 무시무시한 계집이었다. 황조는 몇 시진 사이에 폭삭 늙어버린 듯했다. 부장이 그를 향해 다급히 말했다.

"장군, 일이 어려울 듯싶습니다. 퇴각하시지요."

"만회해보려고 나섰다가 왕위마저 잃었다. 내가 무슨 낯으로 살아 돌아간단 말인가?"

"돌아가서 저들에 대한 걸 알리셔야지요. 그게 복수의 시작입니다. 여기서 돌아가신다면 개죽음밖에 안 됩니다!"

황조는 부장의 간곡한 말에 입술을 깨물었다.

"…그대 말이 맞다."

그는 뒤쪽의 병력을 수습하여 퇴각을 명했다. 남은 형주군이 썰물 빠지듯 물러나기 시작했다. 추격하려는 여포를 청몽이 붙잡아 말렸다.

"됐어."

"왜?"

"너도 지쳤고, 저들을 수습해야지."

청몽은 벌판 여기저기에 한 무리씩 뭉쳐서 꿇어앉은 채 떨고 있는 병사들을 가리켰다.

"음."

여포는 순순히 고개를 끄덕였다.

둘은 몰랐지만, 그들이 싸운 장소는 음릉성에서 멀지 않은 '장봉(長丰)'이란 벌판이었다. 전설로 남은 장봉벌의 삼만 대 둘의 전투가 끝나는 순간이었다.

장봉벌 전투는 길을 잃은 청몽을 찾아 나선 여포가 은밀히 진격해오던 형주군과 맞닥뜨려 벌어진 걸로 정리되었다. 무단이탈의 혐의를 피하기 위해서였다. 보고를 받고 현장으로 나온 손책과 주유는 입을 떡 벌렸다.

"허어…."

　장봉이란 너른 대지에 풀이 무성히 나 있다고 하여 붙은 이름이었다. 그 벌판 가득히 마치 붉은 풀이 돋아난 듯했다.

"이게 단 두 사람이 벌인 일이라고?"

　손책은 믿기지 않는다는 투로 말했다. 거기다 사로잡은 포로도 이천에 달했다. 어릴 때부터 진 사부와 이랑이 초인 같다는 생각은 자주 했었다. 한데 이제 보니 여포와 용운의 호위무사라는 청몽도 그들 못지않았다.

　곽가와 사마의도 그들과 동행한 참이었다. 곽가는 사마의와 함께 작은 수레에 타고 일대를 부지런히 돌아다니면서 이곳저곳을 유심히 살폈다.

"허허, 여 대공…. 신나게 날뛰셨군그래."

　중얼거린 곽가가 손책에게 다가가 말했다.

"아무래도 적이 기습을 해오던 참이었나 봅니다."

"그런 듯하오. 황조의 성향상 패배해서 쫓겨간 직후 이렇게 반격해올 줄은 몰랐는데. 두 장군이 아니었다면 크게 낭패를 볼 뻔했소."

"우리도 그걸 역이용하는 게 어떻습니까?"

곽가의 제안에, 손책은 관심을 보였다.

"어찌 말이오?"

"며칠 전에 동성현도 넘어갔다고 들었습니다."

"그렇소."

"저들이 진격해온 방향이나 죽은 적병의 무장 상태 등을 보아, 두 군세가 하나로 합쳐진 듯합니다. 시기로 감안하면 동성현을 함락하고 합비로 돌아가던 병력 일부가 퇴각 중이던 황조의 군사를 만나 합류한 것입니다. 거기서 의기투합하여 곧장 반격을 꾀하기로 한 거고요."

"으음…."

"그러니 동성현은 상대적으로 남겨둔 병력이 적을 테고, 또한 유주군에 대한 소식을 못 들었을 가능성이 큽니다. 지금 곧장 쳐들어간다면 무너뜨리기 어렵지 않을 것입니다."

주유가 손책에게 고개를 끄덕여 보였다. 타당한 의견이라는 뜻이었다.

"좋소. 그리합시다. 한데 새벽까지 연회를 벌인 후인데, 괜찮겠소?"

"저야 뭐…."

말하던 곽가가 갑자기 비틀거리더니 주저앉았다. 놀란 사마의가 얼른 그를 부축했다.

"사부!"

"으윽, 이 녀석. 밖에선 총군사님이라고 부르라 하지 않았더냐."

"아, 지금 그게 문제예요? 어디 편찮으세요?"

"잠깐 현기증이 난 것뿐이다."

말과는 달리 곽가는 창백해진 채 전신에서 식은땀을 흘리고 있었다.

"가서 쉬는 게 좋겠소."

걱정스러워하는 손책의 말에 곽가가 답했다.

"알겠습니다. 단, 중달을 데려가주십시오."

"동성현 전투에 말이오?"

"그렇습니다. 최대한 많은 경험을 쌓아야 할 녀석입니다."

"그리하지요. 어렵지 않소."

사마의는 병사들의 도움으로 수레에 오르는 곽가를 걱정스러운 눈빛으로 바라보았다.

'확실히 남쪽으로 오신 뒤부터 상태가 나빠지셨어.'

역사적으로 곽가의 요절은 방탕한 생활 탓이 컸다. 그러나 그보다 더 방탕하게 살면서 훨씬 장수한 이들도 많았다. 즉 곽가는 선천적으로 허약한 체질을 타고났다. 거기에 대해서는 화타도 경고한 바 있었다. 이에 용운은 그를 되도록 전장에 내보내지 않으려 했다. 원소를 추격했을 때도, 이번 원정을 앞두고서도 그랬다. 실제 정사에서 죽은 시기는 훨씬 지났으니, 곽가는 덤으로 받은 인생을 살고 있는 셈이었다. 그래도 용운은 그가 최대한 곁에 있어주길 바랐다. 이왕이면 천수를 누릴 때까지. 하지만 곽가는 그럴 바에는 죽는 편이 낫다고 강력하게 저항했다.

"무엇이든 벨 수 있는 보검이 있지만, 몇 번 사용하면 부러집니다. 그렇다고 해서 방 안 깊숙이 보관만 해두면 그 물건은 더 이상 검이라 하기 어렵습니다. 부러지는 한이 있어도 뭔가를 베고 싶습니다, 전하."

"봉효, 성안에서도 할 수 있는 일들이 많아요."

"저는 전투 참모입니다, 전하. 성내에서 병사 훈련이나 시키고 병법을 연구하는 일 따위는 제게 살아 있다는 실감을 주지 못합니다. 제가 시름시름 앓다 죽는 꼴을 보고 싶으십니까?"

"…알았어요. 대신 어딜 가든 화타가 주는 약을 빼먹지 말고 복용해야 해요. 절대 무리해선 안 되고요."

"그리하겠습니다."

이런 과정을 거쳐 원정에 오른 그였으나 역시 무리인 듯했다. 결국, 여포와 청몽 그리고 곽가를 제외한 동성현 정벌군이 편성되었다.

여포와 청몽은 다친 곳은 없었지만 가벼운 탈진상태를 보였다. 전투의 흥분이 가라앉자 모든 힘을 쏟아낸 후유증이 온 것이다. 손책 측 사람들은 그 모습에 차라리 안심했다. 안 그랬으면 그들이 인간임을 의심할 뻔했다. 둘은 얇은 벽을 사이에 둔 거처로 옮겨져, 화타의 엄명으로 몹시 쓴 탕약을 마신 뒤 누워 있었다.

바깥이 한동안 시끌시끌하더니 곧 조용해졌다. 벽 너머에서 여포가 말했다.

"자나?"

잠시 후, 청몽의 대답이 들려왔다.

"안 자."

"부끄럽군. 고작 그 정도 싸움으로 퍼져버리다니. 수련이 부족한 모양이다."

"아니, 이게 정상일걸? 심지어 벌써 기운을 차린 것 같은데?"

"원정을 떠난 모양이다. 다들."

"그러네."

"건너가도 되나?"

"오지 마."

여포는 벽을 부숴버리고 청몽이 누운 방 안으로 들어섰다. 청몽은 일어나 앉아서 비수를 꺼냈다.

"오지 말라고 했어, 이 짐승아."

"찔려도 좋다. 하지만 더는 못 참겠다."

함께 사선을 헤치고 나온 데 대한 흥분. 자신을 걱정하여 전투에 뛰어든 청몽의 마음. 이런 것들이 여포를 끓어오르게 했다. 그는 앉아 있는 청몽에게 다가가 마주 앉아서 그녀를 끌어안았다. 비수 끝이 그의 뒷덜미에 닿았다. 털이 곤두섰다.

그러거나 말거나, 여포는 안은 팔에 더욱 힘을 주었다. 청몽은 가볍게 한숨을 내쉬더니 비수를 내리그었다. 비수는 여포의 상의 뒤쪽을 길게 찢어 내렸다.

"이건 무슨 뜻이지?"

"아마 짐승 네가 지금 생각하는 뜻."

"…진심인가?"

말하는 여포의 목소리가 긴장으로 가늘게 떨렸다. 백만 대군을 앞에 두고도 태연한 그였지만, 이 순간에는 긴장할 수밖에 없었다.

"마침 다들 싸우러 나가고 아무도 없잖아."

태연한 척 대꾸하는 청몽도 떨리긴 마찬가지였다. 그 말이 끝나기가 무섭게 여포의 입술이 청몽의 입술을 거칠게 덮쳤다. 비수가 쨍하고 바닥에 떨어졌다. 한동안 잡아먹을 듯 사납게 입맞춤한 여포가 거친 숨소리를 내뿜으며 말했다.

"넌 모른다. 얼마나 원했는지. 너를."

"아니, 좀 알겠어…. 부탁인데, 살살."

"노력하마. 최대한."

청몽을 눕히고 달려들려던 여포가 문득 뭔가 떠올랐는지 천장을 향해 말했다.

"멀리 가라, 팽기, 초정. 앞으로 최소한 두 시진, 아니 네 시진(약 여덟 시간)이다."

지붕 위에서 느껴지던 기척이 사라졌다. 여포의 욕망과 육중한 무게를 느끼며 청몽은 가만히 눈을 감았다. 어쩐지 용운의 얼굴이 떠오르지 않았다.

'그래, 이걸로 된 거야.'

곧 방 안은 거친 숨소리로 가득 찼다.

12

슬픔을 넘어서

유주군은 첫 번째 전투에서 황조군에 포위되어 위태롭던 손책을 구해냈다. 뒤이어 여포와 청몽이 적장 왕위를 격파한 김에, 유표에게 넘어갔던 동성현을 탈환하기로 했다. 동성현은 본래 서주에 속한 지역이었다. 실질적으로 손책의 지배하에 있던 것을 왕위가 빼앗은 것이다. 그 왕위가 여포의 손에 죽었으므로 동성현은 자연히 방비가 허술해져 있을 터였다.

장봉벌에서 벌어진, 이 대 삼만의 전투. 실제로 쓰러뜨린 적은 수천 정도였으나 기세로 삼만을 밀어붙여 승리를 거두었다. 도저히 불가능한 일처럼 보이지만 정사에서도 비슷한 일이 실제로 있었다, 고 추정된다.

조공이 하루 낮, 하루 밤을 추격하여 당양(當陽, 형주 남군 당양현) 장판(長阪)에 이르렀다.

선주는 조공이 갑작스럽게 들이닥쳤다는 말을 듣고 처자식을 버린 채 달아났고, 장비로 하여금 스무 기(騎, 기병)를 이끌고 뒤를 막도록 했다.

　장비는 물가에 의지하여 다리를 끊고 눈을 부릅뜬 채, 모(矛)를 비껴 잡고 외쳤다.

　"내가 바로 연인 장익덕이다. 나와 생사를 겨뤄볼 자는 앞으로 나서라!"

　이에 감히 접근하는 적군이 없었고 덕분에 마침내 위기를 모면하게 되었다.

　이는 정사《삼국지》에 배송지가 주석을 단 〈장비전〉의 내용이다. 여기서 조공이란 조조, 선주는 유비를 의미한다. 유비가 형주를 버리고 달아날 때, 백성들이 모두 그를 따랐으므로 속도가 느려져 조조에게 따라잡혔던 당시의 일화다.《삼국지연의》에서는 조조가 백만 대군을 이끌고 추격해왔다고 하나, 실제 장비가 맞닥뜨린 것은 기병 오천여 기 정도였을 것이다. 그렇다 해도 대단한 일임에는 분명했다.

　본래 역사보다 더욱 강해진 여포와, 인간을 초월하는 힘을 가진 청몽이 전력을 다해 싸웠다. 그런 두 사람이 상승효과를 냈다. 황조가 희생을 무릅쓰고 삼만 병사를 계속 밀어붙였다면 결과는 조금 달라졌을지도 모른다. 하지만 그렇게까지 하기에는 그의 마음이 여렸다.

　각설하고, 혈투 끝에 귀환한 여포와 청몽은 기절한 듯 잠에 빠졌다. 깨어난 여포가 청몽을 집적대기 좀 전의 시점. 두 사람이 황조·왕위 부대를 격파했음을 깨닫고 경악한 것도 잠시, 사태를 파악한 손책은 즉시 제장들을 불러 모아 긴급회의를 열었다. 회의 중 그는 유주 총사령관 조운에게 물었다.

"장군, 동성현 정벌은 유주군 단독으로 나서줄 수 있겠소?"

"어렵진 않습니다만, 특별한 이유라도 있습니까?"

"그사이 구강의 방어시설을 보강하고 병력을 충원하는 등 다음 전투에 대비해야 할 것 같소. 아직 합비까지 소식이 전해지지 않은 모양이지만, 황조가 달아났으니 알려지는 건 시간문제요. 그리되면 합비에서 적군이 쳐들어올 것이오."

말하던 손책의 얼굴이 굳어갔다. 상대가 황조만이었다면 이렇게까지 궁지에 몰리진 않았다. 유비, 관우, 장비라는 세 맹장에, 희대의 책사 방통과 제갈량까지. 그들이 이끄는 대군이 합비신성에 도사리고 있었다. 합비의 괴물들.

용운이 이 자리에 있었다면 깜짝 놀랐을 것이다. 적들의 면면이, 가히 정사에서 촉나라의 최정예 부대급이라 해도 과언이 아니었다. 심지어 그 적은 유표 세력의 극히 일부에 불과했다. 용운 같은 지식은 없지만, 유비 삼형제의 강함은 조운도 잘 아는 바였다. 그는 손책의 생각에 수긍했다.

"그 전에 최대한 방비를 해야겠군요. 혹시 모를 일을 대비해 동성현으로 빠지는 병력을 최소화하면서 최대한 빨리 탈환해야 하고 말입니다."

"바로 그렇소."

만약 동성현이 넘어간 상태에서 구강까지 빼앗기면, 손책은 서주로 달아나거나 육가에 의탁하는 수밖에 없다.

조운은 문득 예전의 추억들이 떠올랐다.

— 이봐, 자룡! 너 내 밑에 안 들어올래?

대놓고 꼬이던 유비의 경박한 말투.

— 성실하구나. 계속 정진하도록 하라.

관우의 근엄하지만 자상한 목소리.

— 자룡, 같이 한번 날뛰어보자.

어깨를 툭 치던 장비의 친근한 몸짓 등.

한때 아군으로 힘을 합쳐 싸웠던 이들이, 무서운 적이 되어 돌아왔다. 거기다 제갈량은….

'새삼스럽게 무슨.'

그는 슬쩍 고개 저어 감상을 털어냈다.

'이미 전하께서 유현덕을 쳤을 때부터, 아니 현덕이 삼자동맹을 배신했을 때부터 적이 된 지 오래다. 전장에서 마주치면 전력을 다해 무너뜨릴 뿐. 공명 또한 자신의 길을 선택한 거다.'

조운의 침묵을 다르게 해석했는지, 손책이 겸연쩍어하며 말했다.

"오자마자 제대로 쉬지도 못하게 하고 연이어 싸움터로 내몰아서 미안하오."

퍼뜩 정신을 차린 조운은 좋은 말로 답했다

"저희는 원래 그 일을 하려고 온 것입니다. 심려치 마십시오."

"그리 생각해준다니 다행이오."

"그럼, 바로 편제를 시작하겠습니다. 사천신녀를 남겨두고 갈 것이니, 만에 하나 적이 예상보다 빨리 들이닥쳐도 방어하기에는 충분할 겁니다."

"고맙소, 자룡."

이랑을 떠올린 손책의 눈동자가 살짝 흔들렸다.

그렇게 해서 동성현 정벌은 유주군, 그중에서도 일부만 따로 나서게 되었다. 조운은 출진하기 전, 원정군 장수들을 모아놓고 설명했다.

"동성현은 땅은 넓지만 인구는 적고 성벽도 허술하다고 하네. 그러니 다 몰려갈 것도 없이⋯."

일행에게 말하던 조운이 피식 웃었다. 맨 앞에서 강렬한 눈빛 공격을 쏴대고 있는 마초 때문이었다.

"가겠나, 맹기?"

"두말하면 잔소리지요!"

마초의 왼쪽 옆에 있던 방덕이 입을 열었다.

"그럼 당연히 저도 가야겠군요."

그러자 오른쪽 옆의 조개도 질세라 나섰다.

"나도."

조운은 고개를 끄덕이며 말을 이었다.

"맹기가 간다면, 영명(방덕), 조개 외에도 휴(마휴, 마등의 차남이자 마초의 동생), 철(마철, 마등의 삼남이자 마초, 마휴의 동생), 대(마대, 마초의 사촌동생)도 다 함께 가겠군."

마초의 뒤에 일렬로 늘어서 있던 동생들이 입을 모아 외쳤다.

"옛, 그렇습니다!"

팔짱을 낀 장료가 장합에게 어깨를 으쓱했다.

"이거 이번에는 우리가 낄 자리가 없겠네."

"그러게. 꼬마들이 선점해버렸으니."

마주 보고 웃는 장료와 장합은 어느새 각각 서른아홉, 마흔한 살이 되어 있었다. 마씨 형제들 중 제일 맏이인 마초도 서른한 살이니 다 꼬마로 보일 만했다. 아직 한창때라 장료는 눈가에 주름이 조금 늘어난 정도고 장합의 미모도 여전했다. 기량이 절정에 달한 인생의 황금기였다. 그래도 연인의 나이를 꼽아본 성월은 문득 마음이 헛헛했다.

'이 세계에서 마흔한 살이면 손자를 보고도 남을 나이인데, 원래 역사와는 달리 나 때문에 결혼도 안 하고 있으니….'

장료는 이미 혼인을 해서, 호(虎)라는 아들을 두었다. 이름은 본래 역사와 같게 용운이 직접 지어준 것이다.

장합이 성월에게 청혼하지 않은 건 아니었다. 그러나 성월은 거절할 수밖에 없었다. 일단, 언제까지 이 세계에서 머무를지 알지 못했다. 또 이 몸은 놀라울 정도로 인간과 비슷했지만, 인간은 아니었다. 잠을 안 자도 피곤하지 않고 안 먹어도 허기지지 않았다. 어지간한 치명상을 입어도 살아남으며 늙지도 않는다. 이 몸으로 평범한 인간과 함께할 수 있을까? 장합의 아이를 낳아 가족을 만들 수 있을까? 성월은 그런 면에서 청몽의 용기가 부러웠다. 정면으로 용운에게 다가갔다가 상처도 받았지만, 그녀를 바라보는 다른 사람을 받아들였으니.

"왜 그렇게 보시오, 성월?"

장합은 성월을 내려다보며 부드럽게 웃었다. 그 웃음에 문득 숨이 차올라왔다.

'뭐야, 새삼.'

순간 성월은 결심했다.

'그래, 이번 싸움이 끝나고 유주성으로 돌아가면… 고백해야지. 난 아이를 낳을 수 없는 몸이라고. 그래도 받아준다면 이 사람의 아내가 될 테야. 그리고 이 세계에서 쭉 사는 거야. 함께 잠을 자고 밥을 먹고 맛있는 술을 마시고…. 늙으면 옆에서 보살피다가 눈 감는 순간까지 지켜볼 거야.'

성월은 장합의 손을 꼭 잡고 그의 팔에 살며시 머리를 기댔다.

"아무것도 아니에요."

이렇게 해서 동성현 정벌은 조운을 필두로 한 마초 일족이 맡게 되었다. 정벌군 참모로는 사마의가 따라나섰다. 장료, 장합 등과 사천신녀는 구강에 남아 손책을 돕기로 했다. 손책은 휘하의 송겸(宋謙)에게 병사 일천을 딸려 보내 조운을 보좌하도록 명했다. 이는 전력에 직접적인 도움을 주기 위해서라기보다 낯선 지형에서의 안내 역할에 가까웠다.

정벌군은 동성현을 향해 진군하기 시작했다. 수가 적은 만큼 진군 속도도 매우 빨랐다.

"동성현의 수비를 맡은 장수에 대해 아시오?"

조운의 물음에, 옆에서 말을 달리던 송겸이 답했다.

"예. 오거(嗚巨)라는 자입니다."

"오거라. 처음 듣는 이름인데."

"듣기로는 유주 출신으로, 유현덕의 옛 친구라 합니다. 딱히 능력은 없는 인물인데 유비와의 친분 덕에 함께 합비로 왔다가 동성현을 맡은 듯합니다."

"그랬군. 고맙소."

조운은 적장에 대한 정보를 머리에 넣어두었다. 사흘을 달려 동성현에 이른 정벌군은 좀 떨어진 곳에 간단히 진채를 차려 병사와 말을 쉬게 했다. 그사이 조운은 사마의를 불러 물었다.

"이후의 방침을 말해보게, 부군사."

사마의는 도착하자마자 이미 주변을 한 바퀴 돌아보고 온 참이었다. 오거에 대한 정보도 이미 입수해두고 있었다.

"오거라는 자는 무능력하다고 들었는데, 그 무능력함이 상상 이상이더군요. 왕위가 곧 돌아올 거라고 생각해서인지, 아니면 아무 생각이 없어서인지는 모르겠지만, 전혀 방비가 안 되어 있습니다. 제대로 된 성벽이랄 것도 없는 데다, 심지어 성벽 바깥쪽의 병사들까지 무장을 해제한 채로 여기저기 드러누워 있었습니다."

"그럼 답은 하나로군."

히죽 웃은 사마의가 답했다.

"예. 속공(速攻)입니다. 마침 잘됐지요. 아군 최고의 속공 전문가를 데려왔으니."

"하하, 그러게. 좋아. 즉시 마초에게 알리게. 지금 곧장 최대한 빠르고 강력하게 들이치라고."

"옛, 바로 전달할게요."

마초는 사흘간의 강행군 끝에 짧은 낮잠을 만끽했다. 하지만 눈을 떴는데도 개운하지 않았다. 자는 사이 뭔가 찜찜한 꿈을 꾼 탓이었다.

'분명 아버지께서 뭔가 말씀하셨는데 기억이 안 나네…. 쩝. 아버지만 떠올리면 여 대공과의 일이 덩달아 기억나니 문제야. 이제 전하께서 믿는 신하이고 든든한 아군이니 옛일은 잊어야 하는데….'

그러던 차에 선봉을 맡아 돌격하라는 명이 왔다. 조운과 사마의의 예상대로 마초는 기뻐 날뛰었다. 그는 불쾌한 기분을 떨치려는 듯 서둘러 정찰에 들어갔다. 조금 높은 지형에 올라가서 보니, 오거의 부대는 성벽이라 하기도 뭐한 담장 수준의 벽 근처에 멋대로 널브러져 있었다. 유주군이 오기 직전까지만 해도 유표군은 동성현을 빼앗은 데 이어 손책을 구강에 몰아넣은 참이었다. 상황이 그러니 해이해질 법도 했다.

'허나 지휘관이 제대로 된 자였다면, 아무리 전황이 유리하다 해도 저렇게까지 풀어지진 않았겠지. 곧 대가를 치르게 될 것이다.'

마초는 당장이라도 돌파해 들어가 적들을 헤집어주고 싶어서 손발이 근질거렸다. 그는 진영에 돌아오자마자 부대를 편성했다.

"모두 준비됐나?"

"예, 형님."

마초는 마휴의 대답을 듣자마자 투구를 눌러썼다. 이어서 '유주의 백응(白鷹, 흰 매)'이라는 별칭대로, 매가 사냥감을 덮치듯 오거 부대 진영으로 쳐들어갔다. 마휴, 마철, 마대가 뒤를 따르고 양옆으로는 방덕과 조개가 함께하니 그 기세에 적은 혼비백산하여 허둥지둥 흩어졌다.

"하하하하! 내가 바로 유주 사천왕의 한 사람, 마초 맹기다!"

마초는 닥치는 대로 적병을 후리며 외쳤다. 조운이 대장군이 되고 여포는 대공이 되면서, 용운은 정식으로 4대 장군을 임명했다. 선봉을 주로 맡는 전장군에 마초 맹기. 본진의 방어를 총괄하는 후장군에 서황 공명. 네 장군의 필두인 좌장군으로는 장료 문원. 좌장군 바로 아래의 우장군은 장합 준예였다.

공통적으로 각자 맡은 지사직과 겸임이었다. 본래 황실의 인가를 받아야 하는 관직들이지만, 스스로 왕을 칭한 만큼 용운은 개의치 않았다. 이미 유주의 모든 행정 체계는 독립적으로 이뤄졌고 중앙으로 세금을 안 보낸 지도 오래였다. 유주인들은 전, 후, 좌, 우로 부르기보다 저들을 한데 묶어 유주 사천왕이라 칭하길 즐겼다. 마초도 그 칭호를 더 좋아했다.

"조심하십시오, 맹기 님."

충실한 방덕이 바로 뒤에 바짝 붙어 말했다. 그 또한 마초와 더불어 유주에 충성한 공을 인정받아 전장군의 직할 부장인 전교위에 올라 있었다.

"조심?"

방덕의 말에, 마초는 비웃음을 띠고 반문했다.

"뭘 조심하란 거예요, 영명?"

파파파파팟! 번개 같은 찌르기에, 적병 대여섯이 한꺼번에 나뒹굴었다. 마휴도, 마철도, 마대도 저마다 무기를 휘두르며 활약 중이었다. 비록 수는 적었지만, 정벌군은 오거 부대를 압도적으로 밀어붙이고 있었다. 그렇게 얼마간 시간이 흐른 후였다. 지켜보던 사마의가 살짝 눈살을 찌푸렸다.

"이상한데…."

조운이 물었다.

"뭐가 말인가?"

"적장 오거 말입니다. 이쯤 되면 퇴각하거나 항복하거나 뭔가 반응을 보여야 하는데, 알려진 능력에 비해 지나치게 침착합니다. 잠깐 병력을 물리고 살펴보는 게 좋을 듯합니다."

조운이 보니, 과연 오거는 성벽 뒤쪽 진채에서 전황을 주시하는 낌새였다.

"음."

경계심이 일어난 조운이 깃발을 올려 신호하려 할 때였다.

"이제 몰이사냥도 지겹다. 끝장내주지. 이럇!"

성벽 주변을 돌며 학살 중이던 마초가 달리던 서슬을 이용해 그대로 성벽을 뛰어넘었다. 1900년대에 열린 파리올림픽의 승마 종목에는 승마 높이뛰기라는 세부 종목이 있었다. 거기서 공동 1위를 한 기수의 기록은 무려 1.85미터였다. 하물며 마초를 비롯한 장수들이 탄 말은, 수만 마리에 달하는 말 중 가장 뛰어난 놈들만 골라 전투마로 키운 것을 용운이 하사한 것이다. 어른 키의 두 배 정도 되는 높이였지만, 말은 가볍게 성벽을 넘었다.

바로 그때였다. 꿈에서 아버지 마등이 한 말이 떠오른 것은.

— 자만하지 말거라.

순간, 마초는 가슴이 철렁 내려앉았다. 일방적인 전투로 인한 흥분이 일시에 가라앉으며 들끓던 머리가 차갑게 식었다.

'아니?'

성벽 뒤쪽에 특이하게 생긴 창을 든 병사들이 대거 기대앉아 몸을 숨기고 있었다. 그들은 마초가 탄 말이 착지하는 것과 동시에 일제히 창을 찔러 왔다. 미늘창이라고 해야 할까. 뾰족한 창날 끝에 구부러진 갈고리 같은 게 하나 더 달렸다. 훗날 알게 되지만, 이것은 유표 밑에서 총관으로 있는 천강위 서령의 작품, 구겸창(鉤鎌槍)의 보급형이었다.

퓨퓨퓻! 이히히힝! 한순간 벌집이 된 말이 구슬픈 비명을 질렀다. 창병들은 찔렀던 창을 빼낸 다음, 고리를 안장에 걸고 잡아당겼다.

"차앗!"

마초는 등자를 박차고 뛰어올라, 말에 깔리거나 적의 창에 찔리는 것은 면했다. 그때였다. 마초가 성벽을 뛰어넘는 것을 본 형제들이 그의 뒤를 따라 일제히 성벽으로 달려왔다. 마초 다음으로 제일 먼저 뛰어넘은 사람은 젊은 나이에 혈기가 넘치는 막내 마철이었다. 마초 때문에 이미 대비하고 있던 창병들은 그가 성벽을 뛰어넘어오는 동시에 창을 찔러 올렸다. 마철은 말에 탄 채로 말과 함께 창에 꿰뚫려 꼬치 같은 꼴이 되고 말았다.

"안 돼! 철아!"

마초는 미친 듯이 창을 휘둘러 자신을 공격해오는 적들을 쓸어버리고 마철에게 달려갔다. 마철은 죽은 말이 넘어지면서 한쪽 다리가 깔려 함께 쓰러진 상태였다. 모로 누운 그의 입에서 연신 선혈이 솟아 나왔다. 달려간 마초는 한눈에 동생이 회생 불가능함을 깨달았다. 밑에서부터 찔러낸 창들이 양 허벅지와 국부를 무자비하게 뚫어놓았다. 끔찍한 고통이 느껴질 터였다. 마초는 투구를 벗어 던지고 동생의 옆에 한쪽 무릎을 꿇고 앉아 양손으로 그의 머리를 가만히 감쌌다.

"막내야!"

"형…."

마철은 겁먹은 눈으로 간신히 마초를 응시했다.

"형, 너무 아파…. 무서워…."

마초는 눈물을 삼키며 마철의 뺨을 어루만졌다. 그리고 화타에게서 받은 구급키트를 꺼내 마취산을 먹였다.

"곧 괜찮아질 거다."

마철은 이제 스물일곱이 되었지만, 마초의 눈에는 여전히 철없고 어린 막냇동생이었다. 그간 마초와 방덕 아래서 부지런히 무공을 연마하여 전장에 나설 정도로 강해졌으나 아직 경험이 부족했다. 쉬운 전투라 생각해서 경험을 쌓게 해주려는 생각으로 데려왔는데, 그게 그를 죽음으로 내몰고 말았다. 마철이 바람 빠지는 목소리로 중얼거렸다.

"아버지랑… 어머니… 보고 싶다….""

"먼저 가서 기다리렴. 무서워 말고."

"형, 조심….""

이 말을 끝으로 마철은 고개를 툭 떨어뜨렸다. 그의 얼굴 위에
마초의 눈물이 뚝뚝 떨어졌다.

"막내야."

마초는 마철의 얼굴을 넋 나간 듯 내려다보고 있었다. 허점을
완전히 드러낸 그에게 틈을 보던 적병들이 일제히 달려들었다. 하
지만 오거의 병사들은 뜻을 이루지 못했다. 분노한 방덕이 마초
의 앞을 가로막으며 그들을 닥치는 대로 베어 넘겼기 때문이다.

"이 개자식들아! 감히 막내 공자님을….""

방덕의 무예는 눈부셨다. 검광이 번쩍이나 했더니, 십여 명에
달하던 적병이 한순간 시체가 되어 나뒹굴었다. 마휴와 마대도
하마터면 위험할 뻔했으나, 마휴는 뒤따르던 조개가 몸을 날려
보호했다. 마초의 아우들 중 가장 무공이 뛰어났던 마대는 스스
로의 힘으로 급습을 피했다. 그러나 종아리가 길게 찢어지는 상
처를 입었다.

"멈춰! 멈춰라!"

마대가 목이 터져라 외치고 사마의도 깃발을 휘둘렀지만, 청광
기들은 계속해서 성벽을 뛰어넘어 왔다. 마초를 비롯한 장수들
이 앞장서서 안으로 들어갔기에 뒤를 따른 것이다. 거기에 송겸
의 병사들까지 뒤섞여, 갑자기 혼란스러워진 전장으로 인해 제

대로 전달이 안 되고 있었다. 성벽 뒤에는 여전히 오거의 창병들이 숨어 있었다. 창을 위로 찔러대던 그들이 갑자기 단말마의 비명을 지르며 절명하기 시작했다.

"윽!"

"크악!"

이상을 감지하자마자 달려온 조운이 성벽 주변을 돌면서 창을 꽂은 것이다. 그의 창술, 조가창법은 공방일체와 '회전'을 특성으로 삼았다. 그 효과를 극대화하기 위해 용운은 그에게 나선형으로 홈이 파인 특수한 창을 만들어준 바 있었다. 지살위 김대견과 함께 만든 '비룡나선창(飛龍螺旋槍)'이 바로 그것이었다. 픽! 퍼픽! 조운의 창은 둔탁한 소리와 함께 한 치 두께의 흙벽을 두부처럼 뚫으며 뒤에 있던 적들을 쑤셨다. 기겁한 창병들은 그제야 일어서서 성벽으로부터 멀어지려고 달아나기 바빴다. 그 틈에 청광기들은 물론이고 송겸과 그의 수하들도 모두 성벽 안쪽으로 뛰어들어왔다.

망연자실해 있던 마초가 갑자기 벌떡 일어났다. 그는 창을 옆구리에 낀 채 투구도 쓰지 않고 적 진영 한가운데 있는 적장 오거를 향해 미친 듯 달려갔다. 오거는 당황하여 주위의 수하들에게 명했다.

"놈을 막아라."

오거를 호위하던 병사들의 모습은 심상치 않았다. 각자 대도와 방패 하나씩을 들었는데, 방패 표면은 거울처럼 반들반들 윤이 났다.

오거는 계(지금의 유주성) 출신으로, 유비의 젊은 시절 고향 친구였다. 유비가 공손찬에게 의탁했을 때, 그는 남쪽으로 내려와 집안의 재산을 팔아서 모은 병사들을 유표에게 바쳤다. 유우와 유표를 두고 고민하다가, 난세의 혼란에서 한 발 비켜나 형주 일대를 평정하면서 내실을 다지고 있는 유표의 방식이 옳다고 여겨 그를 섬기길 택한 것이다. 이에 유표는 오거를 창오태수로 임명했는데, 나중에 유표가 교주자사로 보낸 뇌공(賴恭)이란 인물을 오거가 쫓아내는 실수를 저질렀다. 창오군은 행정구역상 교주에 포함되어 있다. 따라서 창오태수는 교주자사의 지시를 받아야 한다. 오거는 자신이 곧 교주자사가 되리라 여겼기에, 거기에 불만을 품은 것이다. 졸지에 봉변을 당한 뇌공은 혼비백산하여 영릉까지 달아났다.

정사대로라면 오거는 유표의 눈 밖에 나는 정도에서 그쳤겠지만, 문제는 총관 서령의 존재였다. 서령은 오거가 쓸모없다 여겨, 그나마 태수 자리까지 박탈하고 강하로 보내 황조의 휘하에 들게 했다. 오거의 불만이 쌓여가던 차에, 마침 유비가 수하들을 데리고 의탁해왔다. 오거는 황조에게 부탁하여 유비의 밑에 들길 자청했다. 유비는 오거를 보고 무척 반가워했다.

"자네, 무사했군그래! 여기서 만날 줄이야."

"반갑구먼. 현덕, 자네 소식은 풍문으로 종종 들었네. 난 오래전부터 유경승 님을 섬기고 있었네만, 얼마 전 실수를 저질러 근신 중일세."

이에 유비는 그를 거느리고 합비를 정벌한 다음, 왕위와 함께 동성현으로 보낸 것이다. 다시 전공을 세워 유표와 서령에게 잘 보이고 싶다는 오거의 청을 들어주기 위해서였다. 유주군만 오지 않았다면, 오거의 계획은 뜻한 대로 되었으리라. 어쩌면 유비의 추천으로 구강태수가 됐을지도 몰랐다.

낮은 성벽을 이용하는 이 방어술은 방통이 그에게 일러준 것이었다.

"동성현은 성벽이 매우 허술하니, 창 잘 쓰는 병사들을 성벽 뒤에 배치하여 적이 넘어올 경우를 대비하십시오. 되도록 나서지 말고 성벽 안쪽에 진채를 꾸려 버티면, 적은 참지 못하고 반드시 성벽을 넘어올 것입니다. 그때 창병들로 하여금 일제히 공격하게 하면 예봉을 꺾을 수 있습니다. 구겸창병들이라면 더욱 좋겠지요."

유비 또한 자신의 호위병 중 넷을 골라 오거에게 맡겼다. 각각 장일, 장이, 장삼, 장사라 불리는 자들이었다.

"이들도 데려가게."

그 호위병들은 유비의 합류가 기꺼웠던 서령이 내린 삼십 인의 병사 중 일부였다. 삼십 인은 전원 성수를 마셔 완력과 속도가 남달랐으며 명령에도 절대복종했다. 또한 모두 서령이 직접 만들어준 검과 방패를 들고 있었다. 그 검과 방패는 서령이 만든 무기 중에는 하품에 속했다. 그럼에도 불구하고 보통 물건이 아니었으므로, 개개인이 어지간한 장수 이상의 힘을 발휘했다. 오거는 동성현을 칠 때 장가 사인방의 솜씨를 눈앞에서 봤다. 그들은 손책의 수하 장수이자, 여몽의 매부이기도 했던 등당(鄧當)을 합공으로 죽였다. 사 대 일이었다곤 하나, 일반 병사 넷이서 장수를 죽인 것이다. 이에 오거는 방통에게서 배운 책략과 호위 넷의 힘을 믿고 침착할 수 있었다.

원래대로라면 마초와 마철까지는 그냥 넘어오도록 통과시킨 후, 원정군이 일제히 성벽을 넘기 시작했을 때 구겸창병들의 공격을 개시했어야 했다. 그러나 오거는 제때 지시를 내리지 못하여, 단독으로 넘어오던 마초와 마철을 공격하는 우를 범했다. 마철은 죽었지만, 그의 희생으로 말미암아 더 큰 피해를 막아준 셈이 되었다. 하지만 그런 사실은 눈앞에서 동생을 잃은 마초에게는 전혀 위로가 되지 않았다.

'내 잘못이다. 여기서 내가 오거라는 놈을 죽이지 못한다면, 철이는 개죽음한 꼴이 되고 만다.'

마초는 앞을 가로막는 호위병들에게 일갈하며 창을 내찔렀다.

"꺼져라!"

다음 순간, 그는 살짝 당황했다. 네 호위병이 일제히 내민 방패에 창날 끝이 미끄러진 것이다.

"웃?"

방패 틈새로 뻗어 나온 대도의 날이 순간적으로 균형을 잃고 휘청하는 그를 노렸다. 취익! 파팟! 마초는 필사적으로 몸을 틀었다. 뺨과 옆구리, 어깨에 길게 혈선이 그어졌다. 콰득! 발을 내딛어 중심을 잡은 그가 재차 애병 탁탑천왕을 내찔렀다. 하지만 이번에도 표면이 현대의 볼록렌즈처럼 다듬어진 방패에 미끄러지고 말았다.

"하하, 어, 어떠냐? 못 뚫겠지?"

호위병들 뒤에 숨어 있던 오거는 의기양양해졌다. 마초의 눈에 파란 불길이 일었다.

"오냐, 창으로 뚫지 못한다면….”

창을 땅에 꽂은 마초는 맨손으로 호위병들에게 달려들었다. 당황한 장가 사인방이 서둘러 대도를 휘둘렀다. 서걱! 팟! 그는 배와 가슴이 베이는데도 아랑곳하지 않고 오른손으로 한 놈의 팔을 붙잡았다. 팔이 붙잡힌 장이(長二)는 방패를 내밀어 마초를 쳐내려 했다. 마초는 그대로 반대쪽 주먹을 방패 한가운데에다 힘껏 내질렀다. 터엉! 마치 종소리 같은 굉음이 울려 퍼졌다. 마초의 얼굴이 고통으로 일그러졌다. 장이의 입가에 비웃음이 떠올랐다.

'두꺼운 무쇠를 깎고 갈아서 만든 방패를 맨손으로 내리치다니. 오히려 손이 부러질 게다.'

텅! 터엉! 마초는 이를 악물고 집요하게 주먹질을 해댔다. 호위병들의 안색이 서서히 변했다. 볼록한 방패 표면이 조금씩 찌그러지면서 움푹 파이기 시작한 것이다.

"이 미친놈, 그만해라!"

보다 못한 장삼이 대도를 겨누고 마초에게 찔러 왔다. 파팟! 붙잡았던 장이의 팔목을 놓으며, 마초가 동시에 그를 향해 쇄도했다.

둘은 순식간에 방패를 세울 수도 없을 만큼 초밀착한 가까운 거리가 되었다.

"드디어 기어 나왔네?"

"…!"

쾅! 마초의 이마가 장이의 안면에 틀어박혔다.

"크학!"

장이는 창과 방패를 놓치며 뒤로 나동그라졌다. 떨어지는 방패를, 마초가 발로 차서 날렸다.

"켁!"

방패는 낮게 날아가 장사의 정강이를 부러뜨렸다. 장사가 단말마와 함께 엎어졌다. 뛰어오른 마초가 그 뒤통수를 힘껏 내리찍었다. 경련하던 장사는 곧 축 늘어졌다.

"이노옴!"

격분한 장일과 장삼이 동시에 마초의 목과 허리를 노리고 베어왔다. 몸을 띄운 마초는 허공에서 수평으로 눕다시피 하여 공격을 흘려냈다. 그러면서 오른손 손바닥으로 장일의 턱을 후리고 오른발 끝은 장삼의 낭심을 찍었다. 장일은 눈이 휙 돌아가면서 주저앉았고 장삼은 아랫도리를 움켜잡고 쓰러졌다. 풋! 퍼석! 착지와 동시에 창을 뽑아 든 마초는 장일의 인중과 장삼의 뒷목을 단숨에 찔러 죽였다.

"어, 어어…."

순식간에 전세가 역전되자, 오거는 당황하여 어쩔 줄을 몰랐다. 머리를 풀어헤친 채 으스러진 왼손을 늘어뜨리고 다가오는 마초가 사신처럼 보였다.

"기, 기다려! 항복하겠다!"

콰득! 단숨에 오거의 입을 찔러버린 마초가 내뱉듯 말했다.

"못 들었다."

13

유주의 위기

조운과 마초 일족은 닷새도 안 되어 동성현을 탈환하고 적장 오거를 죽이는 기염을 토했다. 하지만 그 과정에서 생각도 못한 희생을 치렀다. 청광기 여럿을 잃고 마초의 막냇동생 마철도 죽은 것이다. 그 밖에도 마대가 중상을 당했고 조개, 마휴 등도 크고 작은 상처를 입었다.

하루에 걸친 전투가 끝나고 상황이 정리된 뒤. 해가 넘어가 주위가 어두워질 무렵이었다. 마초는 제 몸을 결박하여 조운 앞으로 나섰다. 뒤에서 조개가 울먹이며 말렸지만 소용없었다. 조운이 쓸쓸한 표정으로 마초를 보며 말했다.

"어쩌자는 건가, 맹기?"

마초는 평소의 장난기 어린 행동은 간데없이 고개를 푹 숙인 채 중얼거렸다.

"제 경솔한 행동으로 인해 희생자가 났으니 군법에 의거해 처벌해주십시오."

"자네를 선봉으로 세운 건 나일세. 자네가 성벽을 뛰어넘은 건 선봉으로서의 소임을 다한 행동일 뿐 죄라고 할 수 없네. 매복을 생각지 못한 내 잘못이라고 해야겠지."

"하지만…."

"설령 잘못이 있다 해도 적장 오거를 벤 공으로 충분히 상쇄하고도 남네. 그러니 물러가서 쉬게. 이게 내 명일세."

"…알겠습니다, 장군."

방덕이 얼른 달려와서 마초의 결박을 풀었다. 조개는 마초를 부축하여 함께 진채 안으로 들어갔다. 조운의 옆에 있던 사마의가 멍하니 중얼거렸다.

"벌을 받아야 할 사람은 맹기 장군이 아니라 저입니다."

"자네는 또 왜 그러나?"

"군사로서 마땅히 경계했어야 하는데, 생각이 짧았습니다. 적장의 이력만 보고 얕보다니…. 스승님께서 오셨다면 달랐을 겁니다. 전 아직 멀었습니다."

"그런 깨달음을 얻었다면 되었네. 큰 대가를 치르긴 했지만, 그로 인해 앞으로의 희생을 줄일 수 있다면 괴로움이 덜하겠지. 자네는 앞으로 방통이나 제갈량 같은 자들을 상대해야 하니."

"예…."

사마의는 고개를 떨구고 눈물을 삼켰다.

다음 날, 이른 새벽.

임무를 완수한 정벌군이 잠에서 깨어나 구강으로 돌아갈 채비를 할 때였다. 병사 하나가 날듯이 말을 달려 다가왔다. 그는 뛰어내리다시피 말에서 내리면서 외쳤다.

"급보입니다! 구강을 향해 적군이 다가오는 중이니, 최대한 빨리 돌아와 달라는 백부 님의 전언입니다."

"이런, 합비의 병력이 벌써 움직인 건가?"

놀란 조운이 말한 직후였다. 연이어 또 다른 병사가 달려와 보고했다. 그는 조운의 부대에 속한 정찰병이었다.

"대장군, 적으로 보이는 병력이 이쪽으로 접근해오고 있습니다."

"뭐라고?"

"한 시진 내로 도착할 듯합니다."

적은 구강과 동성현, 양쪽을 동시에 공략하는 방식을 택했다. 패주해간 황조가 보고했다면 동성현이 위태로움을 짐작했을 것이다. 그러나 그 대응의 신속함에는 놀라지 않을 수 없었다.

"전군, 즉시 전투태세로 들어간다."

명을 내리는 조운에게 사마의가 말했다.

"장군님, 기습으로 선공하는 게 좋겠어요."

"선공?"

"예. 어차피 이곳의 성벽은 있으나 마나 한 데다 시간상 합비의 병력을 나눠서 양쪽으로 보냈을 확률이 구 할. 그렇다면 적은 구강 쪽으로 전력을 치중했을 거예요. 지금 동성현으로 오는 병력을 깨부순 뒤, 구강을 공격 중일 적 본대를 뒤에서 들이친다면 더 큰 타격을 줄 수 있을 겁니다."

"그리고 지금 우리 부대는 기병이지."

"그렇지요. 또 아군은 떠오르는 해를 등진 방향이라 시간적으로도 유리해요."

고개를 끄덕이는 사마의에게서 조금 전까지의 의기소침함은 찾아볼 수 없었다. 조운은 가볍게 웃었다.

"좋아. 군사의 조언을 따르도록 하겠네."

조운의 명에 따라 방덕과 마휴가 포함된 청광기 부대와 송겸의 부대는 은밀하면서도 빠르게 흩어졌다. 조운은 친히 앞장서서 청광기 부대를 이끌었다. 곧 길을 따라 진군해오는 적 부대가 보였다. 손짓으로 신호한 조운은 즉시 공격을 개시했다. 그 시작은, 청광기의 기사(騎射, 말에 탄 채 활을 쏘는 것)였다. 파파파파팟!

"앗, 적의 기습… 으억!"

"크악!"

조운 부대를 발견한 적군은 미처 대비하기도 전에 갑작스럽게 날아온 화살에 맞아 쓰러졌다. 하필 떠오르는 아침 해를 마주한 터라, 눈이 부셔 피하기도 어려웠다. 청광기들이 사용하는 활은 활이라기보다 정확히는 쇠뇌, 즉 노(弩)였다. 노는 화살을 장전해두었다가 방아쇠를 당겨 쏘는 활로, 보통 활보다 훨씬 위력이 강했고 사정거리도 길었다. 특히, 청광기 전용 노는 휴대가 쉬우면서 말 위에서 쏘기 용이하도록 소형화하여 '손쇠뇌'라 불리는 물건이었다. 방아쇠를 이용해 발사하는 방식이었으므로 한 손으로도 사용 가능했다.

제일 앞 열이 미리 장전해둔 손쇠뇌를 일제히 쏜 뒤 선회하여 뒤로 빠지면, 다음 열이 2차 사격을 가한다. 그사이 뒤로 돌아간 인원은 다시 화살을 장전한다. 사정거리가 긴 덕에, 적과 가까워지기 전까지 이런 식으로 수차례 사격을 반복할 수 있었다. 그러고 나면 적 대열 선두는 대개 와해되기 마련이었다. 지금도 그랬다. 그렇게 무너진 대열에 일격을 꽂아 넣는다.

"돌격!"

조운이 명했다. 두두두두두! 손쇠뇌 대신 극을 꺼내 든 청광기들은 푸른 빛살이 되어 일제히 돌격했다. 맨 앞의 청광기 둘은 각각 주광(周光)과 여서(呂徐)라는 자였다. 무공에 재능이 있어 청무관에 입학했으나, 머리가 나쁜 탓에 전략과 전술 부분에서 크게 부족함을 보여 장수가 되지 못했다. 대신 그 용맹함으로 백인장의 지위에 있었다. 그들은 오히려 속이 편했다. 머리를 짜내거나 전투 결과에 책임질 필요 없이, 장군의 명에 따르기만 하면 됐으니까. 더구나 지금처럼 적 대열 한복판을 헤집고 돌파할 때면 어떤 술을 마실 때보다도, 아무리 미색이 뛰어난 계집을 안을 때보다도 더한 흥분과 쾌감이 일었다.

콱! 콰득! 투콱! 주광과 여서가 연신 적병을 찔러 말에서 떨어드리거나, 후려쳐 쓰러뜨리면서 돌진할 때였다. 문득 장수로 보이는 자가 앞을 가로막았다. 본래 청광기 내부의 규율에 의하면, 특별한 경우를 제외하고는 천인장 이상만 적장을 직접 상대하도록 되어 있었다. 하지만 두 사람은 전공에 욕심이 났다. 또한 이 돌격을 멈추고 싶지 않았다.

청광기는 그냥 기병이 아니라 철기병이었다. 경기병에 비해 출발은 다소 느리지만, 일단 달리기 시작하여 가속도가 붙으면 전차 같은 힘이 실렸다. 그 앞을 가로막는 것은 자살행위에 가까웠다. 재빨리 눈짓을 주고받은 주광과 여서가 그대로 적장을 공격해 들어간 직후였다.

"…?"

주광은 순간적으로 혼란을 느꼈다. 몸이 둥실 뜨나 했더니, 하늘과 땅이 뒤바뀐 까닭이었다. 뒤이어 그의 눈에 들어온 광경은 적장이 자신의 극 머리 부분, 날 바로 아래를 붙잡은 채 수직으로 들고 있는 모습이었다. 주광이 찔러 가는 힘을 이용해 극을 잡아당기는 동시에 위로 휘둘러서 오히려 그를 날려버린 것이다.

'말도 안 돼….'

쿵! 뒤이어 머리에 가해진 강렬한 충격에 그는 눈앞이 캄캄해졌다. 극의 길이는 현대의 단위로 대략 3미터 이상. 그게 축이 되어 허공으로 몇 미터를 떴던 주광은, 머리부터 거꾸로 떨어지면서 목뼈가 부러졌다. 그게 끝이었다.

주광의 최후는 여서에 비하면 나은 편이었다. 여서는 적장이 내지른 창에 목이 헤집어져 입으로 피거품을 내뿜으면서 낙마했다.

'분명히 내가 먼저 찔렀는데….'

나중에 뻗은 적장의 창이 먼저 그를 찔렀다. 여서는 의문을 품은 채로 죽었다. 주광과 여서의 뒤를 따라붙던 다른 청광기들도 연이어 창에 찔리거나 후려친 창대에 맞아 말에서 떨어졌다.

"흩어져서 병사들을 쳐라!"

다급히 외친 조운이 직접 말을 몰아 와 적장을 공격해갔다. 상대를 확인한 그가 눈을 치떴다. 적장 또한 적잖이 놀란 눈치였다.

채챙! 서로 교차하며 한 차례 공격을 주고받은 두 장수는 반대 위치에서 서로를 마주 보았다. 조운의 입에서 그의 이름이 흘러나왔다.

"익덕 님."

장팔사모를 비껴든 장비가 히죽 웃었다.

"오랜만이다, 조자룡."

장비는 전보다 얼굴이 검게 탔다. 까칠한 수염이 턱을 뒤덮었고 긴 곱슬머리는 함부로 헝클어졌다. 그 머리카락 아래로 야수 같은 안광이 번쩍였다. 그런 장비에게서 더 이상 예전의 순진한 모습은 찾아보기 어려웠다. 끊임없이 겪은 실전과 패주, 유표 밑에서의 울분이며 승부욕이 그를 더욱 강하게 만들었다.

조운은 장비의 투기에 얼굴과 손등이 찌릿했다.

'이 기운은 거의 여 대공에 근접한….'

장비는 그런 조운을 보며 말했다.

"진용운 밑에서 출세했다고 들었는데, 아주 신수가 훤하구나."

"…전하의 이름을 함부로 부르지 마시오."

"하!"

코웃음을 친 장비가 대꾸했다.

"너한테나 전하지, 내게는 여전히 탁군에 있을 때의 참모 나부랭이거든? 공손찬 밑에서 데리고 나와 누상촌에 자리 잡게 해준 큰형님의 은혜를 저버리고 오히려 성을 빼앗은, 도의도 모르는 무뢰배일 뿐이라고."

이번에는 말하던 장비가 움찔할 차례였다. 스스스스 ㅡ. 조운에게서 안개 같은 기운이 서서히 번져 나왔다. 반대로 살기는 안으로 갈무리되었다. 차갑게 가라앉은 눈빛으로 조운이 말했다.

"그 입, 닥쳐라."

장비의 입꼬리가 말려올라갔다. 싸울 재미가 있는 적을 만났다는 기쁨 때문이었다.

'이 녀석, 예전의 자룡이 아니군.'

장비는 천천히 말을 몰아 거리를 좁혀왔다.

"기억나냐? 예전에 큰형님이 진용운, 그 간사한 녀석한테 스승과 벗들을 빼앗기고 탁군을 떠나려 했을 때, 본래 큰형님의 것이었던 병사들이라도 데려가려고 했더니 네가 가로막았었지."

조운도 장비 쪽으로 다가가며 답했다.

"자간(노식) 님께서는 그릇의 크기를 보고 스스로 전하를 택하셨을 뿐. 거기에 열등감을 느낀 유현덕이 못 견디고 떠난 것이다. 또한 그 병사들은 본래 현덕을 따르던 자들이었는지는 모르겠으나 그 무렵에는 완벽하게 전하의 부대가 되어 있었다."

유비를 폄훼하는 말에 장비의 얼굴이 귀신처럼 변했다.

"다 필요 없고, 그때 못했던 대결을 지금 해보자, 이 새끼야. 지는 쪽이 동성현을 버리고 물러나는 거다. 졌다면 어차피 죽은 뒤일 테니 저절로 그렇게 되겠지만."

"이곳을 묏자리로 삼고 싶다면 말리진 않겠다."

"놈!"

분노를 못 이긴 장비가 먼저 공격해 들어왔다. 쉬이이이이익! 그의 사모가, 이름처럼 뱀이 위협하는 것 같은 소리를 냈다. 조운의 찌르기가 한 점에 고정된 나선형의 회전운동을 한다면, 장비의 찌르기는 상하좌우로 진동했다. 그는 엄청난 힘과 속도를 이용해 창끝을 미세하게 사방으로 흔들었다.

날카로운 창날은 가뜩이나 구불구불 휘어져 있었다. 그 휜 창날의 진동이 방어를 흩어버리고, 가볍게 찔린 상처도 엉망으로 헤집어서 치명상으로 만들었다. 게다가 흔들리는 범위가 꽤 넓어서 피하기도 여의치 않았다. 이 기이한 소리는 사모의 날 가운데 파인 홈으로 바람이 스치면서 나는 것이었다.

"으랴랴랴랴라라라랏!"

이것이 바로 장비의 전매특허인 실연, 아니 진동 찌르기.

진동착(振動戳)

마구 흔들려서 허상처럼 보이는 강맹한 찌르기가 조운의 안면, 가슴, 옆구리를 연이어 노렸다. 쩡! 쩌엉! 쾅! 공격을 막아낼 때마다 조운의 몸이 흔들렸다. 통짜 쇠를 깎아 만든 그의 창대에 흠집이 났다. 그러나 그는 흔들릴지언정 조금도 뒤로 밀려나지 않았다.

장비는 어금니를 지그시 악물었다.

"이 자식…."

그게 가능했던 건 조운의 탁월한 기마술 덕이었다. 공격에 맞춰 방어함과 동시에, 말을 조금씩 움직여 최대한 충격을 흘렸다. 자신에게 가해지는 진동을 말과 나눠 가지면서, 또한 지표면으로 흝은 것이다. 하지만….

'최대한 막아냈는데도 손에 감각이 없구나.'

조운은 쓴웃음을 지었다.

'과연 익덕 님. 십 년 전보다 훨씬 강해지셨군.'

철드는 순간부터 창을 끼고 살았으며, 잘 때조차 창을 놓지 않았다. 그런 조운이었기에 장비의 공격을 버텨낸 것이다. 그렇게 폭풍 같은 공격을 쏟아붓길 수십 번. 장비도 사람인지라 길게 숨을 들이켰다. 마침내 그 공격의 사이에 틈이 드러났다. 조운은 그한 번의 틈을 놓치지 않았다. 회전이 실린 창을 그야말로 빛과 같은 속도로 뻗어내는 그의 찌르기.

섬전(閃電)

스팟! 고개를 틀어 찌르기를 피해낸 장비가 웃었다.

"하하, 제법 빨랐다만 그 정도로는 어림없…."

말하던 장비는 숨을 삼키고 다급히 상체를 이리저리 비틀었다. 그 섬전이 수차례 연이어 뻗어왔다.

연섬전(連閃電)

팟! 파팟! 장비의 뺨과 어깨에서 피가 튀었다. 마지막 공격은 거의 뒤통수가 말 등에 닿을 지경으로 상체를 눕히고서야 간신히 피할 수 있었다. 다시 일어나 앉은 장비가 혀를 내둘렀다.

"이야, 이번 것은 제법 위험…."

그의 눈이 둥그레졌다. 절로 욕이 튀어나왔다. 눈앞을 가득 메운 창날의 그림자 때문이었다.

"야, 이 미친…."

비기, 무한섬전(無限閃電)

조운이 타고 있던 전투마의 앞쪽 두 발이 땅속 깊이 파묻혔다. 콰콰콰콰콰콰콰콰콱! 음속에 가까운 가공할 찌르기가 장비를 향해 셀 수조차 없이 퍼부어졌다. 피하는 건 엄두도 나지 않았다.

장비는 뒤로 사정없이 밀려나면서 미친 듯이 사모를 휘둘러 공격을 막아냈다. 하지만 다 막아낸다는 건 애초에 무리였다. 심지어 조운은 그냥 공격하는 데만도 써먹기 어려운 무한섬전을 세밀하게 통제하는 짓을 해냈다.

"윽!"

양 손등이 꿰뚫린 장비가 신음을 토해냈다.

'그런 공격의 와중에 창대를 잡은 손을 찔렀다고?'

창을 잡은 그의 손이 흔들리기 시작했다. 흘러나온 피가 창대와 손바닥 사이로 스며들어 미끄러웠다. 더는 버티기 어려웠다.

어느새 주변의 병사들은 싸움을 멈추고 숨죽인 채 두 장수의 대결을 지켜보고 있었다. 각 진영의 장수들의 맞대결. 일본식 표현으로는 일기투, 중국에서는 단기전이라 하는 행위다. 이 단기

전의 결과로 전투의 승패가 결정되는 일도 많았다.

장비의 관자놀이에 불끈 힘줄이 솟았다. 치욕스럽지만 인정해야 했다. 유주 대장군이라 불리며 전 대륙에서 경애의 대상이 된 조운의 무위는 결코 허명이 아니었다.

'창을 놓치는 순간 끝이다.'

자신보다 강한 상대와의 싸움에서 져서 죽는 것은 원통하지 않았으나, 유비가 지고의 자리에 오르는 걸 못 보고 죽을 수는 없다. 무엇보다 한날한시에 죽기로 맹세한 사이였으니까.

'서령, 그자의 잘난 척하는 얼굴이 어쩐지 꼴 보기 싫어서 이건 쓰고 싶지 않았지만….'

장비의 얼굴이 뭔가 결심한 듯 결의에 찼다. 그가 현재 사용하고 있는 창의 기초는 탁군 시절 용운이 만들어준 것이다. 그 전까지 장비는 그냥 '모(矛)'라 불리는 긴 창을 썼다. 사모(蛇矛), 그러니까 날 끝부분이 뱀처럼 휘어진 형태의 무기는 명나라 이후부터 사용되었다. 애초에 장비가 쓸 수 있는 무기가 아니었다. 진수가 기록한 정사《삼국지》에도 사모와 관련된 얘기는 등장하지 않았다.

하지만 용운은 당시만 해도 피 튀기는 전쟁과 다소 거리를 두었고 이상에 젖어 있었다. 유비 삼형제가 언제까지고 아군일 거라 믿었다. 그는《삼국지연의》에서 본 유비, 관우, 장비 삼형제의 위풍당당한 모습을 원했다. 즉 쌍고검을 든 유비, 청룡언월도를 쓰는 관우, 장팔사모를 휘두르는 장비가 보고 싶었던 것이다. 이에 직접 설계도를 그리고 솜씨 좋은 대장장이를 모아, 기억나는 대로 몇 가지 기술을 전했다. 그 결과, 몇 개월에 걸쳐 세 가지 무기가 만들어졌다. 이 시대에 있을 수 없는 무기였다.

유표 밑에 왔을 때, 그 장팔사모를 금창수 서령이 또 손보았다. 서령은 무기 제조와 개조의 달인이었다. 조운의 창을 만들어준 지살위 김대견의 상위 능력이면서, 그것이 무기에 집중됐다고나 할까. 그 결과, 장팔사모에는 이 시대 사람들이 상상조차 할 수 없는 기능이 추가되었다.

쿡. 장비는 창대 가운데와 창날 조금 아래쪽에 있는 단추 두 개를 한꺼번에 눌렀다. 그러자 철컹하는 소리와 함께 창이 세 토막으로 분리되었다. 분리된 사이에서는 각각의 창대를 이어주는 줄이 드러났다. 동시에 가운데 토막에서 눈에 안 보일 정도로 가느다란 재질로 짠 그물이 튀어나와 조운의 창을 휘감았다.

"웃!"

당황한 조운의 찌르기가 순간적으로 멈췄다. 장비는 그사이 공격하려는 듯한 자세를 취했으나, 곧 한숨을 내쉬더니 창을 다시 하나로 결합했다.

"휴, 아아, 제길."

조운은 조금 뒤로 물러나 그런 장비를 말없이 응시했다. 창대를 세워 든 장비가 말했다.

"솔직히 죽기 싫어서 이걸 쓰긴 했는데… 좋은 무기도 실력이라지만 기분 더럽네."

"…."

"오늘은 내가 졌다. 방금 너 봐줬으니까, 대신 너도 우리 추격해오지 마라. 다음에 다시 보자, 자룡."

"…좋은 대결이었소. 익덕 님."

피식 웃은 장비는 말머리를 돌려 퇴각하기 시작했다. 조운의 뒤로 황급히 다가온 사마의가 말했다.

"정말 뒤쫓지 않으실 겁니까?"

"익덕을 감당할 사람이 없네."

"대장군께서…."

말하던 사마의는 조운의 손을 보고 입을 다물었다. 엄청난 속도로 찌르던 창에 그물이 뒤엉키면서, 조운의 손과 팔뚝을 파고들었다. 무서운 속도로 달리던 중 나뭇잎에 스치기만 해도 살갗이 베이듯. 조운의 양손과 팔뚝은 그물 모양의 상처로 뒤덮여 피가 뚝뚝 떨어지고 있었다.

"어쨌거나 동성현은 지켜냈으니 됐네. 마음도 추스를 겸 맹기와 조개에게 이곳의 수비를 맡기고 우린 구강으로 가세. 익덕이 이리로 온 걸로 보아 구강은 지금쯤 현덕과 관운장에게 공격받고 있을 터. 관운장은 익덕보다 더 무서운 무인인 데다 방통과 공명도 그쪽에 있는 듯하니 최대한 서둘러야 하네."

"알겠습니다."

장비 부대를 물리친 정벌군은 서둘러 시신을 수습하고 상황을 정리한 뒤, 구강으로 진격하기 시작했다.

유주군이 유표와 손책의 분쟁에 본격적으로 개입하고 조조와 원술이 마지막 전투를 벌이는 동안 해가 지났다. 그사이 익주의 송강은 잠잠했다.

208년 정월.

유주성은 여러 가지로 상황이 어려운 가운데서도 춘절(春節, 중국의 설 명절) 분위기가 물씬 풍겼다. 점포는 대부분 닫혔지만 홍등과 붉은 천으로 장식되었고, 백성들은 시전이며 거리를 거닐었다. 곳곳에서 탈을 쓴 자들이 흥겨운 춤사위를 벌이기도 했다.

유주성 본성, 용운의 거처에서도 시녀들이 춘절 음식 준비에 한창이었다. 그런 가운데 채염도 포인(庖人, 요리사)들 틈에 섞여 열심히 동주(東廚, 주방)를 들락거리며 요리를 하고 있었다. 최근 들어 부쩍 피로해 보이는 용운의 기운을 북돋아주기 위해서였다.

'전에 알려주신 대로 닭백숙이라는 걸 만들어드리려는데, 그냥 닭을 삶기만 하면 되는 줄 알았더니 생각보다 어렵네.'

백숙(白熟)이란 글자 그대로 양념을 하지 않고 맑은 국물에 익힌, 삶은 요리를 의미한다. 따라서 닭이 아니더라도 소, 돼지, 생선 등 뭐든 푹 곤 요리면 백숙이 될 수 있다. 하지만 용운의 입맛에 하얗게 삶은 육류 중에서 그냥 소금에 찍어 먹기만 해도 맛있는 건 닭이었다. 거기에 이 시대에도 비교적 흔한 약재인 황기, 대추 등을 넣으면 한방백숙이 되었다. 채염이 만들려고 하는 게 바로 그것이었다.

채염은 눈에 띄게 배가 불러오면서 아예 용운과 집을 합쳤다. 그녀가 원래 살던 저택을 처분하고 내성 안쪽 용운의 거처로 옮긴 것이다. 이제 혼례식만 올리지 않았을 뿐, 모두가 그녀를 용운의 첫 번째 반려이자 정부인으로 인정하고 있었다. 채염은 가끔 죄책감이 들었다. 유주성은 반란의 여파와 사마 가문의 봉문으로 인해 힘든데, 자신은 자꾸 행복감을 느껴서였다.

'정신 차려, 채문희. 낭군께선 지금도 재정 문제로 고생 중이신데 혼자 좋다고 헤벌쭉해선.'

그녀가 재료 손질을 마치고 솥을 불에 올리자마자 시녀 하나가 종종걸음으로 다가와 알렸다.

"아씨, 전하께서 오셨어요! 아씨를 찾으세요."

"어머, 미안하지만 이 솥 좀 넘치지 않게 봐줄래요?"

"그럴게요. 마음 놓고 다녀오세요."

"고마워요."

채염은 생긋 웃어 보였다. 예쁘고 영리한 데다 유주에서는 신이나 마찬가지인 용운의 반려이면서, 조금도 거만하지 않고 상냥한 그녀를 모두가 좋아했다.

요즘 용운은 채염을 찾는 일이 부쩍 잦아졌다. 근심이 많아 위로받고 싶은 마음에 더해, 가신들과 전혀 다른 시각에서 보는 그녀의 지혜에서 답을 얻을 때가 종종 있어서였다.

주방이 있는 동쪽 건물을 나오자 저만치 앞에 용운이 서 있는 게 보였다. 그도 채염을 봤는지, 멀리서 손을 흔들었다.

"전하!"

채염은 반가운 마음에 걸음을 빨리했다가 그만 발이 꼬여 엎어졌다. 그녀는 순간 아찔했다. 놀란 와중에도 눈을 꼭 감고 양팔로 황급히 배를 감쌌다. 행여 아기가 잘못될까 두려워서였다. 그러나 예상한 충격은 없었다. 강인한 팔이 몸을 조심스레 받치는 게 느껴졌다. 살며시 눈을 뜨자, 용운이 걱정스러운 눈빛으로 그녀를 내려다보고 있었다.

"조심해야지. 괜찮아요?"

"전하, 전 괜찮아요. 그런데 어떻게…?"

"문희가 몰랐군요. 나, 엄청나게 빨라요."

용운은 웃샤 하고 채염을 일으켜 세웠다. 채염은 고개를 갸웃거리며 용운이 서 있던 지점을 눈대중으로 살폈다. 아무리 적게 잡아도 대충 사십 장(丈. 한 장은 약 3미터. 따라서 사십 장은 120미터)은 될 듯한 거리. 눈 몇 번 깜빡이는 사이에 올 거리는 아니었다. 하지만 굳이 그 문제를 계속 파고들지는 않았다. 그녀는 전부터 어렴풋이 깨닫고 있었다. 용운이 보통 사람들과는 뭔가 많이 다르다는 걸.

'이렇게 손잡고 걷는 것도… 처음 봐.'

용운은 채염과 나란히 서서 왼손으로 그녀의 왼손을 받치듯 잡고 오른팔로는 어깨를 감쌌다. 이제 적응할 법도 한데, 채염은 또 얼굴이 붉어지면서 심장이 쿵쾅거렸다. 그러자 아기도 덩달아 들떠서 발길질을 했다.

용운은 용운대로 놀란 가슴을 가라앉혔다. 지금의 그는 확실히 빨랐다. 단, 채염의 생각대로 100미터가 넘는 거리를 2~3초 만에 주파할 정도는 아니었다. 그는 채염이 휘청하는 걸 보자마자 반사적으로 시공권을 발동하여 시간을 정지시켰다. 조금만 늦었어도 하마터면 큰일 날 뻔했다. 자신의 능력이 시간과 관계됐다는 게 새삼 다행스러웠다.

"왜 그쪽에서 나오는 거예요?"

용운의 물음에, 채염은 수줍게 답했다.

"실은 전하께 음식을 대접하고 싶어서요."

"음식이요? 그런 거 안 해도 되니까 쉬어요. 주방은 가뜩이나 사람들이 바쁘게 움직이는 데다 불도 있고 날붙이도 있는데 다치기라도 하면 어쩌려고요."

"조심할게요. 아까는 몸이 무거워진 건 생각 안 하고, 조금이라도 빨리 보려고 서두르다가…."

무심결에 본심을 말한 채염이 말끝을 흐렸다. 용운은 그런 그녀가 사랑스러워 어깨를 안은 손에 가만히 힘을 주었다.

방 안에 들어온 둘은 도란도란 대화를 나눴다. 처음에는 아기 얘기며 사랑 타령이 주를 이뤘으나, 곧 유주성이 당면한 문제 쪽으로 화제가 옮겨갔다.

"결국 돈이 문제인 거군요."

채염의 말에, 용운은 한숨을 내쉬며 고개를 끄덕였다.

"그래요. 특히 유주는 세금을 적게 걷는 데다 백성들에게 나눠주는 것도 많아서, 결산해보면 남는 것이 거의 없이 딱 들어맞아요. 그런 상황에서, 그대도 알다시피 재정의 상당 부분을 사마 가문에 의존해왔죠. 그 수입이 끊기자 국고가 바닥을 드러낼 지경이에요."

유주는 북부의 척박한 지역에 위치해 있었다. 그렇다 보니 수확량이 적어 식량의 칠 할 이상을 타 지역에서 사왔다. 그 일을 도맡다시피 한 게 사마 상단이었는데, 성혼단원 색출을 위해 상행을 멈추게 하면서 곡물 매입도 멈춰버렸다. 다른 인력을 보내자니 상대가 사마 가문의 인물 외에는 거래하지 않으려 하거나, 아예 거래처로 가는 경로조차 못 찾는 등 문제가 속출했다.

그러는 사이 한겨울에 접어들어, 결국 비축한 식량을 풀기 시작했다. 다음 수확까지는 한참 남았는데 식량이 줄어드는 속도가 너무 빨랐다. 설상가상으로 의복, 각종 식재료, 향신료 등 다른 생필품까지 귀해져 가격이 급등하는 중이었다.

송강이 예견한 두 번째 시련이자 위기인, 궁핍하고 추운 겨울이 눈앞에 다가와 있었다.

"화폐를 더 찍어내면 안 될까요?"

채염의 물음에 용운은 천천히 고개를 저었다.

"그건… 어려워요. 이미 물가도 오르기 시작해서 그랬다간 자칫 인플레이션 현상이⋯⋯."

"네? 인프… 뭐라고 하셨어요?"

"음, 그러니까 돈의 가치가 떨어진다는 뜻이에요."

잠시 생각하던 채염이 입을 열었다.

"사마 가문은 재정 지원만 한 게 아니라, 규모가 큰 상단과 시전을 운영했고 그렇게 번 돈을 또 성내에서 대부분 사용했죠. 그런 활동들이 거의 멈췄으니 백성들의 돈벌이도 줄어들었겠네요. 곡물과 생필품을 비롯해, 사마 가문이 판매하던 수많은 상품의 가격은 덩달아 올랐을 테고요. 이런 상황에서 화폐를 늘려봐야, 10전 하던 물건이 50전으로 오르는 격밖에 안 되겠군요."

"맞아요."

용운은 답하면서 적이 놀랐다. 채염이 현 상황에 대해 거의 정확하게 파악하고 있었기 때문이다. 채염은 작은 입술을 움직이며 열심히 말했다.

"그럼 부족한 물건을 사마 가문이 아닌 외부에서 들여와 팔아야겠네요."

"그런 일을 사마 상단이 대부분 맡아 해와서…. 세평 상단이 최선을 다하고 있지만 쉽지가 않아요. 역할을 분담하려고 그쪽은 주로 광물과 전투마 쪽에 치중해왔기 때문이죠. 그런 것들도 물론 귀한 자원이지만, 당장 먹거나 입을 수는 없으니까요."

세평 상단은 장세평의 이름을 따 만든 사마 상단과 쌍벽을 이루는 상단이었다. 창업자라 할 수 있는 장세평은 노환으로 사망했으나, 그의 아들이 이어받아 상행을 계속하고 있었다. 채염은 생긋 웃으며 용운을 다독였다.

"너무 염려 마세요. 유주의 살림이 착취와 강매에 의한 것이었다면 이대로 망하겠지만, 전하의 방식은 그와 정반대였죠. 분명히 안팎으로 길이 열릴 거예요. 설명하긴 어렵지만요."

"하하, 뭔지는 모르겠지만 말만으로도 어쩐지 마음이 편해지네요."

용운은 이때까지만 해도 채염의 막연한 말이 그저 자신을 위로하려는 거라 여겼다.

14

격변의 연속

채염의 곁에서 잠시 심신을 쉰 용운은 다시 집무실로 돌아왔다. 눈과 손, 입에 맴돌던 보드랍고 달달한 기분도 잠시. 산 같은 죽간 더미와 양피지가 기다렸다는 듯 그를 맞이했다. 용운은 가볍게 한숨을 내쉬었다.

"휴, 일이 끝이 없구나. 업성 초창기 때가 생각나네."

반역 사건으로 인한 업무의 공백과 그 후속 처리가 문제였다. 특히, 교육, 상업, 행정, 군사 등 다방면에서 활약 중이던 사마 가문의 인재들이 빠져나간 자리가 컸다. 최염을 비롯한 행정관들이 총력을 다했으나 메우기에는 역부족이었다. 이에 보다 못한 용운도 행정 업무에 가세했다. 그나마 용운이기에 처리 가능한 업무량이었다. 읽는 속도 자체가 빠른 데다 한 번 본 서류는 다시 확인할 필요가 없었기 때문에 가장 뛰어난 행정관의 수십 배 속도로 일을 마칠 수 있었다. 죽간 하나를 펼쳐 읽던 용운의 표정이 흐려졌다.

"음…."

평원에서 올라온 식량 지원을 요청하는 문서였다. 현재 용운이 다스리는 지역은 중국 대륙의 삼 할에 달할 정도로 광대했다. 용운은 유주목 유우에게서 관인을 물려받은 유주를 기반으로 공손찬의 북평, 원소의 하간국과 남피 일대, 유비의 평원성, 포신의 제북국에 이르는 땅을 모두 차지했다. 자연 인구가 폭발적으로 늘어나 군사력과 노동력이 강화된 것까진 좋았으나, 식량이 극도로 부족해졌다. 특히, 평원성의 백성들이 고통받고 있었다. 예전에 순심이 펼쳤던 청야전술의 후유증에 더해, 전란이 계속된 탓이었다.

평원지사인 조운이 출병하여 자리를 비웠으므로, 부지사 종요가 그를 대신하여 평원을 다스리고 있었다. 정사에서의 종요는 위나라의 여러 대신 중에서도 내정, 행정, 통치력이 최고 수준이었다. 실제 용운이 대인통찰을 통해 본 수치로도 지력은 89, 정치력은 무려 96에 달했다. 또한 수성(守城, 성을 지키다), 징병(徵兵, 병사를 모집하다), 고무(鼓舞) 등 전쟁에 필요한 특기와 정책(政策), 명성(名聲)처럼 내정에 유용한 특기를 고루 가지고 있었다. 이에 용운은 평원 지역의 빠른 안정을 도모함과 동시에, 조운에게 가장 유능한 보좌관을 붙여주려는 생각으로 종요를 보냈다. 그런 그조차 식량난을 이기지 못하고 절절한 서신을 보내온 것이다.

현재 평원성의 백성들은 먹을 것이 부족하여 풀을 뜯어 먹거나 나무껍질을 벗겨 먹는 일이 태반이요, 굶어 죽는 이들도 속출하는데, 이를 해결할 뾰족한 방도가 없습니다. 급기야 먼저

죽은 이의 시신을 남겨진 자들이 뜯어 먹는 형국이니 (…) 위대
하신 유주왕께 간곡히 식량 지원을 요청드리는 바입니다.

용운은 글자 하나하나에서 묻어나는 종요의 절박함을 감지했
다. 내용 또한 심각했다.

'종요가 이럴 정도면 정말 답이 없다는 거잖아. 하긴 그의 능력
이 아무리 뛰어나도 무에서 유를 창조할 수는 없겠지. 식인을 할
지경이라니…. 빨리 뭔가 조치를 취해야 하는데.'

문제는 유주국의 식량 사정이 전반적으로 좋지 않다는 것이었
다. 우선, 주도(主都)이자 가장 넓은 지역을 차지하고 있는 유주
자체가 척박한 땅이었다. 거기에 곡창지대인 발해와 안평국 등
도, 용운과 원소의 오랜 전쟁으로 인해 제대로 수확하지 못했다.
농민들이 농사 대신 전쟁에 동원됐으니 당연한 결과였다. 그나
마 용운은 둔전제를 꾸준히 시행하여 군량이 부족해지진 않았고
모자란 식량은 활발한 상행을 통해 사들여와서 메웠다. 그 상행
의 대부분을 차지한 게 사마 가문의 상단이었는데, 갑자기 활동
이 멈춰버렸으니 식량난은 예견된 일이었다.

다만, 용운의 예상보다 그 진행 속도가 훨씬 빨랐다. 반역 자체
가 갑작스러운 사건이라 대비할 틈이 없었음은 물론, 비축해뒀
던 여분의 식량도 순식간에 소모되었다. 유주국이 살기 좋다는
소문을 듣고 천하에서 몰려오고 있는 유민들 때문에 계산이 어
긋났다.

'그렇다고 그들을 내쫓을 수도 없으니.'

방법이 아예 없는 건 아니었다. 유주국 내에는 수만 명에 달하는 지원 대상자가 있었다. 가깝게는 청무관과 태학의 생도들부터 시작하여, 전쟁에서 가장을 잃고 남겨진 가족, 불구가 된 병사 등이 모두 거기 해당되었다. 용운은 그들에게 먹고사는 데 필요한 식량과 물품은 물론, 교육과 의료까지 제공했다. 복지라는 개념이 없던 이 시대에 유주국의 이런 정책은 백성들에게 별세계와 같았다. 그들에 대한 지원을 줄이면 당장 급한 불은 끌 수 있었다.

또 유주국의 세금 비율은 다른 지역에 비해 매우 낮았다. 보통 수확량의 절반만 거둬도 자비롭다는 평을 듣는다. 대부분 제후가 육 할에서 많게는 팔 할까지도 세금으로 가져갔다. 그런데 용운은 전쟁으로 인해 백성들의 생활이 피폐해지자, 삼 할이던 세금을 이 할로 내렸다. 재정은 부족해지고 유민은 더 몰려들 수밖에 없었다.

'일단 사람이 살고 봐야 하니 그렇게 처리할 수밖에. 좀 원망은 듣겠지만…. 이 세계에서 대부분 백성에게 삶은 지옥 그 자체였다. 적어도 내가 다스리는 백성들은 살 만하다고 느끼도록 해주고 싶었다. 내가 너무 이상에 젖어서 안일한 통치를 한 것인가?'

용운이 일하다 말고 가벼운 회의감에 빠져 있을 때였다.

"전하!"

비서 겸 전령 역할을 하는 신하가 조심스레 그를 불렀다. 태학 출신의 진충이라는 신하였다.

"무슨 일인가?"

"그것이… 궁 앞에 수천 명의 백성들이 몰려와 있습니다."

"백성들이?"

"예. 전하를 뵙길 청하고 있습니다. 나가보시면 아실 것입니다."

말하는 진충은 묘하게 안절부절못했다.

'설마 식량 부족 탓에 폭동이라도 일어난 건 아니겠지?'

용운이 무슨 일인가 하고 집무실을 나와, 내성의 성벽 위에 올랐을 때였다. 백성들은 그의 모습을 보자마자 엄청난 함성을 지르기 시작했다.

"유주왕이시다!"

"전하!"

"전하께서 나오셨다!"

기도위이자 용운과 채염의 호위 역할도 겸하고 있던 관승이 어느 틈에 옆에 와서 섰다. 용운은 인자한 미소를 띤 채 손을 흔들었다. 얼마 후 겨우 소란이 가라앉자 정정한 노인이 나서서 목청을 돋워 말했다.

"전하, 얼마 전 불순한 무리들이 난리를 일으켜 심려가 크시다고 들었습니다."

용운은 그 말에 답하기에 앞서 물었다.

"24정 촌장, 강 어르신이군요. 무릎은 좀 괜찮은가요? 청낭원 의생에게 가보라고 지시했었는데."

'정'이란 행정 편의를 위해 세분한 가구 단위였다. 한 개 정이 대략 백여 가구로 이뤄졌다. 즉 노인은 현대 대한민국의 동장과 비슷했다. 강 노인의 목소리가 감격으로 떨렸다.

"갈 날이 머지않은 이 늙은이까지 기억해주시다니…."

"갈 날이 머지않다니요. 건강하게 오래 사셔야죠."

"그러기 위해서 전하께서 꼭 받아주셔야 할 게 있습니다."

"네?"

강 노인이 손짓을 하자, 백성들이 일제히 양옆으로 비켜섰다. 그 사이로 가마니가 실린 수레가 줄줄이 들어왔다.

"저게 뭐지요?"

무슨 영문인가 하고 어리둥절해하는 용운에게 강 노인이 말했다.

"저희 24정뿐만 아니라 본성 내의 백여 개 정에서 모은 여분의 양곡입니다. 모두 합의하여 정한 일이니, 부디 받아서 필요한 곳에 써주십시오."

"아니, 여러분…."

말하던 용운은 저도 모르게 목이 콱 메었다. 아아, 나는 얼마나 오만했던가. 자신의 능력으로 이 난세에서 저들을 보호하고 구원해야 한다고 생각했다. 하지만 용운 자신이야말로 갑작스럽게 닥친 고난에서 백성들에게 구원받고 있었다. 용운은 거절하지 않았다. 저들이 어떤 마음으로 이 식량을 모아왔는지 뼈저리게 느껴진 까닭이었다. 분명 춘절을 대비하여 조금씩 남겨둔 것들일 터였다. 춘절은 팍팍한 삶을 사는 백성들에게 몇 안 되는 큰 낙이었다. 그런 식량을 아낌없이 내놓은 것이다.

"이 고마움을 어찌…."

말끝을 흐리는 용운에게, 강 노인은 짐짓 익살을 부렸다.

"이 늙은이가 눈을 감기 전에 얼른 손자를 보여주십시오. 그거야말로 가장 큰 보답입니다."

"하하하!"

노인의 너스레에 백성들은 유쾌하게 웃었다. 사마 가문의 봉문으로 인해 경기는 침체되었고 저마다 비축하고 있던 식량까지 내놓았다. 그러나 백성들의 얼굴에는 한 점의 의심도, 두려움도 없었다. 가슴 깊이 자리한 두터운 믿음 덕분이었다. 그 믿음이 어디서 비롯되었는지 깨달은 관승은 경이에 찬 시선으로 용운을 바라보았다.

'이 남자는….'

그저 회의 과업을 가로막는 방해물이자 적이라고만 알고 있었다. 한데 가까이에서 지켜본 용운은, 그리 긴 시간이 지난 게 아니었음에도 불구하고 이미 그녀가 알던 것과 많이 달랐다. 아니, 오히려….

'어쩌면 이 남자야말로 우리가 찾던….'

왕. 천년 제국을 위한 진정한 왕. 그녀는 이상하게 벅차오르는 심정으로 용운과 백성들을 번갈아 바라보았다.

용운이 좋은 말로 백성들을 치하하고 내려왔을 때였다. 이번에는 전예가 집무실로 와서 그를 기다리고 있었다. 그는 격무로 인해 초췌해진 얼굴에 옅은 웃음을 머금고 말했다.

"전하, 얘기는 들었습니다. 평소의 선정이 빛을 발하는군요."

"하하, 쑥스럽네요. 꼭 이 위기를 잘 넘겨서 갚아야죠. 그런데 무슨 일이라도 있어요?"

"고구려에서 서신이 왔습니다. 고구려 왕의 직인으로 봉인되어 있어 전하께서 직접 확인하셔야 할 듯하여 가져왔습니다."

"고구려 왕의 직인이요?"

과연 둘둘 만 양피지를 넣은 대나무 통 앞뒤로, 선명한 삼족오 무늬가 찍힌 밀랍이 발라져 있다. 용운은 고개를 갸웃거리며 봉인을 뜯고 서신을 펼쳤다. 유주와 고구려 사이의 가장 큰 연락책이자 접점은, 바로 신대왕의 막내아들이자 고국천왕과 산상왕의 동생인 왕자 계수였다. 처음 동북평을 통한 무역으로 시작된 두 세력 간의 교류는, 고구려에 대한 용운의 해박한 지식과 존중 그리고 능숙한 고구려말 덕에 점차 우호로 바뀌었다. 급기야 용운이 유비를 격파할 때는 계수가 직접 개마무사를 이끌고 원군으로 참전하기도 했다.

계수는 평원성 전투에서 관승에 의해 중상을 입고 고구려로 돌아갔다. 그때 그가 자신의 신변을 염려하는 듯한 말을 하였으므로, 용운은 흑영대원 넷을 붙여주었다. 그 후 한동안 전후 수습에 바빠 연락이 뜸했는데 뜻밖의 소식이 온 것이다.

"아니?"

용운은 서신을 읽다 말고 놀라서 눈을 치떴다. 전예가 조심스레 물었다.

"설마 계수 왕자에게 무슨 일이라도 생긴 겁니까, 전하?"

"네, 엄청난 일이 생겨버렸네요."

"엄청난 일이라시면…."

용운은 멍한 표정으로 대꾸했다.

"그가… 왕이 되었어요."

"네?"

생각도 못한 말에 전예 또한 놀라지 않을 수 없었다. 용운은 문제의 양피지를 전예에게 건네주었다. 그리고 198년 무렵부터 현재까지 약 십 년에 걸친 고구려의 역사를 되새겨보았다.

'대체 그사이 무슨 일이 일어난 거지?'

고국천왕 사후, 고구려에서는 왕위를 놓고 분란이 일어났다. 그 일은 왕비 우씨가 제 권력을 유지하기 위해 고국천왕의 죽음을 숨기고 몰래 셋째 왕자 발기를 찾아간 데서 비롯되었다. 고국천왕은 자식을 남기지 못하고 죽었으므로, 이대로라면 그의 세 아우, 셋째 발기, 넷째 연우, 막내 계수 중 한 사람이 왕위를 이어받게 될 터였다.

아직 젊고 야심만만했던 우씨는 이대로 왕비 자리에서 밀려나 권력을 잃기 싫었다. 그녀는 발기를 유혹하며, 자신과 손잡고 왕위에 오르길 권했다. 행위 자체가 그릇된 것은 아니었다. 고구려에는 형사취수제, 즉 형이 사망하면 그 동생을 포함해 친족 중 결혼하지 않은 가장 가까운 남성이 형의 부인을 아내로 맞이하는 풍습이 있었다. 하지만 발기 왕자는 "여인이 밤에 출입하여 국가대사에 대해 말하는 것은 예절에 어긋나는 일이오. 더구나 당신은 내 형수가 아닌가?"라고 꾸짖으며 우씨를 돌려보냈다.

우씨는 포기하는 대신, 넷째 연우 왕자를 찾아갔다. 연우 왕자는 그녀의 제안을 받아들여 함께 궁으로 들어갔다. 그리고 우씨는 고국천왕의 유언이라고 속여, 연우 왕자를 왕으로 선포하고 그와 결혼했다. 이렇게 해서 연우 왕자는 고구려 제10대 왕인 산상왕이 되었다. 이에 제1 후계자이던 발기 왕자는 격분하여 군사를 동원, 성을 공격했으나 패배했다.

'거기까지는 실제로 일어났음을 계수를 통해 들었다. 이미 산상왕이 왕위에 오른 것도 알았고.'

본래 역사에서는 그 전투에서 패한 발기 왕자가 요동의 공손탁을 찾아가, 그로부터 삼만의 군사를 빌려 고구려를 침공하게 된다. 산상왕은 막내 왕자 계수로 하여금 발기의 군사를 막게 하였고 계수는 대승을 거둬 발기를 포로로 잡았다. 그리고 타국 세력을 끌어들여 반란을 획책한 형을 나무라니, 부끄러움과 수치심을 못 이긴 발기는 배천으로 달아나 스스로 목숨을 끊었다. 계수는 슬퍼하며 발기의 장례를 후하게 치렀다. 여기까지가 용운이 아는 고구려 역사의 내용이었다.

'한데 발기를 지원해줘야 할 공손탁의 세력은 이미 노준의의 손에 멸망한 후였으므로 아예 그런 일이 일어나지 않았지. 망한 세력한테서 병사를 빌릴 수는 없으니.'

용운은 그대로 고구려의 정세가 안정되리라고 판단했다. 한데 그것은 착각이었다. 그렇다고 해서 발기의 불만과 분노가 사라지는 건 아니었다. 서신에 의하면, 그는 전쟁을 일으키는 대신 다른 방식을 택했다. 백성들로부터 신망받고 강한 군권을 가진 계수가 용운을 지원하러 간 사이, 연우 왕자, 그러니까 산상왕과 왕비 우씨를 암살해버린 것이다.

'난 역사는 미리 알고 있었지만, 끊임없이 바뀔 사람의 마음까지는 헤아리지 못했구나!'

왕궁을 피로 물들인 발기는 서둘러 왕위에 오르려 했지만 뜻밖에 제동이 걸렸다. 고구려를 대표하는 5부족 연맹 중, 중립을 표방한 왕가 계루부를 제외한 나머지 4대 가문에서 그의 등극을 반대하고 나섰다. 특히, 왕비 우씨의 가문이 속한 연나부가 가장 앞장서서 극렬히 반대했다. 그사이 귀족과 백성들의 마음은 한나라에서 전공을 세우고 돌아온 막내 왕자 계수에게로 쏠렸다. 그 사실을 알아챈 발기는 초조해졌다. 어차피 형과 형수의 피를 손에 묻힌 상황. 동생 하나 더 죽인다 해서 달라질 것도 없으리란 생각이 그를 유혹했다. 발기는 요양 중인 계수에게 집요하게 암살자를 보냈지만, 번번이 실패했다. 바로 용운이 붙여준 최정예 흑영대원들 때문이었다.

결국, 수차례에 걸쳐 계수를 죽이려 한 일까지 드러나자, 발기는 완전히 민심을 잃고 실각했다. 그는 배천으로 귀양 가게 되었고 거기서 자살했다. 역사와 같은 최후였다. 마지막 남은 왕자가 된 계수는 자연히 왕에 추대되었고.

'11대 왕, 동천왕이 되었어. 이럴 수가…. 나와 얽히는 바람에 고구려의 역사까지 바뀌다니.'

용운은 한동안 잊고 있었던 두려움을 느꼈다. 자신의 행동으로 인해, 미래의 대한민국이 완전히 변해버리거나 혹은 사라져버리지 않을까 하는 두려움이었다. 그러나 지금 걱정하고 조심해봐야 아무 소용이 없다는 사실을 곧 깨달았다. 이미 너무 많은 역사를 바꿨고 천 년 후의 대한민국에 더 이상 그는 존재하지 않을 터였다. 거기까지 염려하기에는 눈앞에 닥친 현실의 문제를 해결하기에만도 급급했다. 당장 그의 영토 안에서 지금 이 시간에도 백성들이 아사하고 있었다.

'그래, 지금은 계수 왕자가 고구려의 왕이 된 사실을 유주국의 이익에 적극 활용해야 한다.'

계수 왕자, 아니 동천왕이 보낸 서신에는, 자신이 어떤 사연으로 왕이 됐는지를 알리는 내용부터 해서 용운의 지원과 흑영대원들 덕에 목숨을 건진 데 대한 고마움, 장차 유주국과의 우의를 더욱 공고히 하겠다는 내용 등이 쓰여 있었다. 그리고….

"헛! 계수 왕자가 식량과 약재를 보내준답니다, 전하! 아니, 이미 보냈다는데요?"

전예는 뛸 듯이 기뻐하며 말했다.

고구려의 영토 또한 북쪽의 동토에 위치했기에 춥고 척박했다. 그런데 계수가 왕이 된 해에 드물게도 대풍이 들었고 사냥 또한 엄청난 성과를 거두었다. 거기에는 용운이 전수해준 농업과 관개기술이 큰 역할을 했다. 백성들은 이 대풍년을 계수 왕자가 왕위에 오른 데 대해 하늘이 기꺼워한 증거라고 여겨 칭송하였다. 동천왕이 흑영대원으로부터 유주의 어려움을 듣게 된 건 그 무렵이었다. 그리고 용운한테서 받은 도움에 보답하기 위하여 대규모의 사절단을 꾸려 식량을 보냈다고 했다.

그 규모가 자그마치 양곡 일만 섬(약 2천 톤)! 완전한 해결책은 아니었으나, 급히 꾸린 세평 상단이 식량을 구입해오고 6월경 새로 수확하기 전까지 유주의 식량난을 어느 정도 완화해주기에 충분한 양이었다. 목숨에 더해 결과적으로 왕위까지 얻은 데 대한 보은이었으므로, 계수는 최대한의 성의를 보인 것이다. 용운도 전예 못지않게 기쁜 기색으로 말했다.

"요서로 군사를 보내 호위하도록 해야겠군요."

"즉시 병력을 꾸리도록 하겠습니다."

"요동 방면에서 들어오는 정보에 각별히 주의를 기울이도록 하세요. 그저 식량만 챙길 게 아니라 고구려 사신단의 안위에도 신경 쓰고요."

"옛, 전하."

답하는 전예의 목소리에 생기가 넘쳤다. 용운은 문득 채염의 목소리가 귓가에 들린 듯했다.

— 너무 염려 마세요. 유주의 살림이 착취와 강매에 의한 것이었다면 이대로 망하겠지만, 전하의 방식은 그와 정반대였죠. 분명히 안팎으로 길이 열릴 거예요.

위로로만 여겼던 그녀의 말이 실제로 이뤄졌다.

'보고 온 지 얼마 안 됐는데 또 보고 싶네. 사람들이 이래서 결혼을 하나?'

용운은 당장이라도 그녀에게 달려가고 싶은 마음을 겨우 억눌렀다.

연이은 호사(好事)로, 유주의 어려움이 조금씩 풀리려는 기미가 보일 때였다.

그로부터 며칠 뒤, 익주의 송강 또한 그 소식을 접하고 있었다. 예전 요동태수 공손탁의 영토에 남아 있던 성혼교도들과, 하루에 천 리를 달릴 수 있는 천강위, 신행태보 대종 덕이었다. 마침 요동 쪽에 나가 있던 대종은 요동의 성혼교도들로부터 놀라운 정보를 입수했다. 바로 고구려에서 유주로 가는 거대 규모의 사신단이 오고 있다는 정보였다. 그는 그 소식을 듣자마자 밤낮을 가리지 않고 익주로 달려가 송강에게 보고한 것이다.

"수고했어요, 대종. 물러가서 쉬어요. 곧 또 한 번 달려줘야 할 듯하니."

"예, 위원장님."

대종을 치하한 송강은 손톱을 깨물며 중얼거렸다.

"아니지⋯. 이건 반칙이지, 진용운. 외부 세력의 도움을 받다니. 내가 그냥 두고 볼 것 같아?"

"어떻게 하실 계획입니까?"

병마용군 가영의 물음에, 송강이 답했다.

"마침 대종이 와줬으니 그에게 남은 천강위를 딸려 보낼 거야. 가서 고구려의 사신단을 해치워버리고 식량을 빼돌리도록 해야지."

"그럼 진용운은 진정으로 난처한 지경에 처하겠군요. 식량난과 경제난에 더해 외교 문제까지 터질 테니 말입니다."

잠시 생각하던 송강이 입을 열었다.

"이제 정말 천강위가 얼마 안 남았네. 건재한 위원들을 다 보내 야겠어. 주동과 장청은 조조를 돕고 있으니 안 될 테고… 고구려 에서 요동으로 오는 길목에 큰 강이 있었지?"

가영은 해당 지역의 지형을 떠올리며 답했다.

"예. 대요수와 대능하를 반드시 건너야 합니다."

"대요수는 고구려에 인접해 있으니 지금 출발해봐야 늦겠지 만, 요동 바로 앞에 있는 대능하는 미리 가서 기다릴 수도 있겠 네."

"그들을 보내실 생각입니까?"

"그래. 이제껏 물에서 싸울 일이 별로 없었으니, 익주의 강이며 계곡에서 하릴없이 놀고만 있었는데… 드디어 크게 힘쓸 일이 생겼어."

씩 웃은 송강이 가영에게 명했다.

"원씨 삼형제와 이준, 장횡, 장순, 이 여섯 사람을 오라고 해. 아 참, 대종도 함께."

"옛, 송강 님."

송강이 원씨 삼형제라 칭한 천강위 서열 27위 원소이, 29위 원 소오, 31위 원소칠. 그리고 26위 혼강룡 이준과 28위 선화아 장 횡, 30위 낭리백조 장순. 이들의 공통점은 육지에서보다 물가 혹 은 물속에서 더 강력한 능력을 발휘한다는 것이었다. 천강위 최 강의 무력을 자랑하는 관승도 그들과 물에서 싸우기는 꺼렸다. 노준의는 그들을 경계하여 물의 힘을 가진 병마용군 해루를 곁 에 뒀을 정도였다. 비록 써먹지는 못했지만.

일명 천강 육수신(六水神). 드디어 그들을 써먹을 때가 온 것이다. 그것도 최고의 무대에서.

한편, 양주 구강에서는 전투가 한창이었다. 손책군을 공격 중이던 유비는 눈살을 찌푸렸다.

"생각보다 완강하네."

구강을 공격하러 갔던 황조가 오히려 패배하여 돌아온 게 며칠 전이었다. 동성현 정벌에 나섰던 왕위까지 사망했다는 비보를 들은 유비는 합비신성을 나와 직접 손책을 공격하기로 결심했다. 그는 즉시 장비를 동성현으로 보내고 자신은 관우, 제갈량, 방통 등과 더불어 구강으로 향했다. 그런 도중에 원군의 정체가 밝혀졌다. 살아남은 황조의 수하들이 설명한 여포와 청몽의 인상착의를 듣고 알아챈 것이다. 평원성 전투 이후, 유비는 드디어 용운의 세력과 다시 맞붙게 되었다.

'진 군사, 이곳 형주에까지 손을 뻗쳐 날 방해하려는가?'

왼쪽 옆에서 말을 몰던 방통이 유비에게 말했다.

"아무래도 진용운이 서주를 거쳐 형주까지 세력을 넓히려는 모양입니다. 이번 파병은 겉으로는 손책을 지원한다는 명분을 내세우고 있지만, 실상은 남하 작전의 시발점이 분명합니다."

유비는 서늘하게 웃었다.

"욕심이 과하네, 진용운."

그의 오른편에 있던 제갈량은 착잡한 표정으로 침묵을 지켰다. 유비가 말을 이었다.

"원군을 얼마나 보냈는지는 몰라도 진용운은 원술과 조조 세력 또한 견제해야 할 터. 게다가 유주에서부터의 거리도 머니, 원군의 규모에는 한계가 있다. 합비의 전력만으로도 충분히 패퇴시킬 수 있을 거야. 이제까지는 황조 님의 체면을 보아 손책 섬멸을 그에게 맡겼지만, 이리된 이상 내가 직접 나설 수밖에."

"그렇습니다."

"대략 방침을 말해봐, 사원."

방통은 유비와 함께하는 사이 그에게 매료되어 있었다. 원래 주군인 유표보다 유비를 더 따르고 싶다고 생각할 정도였다. 그는 마치 유비의 충실한 참모인 양 얼른 답했다.

"적 원군에 대한 정보가 부족하긴 하지만, 구강은 변변한 성벽도 없다고 알고 있습니다. 현덕 님과 운장 님께서 공격하시는 사이, 익덕 님까지 합류한다면 적은 자연히 지리멸렬해질 겁니다."

"좋아. 얼른 가서 두들겨주자고."

그렇게 공격을 시작한 지 무려 이틀이 지났다. 그러나 구강을 점령하기는커녕 유비군의 피해만 점차 늘어갔다. 손책의 방어 태세는 예상보다 훨씬 견고했다. 일례로, 비록 낮은 성벽이지만 바깥쪽을 빙 둘러서 제법 깊은 해자를 새로 파놓았다. 해자를 건너려 하면 성벽에서부터 곧장 바위나 화살이 날아왔다. 특히, 성벽 안쪽, 보이지 않는 곳에서부터 한 번씩 날아오는 백발백중의 활 공격은 유비의 간담을 서늘하게 했다. 유비가 알기로 용운의 수하 중 저런 활 솜씨를 가진 이는 한 사람뿐이었다.

'설마, 아니겠지….'

그녀들은 진용운과 결코 떨어질 수 없다고 들었다. 실제로도 한 번도 떨어진 걸 본 적이 없다.

'그렇다고 여기까지 진용운이 직접 왔을 리도 만무하고. 궁술이 뛰어난 무사야 얼마든지 있으니.'

유비는 고개를 저어 불안한 예감을 털어냈다. 진용운을 대면하면 당장이라도 무너질 것만 같았다. 남피와 평원성 일대의 거대한 지역을 빼앗긴 패배 후에도, 이 또한 과정의 하나라고 자위하며 유표에게 의탁하기 위해선 상당한 노력이 필요했다. 아무렇지 않은 척하는 노력, 비록 이번에는 실패했어도 다음에는 반드시 뭔가 보여주리라는 믿음을 곁에 남은 이들에게 주기 위한 노력 말이다. 안간힘을 다해 유지해오던 그 평정은 진용운의 시선을 마주하는 순간 와장창 깨질 것이다. 그에게 먹히지 않기 위해 일찍이 도망치듯이 탁군을 떠나오지 않았던가.

"공명."

유비는 건조한 목소리로 제갈량을 불렀다.

"적의 방어 태세를 무너뜨릴 방책을 말해봐."

합비에는 서서를 남겨두었다. 그가 간혹 자신에게 원망스러운 시선을 보내는 걸 알면서도 유비는 이번 원정길에 제갈량을 택했다. 꼭 형주 일대에서 복룡이라 알려진 명성 때문이 아니었다. 이 키 크고 새하얀, 말 없는 청년의 내부에서 조용히 타오르고 있는 불꽃이 느껴졌다. 마치 늘 웃고 있으나 가슴속에서는 시커먼 불길을 다스리고 있는 유비 자신처럼. 한때 진용운의 통치하에 있었으나, 그를 떠나온 것도 자신과 비슷했다. 무엇보다 재능이 있었다.

마침내 제갈량이 입을 열었다.

"간단합니다."

그는 길고 우아한 손가락을 뻗어 구강성을 가리켰다.

"성벽을 무너뜨리고 진입하려 하니 어려운 것입니다. 어차피 아군의 진정한 목적은 성을 차지하는 게 아니라, 손책의 괴멸. 거리를 두고 사방의 물길을 끊은 뒤 계속해서 불화살을 쏘아 넣는다면 적은 못 견디고 뛰쳐나올 것입니다."

유비는 흡족한 듯 웃었다.

"좋아. 그럼 어디 굴에 불을 질러서 너구리를 몰아내볼까?"

15

서글픈 조우

　유비가 이끄는 형주군은 제갈량의 책략에 따라 즉시 구강으로 들어가는 사방의 물길을 차단했다. 작은 도랑 하나도 놓치지 않고 모래주머니 따위로 틀어막았다. 식수뿐만 아니라 불을 끄는 데 쓸 물도 없애기 위해서였다. 그다음에는 거리를 둔 채 줄기차게 불화살만 쏴댔다. 성벽이 낮으니 화살을 쏴 넣기도 어렵지 않았다. 처음에는 구강성 쪽에서도 마주 응사해왔으나 점차 빈도가 뜸해졌다. 화살이 떨어졌을 뿐만 아니라 진채에 불이 붙어 상황이 곤란해진 까닭이었다.

　"제길, 이런 수를…."

　손책이 분한 기색으로 뇌까렸다. 그는 병사들과 함께 불을 끄느라 얼굴에 그을음이 잔뜩 묻어 있었다. 주유가 그에게 말했다.

　"이 상태에서는 더 버티기 어렵습니다. 아무래도 성을 나가야 할 것 같습니다."

　"그럼 야전을 벌여야 하는데, 유비의 병력은 언뜻 봐도 삼만 이상…. 병력 차를 극복할 수 있을까?"

"장수의 질로 승부해야지요."

"더구나 저쪽에는 그자가 있네."

그자란 다름 아닌 관우를 가리켰다. 손책군은 지난 합비 전투 등에서 관우의 무서움을 뼈저리게 실감했다. 손책군에서 가장 강한 무인은 바로 손책 자신인데, 직접 나가 관우를 상대하기도 곤란했다. 손책은 바로 손가의 세력 그 자체였다. 만에 하나 그가 패하기라도 하면 모든 게 끝이다. 호승심만으로 맞서기에는 너무 위험한 승부였다. 그때, 둘 옆으로 다가온 누군가가 말했다.

"제가 한번 막아보지요."

그는 바로 장료였다. 유주 사천왕의 한 사람이자, 관도에서 원소군을 상대로 만부부당의 용맹을 떨친 바 있었다. 또한 천강위의 존재를 알게 되면서 검후와 조운 등을 상대로 수련에 수련을 거듭, 원래 역사보다 더 강해진 상태였다.

"관운장을 상대해주실 수 있겠소?"

손책의 물음에 장료는 자신 있게 답했다.

"조자룡 대장군과 여봉선 대공 외에 제가 싸우길 망설이는 상대는 없습니다."

"그럼 부탁하겠소."

"나가서 단기전을 청할까요?"

양손에 삼첨도를 든 장료가 당장이라도 뛰쳐나가려 할 때였다. 주유는 그를 만류하며 말했다.

"잠시만 기다려주십시오. 저쪽에서 화공과 봉쇄로 아군을 핍박했으니, 이 주유도 조금 갚아줄까 합니다. 마침 문원 님께서 관운장을 맡아주기로 하신 덕에 방도가 생겼습니다."

"오, 그게 뭔가, 공근?"

반색하는 손책에게 주유가 답했다.

"좀 고달프겠지만, 병사들에게 일러 최대한 적을 끌어들이라 하십시오."

그는 어린 시절 봤던 이랑의 무위를 아직 똑똑히 기억하고 있었다.

'진 사부님과 이랑 님, 그리고 그때 두 사람을 노리고 마을을 습격해왔던 무리들은 인간이라 하기 어려운 기이한 힘을 발휘했다. 어쩌면 진용운이 원소와 유비를 연이어 격파하고 왕의 자리에까지 오른 것 또한, 그런 종류의 힘 덕분인지도 모른다. 다행히 지금은 그 힘을 가진 자가 아군이니…'

그 효과를 극대화하기 위해 나서려는 이랑을 말려왔다. 이제 그녀의 힘을 써먹을 때였다.

유비군은 밤이 깊도록 불화살을 퍼붓는 한편, 해자를 건널 다리를 밤새 꼬박 만들었다. 그사이 손책군은 더 이상 응전도 해오지 않았다. 그저 성벽 뒤에 바짝 웅크린 채 몸을 숨기고 있을 뿐이었다. 그 광경을 지켜보던 유비가 중얼거렸다.

"포기한 건가?"

청룡언월도를 짚고 선 관우가 유비에게 말했다.

"애초에 제가 성문을 박살내면 되는 일이었소. 적의 원군이 얼마나 왔는지 모르겠으나, 주변에 복병이 없음을 확인했고 진채의 규모로 봐도 일만이 채 안 됨이 분명하오. 아군 병력은 그 세 배가 넘으니 문을 부순 뒤 곧장 들이쳐 쓸어버립시다."

유비의 시선이 방통을 향했다. 어찌 생각하느냐는 무언의 물음 이었다. 방통은 미심쩍은 표정으로 입을 열었다.

"끈질기게 반격해오더니 갑자기 너무 잠잠해져서 좀 찜찜하군 요. 이대로 며칠만 더 몰아붙이면 끝날 터인데 서두를 필요 있겠 습니까?"

제갈량 또한 눈을 가늘게 뜨고 손책군 진영을 유심히 살피고 있었다. 아무리 봐도 특별한 움직임이 느껴지지 않았다. 그러나 분명 뭔가 있음이 분명했다. 오래 상대해본 건 아니지만, 그가 경 험한 주유는 이대로 자포자기할 남자가 아니었다. 그의 책략은 교묘했고 진법의 위력 또한 무서웠다. 방통과 함께하지 못했다 면 계속 이겨오긴 어려웠을 것이다.

"황조 님이 말한 원군의 존재가 마음에 걸립니다. 또한 곧 우기 가 시작되면 물길을 막은 것도 소용없어집니다."

제갈량의 말에, 잠시 생각하던 유비가 마음을 정했다.

"어차피 뭔가 수를 쓸 수도 없는 성이다. 예를 들어 공성계(空城 計, 열세일 때 방어하지 않는 것처럼 꾸며 적을 유인하거나 혼란에 빠뜨리는 전략)라거나 말이야. 옥쇄라도 각오하고 결사항전하려는 모양인 데, 이미 강하 전투에서부터 시간을 끌 만큼 끌었다. 소원이라면 그리 해주지."

관우는 수염을 쓰다듬으며 흡족해했다.

"잘 생각하셨소."

유비의 명으로 형주군은 사격을 멈추고 일제히 진격하기 시작했다. 그 선두에는 공병대를 지휘하는 관우가 있었다. 그는 나이가 들수록 더욱 붉어지는 근엄한 얼굴에 긴 수염을 휘날리며 외쳤다.

　"이제 그만 손가와의 악연을 끝낼 때가 왔다. 전력을 다해 적을 쳐부순다!"

　형주군 병사 중에는 손책에게 아버지와 형을 잃거나 몇 년째 싸워온 자가 많았다. 자연히 손가라면 이가 갈리는 자들이었다. 그들의 입장에서 손가는 가만히 있던 형주를 빼앗으려고 공격해 온 침략자일 뿐이었다. 그 손가를 끝장낼 때가 눈앞에 다가왔다. 관우의 외침에 특기인 '분기' 효과가 더해져 사기가 최고로 오른 병사들이 일제히 돌진했다.

　그때, 병사들과 뒤섞여 달리던 관우가 멈칫했다. 예상과 달리 저쪽에서 먼저 성문을 연 것이다. 쿵! 하고 해자 위에 놓인 성문을 따라, 한 장수가 천천히 말을 몰아 나왔다. 안면 있는 자였다. 관우는 그의 이름을 불렀다.

　"…문원."

　"오랜만입니다, 운장 님."

　한 주군을 모실 뻔했고 연합군에서 힘을 합쳤던 기억이 아니더라도, 둘은 서로가 싫지 않았다. 장료는 관우의 기개와 무예 그리고 유비에 대한 충성심을 존경했다. 관우는 장료의 성실함과 예의 바른 자세가 마음에 들었다. 하지만 오랜 시간이 흘러, 두 사내는 결국 적으로 마주 섰다. 짧은 순간 온갖 상념이 스쳤다. 한

때 같은 뜻을 품었던 반가움도 잠시, 곧 각자의 입장을 떠올린 둘 사이에 날 선 말이 오갔다.

"진용운이 원군을 보냈다더니, 정말이었군."

"전하께 패배한 유현덕이 어디로 갔나 했더니, 형주의 숙부에게 의탁해 있었군요."

유표는 유비와 같은 성씨에 그보다 배분이 높았다. 이를 빗댄 말이었다. 관우가 눈을 가늘게 떴다.

"많이 오만해졌군, 문원."

"운장 님은 처음 뵈었을 때부터 오만하셨지요."

"말싸움은 이쯤 하지. 막을 텐가?"

답은 이미 나와 있었다.

"그래야겠습니다."

장료는 성문 앞에 버티고 서서 삼첨도 한 자루는 앞으로 겨누고 다른 한 자루는 옆을 향하게 했다. 그의 등 뒤에서 불꽃과 연기가 피어올랐다. 미처 불길을 잡지 못한 진채가 타는 중이었다. 관우 또한 청룡언월도를 비스듬히 들고 자세를 취했다.

"손가의 최후일세. 가라앉는 배에서는 몸을 피해야 하는 법이지."

"저희들이 온 이상 그리되게 놔두지 않을 겁니다."

관우는 슬쩍 눈썹을 찡그렸다.

'저희들? 장문원 혼자가 아니었군. 진용운에게는 유독 뛰어난 장수가 많은데…. 또 누가 온 것이지?'

언뜻 불길한 예감이 스쳤다. 그는 그 생각을 털어버리고 눈앞의 전투에 집중하려고 애썼다. 장료는 딴생각을 하면서 싸울 수 있을 정도로 만만한 상대가 아니었다. 절대로. 와아아아아! 한 무리의 형주군이 둘의 옆을 스치고 달려가는 순간, 관우가 선제공격을 가했다.

"타앗!"

후웅! 열 자(약 3미터)에 달하는 청룡언월도가 바람을 가르며 장료의 머리로 떨어졌다. 장료는 왼손의 삼첨도로 방어하고 오른손의 삼첨도로는 공격하는, 기본적인 쌍검술을 썼다. 이는 검후에게서 전수 받아 개량한 것이기도 했다. 단순하지만 확실히 상대를 쓰러뜨릴 수 있는 기술이다.

관우가 청룡언월도를 수직으로 내리쳐오자, 그는 하던 대로 왼쪽 삼첨도로 막아내려 했다. 그런 뒤 오른쪽의 삼첨도로 관우의 드러난 몸통을 벨 생각이었다. 그러나 막판의 막판에 생각을 바꿨다. 언월도의 날이 완전히 떨어지기도 전, 먼저 그의 정수리를 자극한 바람 때문이었다. 뒷머리가 쭈뼛할 정도로 세찬 바람에, 마치 이미 머리가 쪼개진 듯한 기분이 들었다.

'한 손으로 막을 수 없다?'

장료는 반사적으로 삼첨도 두 자루를 머리 위로 끌어당겨 교차했다. 결과적으로 그게 그의 목숨을 살렸다.

쩽! 으득! 어금니가 깨진 장료의 입가에서 피가 흘렀다. 허리가 뒤로 크게 휘고 무릎이 구부러졌다. 장료를 찍어 누르는 관우의 눈이 번쩍였다. 그 얼굴에 불길이 반사되어 어른거리니 마치 야차와도 같았다.

"고작 이 정도로 날 상대하겠다고 나선 건가?"

"헉…."

장료의 가슴속에서 두려움이 피어올랐다. 관우의 특기, '위압(威壓)'의 효과였다. 제대로 당하면 오금이 저리고 힘을 못 쓴다.

그러나 장료 또한 특급의 경지에 달한 장수다. 그의 특기 중 위압을 파훼할 만한 건 없었지만, 본인의 높은 무력 수치로 극복해냈다.

"이야압!"

기합과 함께 청룡언월도를 밀쳐낸 장료는 두 자루 삼첨도를 팔랑개비 돌리듯 하며 관우의 품으로 파고들었다.

"흠!"

팟, 파팟! 언월도의 날이 길고 육중한 무기답지 않은 빠른 속도로 장료의 발등과 허리를 연이어 공격했다. 내리찍기에 이어진 휘둘러 치기였다. 휘릭! 몸을 회전하면서 보법을 밟아 발을 빼낸 장료는 다음 디딤발을 최대한 멀리 뻗으면서 허리를 굽혔다. 자연히 자세가 극도로 낮아졌다. 장료의 허리를 후리려던 언월도가 머리끝을 아슬아슬하게 스치고 지나갔다. 동시에 장료는 두 자루 삼첨도를 가운데 모았다가 큰 새가 날개를 펼치듯 양옆으로 힘껏 휘둘렀다. 관우의 다리를 노린 수평 베기였다.

'베었다!'

그가 생각한 찰나, 쩡! 관우는 어느 틈에 언월도를 세워 땅을 찍었다. 언월도의 창대가 두 자루 삼첨도 사이에 정확하게 끼어들었다. 끼긱! 교차한 삼첨도는 옆으로 펼쳐지기 전에 막혀버렸다. 그때, 관우는 창대를 아래에서 위로 휘둘렀다. 휘잉! 묵직한 창대가 삼첨도를 밀쳐내면서 장료의 턱을 쳐왔다.

"윽!"

장료는 황급히 뒤로 공중제비를 하여 아슬아슬하게 창대 끝을 피했다.

여기까지가 세 합. 무의식중에 둘의 대결을 지켜보던 병사들이 질린 표정을 했다. 두 장수는 간격을 두고 숨을 고르며 서로를 노려보았다.

'떨어져도, 붙어도 허점이 없다는 건가. 까다롭기 짝이 없네.'

장료가 속으로 가볍게 혀를 찼을 때였다. 여자로 보이는 작은 체구의 인영이 성벽 위로 가볍게 뛰어올랐다. 사방에서 형주군이 성벽을 타 넘거나 해자를 건너오는 시점이었다. 인영의 정체는 이랑이었다. 형주 병사들은 그녀가 서 있는 지점으로도 벽을 타고 올라왔다.

"뭐야, 이 계집ㅇㅇㅇㅇㅇ은?!"

그녀를 밀치려던 병사 하나가 길게 말꼬리를 남기며 날아가 떨어졌다. 이랑의 뒤에서 고개를 내민 사린이 망치로 쳐서 날려 보낸 것이다.

"고마워, 사린."

이랑은 뒤늦게 사천신녀에 합류한 까닭에 서열상 사린을 언니로 대했다. 그러나 얼마 안 가서 사린의 요구로 그냥 편하게 지내기로 했다. 나이도 더 많은 사람에게서 언니 소리를 듣는 게 불편하다는 이유에서였다.

"아니야. 왜 얼른 레이저 퓽퓽 안 해?"

이랑은 사린을 잠시 바라보았다. 그녀는 이제 사천신녀의 사정을 거의 알고 있었다. 사천신녀들 중 유일하게 진용운이라는 사람에 대한 애정이나 집착이 아니라, 병마용군의 대상이 된 이와 함께하고 싶어 죽음을 택한 소녀. 열두 살의 나이로 인형 속에 갇히는 바람에 영원히 열두 살의 정신으로 살게 된 아이. 이 아이는 전쟁과 살육에 대해 고민해본 적이 있을까?

"그냥, 뭐 좀 생각하느라고."

엄밀히 말해 이랑은 유표는 물론이고 형주 병사들과 아무 원한도, 접점도 없었다. 그런데 이제 수많은 인명을 해쳐야 할 상황에 놓였다. 진한성이 건재했을 때는 아무 의문이나 위화감 없이 그런 일을 해냈다. 하지만 그가 사라진 후부터 조금씩 회의감이 들고 있었다. 약해져가는 힘과 동시에. 이는 그녀의 육체뿐만 아니라 정신력을 뒷받침해줄 동반자, 즉 진한성이 너무도 먼 곳에 있어서 일어나는 현상이었다.

그때, 사린이 뭘 봤는지 빽 소리를 지르면서 성벽을 뛰어내려 갔다.

"우씨, 장료 아저씨가 위험하잖아!"

"자, 잠깐! 사린아! 조심해!"

이랑의 부름에 뒤를 돌아본 사린이 외쳤다.

"싸울 때 그렇게 멍 때리고 있으면 우리 편 아저씨들이 죽는단 말이야! 그럴 거면 싸우러 나오지 마!"

이랑은 그 말에 작은 충격을 받았다. 난 지금 뭘 하고 있는 거지? 이곳은 각자 법과 규칙만 잘 지키면 삶이 평화로워지는 현대가 아니었다. 형주의 유표는 오래전부터 천강위를 포섭하여 힘을 키워왔다고 들었다. 손책은 그 시작일 뿐, 언젠가 결국 진용운과 싸우게 될 게 분명했다. 아무도 적으로 돌리지 않고 살기란 애초에 불가능했다.

처음 진한성이 사라졌을 때는 모든 게 끝났다고 여겼다. 그녀가 스스로 죽지 못한 건 오직 두 가지 이유에서였다. 첫 번째는, 병마용군은 자살할 수 없다는 것. 두 번째는, 영혼이 분리되어버리지 않은 걸로 보아 어딘가에 진한성이 분명히 살아 있으리라는 희망. 그러나 시간이 흐르면서 그 희망은 조금씩 옅어져갔다.

'이렇게.'

그녀는 자신의 양손을 내려다보다가 천천히 앞으로 내밀었다.

'이렇게, 그 사람이 분명히 살아 있다는 증거가 있는데.'

여전히 자신에게 남아 있는 힘. 이게 증거였다. 이 꼴이어서야 나중에 언젠가 그를 다시 만났을 때, 자랑스럽게 말할 수 있을까?

당신을 대신해서 온 힘을 다해 당신의 아들을 지키고 도왔다고?

'그날부터 지금까지 난 껍데기뿐이었어.'

파아앗! 죽음을 알리는 검은 빛이 산란했다. 사방의 성벽에 올라서 있거나 달라붙어 있는 형주군 병사들을 향해서. 밀집해 있었던 까닭에, 단숨에 수백 명의 병사가 비명조차 못 지르고 사망했다. 병마용군으로서 이랑의 용도는 원래 이것이었다. 일대일보다 일 대 다수를 상대하기에 적합한 원거리 공격형 전투 나노 안드로이드.

주유는 마치 거대한 검은 꽃과 같은 그 빛을 보았다. 그는 입속으로 중얼거렸다.

"이제 반격 시작이다."

한편, 관우와 팽팽하게 접전 중이던 장료는 어느 순간부터 밀리기 시작했다. 좀체 장료를 뚫지 못하여 분노한 관우가 비장의 특기를 발동한 것이다.

특기, 전신(戰神)

짧은 시간 무력, 통솔력, 지력 등을 대폭 상승시키며 모든 일반 공격이 또 다른 특기, '참격(斬格)'화되는 무시무시한 기술. 물론 관우 자신이나 다른 평범한 사람들이 인식하기에는 그저 아껴뒀던 힘을 끌어낸 것 같은 느낌이다. 그래도 체력이 급격히 소모되는 건 알 수 있었다. 관우는 이 고양감이 사라지기 전에 장료를 쓰러뜨리려고 맹렬히 공격을 퍼부었다.

'크윽… 관우, 이 정도였던가!'

장료는 점차 위기감을 느꼈다. 관우의 공격 하나하나가 검후의 손목조차 부러뜨렸던 기술이니 그럴 만도 했다. 오히려 이 정도로 감당한 게 대단한 일이었다. 역사에는 없던 이벤트와 꾸준한 수련 덕에 장료는 무력 수치로만 따지면 관우와 비등했다. 그러나 단기전 전용의 고유 특기를 각성하지 못한 게 차이를 만들었다.

고유 특기란, '고무(鼓舞)'나 '돌격(突擊)'처럼 여러 장수가 흔히 가지고 있는 특기와는 달리, 극소수 혹은 단일 무장만이 가지고 있는 희귀한 특기다. 관우의 전신이나 손책의 맹폭, 조운의 조가 창법 등이 거기 해당했다. 특급을 제외한 대부분 장수는 고유 특기가 없고 대개 나이가 들면서 자연스레 체득하게 됐다. 단, 마초의 '호위(護衛)'처럼 특별한 사건을 계기로 생겨나는 경우도 있었다.

장료에게도 '인마일체'라는 강력한 고유 특기가 있긴 했다. 하지만 인마일체는 일대일의 대결보다는 다수의 적군을 돌파할 때 유용했고 무엇보다 지금은 아예 말 자체를 타지 않은 상태였다. 발동하려야 발동할 수가 없는 것이다.

그러던 중 결국 한계가 왔다. 정확히는 너무 시간이 지체된다 여긴 부장 하나가 몰래 화살을 쏘아 보냈기 때문이다. 픗! 화살은 장료의 왼쪽 어깨에 꽂혔고 이는 팽팽하던 전투를 순식간에 뒤집었다.

"크악!"

쓰러진 장료의 입에서 비명이 터져 나왔다. 관우의 참격을 막아낸 순간, 힘의 균형이 깨진 왼쪽 어깨가 탈골된 것이다.

"미안하지만 이 또한 전투의 일부."

관우는 청룡언월도를 높이 쳐들었다가 내리쳤다.

"잘 가게, 문원."

아니, 내리치려 했다. 흑광이 사방으로 난무한 건 그때였다. 사방에서 시커먼 물이 되어 사라지는 형주병들이 관우의 눈에 들어왔다.

"이 무슨…!"

놀란 그가 멈칫한 사이, 작은 그림자가 쏜살같이 돌진해와 장료 앞을 막아섰다.

"어서 피해요, 장료 아찌!"

이미 왼팔이 축 늘어진 데다 왼손에 쥐고 있던 삼첨도마저 놓친 장료는 더 싸울 상태가 아니었다.

"으, 윽… 미안하구나. 그럼 뒤를 부탁한다."

사린의 강함을 잘 아는 장료는 망설이지 않고 성벽 안으로 몸을 피했다. 관우는 그를 뒤쫓는 대신 잠깐 동안 말없이 사린을 내려다보았다. 망치를 든 사린이 작게 중얼거렸다.

"수염 아찌… 진짜 적이 되어버렸어."

"넌 어찌하여 아직도 십 년 전 그 모습 그대로인 게냐. 요물이냐?"

"요물 아니에요."

"비키거라. 아무리 너라도 봐줄 수 없다."

"수염 아찌가 날 봐주는 게 아니에요."

사린은 관우를 향해 한 걸음 다가섰다. 무심코 관우가 그만큼 한 발 물러섰다.

"내가 수염 아찌를 봐주는 거지. 지금 도망가면 안 쫓아갈게요. 원래 적군을 봐주면 안 되지만, 난 느리니까 다들 놓쳤나 보다 할 거예요. 그리고 나중에 같은 편으로 만나면 되니까."

"…기어이 이래야 되겠느냐."

애써 태연한 척 울음을 삼킨 사린이 외쳤다.

"우린 적이니까!"

콰아아아아! 순간, 관우는 수십 다발의 번개가 내리쳐오는 듯한 착각을 맛봤다. 쫘앙! 거대한 금빛 망치를 막아낸 관우의 몸에서 시커먼 연기가 피어올랐다.

"대체 뭔지는 모르겠지만 대단하구나."

사실 대단하다는 말 정도로 표현할 수 있는 공격이 아니었다. 하마터면 정신을 잃을 뻔했다. 현대식으로 표현하자면, 순간적으로 감전됐었기 때문이다. 픽! 후웅! 관우는 사린을 발로 차내고, 뒤로 날아가는 그녀를 쫓아가며 언월도를 그었다. 참격! 허공에 몸이 뜬 상태니 절대 피할 수 없다. 원래대로라면. 쩡! 사린은 최대한 몸을 웅크려, 거대해진 망치 머리 뒤로 숨었다. 언월도가 사린 대신 뇌신추를 쳤다.

"끄아앙으아앙!"

사린은 뒤쪽에 착지하자마자 고무공처럼 튀어 나가면서 괴성을 질렀다. 이 상황이 몹시 짜증 났다. 같은 편이었던 좋아하는 사람을 적으로 만난 것도, 그가 자신을 죽이려고 온 힘을 다하는 것도. 사린의 등 뒤에서는 여전히 구강성이 불타고 있었다. 그녀의 힘의 근원은 불과 번개. 불의 아귀답게 평소보다 더욱 강한 힘이 내부에서 끓어올랐다.

"헙!"

돌진해온 사린의 공격을 막아낸 순간, 관우는 눈을 부릅떴다.

몸에서 힘이 쑥 빠져나갔다. 그 무형의 힘을 입으로 받아먹은 사린이 꿀꺽 삼켰다. 동시에 유지되고 있던 '전신' 상태 또한 풀려버렸다. 콰앙! 픽! 관우는 뒤이은 사린의 망치질에 내동댕이쳐졌다. 뛰어올라 그의 가슴을 즈려밟은 사린이 망치를 높이 쳐들었다. 그래도 관우의 표정은 어디까지나 평화로웠다.

'허허, 이렇게 죽게 될 줄이야. 큰형님이 뜻을 이루는 걸 못 보고 가게 되어 아쉽지만… 이 아이의 손에 죽는 것도 나쁘지는 않겠구나.'

사린은 양손으로 든 망치를 좀체 내리치지 못했다. 그녀의 시선은 관우의 수염 끝 언저리에 멈춰 있었다. 눈에 익은 나비 모양의 매듭에. 술 취한 사린이 끝부분에 묶어줬던 매듭은 오랜 시간이 흐름에 따라 점점 더 밑으로 내려갔지만, 여전히 묶인 채로 남아 있었다. 아슬아슬한 맨 끝부분에 마치 사린을 향해 남은 관우의 마음 한 조각처럼.

관우가 담담한 목소리로 말했다.

"뭘 망설이는 게냐."

사린은 울먹이며 물었다.

"…왜 안 풀었어."

"무엇을 말이냐."

"수염. 내가 옛날에 묶어준 수염…."

"그 매듭 말인가? 안 푼 게 아니라 못 푼 것이다. 어찌나 세게 묶어놨는지. 그렇다고 잘랐다간 거기 맞춰서 오래 기른 수염 전체를 잘라내야 했기에 저절로 내려갈 때까지 둔 것뿐이다."

"거짓말."

"거짓말이 아니다."

"거짓말! 수염 아찌도 나랑 싸우기 싫어서…."

말하던 사린의 입에서 별안간 핏방울이 튀었다. 깜짝 놀란 관우가 벌떡 일어나 무너지는 그녀를 부축했다.

"사린아!"

사린의 작은 몸 가운데로 창날 끝이 삐죽 튀어나와 있었다. 악몽 같은 흑광에서 살아남은 병사 중 하나가 악에 받쳐 그녀를 뒤에서부터 찌른 것이다. 평소라면 이런 공격에 당할 사린이 아니었지만, 온 신경이 관우에게 쏠려 있었던 게 문제였다.

"혜혜, 이거 봐. 걱정하잖아."

희미하게 웃으면서 말한 사린의 고개가 툭 떨어졌다.

"이런."

관우는 청룡언월도를 짚고 일어서서 그녀를 안고 구강성 안쪽으로 달리기 시작했다.

"아니, 운장! 운장 아우가 왜 저러지?"

멀리서 지켜보던 유비는 크게 당황했다. 적장 장료를 쓰러뜨리는가 싶더니, 결국 우려하던 대로 사천신녀 중 하나가 나타났다. 결코 잊을 수 없는 용모와 힘을 가진 여인들. 유비 자신을 없는 사람처럼 무시하던 이들이었다. 성벽 위에서 갑작스럽게 뿜어져 나온 검은 빛도 그녀들 중 하나의 소행이리라. 괴사에 창백해진 방통이 멍하니 말했다.

"저게 대체… 뭘까요?"

유비는 올 게 왔다는 심정으로 대꾸했다.

"잘 봐둬라, 사원. 저게 우리가 상대해야 할 적의 실체다."

관우가 쓰러진 건 그때였다. 경악한 유비가 뛰쳐나가려 할 때, 방통과 제갈량이 동시에 그의 말고삐를 힘껏 붙잡아 당겼다.

"안 됩니다!"

"안 됩니다, 주공."

"이것들 놔. 운장이 죽으면 다 소용없다고!"

그러던 중 관우가 벌떡 일어나 성안으로 뛰어들어갔으니 유비는 당혹스러울 수밖에 없었다. 설상가상으로 다급히 말을 몰아온 정찰병이 보고해왔다.

"장군께 알립니다! 동쪽 방면에서 적들이 다가오고 있습니다. 수는 많지 않으나, 선두에 선 자는 분명 유주 대장군인 조자룡인 듯합니다."

그는 유비를 오래 따른 자라, 조운의 외모를 알고 있었다. 그가 얼마나 강한지도. 또한 조운이 동쪽에서부터 오고 있다는 것은 동성현이 이미 넘어갔음을 의미했다. 그럼, 그리로 갔던 장비는? 설마…. 유비는 가슴이 서늘해지고 눈앞이 캄캄해졌다.

"진용운, 대체 이쪽에다가 얼마나 전력을 쏟아부은 거냐? 왜 이렇게까지 하는 거야?"

쐐기를 박은 건 성안에서 쏟아져 나온 손책군의 남은 병력과 청광기, 그리고 그들을 지휘하는 여포와 장합이었다. 여포와 장합은 이랑의 흑광에 당황하여 갈팡질팡하는 형주군을 닥치는 대로 베어 넘겼다.

"여포…."

망연히 내뱉는 유비에게 제갈량이 말했다.

"면목 없습니다만, 이 자리에서는 이만 퇴각하셔야 할 듯합니다."

다 잡은 먹이를 놓치는 듯하여 유비는 포기할 수가 없었다. 게다가 의형제인 관우와 장비의 안위가 확인되지 않고 있었다.

"고작 저 정도의 병력 때문에? 공명, 아무리 저쪽에 여포가 있다 해도 우리 군의 수는 세 배가 넘는다. 의도한 대로 놈들이 성에서 나왔으니, 한꺼번에 공격하면…."

"저게 적 전력의 전부라면 가능하겠지만, 다른 쪽에서 조자룡의 부대가 다가오고 있는 게 문젭니다."

"운장과 익덕은? 두 사람을 두고 갈 순 없어!"

유비의 외침에 제갈량은 저도 모르게 흠칫했다.

— 용운 님이 우리를 버리고 가셨을 리 없어요.

— 공명, 현실을 직시해라. 주목님은 우리뿐만이 아니라 업성 전체를 버렸다. 원소에게 복수하겠다는 일념 때문에 말이다.

오래전, 형 제갈근과 나눴던 대화가 갑자기 떠올라 폐부를 찔렀다. 이 사람은 절대 자신의 가신을 버리지 않는가? 그럴 것인가?

"어서 결정하셔야 합니다!"

방통의 애타는 말에도 유비는 꿋꿋했다.

그러는 사이, 마침내 여포와 장합이 이끄는 기병대가 유비의 본대를 덮쳤다. 구강성 전투는 점차 혼전으로 치닫고 있었다.

16

구강 전투, 종장

관우는 한 팔로 사린을 안고 다른 한 손에는 청룡언월도를 쥔 채 정신없이 달렸다. 어찌나 작고 가벼운지 한 팔 안에 쏙 들어왔다. 이 작은 몸에서 어떻게 그런 괴력이 솟는지 신기했다.

'사린….'

관우는 눈을 꼭 감은 사린의 창백한 얼굴을 내려다보았다. 마음이 더 급해졌다. 십 년의 세월이 흘렀음에도 처음 봤을 때와 다름없이 작고 여리며 얼굴에는 주름 하나 없는 이 소녀. 그때 나이가 열일곱이라 했으니 이젠 소녀라 칭하기도 뭐한 나이다. 하지만 여전히 겉보기에는 소녀일 뿐이었다.

이 아이에 대한 마음이 무엇인지, 관우 자신도 정확히 알 수 없었다. 연정도, 우정도, 그 무엇으로도 정의하기 어려웠다. 처음에는 그저 고향에 두고 온 자식이 떠올라 잘해줬을 뿐이다. 한데 어느 순간, 사린은 그 이상의 의미를 담아 그를 보았다. 언행은 분명 철없는 아이의 그것인데, 가끔 한마디씩 내뱉는 말과 촉촉한 눈빛이 가슴을 덜컥 내려앉게 했다.

절대 받아들이지 못할 상대는 아니었다. 처음에는 아이인 줄 알았지만 알고 보니 혼례를 올려도 충분할 나이였다. 관우가 혼인을 일찍 했다 하나, 능력만 되면 서넛씩 부인을 거느려도 흠이 안 되는 시대였다. 물론 그가 유비를 따라다니는 동안, 고향에서 혼자 아이들을 키우며 고생했던 아내에 대한 미안함은 있었다. 하지만 그게 결정적인 사유는 아니었다.

가장 큰 이유는 다름 아닌 두려움이었다. 일단 사린에게 마음을 허하고 나면, 그녀가 자신의 모든 걸 차지해버릴 듯한 두려움. 가슴에 품은 야망은 물론, 유비에 대한 충성심과 장비에의 의리까지도 포기하게 만들 것 같은 그 두려움이 사린에게 거리를 두게 했다. 그녀가 수염의 매듭을 기억했을 때 관우는 미칠 듯이 기뻤다. 그 오랜 세월 수염을 손질할 때마다 그것이 풀리지 않게 하느라고 얼마나 조심했던가. 덕분에 지금 그의 수염은 어느 때보다도 길었다.

'하지만 이제 너무 늦었다.'

관우가 망설이는 사이, 용운과 유비는 돌아오기 어려운 강을 건넜다. 설득했어야 했다. 삼자동맹을 맺었을 당시만 해도 관계를 회복할 기회는 충분했다. 그러나 관우는 그러지 못했다. 함께하는 시간이 길어지면서 천하를 향한 유비의 절실함을 너무도 잘 알게 되었기에. 다른 군웅들의 절실함과는 또 달랐다. 유비는 진흙탕을 기고 때로는 가족들을 버려가면서도 그 꿈에 매달렸다. 이제 그 절실함이 유비의 것인지 관우 자신의 것인지도 구분하기 어렵게 되어버렸다.

불타오르는 구강성의 진채 안을 얼마나 달렸을까. 관우는 아는 얼굴과 맞닥뜨렸다. 덥수룩한 머리에 까칠한 수염, 비쩍 마른 몸. 날카로운 눈빛만은 예전보다 더욱 예리해졌다.

"관운장? 어떻게 여기…."

"봉효…."

유주의 총군사, 곽가는 망연히 관우를 보았다. 곽가를 호위하던 병사들이 관우를 공격하려 했다. 곽가는 손을 내저어 그들을 말렸다.

"아서라, 너희가 덤빈다고 막을 수 있는 자가 아니다."

"군사께서 몸을 피하실 시간이라도…."

"그 시간조차 못 버니까 하는 소리다."

관우는 잠시 갈등했다. 희대의 책사, 곽가. 설마 그 곽가까지 왔을 줄은 몰랐다.

'진용운이 형주에 들이는 공이 생각 이상이다.'

이자를 여기서 벤다면 진용운에게는 엄청난 손실이, 유비에게는 그만큼의 이득이 될 터였다. 또 지금 곽가를 죽임으로써 결과적으로 엄청난 수의 아군 병사를 살릴 수 있게 된다. 뛰어난 군사의 책략 한 번에, 천 단위의 병사가 우습게 죽어나가니 말이다. 관우에게서 은은한 살기가 풍겨 나왔다. 곽가의 얼굴이 창백해졌다. 그는 마른침을 꿀꺽 삼키며 생각했다.

'이런, 적들의 시선이 성문 쪽에 쏠린 사이, 여 대공(여포)과 장합 장군을 뒤로 내보내서 본진을 치게 하는 작전은 성공했는데… 여기가 비었구나! 설마 관우가 이 안까지 밀고 들어올 줄이

야. 그럼, 사린은?'

장료가 관우에게 밀렸고 사린과 교대했다는 얘기까지는 들었다. 그러나 사린의 패배는 걱정하지 않았다. 곽가는 용운과 사천신녀의 진정한 힘을 아는, 몇 안 되는 최측근 중 한 사람이었다. 아무리 관우가 강해도, 결코 사린을 쓰러뜨리진 못하리라고 굳게 믿었다. 그러다 뒤늦게 관우가 안고 있는 여인에게로 시선이 향했다. 가뜩이나 칠흑 같은 어둠 속에 불은 불대로 타올라 정신이 없는데, 본진 가운데서 적장을 만나 혼절할 뻔했기에 미처 못본 것이다.

"사…린 님?"

곽가의 눈이 찢어질 듯 부릅떠졌다. 관우는 저도 모르게 다급히 말했다.

"내가 그런 게 아니다!"

"…."

"나와 싸우던 중 뒤에서 공격을 받았다. 상태가 심각해 보여 데려온 것이다."

짧은 순간, 사린과 함께했던 기억들이 곽가의 뇌리를 스쳤다. 용운 몰래 술을 마시다 들켰을 때, 일러바치겠다며 으름장을 놓던 표정. 주정뱅이라고 놀리면서도 몸 약한 곽가를 걱정해서 곰고기 따위를 가져다주던 일 등.

"이 아이를 데려가라. 난 그냥 나갈 테니."

관우의 말에 답한 건 곽가가 아니라 차가운 주유의 목소리였다.

"그렇게는 안 됩니다, 관운장."

관우는 천천히 뒤를 돌아보았다. 어느새 주유와 그가 이끄는 병사들이 관우의 뒤를 가로막고 있었다. 그것뿐이라면 뚫고 나가면 그만이었다. 문제는 주유의 양옆에 버티고 선 자들이었다. 한 사람은 한눈에 보기에도 느껴질 정도의 강자. 젊어 보이는 외모에 비해 상당한 실전을 겪은 경륜이 풍겨 나왔다. 관우는 이미 그를 알았다.

"오랜만이군, 공근(公瑾, 주유), 그리고 공적(公積, 능통의 자)."

능조의 아들 능통은 올해로 스무 살이 되었다. 보통 뛰어난 인물의 아들이 아버지에 버금가는 활약을 할 때 호부 밑에 견자 없다는 말로 표현하곤 하는데, 능통은 그 반대였다. 정사에서의 능조는 용감한 성품에 비해 무공은 다소 떨어지고 장수로서의 재능도 그저 그랬다. 그와는 달리, 능통은 무예와 지혜뿐만 아니라 성품까지 훌륭해서 손권이 매우 중히 여겼다. 특히, 수하를 아꼈고 위험한 역할을 도맡아 하여 윗사람과 아랫사람으로부터 동시에 사랑받았다.

손권이 가장 마음을 기울였던 장수가 여몽과 능통이요, 그다음이 주연이라고 한다. 주연은 이릉대전에서 유비군의 선봉을 격파하고 강릉에서는 혼자 조조군의 맹장 다섯—조진, 하후상, 장합, 서황, 문빙—을 막아내다시피 하여 그 공으로 당양후에 봉해졌으며, 훗날 대도독의 자리까지 오른 인물이었다. 또 능통이 병으로 죽었을 때, 손권은 너무도 슬퍼 몸을 가누기 어려울 정도였으며 그의 두 아들인 능열과 능봉을 궁 안에서 제 자식들과 다름없이 길렀다고 한다. 다음은 정사《삼국지》〈능통전〉의 일부다.

두 아들인 능열(凌烈)과 능봉(凌封)은 나이가 각각 몇 살밖에 되지 않아, 손권이 궁 안에서 기르고 친애하며 대우함이 여러 아들과 같으니, 빈객들이 나아가 알현하면 그들을 불러 보여주며 "애들이 내 호랑이 새끼요"라 했다.

　나이가 8, 9세가 되자, 갈광(葛光)에게 영을 내려 독서를 가르쳐주게 하고, 열흘에 한 번은 말을 타게 하였다.

　이걸로 보아 손권이 능통을 얼마나 총애했는지 알 수 있다.

　본래 정사에서 능조는 황조와 싸우던 중 전사한 것으로 기록되어 있다. 그러나 바뀐 세계에서는 강하를 공격하던 중 반격해온 장비의 손에 죽었다. 자연히 관우를 보는 능통의 눈길 또한 고울 리가 없었다. 그는 유비군과 싸울 때면 늘 제일 앞에서 용맹을 떨쳤으며 맨 마지막에 퇴각했다. 그러니 관우가 능통을 모르려야 모를 수가 없었다.

　또 한 사람은 처음 보는 여인이었는데, 작은 체구에 피부가 유난히 희었고 새까만 머리카락을 짧게 반듯이 잘랐다.

　'아니, 그 연회 때 얼핏 본 것 같기도 하구나.'

　그녀가 매우 걱정스러운 눈길로 사린을 보았으므로 용운의 사람이리라 짐작했다. 관우는 그녀에게서 오히려 맹장 능통보다 더한 위협을 감지했다. 능통과 주유, 거기에 의문의 여인과 독 오른 손가의 병력 수백. 이들을 다 격파하고 나갈 수 있을까?

　관우는 목소리 높여 엄포를 놓았다.

"비켜라. 시간을 끌면 이 아이가 죽는다."

주유는 싸늘하게 내뱉었다.

"여인 한 사람의 목숨과, 유비의 오른팔이자 천하의 맹장인 관운장의 목을 바꿀 수 있다면 남는 장사 아니겠습니까?"

이어진 주유의 손짓에, 능통이 앞으로 나섰다. 돌아가는 상황을 보던 관우는 속으로 탄식했다.

'생각도 못할 어리석은 짓을 저질렀다.'

당연한 결과였다. 저들이 자신을 놔줄 리가 없다. 어쩌자고 제 발로 적진에 뛰어들었단 말인가. 그러나 그때는, 사린이 죽을지도 모른다고 생각한 그때는 제정신이 아니었다. 관우 또한 청룡언월도를 쥔 손에 힘을 주었다. 싸움이 시작되면 사린을 곽가에게 넘겨주고 죽을 때까지 온 힘을 다할 생각이었다. 주유, 저놈 정도는 데리고 갈 수도 있겠지.

일촉즉발의 사태를 타개한 사람은 곽가였다.

"공근 님, 여기선 물러나주시면 안 되겠습니까?"

곽가의 말에 주유는 황당한 표정을 지었다.

"그게 무슨 말씀입니까? 일부러 관운장을 끌어들이신 게 아니었습니까?"

"들이친 연유는 모르겠으나, 저자가 데리고 있는 여인은 반드시 구해야 합니다."

"송구하지만 그러긴…."

"전하께서 여동생이나 다름없이 여기는 분입니다. 최소한 우리에게는 관운장의 목보다 저 여인의 목숨이 더 중합니다."

곽가의 단호한 말에 주유가 멈칫했다. 거기에 단발머리의 여인, 이랑이 쐐기를 박았다.

"미안한데 나도 안 되겠어, 공근."

"이랑 누님!"

"저 아이가 누군지 알잖아. 알면서 어떻게 그래? 책이와 공근, 너희들이 필사적인 건 알지만 이건 아니야. 난 사린을 넘겨받고 저 남자를 보내줘야겠어."

그런 이랑의 앞을 능통이 불쑥 가로막고 섰다. 귀한 손님이라 하여 조심스럽게 대해왔지만, 총군사이자 주공의 친우인 주유에게 너무 함부로 말한다고 여긴 것이다.

"그런데 이 여자가 보자 보자 하니까…."

그가 불퉁한 어조로 말한 직후였다. 획! 능통은 하늘과 땅이 뒤바뀌는 경험을 하며 거꾸로 떨어졌다. 이랑이 그의 멱살을 한 손으로 붙잡아 뒤집어 던진 것이다. 그녀는 어느 틈에 관우의 앞까지 가 있었다. 벌떡 일어난 능통은 수치심과 분노로 얼굴이 벌게졌다. 그가 등에 메고 있던 애병, 혁편(革鞭, 가죽 채찍)의 손잡이를 쥐었을 때였다.

"안 된다, 공적."

주유가 엄한 목소리로 능통을 막았다.

"군사님, 하지만…."

"네가 함부로 대할 분이 아니다. 그게 아니더라도 우리 모두가 나선다 해도 어차피 막을 수 없다."

"네? 그런…."

황당해하는 능통을 뒤로하고, 주유가 말했다.

"누님, 정 그렇다면 누님께서 관운장 저자를 죽이고 사린 님을 빼앗으면 안 되겠습니까?"

관우는 그 말을 들었는데도 어디까지나 담담한 표정으로 이랑을 응시했다.

"공근이 저리 말하는 걸 보니, 날 죽일 정도의 능력은 되는 모양이군. 그런 여인은 검후 이래로 본 적이 없었는데."

관우의 말에, 이랑이 대꾸했다.

"난 검후 님 정도는 아니지만, 당신을 이길 순 있을 것 같네요."

"허허, 그런가?"

"하나만 물어볼게요. 사린이를 해친 게 당신인가요?"

"아니다."

"그럼 왜 그녀를 안고 여기까지 들어온 거죠?"

"…."

더욱 가까이 다가선 이랑이 속삭이다시피 말했다.

"말해봐요, 솔직히. 대답 여하에 따라 내 행동이 달라질 테니."

곽가와 주유, 양 진영은 잔뜩 긴장한 채 관우와 이랑을 주시하고 있었다. 관우는 이랑의 눈을 들여다보며 대답했다.

"난 이 아이를 구하려고 한 것이다."

"그럼 됐어요. 사린이를 내게 주고 여기서 나가요."

"괜찮겠는가."

"착각하지 마요. 내가 끼어들지 않겠다고 한 거지, 저들까지 막아주겠다는 뜻은 아니에요."

"그걸로 충분하다."

관우는 이랑에게 사린을 조심스럽게 넘겨주었다. 그리고 주유와 능통을 향해 거침없이 전진했다. 능통이 긴장한 기색으로 주유의 앞을 막아섰다.

"군사님, 제 뒤로 물러서십시오."

주유는 못내 억울한 듯 이랑을 향해 외쳤다.

"누님, 정말 이러실 겁니까? 지금 우린 서로 도와야 할 동맹입니다. 누님의 이 행동은 분명 문제가 될 겁니다!"

"미안, 공근. 저 사람한테 사린의 목숨을 빚졌네. 그래서 공격할수가 없어. 적어도 지금은. 그리고 저 사람도 딱히 싸울 생각은 없는 것 같아. 너희가 길만 열어준다면 말이야."

주유는 머릿속으로 빠르게 계산해보았다. 능통은 분명 용맹한장수지만 관우를 상대하기에는 역부족이었다. 자신이 가세해도마찬가지. 손책과 진무는 다른 방향으로 가 있고 여포와 장합 등도 마찬가지다. 이랑의 협력을 얻어낼 수 없다면, 오히려 이 자리에서 관우의 손에 죽을지도 몰랐다.

관우가 천천히 말했다.

"손책의 오른팔이자 천하의 책사인 주유의 목을 가져간다면, 내가 멋대로 전선을 이탈한 행위도 용서받을 수 있겠지."

좀 전 주유가 한 말을 빗댄 것이었다. 두려움과 분노로 얼굴이새하얗게 된 주유가 마침내 입을 열었다.

"…모두 비켜서라."

머뭇거리던 병사들이 양옆으로 물러서서 지나갈 길을 만들었다. 관우는 그 사이를 여유롭게 걸어 나갔다. 주유와 능통은 이를 악물고 그의 뒷모습을 노려보았다. 이 순간, 주유는 새삼 확실히 깨달았다.

'유비야 당연하지만, 유주왕 역시 주공과 한 하늘을 이고 살기는 어렵겠구나.'

주유는 이랑을 제법 잘 알았다. 진한성과 함께 곁에서 오랜 시간을 보냈다. 그가 아는 이랑은 순간의 감정만으로 두 세력의 동맹이라는 큰 틀을 깨뜨릴 여자가 아니었다. 즉 그녀는 진용운의 생각을 기초로 하여 판단한 것이다. 그러면 이렇게 했으리라는 확신. 그에 따르면 진용운은 전투의 승리보다 가까운 한 사람의 목숨을 더 중요하게 여기는 자였다.

'그러기에는 우리는 너무 많은 것을 잃었다.'

주유는 쓸쓸한 심정으로 이랑에게서 돌아섰다.

이랑이 사린을 받아 안자마자 곽가가 황급히 다가와서 물었다.

"좀 어떻습니까?"

"봉효, 뭔가 먹을 거 있어요?"

"네? 먹을 거라니…."

"얼른 아무거나 먹을 것 좀 줘봐요."

곽가 근처에 있던 호위병이 얼떨결에 주먹밥 하나를 내밀었다. 병사들에게 배급된 일종의 도시락이었다. 이랑은 그것을 받아들고 사린의 입가로 가져갔다. 설마 하던 곽가는 황당했다. 중상을 입은 사람에게 갑자기 밥을 먹이려 하니 당연한 일이었다.

"이랑 님! 지금 무슨…."

그가 어이없다는 투로 따지려 할 때였다.

"음냐."

사린은 눈을 감은 채 냉큼 주먹밥을 베어 물었다. 이어서 입안에 통째 넣고 씹기 시작했다.

"…무슨 말도 안 되는…."

곽가가 하려던 말을 얼버무렸다.

사린이 주먹밥을 먹자마자, 명치에서 흐르던 피가 확연히 줄어드는 걸 본 것이다.

"으으…."

사린은 신음과 함께 눈을 떴다. 그녀는 정신을 차리자마자 뇌신추부터 찾았다.

"내 망치!"

사린의 망치, 뇌신추는 관우와 싸우던 곳 근처에 떨어져 있었다. 몇몇 형주병들이 그것을 둘러싸고 수런대고 있었다.

"대체 이게 뭐지?"

"무기 같은데……."

병사들은 뇌신추를 들어 옮기려 했지만 조금도 움직이지 않아 당혹해하고 있었다. 그러던 차에 갑자기 뇌신추가 허공으로 둥실 떠올랐다. 혼비백산한 병사들이 물러나는데, 성 안쪽을 향해 무서운 속도로 날아가는 게 아닌가. 퍼퍼픽! 미처 피하지 못한 형주병 둘이 뇌신추에 맞아 피떡이 되어 나가떨어졌다.

"으악!"

"요괴다!"

병사들은 기겁해서 사방으로 흩어져버렸다. 뇌신추는 신기하게도 형주병은 쳐내고 아군은 피해가면서 바람처럼 빠르게 날았다. 그리고 잠시 후, 사린의 손에 들어와 잡혔다.

사린은 뇌신추가 돌아오자마자 망치 머리 부분을 열었다. 안이 텅 빈 구조였지만, 쇠의 두께가 한 치는 족히 되어서 찌그러질 염려는 없어 보였다. 그 안에서 커다란 삶은 고깃덩어리가 나왔다. 소금과 후추를 뿌려서 나름 양념까지 해놓았다. 사린은 그 고깃덩어리를 들고 게걸스레 뜯어 먹기 시작했다. 점점 흐르는 피가 줄더니 아예 출혈이 멈췄다. 창백하던 얼굴에도 빠르게 핏기가 돌아왔다.

곽가는 감탄해 마지않으며 그 광경을 보았다.

"오호! 과연 유주의 식신답구나."

문득 이런 생각이 들었다. 이래서 저 아이가 자꾸 나에게 뭘 먹이려 하는 것인가.

'제 기준으로 생각한 거였군. 고맙다고 해야 하나.'

마침 주변에는 훨훨 타오르는 불길도 충분했다. 사린이 화기를 흡수하여 불의 기세도 죽었다. 고기를 다 먹어치운 사린은 벌떡 일어나서 이랑에게 물었다.

"수염 아찌는?"

"수염 아찌라니. 관우 말이니?"

"응. 나 데리고 이 안으로 들어왔었는데, 어디 갔어?"

"나갔어, 성 밖으로."

이랑으로부터 자초지종을 간단히 들은 사린은 안도와 아쉬움이 뒤섞인 표정을 지었다. 그녀에게 곽가가 짐짓 엄한 투로 말했다.

"아시겠습니까, 사린 님. 이번은 그가 사린 님의 목숨을 구한 특별한 경우라 협상이 된 겁니다. 다음에 전장에서 만난다면 피차 사정 봐주는 일은 없어야 할 것입니다."

"알아⋯."

사린은 관우가 간 방향을 하염없이 바라보았다.

여포와 청몽은 함께 적토마에 타고 있었다. 휘하에 거느린 병력은 고작 백여 기의 철기병. 그러나 그것만으로도 유비의 본대를 상대로 엄청난 위력을 발휘했다. 어쩐지 평소보다 더욱 기력이 넘치는 여포와, 그와 더불어 기이한 방식으로 싸우는 청몽 덕이었다. 청몽은 은신 상태에서 여포가 나아가는 방향으로 한발 앞서 숨어들었다. 그리고 사슬낫과 특기를 이용해 적 대열에 혼란을 불러일으켰다.

"으악!"

"크아악!"

영문도 모르고 베인 유비군 병사들은 잔뜩 겁에 질렸다. 마치 그림자가 베고 지나간 것처럼 느껴졌다. 청몽의 입장에서는 굳이 확실하게 죽이려고 애쓸 필요도 없었다. 팔다리에 부상을 입히는 것만으로도 충분했다. 최상의 상태로 맞서도 공포의 대상인 여포와, 어딘가 한 군데 다친 상태에서 싸워야 한다면? 결과는 불을 보듯 뻔했다.

청몽은 또 한바탕 휩쓸고 적토마로 돌아왔다. 그녀가 뒤에 앉은 걸 느낀 여포가 사뭇 자상한 투로 말했다.

"무리하지 마라, 너무."

"아, 알았어."

피 튀기는 전장 한가운데서 둘은 얼굴을 붉혔다. 근처에서 여포를 호위하던 팽기가 눈살을 찌푸렸다.

'뭐지? 이 달착지근한 냄새는.'

반대쪽에서는 장합과 성월이 활약 중이었다. 장합은 모(矛, 긴 창)를 휘둘러 적들을 찌르거나 쳐 쓰러뜨렸고 성월은 귀신같은 활 솜씨로 그를 엄호했다. 그런 와중에도 장합은 전장의 상황을 살피기를 잊지 않았다.

"적들이 후퇴하려 하는군."

과연, 방통의 설득을 못 이긴 유비가 결국 부대를 물리려는 참이었다. 장합은 재빨리 신호를 보냈다. 그의 신호를 받은 부장 하나가 깃발을 힘껏 휘둘렀다. 그러자 여포의 부대가 이동하려는 유비군 측면을 따라가며 전진을 방해하기 시작했다. 후퇴하는 적을 최대한 괴롭혀 손실을 입히려는 의도였다.

"좋아."

여포 부대의 움직임을 확인한 장합도 그와 마찬가지로 반대쪽 측면으로 거슬러 올라갔다. 뒤에 앉아 긴 다리를 그의 허리에 감고 있던 성월이 감탄한 어조로 말했다.

"그런 걸 어떻게 다 봐요오? 난 싸우기만도 정신없는데."

"하하, 난 여 대공이나 문원에 비해 무공이 부족하니까. 대신 그 자리를 부족하나마 시야와 관찰력으로 메우려는 거요."

"시야와 관찰력이 아니죠."

성월은 그의 목을 팔로 감으면서 관자놀이에 쪽 하고 입을 맞췄다.

"머리가 좋기 때문이에요. 장군으로서는 당신이 여포나 장료보다 훨씬 훌륭해요. 이 뇌섹남 같으니."

장합이 상기된 얼굴로 물었다.

"뇌섹…? 그게 뭐요?"

"머리가 좋아서 갖고 싶어지는 남자라는 뜻이에요."

그때, 후퇴하던 유비군 진영에 변화가 생겼다. 구강성 쪽에서 튀어나온 사내가 주인을 잃고 놀라서 뛰어다니던 말 한 마리를 잡아타나 했더니 엄청난 기합성을 지른 결과였다.

"모두 정신 차리고 말고삐를 단단히 잡아라!"

그는 바로 관우였다. 그의 외침만으로, 허둥대던 유비군 본대의 움직임이 눈에 띄게 정비되었다. 때맞춰 여포와 장합의 움직임을 알아챈 방통과 제갈량이 각각 양쪽 측면에 적절한 지시를 내린 덕이기도 했다. 뒤를 힐끗 돌아본 장합이 중얼거렸다.

"과연, 관운장…. 등장한 것만으로도 적군의 사기를 불러일으키는군."

후미에 합류한 관우는, 곧 병력 가운데 있던 유비와 조우했다. 유비는 반색하여 눈물까지 글썽이며 그를 맞이했다.

"관 형! 뭐 하다가 이제 오는가? 쓰러지나 했더니 갑자기 성안으로 뛰어들어가는 바람에 기절할 정도로 놀랐네."

"송구합니다, 형님. 적장한테 가볍게 당했더니 눈에 뵈는 게 없어져서 그만…. 혼자서라도 구강성 안을 헤집고 적장의 목이라도 몇 개 가져올까 했는데 역부족이었소."

"돌아왔으니 되었네. 앞으로 다시는 그런 무모한 행동을 하지 말게."

"알겠소이다."

전술에 어둡지 않았던 관우는 유비가 자신을 기다리다가 적의 합공에 빠졌음을 눈치챘다. 이에 큰 고마움과 죄책감을 느꼈다. 그는 또 떠오르는 사린의 얼굴을 애써 눈앞에서 지웠다. 자신은 할 만큼 했다. 이제 다음은 없었다.

'부디 무사하거라. 내 작은 아이야.'

썩둑! 관우는 소도를 휘둘러 수염 끝을 잘라냈다. 그녀가 묶어 준 매듭과 함께.

유비군의 수는 손책, 유주 연합군의 세 배에 달했으나, 성내로 들어가려던 병력 다수가 이랑에게 막히면서 주춤했다. 거기에 관우가 성문 앞에서 쓰러졌다 자취를 감추는 바람에 사기가 급격히 떨어졌다. 그때 뒤쪽으로 나갔던 여포와 장합의 부대가 양옆에서 합공하면서, 좁은 성문 앞에 몰려 있던 유비군은 무너지기 시작했다. 전황은 제갈량과 방통마저 당황할 정도로 급변했다. 유비군이 공격받으며 힘겨운 퇴각을 할 때였다.

정면에서부터 적의 일군이 또 나타났다. 바로 조운이 이끄는 정예 청광기 부대였다. 관우와 유비가 힘써 뚫어보려 애썼지만,

진군이 주춤할 수밖에 없었다. 그사이 손책과 주유가 이끄는 손가의 부대가 전력을 다해 뒤를 들이쳤다.

"장군들의 원수를 갚을 기회다. 유표의 졸개, 유비 현덕을 붙잡아 그 목으로 제를 지낼 것이다!"

손책의 호랑이 같은 외침과 함께 손가 부대는 무서운 기세로 공격해왔다. 성이 공격받는 동안 안에서 웅크리고 또 웅크렸던 기세를, 그간의 설움까지 담아 한꺼번에 터뜨리는 중이었다. 그야말로 사면초가. 이쯤 되니 병력의 수는 문제가 아니었다.

"형님과 두 군사는 내게 꼭 붙어 떨어지지 마시오."

전황이 심상치 않음을 깨달은 관우는 유비와 방통, 제갈량을 보호해가며 포위망을 돌파하려 했다. 그러나 조운 부대의 움직임이 너무도 절묘하여 빠져나가기가 쉽지 않았다. 제갈량의 뇌리로 어떤 기억이 스쳤다. 오래전 태학과 청무관이 교류 수업을 했을 때의 일이다.

"진정한 군사는 뒤에서 입으로만 거드는 사람이 아니다. 유사시 직접 병력을 이끌고 적군을 격파하거나 움직임을 봉쇄할 수 있어야 한다."

당시 특강을 나왔던 이는 총군사 곽가였다. 그는 제 방식대로 전투 군사로서의 병력 운용에 대해 설명했다. 아직 어렸던 제갈량과 사마의도 눈을 빛내며 그 수업을 듣고 있었다. 잠시 후, 상황에 맞춰 소규모 부대를 학생들이 직접 지휘해보는 시간이 되었다.

"자, 적은 수의 부대로, 더 많은 적군을 교란하려면 어떻게 해야 하겠나?"

곽가가 낸 과제에 따라 학생들은 차례로 병력을 운용했다. 높은 누대에 앉아 내려다보던 곽가는 뭔가 불만스러운 표정이었다. 그때, 그의 뒤쪽에서 수업을 참관하던 사마의가 중얼거렸다.

"바람의 방향으로 보아 활 공격을 할 수 없으니, 저기서는 장수를 앞세우고 청광기의 기동력을 최대한 이용하여 적의 발을 묶는 편이 나을 텐데…."

곽가는 뒤를 돌아보고 물었다.

"너는 누구냐?"

"사마 중달입니다."

"네가 사마랑의 동생이구나. 제법 뛰어나다는 얘기는 종종 들었다."

잠시 생각하던 곽가는 사마의에게 병력을 운용해보도록 했다. 얼마 후, 그의 입가에 희미한 웃음이 떠올랐다.

"그래, 그렇지."

그 일 이후 곽가는 사마의를 종종 직접 가르치기 시작했고 나중에는 스승을 자처하기에 이르렀다.

바로 그때 봤던, 인상적인 부대의 운용. 십 년이 지나도 잊을 수 없는 방식이었다. 적 부대를 몰이하듯 하면서 대열을 갈라놓는 특유의 움직임이 보이고 있었다.

'설마….'

그때, 기적 같은 우연이 일어났다.

"안 되겠소. 더 늦었다가는 그물에 갇힌 물고기 신세가 되겠구려. 우리만이라도 포위망을 빠져나가야겠소.”

부대를 포기하기로 마음먹은 관우가 비교적 포위망이 얇아 보이는 곳으로 돌진하려 할 때였다.

“안 됩니다!”

제갈량이 그를 만류했다. 제갈량은 입으로는 관우를 말리면서, 시선은 다른 곳을 향해 꽂혀 있었다. 그 시선의 끝에 곽가가 인정한 유일한 제자, 바로 그 사마의 중달이 있었다.

‘역시 중달 형도 형주로 왔구나.’

사마의 또한 제갈량을 알아본 눈치였다. 잠깐 놀라던 그의 입가에 서늘한 웃음이 떠올랐다.

‘많이 컸군, 공명. 네 잘못된 선택의 결과가 어떤 것인지, 곧 똑똑히 알게 될 거다.’

유비 일행은 사마의의 방식을 알아챈 제갈량 덕에 사로잡히는 건 면했지만, 수만에 달하는 부대를 잃고 간신히 몸만 빼내 달아났다. 그 과정에서 유비와 관우, 제갈량이 한 무리가 되며 방통과 떨어지게 되었다. 또한 동성현으로 보냈던 장비의 행방도 묘연해지니, 유비는 처량한 마음이 들 수밖에 없었다.

“합비로 가야 하지 않겠소?”

관우의 말에, 제갈량이 고개를 저었다.

“아군 본대를 격파했으니, 적은 그대로 합비를 향해 진격해올 것입니다. 합비에 남은 병력으로는 막아내기 어렵습니다. 차라리 여기서 곧장 강하로 가는 편이 안전하며 원군을 요청하기에도 빠릅니다."

유비는 지친 목소리로 말했다.

"하지만 합비에는 서서가 있어. 그리로 익덕이 올지도 모르고."

"…원직 님께는 죄송하지만, 어쩔 수 없습니다. 그랬다간 주공께서 위험에 처하실 겁니다, 장군."

뒷말은 관우를 향한 것이었다. 잠시 고심하던 관우가 말했다.

"강하로 갑시다, 형님. 그게 나을 것 같소. 원직은 현명하니, 적을 막아내지 못하더라도 최대한 시간을 끌어줄 거요. 그사이 병력과 장수를 요청하는 편이 길게 봤을 때 더 낫소."

마침내 유비와 관우 그리고 제갈량은 불과 수십 기의 병력만을 거느리고 강하를 향해 달렸다.

이 전투는 양주와 형주 일대에 유주군의 무서움을 널리 떨치는 계기가 되었다. 그 결과, 오랫동안 은거해 있던 한 사내가 움직이기 시작했다.

"우리가 굳이 끼어들 필요가 있겠느냐, 백언(伯言)."

걱정스레 말하는 노인은 양주의 명문 호족인 육가를 이끄는 가주였다가 현재는 장로가 되어 물러난 육강(陸康)이라는 자였다. 본래 정사에서의 육강은 원술의 명을 받고 쳐들어온 손책과 싸우다가 성을 빼앗기고 죽는다. 하지만 손책이 원술 밑으로 들어가는 일이 없어지면서 그 또한 천수를 누리고 있었다.

그 신중함과 재능을 인정받아 스물다섯이라는 젊은 나이에 육강의 뒤를 이어 가주가 된 사내. 정사에서 여몽의 뒤를 이어 오나

라의 대도독이자 승상이 되며, 이릉대전에서 분노한 유비의 대
군을 격파하여 오나라를 구한 영웅. 나이를 가늠하기 어려운, 소
년처럼 맑은 얼굴로 인해 '백면서생'이란 별명을 가진 자, 육손
은 육강의 주름진 손을 잡아주며 부드럽게 말했다.

"조만간 유표와 손책, 둘 다 반드시 우리를 향해 손을 뻗어올
것입니다. 그럴 바에는 먼저 움직여 이득을 취하는 편이 낫지요,
숙조부."

육가의 장원 위를 커다란 붉은 새가 길게 울며 날아가는 모습
을 본 이는 아무도 없었다.

17

호사다마(好事多魔)

208년 봄, 용운은 양주에서 날아온 승전보를 받았다. 사람을 보낸 지 몇 달 만의 일이었다. 구강에서 포위되어 위태로운 지경이던 손책을 구하고 동성현을 탈환했으며 합비신성까지 함락했다는 내용이었다. 거기에 더해, 합비신성에서 수비 중이던 유비의 책사 서서를 포로로 잡았다는 말도 있었다. 유비와 원정군의 병력 규모를 감안했을 때, 크게 기꺼워할 만한 대승이었다.

'유비는 결국 유표의 밑에 들어가기로 결정한 모양이구나. 따로 말이 없는 걸 보니 유비와 관우, 장비 등은 무사한 모양이지만….'

용운은 복잡한 심경이 되었다. 유, 관, 장 삼형제가 활약해선 결코 안 되지만, 그들이 죽는 것도 어쩐지 싫었다. 한때는 유비를 가신으로 삼을 생각도 했었다. 그가 갑자기 떠나고 훗날 동맹을 배신하면서 관계는 최악이 되었지만, 아직 완전히 포기한 건 아니었다.

유비에게는 적이 되어도 미워할 수 없는 매력이 있었다. 용운은 유비를 죽이라는 정욱의 조언을 무시하고 벼슬까지 줘가며 곁에 두려 한 조조의 심정을 알 것 같았다. 문제는 그렇게 정성을 쏟고서도 끝내 유비를 잡아두지 못했다는 것. 역사에서 손권 또한 여동생을 유비의 아내로 보내어 혼인 동맹을 맺었음에도 결국 다시 적이 되었다. 유비라는 인물을 품는 것은 결코 쉬운 일이 아니었다. 어쩌면 천하를 통일하는 것보다 어려울지도 몰랐다.

'아무튼 형주 원정군 쪽은 순조롭게 싸워나가고 있는 모양이구나. 한때 연락이 없어 걱정했었는데 다행이야.'

유일하게 용운의 마음을 어둡게 한 소식은 마초의 동생, 마철의 전사였다. 마철의 죽음 자체도 안타까웠지만, 마초가 동생들을 얼마나 아끼는지 잘 아는 용운은 그가 슬퍼할 일을 생각하니 가슴이 먹먹했다. 용운도 알고 있었다. 한 명의 희생도 없이 이번 원정을 마치긴 불가능에 가깝다는 것을. 그래도 그 희생자가 가장 아끼는 가신 중에선 나오지 않으리라 믿고 있었다.

'이미 내가 운명을 바꿨으니까. 그들은 모두 원래 역사보다 훨씬 강해졌을 뿐만 아니라, 사천신녀도 곁에 있어. 상극이 되는 피해야 할 인물들에 대해서도 귀띔해줬고.'

무엇보다 잃을까봐 불안하다고 해서 보호만 하는 건 아끼는 이들을 오히려 불행하게 만들 뿐이었다. 곽가가 말했듯이 뭔가를 베는 데 쓰지 않는 칼은 의미가 없다. 그 칼이 아무리 귀한 보검이라 해도. 그런데 생각보다 빨리 장수들 가운데서 첫 사망자가 나온 게 불안했다.

'역시 최고의 묘책은 병력이야. 원정군은 병력이 적을 테니, 개인의 무력에 의존하거나 무리한 작전을 수행하게 될 수밖에 없어. 서주의 왕랑에게 요청해서 원군을 보내도록 해야겠다. 서주는 역사와 달리 조조의 대학살이 일어나지 않았고 유비와 여포, 조조 틈에서 전란을 겪지도 않았으니, 물자와 병력이 풍족할 거야.'

용운은 즉시 서주자사 왕랑에게 보내는 서신을 써서 흑영대 편에 보냈다. 그리고 양주로도 따로 사람을 보냈다. 서서에 대해서는 이미 조운과 곽가에게 말해뒀기에 죽이거나 함부로 대하지는 않으리라. 더 나아가 그를 확실히 전향시키기 위한 방법을 일러주기 위해서였다.

슈웅! 눈을 감은 용운의 머릿속에 거대한 기억의 탑이 나타났다. 용운은 거기서 '서서의 방'에 들어가, 정사 및 각종 사서에 등장하는 서서와 《삼국지연의》속의 서서에 대한 정보를 취합하였다.

'정사에서 따로 〈서서전〉은 없으며 정사 〈제갈량전〉과 〈조비전〉에 조금 언급된 게 전부. 그런 것치고는 이상하게 인기 있는 《삼국지》의 인물인데, 아마 그 등장과 퇴장의 극적인 부분 때문이겠지.'

순식간에 해당되는 서랍이 열리고 서서에 대한 문서가 눈앞에 나타났다.

당시 선주(유비)는 신야(현)에 주둔하고 있었다. 서서가 선주를 회견하자, 선주는 그를 유능한 인물이라고 생각했다. 서서가 선주를 향하여 아뢰기를, "제갈공명이라는 사람은 와룡입니다. 장군은 그를 만나보고 싶지 않으십니까?"라고 하였다. 이에 선주는

"자네가 그를 데려와주지 않겠나?"라고 답했다.

서서가 말했다. "그 사람은 이쪽에서 (찾아)간다면 만날 수 있겠지만, 무리하게 데리고 올 수는 없습니다. 장군께서 수레를 돌려 찾아가시는 것이 좋을 것입니다." 그래서 선주는 제갈량을 찾아 갔는데 세 번의 방문 끝에 간신히 만날 수 있었다.

돌연 유표가 죽었는데, 차남 유종은 조조의 군대가 쳐들어온다고 듣자 사자를 보내 항복을 청했다. 선주는 번성에 있다가 이 사실을 알게 되어 자신의 군세를 이끌고 남쪽으로 이동했다. 제갈량과 서서는 함께 수행했는데, (당양현 장판교에서) 조조에게 추격을 받아 패했을 때 그만 서서의 모친이 포로가 되었다. 서서는 선주에게 작별을 고하고 자신의 가슴을 가리키며 말했다. "원래 장군과 함께 왕업, 패업을 도모하려던 마음이 이 1촌 사방(심장) 안에 있었습니다만, 지금 노모를 잃고 혼란스러워져 있습니다. 따라서 저는 (선주께서 앞으로의) 사태에 대처하는 데 이익을 드리지 못할 것입니다. (상황이) 이러하므로 작별코자 합니다." 그러고 나서 서서는 조조의 진으로 향했다.

이는 《삼국지》〈제갈량전〉의 내용이었다.

서서가 어머니의 일만 아니었다면 유비를 계속 섬길 생각을 했으며, 유비 또한 그를 뛰어난 사람이라 여겼다는 부분이 있다. 하지만 실질적인 행동은 제갈량을 추천한 것 정도였다. 《삼국지연의》에서 서서는 좀 더 소설적으로 각색되어 사실상 유비의 첫 번째 책사로 활약했다. 여광, 여상 형제를 격파한 데 이어, 조인이 펼친 팔문금쇄진을 깨뜨려 조인과 이전마저 격퇴한다. 이에 조조가 서서를 탐내자, 그의 효심이 극진함을 알아낸 정욱이 계략을 썼다. 서서 어머니의 필체를 흉내 내어 허창으로 오라는 거짓 서신을 보낸 것이다. 거기에 속은 서서는 유비와 눈물로 작별하면서, 조조를 위해서는 평생 어떤 계책도 내지 않겠다고 맹세하고 후임자를 추천했다. 그가 바로 제갈량 공명이었다.

'제갈량을 생각하니 또 속이 쓰리구나. 어디서부터 이렇게까지 어긋났는지…. 도저히 되돌릴 방법은 없는 걸까?'

그가 다른 사람도 아니고 하필 유비에게 가게 된 게 치명적이었다. 유비와 제갈량은 진짜 운명이었기 때문이다. 관우나 장비, 조운처럼. 다행히 조운은 유비와 인연이 얽히기 전에 자신의 사람으로 만들었지만, 제갈량은 실패했다.

'분명 또 기회가 있겠지. 일단 서서부터 시작하자.'

기억의 탑에서 재확인한 정보대로라면 정사와 《삼국지연의》에서 서서의 공통점은 어머니를 끔찍이 위한다는 것. 이에 용운은 예주 영천으로 흑영대원 2호, 즉 위연을 보낼 생각이었다. 적진이긴 하나, 겉보기에 서서의 어머니는 나이 든 여인일 뿐이었다. 일만 잘되면 별 탈 없이 모셔올 수 있으리라.

그사이 유주에는 몇 가지 좋은 일이 있었다.

첫 번째는 채염이 드디어 왕후 자리에 오른 것이었다. 작년 가을, 순욱을 중심으로 한 주요 가신들이 채염의 왕후 추대를 먼저 정식으로 청원해왔다. 사마 가문은 봉문에서 풀려났으나 반란 사건의 여파에서 아직 완전히 헤어 나오지 못했다. 사마랑과 사마의를 제외한 모든 인물이 공직에서 물러났으며 사마방은 여전히 자택 연금 중이었다. 그렇다 보니 왕후 자리를 논하기는 어불성설이었다. 거기다 유주의 재상이자 왕후 반대파의 대표적인 인물로 여겨지던 순욱이 직접 나섰다. 이제 반대할 사람은 아무도 없다고 봐도 무방했다.

그 후 몇 개월의 준비를 거쳐, 마침내 즉위식을 치른 것이다. 즉위식이라고 해봐야 별건 없었다. 그저 모든 가신을 불러 모아 채염이 왕후의 자리에 올랐음을 공표하고 대전에서 크게 잔치를 연 것뿐이다. 그래도 만삭의 채염은 눈물을 흘리면서 기뻐했다.

"행복해요."

그녀는 화려한 관례복을 입고 옥으로 장식된 작은 금 고리를 썼다. 울면서 웃는 모습이 어여쁘기 짝이 없었다. 용운은 그녀의 어깨를 부드럽게 안으며 물었다.

"그렇게 좋아요?"

"네….."

현명하고 똑똑한 그녀가 자신에 대한 반대 세력이 있음을 몰랐을 리 없다. 또 사마 가문에서 왕후를 추대하려는 움직임도 알았으리라. 그래도 묵묵히 마음고생을 견뎌온 것이다. 용운은 새삼 채염이 애틋해져 어깨를 안은 팔에 힘을 주었다.

"이제 누구도 그대를 함부로 대할 수 없어요. 나, 유주왕의 아내니까."

"전하…."

아이가 예정일을 훌쩍 넘겼음에도 여전히 출산의 기미가 없는 게 마음에 걸리긴 했다. 그러나 청낭원의 여의원들이 진맥한 바에 의하면 산모도 태아도 지극히 정상이라 하였다. 용운은 아기가 자신의 영향으로 뭔가 범상치 않은 모양이라고 추측하는 수밖에 없었다.

'유도분만을 할 수도 없고…. 그래도 이제 어지간하면 나와서 엄마, 아빠한테 얼굴을 보여주렴. 기다리다 목 빠지겠다.'

용운은 즉위식이 끝난 뒤, 모처럼 곳간을 열어 백성들에게도 술과 고기를 풀었다. 유주는 원래 용운의 적극적인 식량 매입으로 먹을 것이 풍족한 편이었지만, 최근에는 경제활동이 위축되면서 백성들도 덩달아 굶주리고 있었다. 백성들은 크게 기뻐하면서 왕과 왕후의 앞날을 축복했다.

두 번째로 좋은 일은, 고구려에서 보내오기로 한 식량보다 한 발 앞서, 서주에서 원조가 온 것이다. 이를 행한 사람은 바로 서주의 부호 미축이었다. 일찍이 주태가 서주의 방어를 위해 갔을 때, 용운의 명으로 미축과 친교를 다진 바 있었다. 그 일로 유주에 관심을 갖게 된 미축은 용운의 선정과 힘을 써야 할 때는 과감하게 쓰는 모습 등에 호감이 생겼다. 그러던 차에 유주가 식량 문제로 어려움을 겪는다는 얘기를 듣고는 사재를 털어 도우러 온 것이다.

"위대하신 유주왕을 뵙습니다."

용운은 대전에 인사하러 와 부복한 미축을 보며 생각했다.

'미축의 이런 성격은 원래 알고 있었는데, 직접 겪으니까 완전 감동이네. 재산도 감동이고.'

사마 가문의 부는 엄청났는데, 미축 또한 만만치 않았다. 어떤 면에서는 오히려 더 부자였다. 그는 딱히 검소한 성격은 아닌지라 입은 옷부터 장신구, 신발까지 하나같이 고급스러웠다. 그러나 그 부를 혼자서만 누리는 게 아니라 어려운 이들과 나눌 줄 알기에 칭송받는 것이다. 용운은 누대를 내려가 직접 미축의 손을 붙잡고 말했다.

"먼 길 오느라 수고했어요. 이렇게 직접 도우러 와줬으니 얼마나 고마운지 모르겠군요."

"아닙니다, 전하. 전부터 전하의 이름을 사모하여 연을 맺고 싶었는데, 이렇게 도와드릴 수 있게 되어 기쁠 따름입니다."

말도 참 예쁘게 하지. 용운은 미축이 볼수록 마음에 쏙 들었다.

'어디, 오랜만에 대인통찰 한번….'

무력 武力 : 32	미축	정치력 政治力 : 84
통솔력 統率力 : 28	부호 富豪 명성 名聲 인덕 人德 상재 商才 격려 激勵	매력 魅力 : 90
지력 智力 : 75		호감 好感 : 90

'오호, 이건?'

생각보다 능력이 나쁘지 않았다. 아니, 기대 이상이었다. 무력과 통솔력은 애초에 전장에 나갈 일이 없으니 상관없고 준수한 지력과 높은 정치력, 매력은 게임에서 소위 '간손미(간옹, 손건, 미축)'라 뭉뚱그려 능력치가 어정쩡한 참모진의 대명사처럼 쓰이기에는 아까웠다.

'참모로 쓰려니까 그렇지. 후방 보급 및 재정 담당 관료로 써야지. 상재, 즉 상업의 재능을 살려 사마 가문이 주춤한 자리의 상단을 이끌게 하면, 타고난 부호 특기에 명성과 인덕이 더해져서 순식간에 재화가 모일 것이다. 지금 내게 누구보다 필요한 인재…!'

미축의 나이는 미상이지만, 사망 연도는 알려져 있다.

'221년. 앞으로 십삼 년 남았다. 사인은 병사.'

병은 병인데, 마음의 병이었다. 동생 미방이 손권과 내통하여 관우를 죽게 만든 일 때문에 화병이 난 것이다. 미축은 스스로 결박하고 죄를 청하기까지 했으나, 유비는 미방의 죄는 미축과 전혀 관계없다며 위로하고 처음과 변함없이 대했다. 하지만 미축은 수치심과 부끄러움을 이기지 못해 몸져눕더니 결국 해를 넘기지 못했다.

'그만큼 명예를 중시하고 자존심이 있다는 거겠지. 결국, 내 밑으로 오면 221년보다 훨씬 오래 살 수도 있다는 뜻이다. 미방이 관우를 배신하는 일 따위 일어나지 않게 될 테니까. 좋아, 호감도 90에 걸어보자!'

용운은 미축의 준수한 능력치와 그의 재산, 자신에 대한 높은 호감도 등의 유혹을 이기지 못하고 임관을 시도했다. 우선 조촐한 축하 연회를 열어 흥을 돋웠다. 용운은 친히 술을 따라주며 살갑게 대했다. 얼마 후 미축의 기분이 한창 좋아졌을 때, 용운은 주위 사람들을 물렸다. 그리고 무슨 일인가 하고 어리둥절해하는 그에게 진심을 다해 말했다.

"자중(子仲, 미축의 자) 님, 난 그대의 학식과 재주가 꼭 필요합니다. 전부터 유평(幼平, 주태의 자)을 통해 들었지만, 오늘 보고 확신했습니다. 유주로 오셔서 날 도와주실 수 있겠습니까?"

"전하⋯."

"만약 가문 전체를 옮겨 오신다면 오시는 길에 병력을 보내 호위하겠습니다. 그대의 일족이 살기에 불편하지 않은 장원은 물론이고, 그대와 동생 자방(子方, 미방의 자)에게 관직도 내릴 생각입니다."

"전하, 잠시 생각할 시간을 주십시오."

"그리하지요. 부담스럽게 여기지 마세요. 어차피 서주자사와 저는 연합 관계이고 저의 제안을 거절한다 해서 어떤 불이익도 가지 않을 겁니다."

미축은 갑작스러운 제안에 놀랐지만 덩달아 마음이 크게 흔들렸다. 왕랑 밑에서 벼슬을 하고 있긴 했으나 엄밀히 말해 그를 주군이라 하긴 어려웠다. 미씨 집안은 본래 서주의 명문가였다. 왕랑은 그런 미축의 협조를 얻기 위해 적당한 관직을 내렸고 미축은 거기 응했을 뿐이다.

거처로 돌아온 미축은 밤새 고민했다.

'조상 대대로 터를 잡고 살아온 서주를 떠나 유주로 옮겨 오는 게 과연 잘하는 일일까? 하나 왕랑 님은 현재의 상태에 만족할 뿐, 더 이상의 야심은 없어 보인다. 그렇다면 나 역시 그저 그런 벼슬아치로 살다가 나이 들어가는 길뿐….'

온화한 성품이었으나 그 또한 난세를 살아가는 사내이자, 한 가문의 가주였다. 미축의 가슴에서 조용한 불길이 타오르기 시작했다.

'어차피 천자를 모실 수 없다면, 사내로 태어나 천하의 주인에 가장 가까운 이를 보필하는 일 정도는 해봐야 하지 않을까? 더구나 그 사람이 나를 우호적으로 보고 있는데, 이런 기회는 언제 다시 올지 모른다.'

마음을 정한 미축은 다음 날 아침 일찍 용운을 찾았다. 용운은 결과를 예상한 듯 이미 대전에 나와 앉아 있었다. 아니, 정확히는 지난 밤 미축이 떠난 이후부터 쭉 이 자리에서 그를 기다린 것이다. 미축도 용운의 의복이 어제와 다름없음을 보고 그 사실을 눈치챘다. 그는 매우 놀라 말했다.

"전하, 설마 어젯밤부터 쭉 절 기다리신 겁니까?"

"그래요."

"어찌 그런 일을…. 몸이라도 상하면 어찌시려고…."

"그만큼 그대가 나에게 절실하니까요."

사실 용운에게는 그리 어려운 일이 아니었다. 그는 이제 며칠 꼬박 잠을 안 자도 멀쩡한 경지에 도달했다. 아예 수면을 취하지 않아도 상관없었다. 그저 오랜 시간 행해온 일을 아예 안 하려니

정신적으로 어색해서 짧게 잘 뿐이었다.

하지만 미축에게는 감격 그 자체였다. 누군가에게서 이토록 자신의 존재와 필요성을 열망 받은 적이 있었던가. 미축은 그 자리에 부복하며 말했다.

"전하의 마음, 잘 알겠습니다. 오늘부터 이 미축은 전하의 신하입니다."

"오오! 내 제안을 받아주는 건가요?"

"돌아가는 즉시 집안의 재물과 사람을 정리해서 유주로 출발하도록 하겠습니다."

"고마워요!"

용운은 미축에게 다가가 그를 와락 껴안았다. 미축은 잠깐 당황했지만, 곧 옅은 미소를 지었다. 용운의 이런 행동이 싫지 않았다.

"제 안사람이 보면 질투하겠습니다, 전하."

"하하! 조심해야겠네요."

미축은 이틀 뒤 용운의 배웅을 받으며 서주로 돌아갔다. 서주에서 그의 일을 도와주고 오는 길을 호위해줄 흑영대원들 및 병력과 함께였다. 적발귀 유당과 유라 남매에게 호위 병력을 이끄는 임무를 맡긴 것만 봐도, 용운이 미축의 영입을 얼마나 중시하는지 알 수 있었다.

마지막 세 번째 좋은 일은 신의 안도전을 통한 성수 해독약 제조가 막바지에 이른 것이다. 흑영대원 2호, 위연은 무사히 안도전을 데려왔다. 오자마자 서서의 어머니를 데리러 가야 하게 생겼지만.

안도전은 이미 성수에 들어 있는 나노머신을 제어하기 위한, 새로운 나노머신의 연구에 착수한 참이었다. 그 일을 위해 그녀는 커다란 수레에 짐을 가득 싣고 왔다. 현대에서 가져온 나노머신 제작기와 동력 보급을 위한 태양에너지 패널, 초소형 수력 발전 키트 등이었다.

"여기가 좋겠어요."

용운은 그녀가 택한 자리에 거처를 겸한 연구소를 지어주었고 작업은 순조롭게 진행되었다. 그러길 몇 개월 뒤, 안도전은 작은 병 하나를 가지고 용운을 찾아왔다. 양주에서 승전보를 받고 미축이 무사히 유주에 도착한 사흘 뒤의 일이었다.

"그것이….."

"네. 이게 신형 나노머신입니다."

"어떻게 쓰면 되죠?"

"그냥 성수를 마신 자에게 먹게 하면 돼요. 그러면 이 액체 안의 신형 나노머신이 알아서 기존의 나노머신을 탐지할 거예요. 그런 다음에는 구형 나노머신과 결합해서 분해되는 거죠."

"수고했어요, 안도전."

"시간이 더 있었다면 여기에도 별개의 프로그램을 추가할 수 있었을 텐데 아쉬워요. 그저 분해시키기 위한 용도라니….."

"아니에요. 나노머신으로 사람을 조종하는 일은 내 방식과 달라요. 부작용이 없다는 전제하에서 극소수의 사람에게만, 신체를 강화하기 위한 용도로 쓰는 정도는 괜찮지만요."

용운은 안도전에게서 받은 해독약을 좋은 술과 섞어 고급스러운 술병에 담았다. 해독약 안에는 당연히 신형 나노머신이 들어 있었다. 그는 그 술병을 들고 직접 외성 근처의 한 가옥을 찾아갔다. 거기에는 얼마 전까지 포로 생활을 하다가 자택 연금으로 바뀐 인물이 머무르고 있었다.

바로 병주목 온회였다. 뛰어난 병력 운용으로 용운과 학소, 여몽을 곤란하게 했던 인물이다. 용운이 짐작하기에 그는 성수를 마신 게 분명했다. 정사에 남은 온회의 성정에 대한 기록으로 보건대, 그게 아니고서야 성혼교에 그토록 심취할 이유가 없었기 때문이다. 정사 〈온회전〉을 보면 다음과 같다.

그는 하루아침에 재산을 모두 일족들에게 나누어주었다. 주 안에서는 그를 고결하다고 생각하고 순월에 비교하였다. 효렴(孝廉)으로 천거되었고 늠구(廩丘)의 장(長), 언릉(鄢陵)과 광천(廣川)의 영(令), 팽성(彭城)과 노(魯)의 상(相)이 되었으며, 임지에서 (높은) 평가를 받았다. 그는 조정으로 들어가 승상주부(丞相主簿)가 되었고, 지방으로 나와 양주자사가 되었다.

온회는 국가의 중임을 맡을 능력이 있어서 선제(조조)를 위해 복무했고, 공로와 수고는 탁월했다. 짐을 위해 일을 맡았을 때, 왕실에 충성하였기 때문에 만 리 밖의 임무를 주어 그로 하여금 한쪽의 정무를 담당하도록 했다.

고결하며 충성스럽고 능력도 뛰어나다. 사교에 맹목적으로 빠져드는 성격의 사람이 저런 평가를 받았을 리 없다. 따라서 자의가 아닌 타의에 의해 세뇌되었을 가능성이 농후했다.

집 주변을 두 명의 병사가 감시하는 중에, 온회는 방 안에서 책을 읽고 있었다. 용운을 본 그가 고개를 들고 말했다.

"유주왕께서 여기까지 친히 어쩐 일이십니까?"

"그대와 좋은 술이나 한잔하면서 얘기하고 싶은 게 있어 찾아왔어요."

술병을 본 온회는 살짝 경계하는 빛이었다.

"설마 이제 저에 대한 판결이 확정된 겁니까?"

용운은 직접 술을 따라, 자신이 먼저 한 잔 마시고 답했다.

"그런 일을 내가 직접 행할 것 같아요? 그리고 지난번에도 분명 말했었지요. 난 그대를 죽일 마음이 없다고."

"이런… 실례했습니다. 혼자 갇혀서 지내다 보니 쓸데없는 고민만 많아져서 말입니다."

온회는 용운이 건넨 술잔을 흔쾌히 받아마셨다.

"그래, 무슨 대화를 나누러 오신 겁니까?"

"으음, 실은 성혼교 때문이에요. 그대는 정녕 탈교하여 나를 도울 생각이 없나요?"

"전하, 저 또한 지난번에도 분명 말씀드렸습니다. 그런 일은…."

답하던 온회가 멈칫했다. 용운은 모른 척하고 계속 말을 이었다.

"성혼교의 교조는 이미 제국에 대한 반역 행위가 여럿 포착되었어요. 그대처럼 고결한 이가 어째서 그런 위험한 사교를 따르는 거지요?"

"그것이… 교조님은 그럴 분이….”

온회는 혼란스러워 보였다. 그를 사로잡고 있던 뇌 안의 나노 머신이 분해되기 시작한 것이다.

"마지막 기회입니다. 그대가 만약 내 청을 거절한다 해도 그냥 고향으로 보내주겠어요. 단, 거기에는 반드시 성혼교를 벗어나야 한다는 조건이 따릅니다.”

"….”

"성혼교는 나는 물론이고 백성들과도 결코 양립할 수 없는 위험한 사교예요. 그들이 일찍이 요동태수(공손강)의 세를 멸하고, 공손찬을 따르던 이들을 다 죽여버린 것만 봐도 알 수 있죠.”

"생각해… 보겠습니다….”

용운은 온회를 더 몰아붙이지 않고 가옥을 나왔다. 다음 날 오후, 신하가 용운에게 보고해왔다.

"온회가 서신을 통해 전하께 투항하겠다는 뜻을 밝혀왔습니다.”

용운은 신하로부터 온회의 서신을 받아 읽었다. 죽간에는 자신이 왜 그런 선택을 했는지 의문스러워하는 것에서부터, 과거의 잘못을 속죄하고 앞으로 과오를 갚기 위해 살겠다는 내용이 빼곡히 쓰여 있었다. 구구절절 온회의 진심이 드러나 보였으므로, 용운은 비로소 해독약의 효능을 확신했다.

'다음은 사마방 차례로군.'

용운은 온회 때와 마찬가지로, 적당한 날을 잡아 사마 가문의 장원을 찾았다. 입구를 지키던 병사들이 용운을 알아보고 서둘러 부복했다.

"전하! 말씀도 없이 어쩐 일로…."

"수고가 많군요. 건공(建公, 사마방의 자)과 잠깐 얘기하러 온 것이니 신경 쓰지 말아요. 요즘 장원의 분위기는 어떤가요?"

"봉문은 풀렸지만, 찾아오는 사람은 확연히 줄었습니다. 사마일족 사람들도 출입을 잘 안 하고요."

"그렇군요."

용운은 씁쓸한 기분이 들었다. 한때 사마 가문은 제일가는 권세를 자랑하여, 수많은 사람이 청탁을 위해 혹은 그저 잘 보이려는 목적으로 장원을 드나들었다. 한데 이제 오가는 사람마저 거의 없어졌다. 용운도 인간의 그런 본능적인 심리까지는 바꾸지 못했다.

'사람이라는 게 다 그렇지. 달면 삼키고 쓰면 뱉고. 나도 어느 정도는 그런데, 뭐.'

그가 입구를 지나 본채로 이르는 길을 걷는데, 정원을 돌보던 여인이 깜짝 놀라 허리를 굽혔다. 용운이 보니, 사마랑과 사마의의 여동생인 사마연이었다. 자신에 대한 그녀의 감정을 아는 용운은 난처해졌다.

"아아, 연. 잘… 지냈어?"

"예, 전하."

짐짓 냉랭하게 답하려고 하지만, 사마연의 파리한 입술은 자꾸만 떨렸다. 짝사랑하던 남자가 자신의 가문을 쇠락으로 밀어 넣었다. 적어도 사마연은 그렇게 생각했다. 그것만으로도 괴로운데 다른 여인을 왕후로 공표했으며, 심지어 자신은 그런 이 남자를 여전히 사랑하고 있었다. 그게 제일 괴로웠다.

"아버지는?"

"본채에… 계십니다."

"그래, 고마워."

몇 걸음 걷던 용운이 멈춰 서서 고개를 돌렸다.

"저, 연아."

"네."

"미안하구나."

"…아닙니다."

사마연은 쏟아지는 눈물을 감추려고 더욱 깊이 허리를 숙였다.

본채에 이르자, 마침 사마방이 대청으로 나와 붓글씨를 쓰는 중이었다. '충심(忠心)'이라는 두 글자였다. 글자는 힘이 있으면서도 그의 고뇌가 어려 있었다. 글자를 본 용운이 말했다.

"좋군요."

"죄인에게 어인 일이십니까, 전하."

"날씨가 화창해서 그대와 꽃을 보며 술이나 한잔할까 하고 들렀어요."

"바로 주안상을 들이도록 하겠습니다."

용운은 술병을 흔들어 보이며 말했다.

"아, 마침 좋은 술이 들어와서. 안주만 있으면 되겠네요."

두 사람은 대청에 앉아 정원의 꽃을 바라보면서 술잔을 나눴다. 잠시 후, 용운이 물었다.

"건공, 그대는 어째서 성혼교가 유주에 꼭 필요하다고 생각하는 거죠?"

"오, 드디어 마음이 바뀌신 겁니까?"

"얘기 들어보고 생각하려고요."

"알겠습니다. 성혼교는 하늘의 별이 이끌어주는…."

사마방의 표정이 갑자기 굳었다. 묘하게 열에 들떠 있던 눈빛도 예전의 차분하면서도 위엄 있는 분위기로 되돌아왔다.

"별이… 이끌어주는…. 맙소사."

애써 말을 이으려던 사마방이 갑자기 탄식했다.

"왜 그러죠?"

"모르겠습니다. 저도 모르겠습니다, 전하. 제가 대체 무슨 짓을…."

"사교에 미혹되었던 것이 아닌가요?"

"…아무래도 그랬던 것 같습니다. 아…."

사마방은 장원을 둘러보며 탄식했다. 자신의 행동이 가문을 어떻게 만들었는지 새삼 깨달은 것이다.

"이제 되었어요. 사마 가문은 금세 원래의 모습을 되찾을 겁니다."

용운은 그를 격려하고 장원을 나섰다. 혼자 있게 두는 편이 나을 것 같아서였다.

내성의 궁으로 향하는 용운의 발걸음이 가벼웠다. 원정군의 전투는 순조로웠으며 미축과 온회를 거두었다. 곧 사마방도 완전히 제정신을 차릴 것이다.

'그런 뒤에 사마방이 자신의 잘못을 인정하고 성혼교의 사술에 당했다며 지탄하는 내용의 포고문을 쓰면, 사마 가문을 축출해야 한다는 여론을 어느 정도 가라앉힐 수 있을 거야. 온회도 증인이 되어줄 테고.'

반역을 일으킨 건 사마방인데, 용운이 오히려 그의 방패막이가 되어주느라 애쓰고 있었다. 당연히 그에 상응하는 벌을 내려야 한다는 가신들의 주장 때문이었다. 속사정을 아는 순욱 등을 제외하고, 수많은 가신이 사마 가문을 못마땅하게 여겼다.

'이제 고구려 사신단을 직접 맞이하러 나갈 수 있겠어. 문희가 아이를 낳기 전에 돌아와야지.'

용운은 요동으로 직접 갈 생각이었다. 앞으로 고구려와의 외교 문제가 달린 만큼 사안이 중대한 데다 아무래도 위원회가 농간을 부릴 듯하여 불안했기 때문이다. 자신만큼 능숙하게 고구려 말을 하는 자가 없다는 것도 한 가지 이유였다. 그 전에 급한 식량 문제부터 해서, 정식 왕후 책봉과 사마 가문의 일까지, 큼직한 건들을 대부분 해결했으니 잠시 유주를 비워도 될 터였다.

이틀 후, 용운이 요동으로 갈 채비를 하느라 정신없이 바쁠 때였다. 전예가 아무 예고도 없이 용운을 찾아왔다. 원래 그런 일은 흔했기에 상관없었지만, 전예의 기색이 심상치 않았다.

"국양, 무슨 일이에요?"

"전하…."

용운의 물음에, 전예는 떨리는 목소리로 답했다.

"전하, 건공이… 자결했습니다. 사마연도 함께…."

"…뭐라고요?"

용운은 눈앞이 캄캄해졌다.

18

불온한 기운

사마 가문의 장원으로 향하는 용운의 안색은 매우 침울했다. 검후의 죽음 이후, 그가 이토록 우울해하는 모습을 처음 본 가신들은 모두 말을 아꼈다. 장원의 정문 앞은 병사들이 삼엄하게 지키고 있었다. 문 안쪽에서 은은하게 곡소리가 들려왔다.

용운은 무거운 심정으로 대로를 걸었다. 불과 이틀 전 희망을 품고 걸었던 이 길이 이제 슬픔과 탄식으로 가득 찼다.

"휴우…."

한숨을 내쉰 용운이 전예에게 물었다.

"현장은 잘 보존했겠지요?"

"물론입니다, 전하."

용운은 조운이 살인 누명을 쓴 이래, 수사에도 일부 현대의 기법을 적용했다. 대단한 것은 아니지만, 사건 현장에 함부로 출입하지 못하게 하는 등의 조치만으로도 효과가 컸다. 또 그렇게 한데는 다른 이유도 있었다.

"단경주는요?"

"바로 사람을 보냈으니 늦어도 닷새 후에는 도착할 것입니다."

단경주는 이제 여포의 직속부대인 지살대, 즉 예전 지살위의 일원이다. 서열 최하위인 108위로 전투력은 전무하다시피 하지만, 그에게는 다른 특수한 능력이 있었다. 바로 해당 지역의 기억을 읽어내는 천기, '적기안(赤記眼)'이었다. 지살대를 소개받았을 때, 용운은 자신의 존재가 그로 인해 처음 위원회에 알려졌음을 알았다. 지살위 왕정륙의 죽음에 의문을 품은 주무가 단경주를 보내 기억을 읽어오게 했던 것이다. 단경주는 그 능력을 활용하여 용운이 만든 경찰조직인 치안대의 수사부장으로 활약하고 있었다.

"이럴 줄 알았으면 안도전을 불러올 때 함께 데려올 걸 그랬네요."

"그러게 말입니다."

"아니, 그 전에 건공을 더 주시했어야 하는데. 애초에 이런 일이 일어나지 않도록…."

전예가 입술을 깨물었다.

"제 불찰입니다."

"아니, 내 탓이에요."

용운은 씁쓸하게 대꾸했다.

본청에 도착하자 울음소리가 더욱 커졌다. 사마랑과 사마의를 제외한 나머지 여섯 아들들이 대청 기둥에 매달린 사마방의 시신을 에워싸고서 통곡하고 있었다. 그 앞에는 얼굴에 흰 천이 덮인 채 목과 옷 앞섶을 피로 물들인 여인이 누워 있었다.

"연…."

용운은 비통한 목소리로 중얼거렸다. 그의 목소리를 들은 사마 팔달 중 여섯이 일제히 고개를 돌렸다. 분노, 증오, 슬픔, 의문 등 제각기 다양한 감정을 담은 시선들이 용운에게 꽂혔다.

"…오셨습니까, 전하."

셋째이자 이중에서는 맏이인 사마부가 감정을 억누른 담담한 목소리로 말했다.

"뭐라 위로해야 할지 모르겠군요."

용운의 말에, 다혈질인 넷째 사마욱이 외쳤다.

"당연히 할 말이 없겠지. 당신이 아버지와 연이를 죽였으니 까!"

"입 다물어라, 계달(季達, 사마욱의 자)!"

동생을 꾸짖은 사마부가 말을 이었다.

"아버지와 누이를 한꺼번에 잃어서 제정신이 아닙니다. 부디 너그러이 용서해주십시오, 전하."

"난 괜찮아요."

용운은 사마방의 시신 앞으로 다가갔다. 사마방은 얼굴이 잿빛 이 된 채 혀를 빼물고 줄에 매달려 축 늘어져 있었다.

"아버님의 시신을 언제까지 저 꼴로 매달아둘 참인가!"

사마방을 끌어내리려는 다섯째 사마순을 병사들이 겨우 붙잡 아 말렸다.

"이러시면 안 됩니다. 조사하기 전까지 이대로 보존해야 합니다."

"흐흑, 아버님!"

존경받던 학자이자 교육자의 최후치곤 비참했다. 이미 봐버린 탓에 이제 그의 마지막 모습은 용운의 뇌리에 영원히 각인될 터였다. 다른 무수한 죽음들과 함께. 눈을 지그시 감았다가 뜬 용운이 전예에게 고개를 돌렸다.

"자살이라고 판단한 이유가 있나요?"

사마방이 제정신으로 돌아왔으니, 회의 자객에게 암살당했을 가능성도 배제할 수 없었다. 게다가 사마연이 함께 죽은 것도 의아했다.

"예. 아시다시피 사마방은 자택연금 중이었던 터라, 흑영대원들과 병사들이 감시하고 있었습니다. 하지만 누구도 침입자를 본 자가 없습니다."

"감시를 하고 있었는데 어째서 목을 매달도록 방치한 거죠?"

"그게, 그저 출입만 통제할 뿐, 최대한 자유롭게 해주라는 전하의 명이 있어서….'

용운이 신음했다. 설마 그 자유로 이런 길을 택할 줄 누가 알았겠나.

"따로 유서는 없었나요?"

그 대목에서 전예가 목소리를 낮췄다.

"그게 조금 이상합니다. 건공의 시신과 이 주변은 물론이고 안채까지 샅샅이 뒤졌는데, 어디서도 유서가 나오지 않았습니다."

유서가 없다고 해서 무조건 타살이라 하긴 어렵다. 그러나 사마방의 평소 성품으로 보아 이상하긴 했다.

"연이의 사인은요?"

"지니고 있던 비녀로 제 목을 찔렀습니다."

"녀석, 아픈 걸 그렇게 무서워하면서…."

용운의 마지막 말에 울음이 섞여들었다.

전예는 입을 다물고 고개를 숙였다.

단경주가 오길 기다리는 약 닷새 동안 대전에서는 연일 회의가 열렸다. 사마 가문의 일원을 제외한 주요 가신들이 전원 참석한 회의였다. 최염이 무거운 음성으로 입을 열었다.

"아무래도 사마 가문을 축출해야 할 듯합니다."

가신 중 하나가 손을 들고 반대했다.

"너무 가혹한 처사가 아니오? 가뜩이나 가주를 잃고 비탄에 잠겨 있는 터에…."

"그리 걱정되시면 반역 사건이 일어났을 때부터 좀 믿어주시지 그랬습니까?"

"아니, 그건 본 사람부터가 너무 많으니…."

용운이 최염에게 이유를 물었다.

"그만! 계규, 왜 그렇게 생각했죠?"

최염은 객관적이고 공정한 성품이며 피도 눈물도 없는 냉혈한이 아니었다. 그가 그렇게 주장한다면 분명 이유가 있을 터. 가볍게 고개를 조아려 보인 최염이 설명했다.

"사마 가문은 이미 반역 사건으로 대부분 정치 및 경제활동이 금지되었고, 그 공백도 거의 메워졌습니다. 이제 그들을 축출해도 여파가 적으리란 말씀입니다. 가주 사마방은 자결한 게 확실하지만, 자식들의 분노는 고스란히 전하께 향할 것입니다. 제 아비가 스스로 죽음을 택할 수밖에 없도록 몰아붙였다고 여길 것입니다."

"반역이란 죄목이 붙었음에도 불구하고 자택연금으로 끝냈는데, 내가 왜 그를 죽게 하겠어요?"

"문제는 연 소저가 함께 자결했다는 것입니다. 전하, 이틀 전에 사마 장원에 다녀가셨지요?"

"…그랬죠."

"그때 연 소저가 뭔가를 봤거나 들었다는 소문이 돌고 있습니다. 그래서 함께 죽임당했거나, 어떤 확신을 가지고 자결한 것이라고 말입니다."

그 말을 들은 용운의 뇌리로 뭔가가 퍼뜩 스쳤다. 그가 가볍게 탄식했다.

"아…."

"뭔가 짐작 가시는 거라도 있습니까?"

"연이 왜 그랬는지 알 것 같아요."

사마방은 용운이 다녀간 지 얼마 안 되어 자결한 듯했다. 앞서 온회의 사례에서도 알 수 있듯, 나노머신에 의한 세뇌는 풀려도 그사이 자신이 한 일을 고스란히 기억한다는 특징이 있었다. 사마방은 동료를, 그것도 유주에 없어선 안 될 인물인 전예를 자신이 직접 죽이려 했다는 자괴감과, 자신으로 인해 가문이 몰락하다시피 했다는 울분, 용운에 대한 깊은 죄책감 등으로 죽어야겠다는 충동이 일었으리라.

게다가 세뇌가 풀린 직후야말로 정신상태가 가장 불안정할 때였다. 본래의 기억과 성혼교에서 받은 지령이 충돌을 일으키기 때문이다. 그 순간의 지옥 같은 괴로움을 못 이긴 사마방은 목을 매달았다.

'그때 연이 온 거야.'

사마연은 용운이 조금 전 왔다 간 사실을 알고 있었다. 이에 아버지의 죽음이 용운과 관계있으리라 지레짐작했다. 가문이 오명을 쓴 걸로도 모자라, 눈앞에서 존경하던 아버지가 죽은 모습을 봤고 그 원인 제공을 사랑하던 정인이 했다고 여겨지는 상황. 어린 여인이 견디기에는 가혹한 시련이었다. 이에 그녀 또한 자결을 택하고 만 것이리라.

'내가 더 신중했어야 했다. 성공한 온회의 경우만 믿고 세뇌를 풀 수 있다는 사실에만 들떠서…. 곁에서 사마방을 지켜봤어야 했어.'

최염이 마저 말을 이었다.

"변치 않는 사실은 사마방이 죽었으며, 거기에 전하께서 뭔가 원인 제공을 했으리라고 그의 자식들이 의심하리라는 것입니다. 이미 반역 사건으로 인해 가문이 몰락하다시피 했으므로 원망이 깊은 상태인데…."

"아버지까지 죽게 만들었다고 믿는다면, 내가 철천지원수처럼 여겨지겠군요."

"그러합니다. 비록 몰락했다곤 하나, 사마 가문의 재력과 인맥은 아직 상당하며 사병까지 거느리고 있습니다. 그런 자들을 성내에 둘 수는 없습니다. 조작이나 누명이 아닌, 진짜 반란이 일어날 가능성이 농후합니다."

최염의 말로 한동안 의견이 분분했다. 회의에는 멀리 평원성에서 온 종요도 있었다. 며칠 전, 미축에게 지원받은 식량을 최우선으로 확보하려고 왔다가 회의에 참여한 것이다. 듣고 있던 그가 침울하게 말했다.

"전 이 말은 가슴 깊이 묻어놓고 하지 않으려 했습니다. 저의 우려와는 달리, 사마팔달이 전하께 충성하며 각자 분야에서 능력을 발휘하고 있었기 때문입니다."

"뭘 우려했다는 거죠?"

"전 관상을 좀 볼 줄 압니다. 그들은⋯ 사마 가의 자식들은 하나같이 반골의 상입니다. 특히, 사마의가 그러합니다. 정확히 말씀드리면 낭고지상(狼顧之相)이라 하여 몸을 돌리지 않고도 뒤를 돌아볼 수 있는데, 이는 늑대에게서나 볼 수 있는 특징으로, 그 심성이 이리처럼 음흉하고 잔인함을 의미합니다."

그 사실은 용운도 이미 알고 있었다. 《삼국지연의》와 정사에서 관련 부분을 봤으며 직접 눈으로 보기도 했다. 하지만 미신이라 치부하여 전혀 신경 쓰지 않고 있었는데, 눈치챈 다른 자가 있었을 줄은. 종요는 하필 최악의 시점에 그 사실을 말했다. 아니나 다를까, 동정론을 펴던 가신들까지 웅성거리기 시작했다. 아무리 재주 있고 뛰어난 자라 해도 시대적인 한계까지 뛰어넘긴 어려운 것이다.

'이런 이야기에 동요하다니.'

용운은 잠시 고민했지만, 답은 이미 나와 있었다. 일어나지도 않은 일로, 죄짓지 않은 이들을 죽이거나 내쫓을 수는 없다. 무엇보다 사마 가문에는 아직 사마랑과 사마의가 있었다.

"안 됩니다. 사마방의 자식들은 아무 죄도 짓지 않았어요. 불확실한 짐작만으로 여전히 내게 충성하고 있는 이들을 처벌할 수는 없습니다."

"하오나…."

"앞으로 그 일은 다시는 거론하지 마세요."

"…알겠습니다."

최염은 입을 다물었다. 그런 그의 얼굴에는 근심이 가득했다. 이미 다혈질인 사마욱 등이 이대로 가만히 있지 않겠다고 공언하는 걸 여러 사람이 들었다고 한다. 암암리에 칼 잘 쓰는 이들을 고용했다고도 했다.

'성에 또 한바탕 피바람이 불지도 모르겠구나.'

최염은 깊은 한숨을 내쉬었다.

며칠 뒤, 단경주가 유주성에 도착했다. 용운과 잠시 대화를 나눈 그는 곧장 사마 가문의 장원으로 가서 천기를 발동했다. 그리고 얼마 후, 용운과 전예에게 와서 자신이 본 것들을 보고했다.

"사마방과 사마연은 자살한 게 맞습니다. 특히, 사마연의 경우에는 전하의 짐작과 거의 일치하는 듯합니다. 목매단 사마방을 보고 곧 스스로 목을 찌르더군요."

"그랬군요…."

"한데 유서가 없다고 하셨지요?"

"네. 아무것도 발견하지 못했습니다."

단경주는 고개를 갸우뚱했다.

"이상하군요. 제가 본 바로는 분명 목을 매기 직전에 지필묵으로 뭔가를 썼습니다. 그걸 서탁 위에 둔 다음, 그 서탁을 밟고 올라서서 대들보에 줄을 묶었거든요. 못 볼 리가 없는데."

용운과 전예가 재빨리 시선을 교환했다. 용운이 단경주에게 물었다.

"다른 자가 현장에 다녀가지는 않았나요?"

"그다음엔 바로 연 소저가 와서 자신의 머리에서 뭔가를 뽑아 목을 찌르는 동작을 하고 쓰러집니다. 비녀나 머리장식으로 자결한 것이겠지요. 하인이 둘의 시신을 발견하고, 아, 하인은 시신 근처에는 가지도 않았습니다. 잠시 후, 여러 명의 사내들이 일제히 몰려와 사마방과 사마연의 시신을 살펴보고 어루만지더니 울부짖기 시작했습니다."

"음……."

누군가 유서를 감추고 빼돌렸다. 아마도 사마방의 여섯 자식 중 한 사람이. 하지만 왜?

"불순한 의도가 있음이 분명합니다. 지금이라도 그들을 모두 잡아들이고 가택을 수색해서 유서를 찾아내야 합니다."

"……부모의 유서를 감췄다는 심증으로 체포하는 법령은 없어요."

"전하!"

"허나 감시할 필요성은 있을 것 같군요. 적당한 자들을 보내 주시하게 하세요."

"바로 그리하겠습니다."

한편, 장원 깊숙한 곳에 위치한 별채에서는 사마 가문의 여섯 형제가 뭔가를 은밀히 논하고 있었다.

"다들 이대로 눈치만 본다면 나 혼자라도 복수하겠어."

넷째 사마욱의 말에, 사마부가 물었다.

"아서라, 누구에게, 무엇을 복수한다는 말이냐? 아버님께서는 스스로 목숨을 끊으셨다. 연이도 마찬가지고."

"유주왕, 그자가 다녀간 뒤에 벌어진 일이잖아!"

"전하께서 무슨 말을 했는지는 아무도 모르지 않느냐."

여섯째 사마진이 어이없다는 듯 말했다.

"형은 이 판국에 아직도 전하야? 대단한 충신 나셨네, 정말."

"아직 확실히 밝혀진 건 아무것도 없다."

"안 되겠어. 형하고는 말이 안 통해. 어차피 큰형도 마찬가지일 테고… 중달 형님께 연통을 넣어야지."

"형주에서 고생하고 계실 텐데, 괜히 마음을 어지럽히지 말거라."

그러자 막내 사마민마저 버럭 화를 냈다.

"아니, 셋째 형! 중달 형님도 아셔야 할 거 아닙니까. 아버님께서 돌아가시고 연이가 죽었는데!"

결국, 사마부는 짐짓 기분 상한 듯 자리에서 일어섰다.

"너희가 다 같은 의견이라면 마음대로 하려무나. 난 더는 관여하지 않겠다."

그는 별채를 나와 어딘가로 향했다. 장원의 부엌으로 쓰는 건물이었다.

"어떻게 오셨습니까, 어르신."

하녀의 말에, 그는 부드럽게 대꾸했다.

"새로 끓인 찻물이 필요해서 왔네. 우물에서 물 좀 충분히 떠다주지 않겠나?"

"바로 대령하겠습니다."

늘 북적였던 이 부엌에도 이제 하녀 둘뿐이었다. 사마 가문의 현재 처지를 보여주는 듯했다. 두 하녀가 나가자, 사마부는 소매 안에서 양피지 한 장을 꺼냈다. 그것은 사마방의 필체가 선연한 유서였다. 성혼교의 해악을 성토하며 용운에 대해 사죄하는 마음과 자식들에 대한 당부가 절절하게 쓰여 있었다.

"갑자기 왜 마음을 돌리셨는지 모르겠지만…."

사마부는 유서를 아궁이 안에 넣고 태워버렸다.

"그렇다면 당신의 죽음을 최대한 이용해야겠지요, 아버님."

사마랑은 교육, 사마의는 군략. 그리고 가문에서 셋째 사마부가 맡은 일이야말로, 바로 교역과 상행이었다. 표면적으로는 사마방이 대표였지만 실무는 그가 처리하기 시작한 지 좀 되었다. 외부의 인사, 즉 성혼교의 인물을 접한 사람은 사마방뿐만이 아니었던 것이다. 사마방이 전예를 공격한 행위로 인해 사마부가 가려졌을 뿐.

"성혼을 위해, 교조님을 위해."

사마부는 타오르는 유서를 내려다보며 무표정한 얼굴로 중얼거렸다.

뒤숭숭한 가운데 시간은 계속해서 흘렀다. 갑작스러운 사마방의 자결로, 고구려 사신단을 직접 맞이하려던 용운의 계획에 차질이 생겼다. 여러모로 성내 분위기가 흉흉한 때 자리를 비울 수 없었기 때문이다. 이에 용운은 그 일을 누구에게 맡길까 고심했다.

"주태와 관승을 보낸다고 합니다."

형제 중 말은 제일 없지만 발은 넓은, 일곱째 사마통이 말했다.

사마욱은 입가를 일그러뜨리며 대꾸했다.

"유주왕, 급했구나. 실질적으로 유주성에 남은 최강의 무인 둘을 모두 내보내다니. 다들 알다시피 각 지사들은 대부분 형주로 떠났다. 또 확인된 바에 의하면, 유당과 유라는 서주로 갔고, 흑영대의 상위 순번들도 외부 임무를 받아 나갔다고 한다. 이거야말로 아버님께서 주신 기회가 분명하다."

다섯째, 사마순이 그의 말을 받았다.

"가문에 남은 재물을 모두 팔아서 무사들을 모집했습니다. 거한회하고도 접촉했고요. 곧 서주의 미씨 가문이 보내온 식량을 배분하기 위해 각지에서 사람이 올 겁니다. 그때 섞여들도록 해뒀습니다."

내내 눈을 감고 앉아서 듣기만 하던 사마부가 마침내 입을 열었다.

"너희의 마음이 이미 굳어진 듯하니 나도 동참하겠다. 형으로서 어찌 아우들을 버리겠느냐."

"잘 생각했어, 형!"

사마욱은 크게 기뻐했다. 사마부가 말했다.

"이왕 거사를 벌일 거라면 아버님처럼 실패해선 안 된다. 아버님께서는 무리해서 직접 손을 쓰시려다 실패하셨지. 그래서 난 현달(顯達, 사마순)이 모은 사람들에 더해 손을 보탤 뛰어난 무인을 몇 명 구해두었다."

"과연, 형이야. 좋아, 거사가 성공하면 사마 가문이 유주의 주인이 되어서 천하를 호령해보는 거다. 솔직히 유주가 이만큼 성장한 데는 우리 가문의 힘이 제일 컸잖아!"

사마 가의 여덟 형제들은 저마다 개성이 달랐다. 그중 맏이 사마랑은 가장 온건하고 지혜로웠으며 사마의는 시야가 넓고 똑똑했다. 각자 이유는 달라도, 두 사람 모두 이 계획을 말도 안 된다며 일축했으리라. 사마랑은 용운에게는 잘못이 없으며 신하로서 또 반란을 일으킬 수 없다는 이유로, 사마의는 현실적으로 성공 가능성이 없다는 이유에서 말이다.

그 둘이 빠진 데다 셋째 사마부까지 은근히 부추기니, 사마팔달은 돌이킬 수 없는 길로 나아가기 시작했다.

형주, 양양성.

형주의 치소(治所, 행정적 중심지)이자, 형주목 유표가 머무르는 곳이다. 양양성 대전은 쥐 죽은 듯 조용했다. 형주의 주인, 유표가 분노한 탓이었다.

"그래서 왕위는 죽고 동성현과 합비까지 다시 빼앗겼다고?"

유표는 웅웅 울리는 목소리로 말했다. 그의 몸은 무척이나 컸다. 원래도 몸집이 큰 편이었는데 언젠가부터 점점 더 거대해져서, 결국 대전을 다시 지어야 했다.

황조는 부복한 채 떨리는 목소리로 말했다.

"송구합니다, 주공. 면목이 없습니다."

"유현덕과 방사원, 공명 등은 어찌 됐나?"

"합비에서 싸우기 전, 구강에서 이미 패하여 뿔뿔이 흩어졌습니다. 전 합비로 와서 성을 지키고 있었는데, 적의 기세가 드높아 막아내지 못하였습니다."

유표가 누대에서 벌떡 일어섰다. 가신들은 일제히 숨을 삼켰다. 옆에 있던 책사, 괴량(蒯良)이 숨을 들이켰다.

'더 커지신 것 같군. 확실히.'

그는 형주의 호족 출신으로, 유표가 처음 부임해왔을 때부터 그를 섬겼다. 지혜롭고 경험이 풍부했으며 인의(仁義)를 바탕으로 법을 행하여 백성들의 신뢰가 높았다. 함께 유표 밑에 있는 괴월(蒯越)과 친족이었다. 괴량은 유표에게서 은은히 피어오르는 살기를 느꼈다.

'여기서 황조 장군을 죽게 해선 안 된다.'

형주에는 뛰어난 장수가 많았으나, 그중에서도 황조는 특별했다. 사실 무력으로는 더 강한 자들도 많다. 당장 문빙이 그랬고

황충도 그랬다. 하지만 황조는 말 그대로 형주에 특화된 장수였다. 우선 더위를 타지 않았으며 물 위에서의 싸움에 뛰어났다. 괴량이 보기에는 그를 구강으로 보낸 것부터가 실수였다. 그보다는 강하를 맡겨두고 지키게 하는 편이 훨씬 나았다.

유표가 발을 높이 들었다. 마치 황조를 밟아 죽이려는 것처럼 보였다. 괴량은 얼른 앞으로 나서며 말했다.

"주공, 황 장군에게 한 번만 더 기회를 주시지요."

유표가 최근 제일 총애하는 이는 단연코 총관 서령이었다. 그러나 개국공신이나 마찬가지인 괴량, 괴월 또한 그에게는 특별했다. 이에 유표는 잠시 분노를 억누르고 물었다.

"패전을 거듭해온 자를 그래야 할 이유가 있나?"

"본래 황 장군은 강하를 수비하고 있었으며 당시 여러 차례 공격해온 손책군을 번번이 격퇴했습니다. 합비를 빼앗긴 것은 황장군의 허물이 아닙니다. 애초에 구강으로 진격한 것도 황 장군의 뜻이 아니라 유현덕의 지시였으니, 다시 병사를 주어 강하를 지키게 하시면 목숨 걸고 임무를 다할 것입니다. 안 그렇소, 황장군?"

괴량의 눈치를 받은 황조는 얼른 소리 높여 말했다.

"무, 물론입니다! 절대 주공을 실망시키지 않겠습니다!"

"흠⋯. 그러고 보니 그대는 강하태수였지."

유표는 발을 내리고 다시 누대에 앉았다.

"좋다. 그대를 다시 강하태수로 임명하겠다. 합비를 빼앗은 이상, 적은 반드시 재차 강하를 노릴 것이다. 내가 새로 군을 편성하여 보낼 때까지 강하성을 지켜라. 이번이 마지막 기회임을 명심하라."

"감사합니다, 주공!"

"이만 물러가라. 다른 자들도. 잠시 쉬고 싶다."

목숨을 건진 황조는 연신 고개를 조아리며 뒷걸음질로 대전을 나갔다. 괴량, 괴월을 비롯한 가신들도 그를 따랐다. 유표가 너른 대전에 혼자만 남았을 때였다.

"패왕공(霸王功)이 날로 발전하시네요, 주공."

간드러진 목소리와 함께 화려한 여인이 대전으로 걸어들어왔다. 노랗게 탈색한 긴 머리카락에, 피부가 유난히 희었다. 복장은 어느 시대, 어느 문화의 것인지 꼭 집어 말하기 어려운 독특한 것이었다. 옆이 트여 허벅지 위까지 드러난 긴 백색 치마는 베트남의 전통의상을 연상케 했으며 같은 색의 상의는 목을 둘러싸고 어깨는 드러낸, 현대의 오프숄더 스타일이었다. 왼쪽 옆구리에는 가죽 재질의 직사각형 가방 같은 것을 찼는데, 거기서 이어진 끈이 반대쪽 허벅지를 감고 있었다. 또 오른쪽 옆구리에는 손바닥만 한 길이의 원통형 막대를 매달았다.

유표는 어느새 보통 사람만 하게 줄어든 상태였다. 그야말로 기이한 일이 아닐 수 없었다. 그가 지친 목소리로 말했다.

"왔나, 서 총관."

이 여인이야말로 위원회 18위이자, 독립 세력으로는 마지막으로 남은 천강위인 금창수(金槍手) 서령(徐寧)이었다. 기술자인 서령은 끈기 있고 인내심이 강했다. 다른 천강위들이 여기저기서 싸움을 벌일 때, 그녀는 진한성이든 진용운이든 관심 끄고 독자 노선을 걸었다. 남쪽의 형주에 처박혀 유표를 포섭한 것이다. 방식은 역시 세뇌. 단, 세뇌는 세뇌이되 나노머신 같은 인위적인 것이 아니라, 오랜 시간에 걸쳐 공들여 설명하고 사상을 반복 주입한, 순수한 정신적 세뇌였다. 거기에 그녀의 특별한 제작기술을 보여주고 패왕공이라는 무공을 가르쳐, 유표의 단점이었던 우유부단함과 소심함을 교정했다. 마지막으로 자신의 천기이기도 한 '제작'을 이용, 온갖 무기와 농기계 등을 만들어주니, 유표는 그녀를 총관으로 임명하여 모든 일을 맡기다시피 했다.

하지만 유표가 서령을 절대적으로 신임하는 진짜 이유는 따로 있었다. 유표에게 서슴없이 다가간 그녀는 그의 목에 팔을 감고 뺨에 입을 맞춘 뒤 속삭였다.

"황조한테 하신 행동은 진짜 멋졌어요."

"그런가. 하하."

유표의 입이 헤벌어졌다. 믿음의 이유는 바로 이것. 유표는 서령을 진심으로 사랑하고 있었다.

'어차피 이 낯선 세계에서 혼자 살 바엔 내가 왕으로 만들 남자를 꼬여서 결혼하는 게 낫지 뭐. 내 말대로 따르게 만들기도 수월할 테고.'

이게 서령의 생각이었다.

"이제 패왕공을 팔성 정도까지는 익힌 것 같다. 지난번에 대전을 또 높여서 지었으니까. 그런데 극에 오르기가 쉽지 않구나."

패왕공은 서령이 한때 잠깐 노준의 연인이었던 시절, 그에게서 배운 무공이었다. 익힌 자를 대담하게 만들며 몸을 강화시킨다. 가장 큰 특징은 체내의 기를 유형화하여 자신의 몸집을 커 보이게 한다는 것이었다. 일종의 허상이지만, 그렇게 커진 상태의 손이나 발에 맞는 것은 유형화된 기에 타격당하는 것이므로 실제 때리는 것보다 더한 충격을 줬다. 또한 몸이 더 커 보일수록 공격의 위력도 강해져서, 만약 현대 단위로 10미터 정도까지 덩치를 키웠다면 주먹 모양과 발 모양의 기공이 가하는 충격도 거기에 비례했다. 이에 당하는 사람은 상대가 진짜 거인이라고 믿을 수밖에 없었다.

유표는 냉큼 무릎에 올라앉은 서령의 드러난 어깨를 조심스레 어루만지며 말했다.

"진용운이라는 자가 보낸 원군의 기세가 심상치 않은 모양이다. 네 말대로 유비, 관우, 장비 삼형제에다 방통과 제갈량까지 보냈는데도 패했다. 이제 어찌하면 좋겠느냐?"

"죄송해요. 제가 만든 무기까지 나눠줬기에 반드시 이길 줄 알았는데…. 제 판단 착오였어요."

"아니다. 그쪽 또한 천인(天人)과 연을 맺었다면 어찌 상대하기가 쉽겠느냐."

서령은 자신을 천인이라는 말로 소개했었다. 자신의 천기와 지식에 대해 일일이 설명하기 귀찮아서였는데, 오히려 그게 잘 먹혔다. 그녀는 진용운 또한 천인의 피를 이어받은 자라고 경고하고 언젠가 반드시 그와 싸우게 될 거라고 예언해왔다. 자신을 달래는 유표의 말에, 그녀가 생긋 웃으며 답했다.

"하긴, 듣자 하니 저쪽에는 그 여포부터 해서 유주 최강의 무인이라는 조자룡에, 천하제일의 책사라는 곽가까지 왔다는데 좀 벅찬 상대이긴 했겠죠. 하지만 이제 다를 거예요. 적의 전력을 우리가 대충 파악했으니까요."

"덕규를 보내면 되겠느냐?"

덕규(德珪)는 형주의 호족인 채모(蔡瑁)의 자다. 그는 괴월, 괴량 등과 마찬가지로 초창기부터 유표를 섬겼다. 문사인 괴월, 괴량과는 달리 그는 무인이었다. 한데 무술 실력보다는 말재주와 인맥으로 더 신뢰를 받았다. 본래 정사에서는 채모의 작은누나가 유표의 후처로 들어가, 형주에서 큰 세를 갖게 된다. 유표가 본처의 자식인 유기보다 후처에게서 본 유종을 아꼈기에 더욱 그랬다. 하지만 이 세계에서는 그 혼인이 성사되지 않았다. 애초에 혼담이 오간 적도 없었다. 바로 일찌감치 유표의 마음을 독차지한 서령 때문이었다. 그 결과, 채모는 여전히 유표에게 신임받긴 했으나, 정사와 달리 진남장군(鎭南將軍) 직에까지는 오르지 못하고 남군태수에 머물러 있었다.

유표가 채모를 입에 올리자, 서령이 비웃었다.

"아이참, 주공은 정말 그 사람을 믿나 봐. 채모가 나섰다가는 황조처럼 돌아올 수조차 없을걸요?"

"그럼…"

"군이 강하성을 전장으로 삼을 필요는 없겠죠. 제가 지금부터 말하는 사람들을 다 심양으로 보내셔야 해요. 그래도 진다면, 제가 직접 나서야 할 거고요."

"그, 그 정도냐?"

"자, 불러드릴 테니 기억하세요. 문빙, 황충, 이엄, 곽준. 음… 그리고 방통이랑 제갈량이 죽었을지도 모르니까 거기다 제갈근과 장소, 장굉 추가. 이 정도면 될 거예요."

현재 형주에 있는 최고의 장수와 책사를 총동원하자는 얘기였다. 잠깐 할 말을 잃었던 유표가 입을 열었다.

"…정말 강한 상대인 모양이구나."

"그나마 진용운이 직접 안 와서 이 정도인걸요? 하지만 그가 보낸 장수들을 전부 장강에 수장시켜버린다면 나서지 않을 수 없겠죠."

서령은 입가에 서늘한 미소를 떠올렸다.

19

피로 물든 밤

208년 봄은 유난히 늦고 가물었다. 가뜩이나 식량난에 시달리던 백성들은 더욱 불안해졌다. 빨리 날이 풀려서 잡곡이라도 심어야 수확을 하는데, 그마저도 여의치 않았기 때문이다. 불행 중 다행으로 서주에서 대량의 양곡이 도착하여 큰 도움이 되었다.

"그러나 간신히 아사(餓死)를 면한 정도입니다. 이번에 받은 양은 대부분 평원성에 투입될 예정입니다. 고구려에서 원조해주기로 한 식량이 반드시 필요합니다."

"정말 수고 많았어요, 자중."

식량 배급을 마친 미축의 보고에, 용운은 고개를 끄덕였다. 미축은 약속대로 서주의 재산을 거의 처분한 뒤, 일족을 이끌고 유주성으로 이주해왔다. 그리고 오자마자 별가종사에 임명되어 바쁜 나날을 보내고 있었다. 미축은 자신과 거래하던 상인들을 설득하여 유주까지 상행 범위를 넓히도록 했다. 먼 거리 탓에 난색을 보이는 이들에게는, 유주 관리들의 일처리가 매우 공정하며 치안도 확실함을 역설했다.

"현재 기주와 형주, 연주 등지는 전부 전쟁 통이라 위험하고 익주는 아예 발을 들일 수조차 없소. 사실상 유주왕께서 다스리는 지역 정도가 상행을 다닐 만한 곳의 전부요. 좀 있으면 고구려하고도 정식으로 교역할 예정이니 지금이 투자할 기회요. 고구려의 전투마와 갑옷이 얼마나 질이 좋은지는 다들 아시겠지요?"

거기다 사재를 털어서 물건을 비싼 값에 사주니, 서주를 거치던 상인들 대부분이 유주까지 발걸음을 하게 되었다. 덕분에 이번 봄 가뭄만 잘 견디면 고비를 넘길 듯했다. 그러기 위해서라도 고구려에서 보내주는 식량을 반드시 무사히 확보해야만 했다.

미축을 치하하고 내보낸 용운은 고구려 사신단 문제에 대해 고심했다.

'요동 쪽으로는 역시 유평(주태)과 관승을 보내야겠군.'

주태는 지난 전투에서 큰 부상을 입어, 지사 자리조차 사양하고 요양 중이었다. 그러다 얼마 전 완쾌하여 현직에 복귀했다. 외부 파견 경험이 풍부하며 개인 무공으로는 유주 내에서 장료와 3, 4위를 다투는 그라면 이번 임무를 잘해낼 것이다. 게다가 만에 하나 위원회의 방해를 우려하여 관승까지 더하기로 했다.

용운은 두 사람을 불러, 이번 임무의 중요성에 대해 설명하고 맡아주길 부탁했다. 주태는 평소와 다름없는 무뚝뚝한 말투로 답했다.

"반드시 해내겠습니다."

관승 또한 전력을 다할 것을 다짐했다. 정확한 이유는 모르겠지만, 그녀는 용운에 대한 호감도가 90이 넘은 상태였다. 대인통찰로 이를 확인한 용운은 적이 안심했다.

'천강위라서 아무래도 걱정했는데, 뭔가 확실한 심경의 변화가 있었던 모양이야.'

이전에도 천강위를 영입한 사례가 없진 않았다. 유당, 유라 남매는 완전한 충신이 됐고, 이규는 절반의 성공을 거뒀다. 이규는 여전히 정신이 불안정했는데, 기이하게도 그럴수록 힘은 점점 더 강해졌다. 아마도 이규가 가진 힘의 근원은 광기인 듯했다. 이제 그녀는 용운조차 통제가 어려워졌고 화타의 침술로도 완전히 제어가 되지 않았다. 이에 약을 먹여 재운 다음, 특수하게 만든 지하 감옥에 가둬 치료 중이었다. 만약 관승이 진정한 아군이 됐다면 그야말로 큰 힘이 되어줄 터였다.

며칠 뒤, 주태와 관승 그리고 참모 격의 설환이 오천의 병력을 이끌고 요동으로 출발했다. 설환은 태학 출신의 젊은 피로, 일찍이 유비를 칠 때 백영이 있던 부대를 지휘하면서 활약한 바 있었다. 또한 고구려 말에 능통하며 계수와도 친분이 있어 큰 도움이 될 터였다.

용운은 떠나가는 그들을 바라보며 생각했다.

'가용한 인원은 다 동원했어. 이게 최선이다.'

아무리 그래도 염려되기는 마찬가지였다. 마음 같아서는 용운 자신이 직접 가고 싶었지만, 그럴 수 없는 이유가 있었다. 우선, 사마방과 사마연의 자결로 인해 여태까지 흉흉한 성내 분위기 탓이었다. 사마 가문은 두 사람의 장례를 마친 이래, 슬픔에 잠긴 채 잠잠한 듯 보였다. 하지만 수상한 첩보가 여기저기서 들어왔다. 이런 상태에서 성을 비우고 요동까지 가긴 무리였다.

두 번째는, 채염의 출산이 임박했다는 것이다. 바로 어제도 진통이 있었는데 밤새 고생만 하다 끝났다. 채염을 돌본 청낭원의 여의생이 걱정스러운 기색으로 소식을 전해왔다.

"이미 임신 기간이 비정상적으로 길어서 마마의 몸에 무리를 주고 있습니다. 이런 진통까지 계속되면 위험해질지도 모릅니다."

이에 용운은 최근 들어 거의 내성에서 나오지 않고 있었다. 중요한 일은 모두 순욱에게 일임하고 옆에서 채염을 보살피느라 바빴다.

이날도 그랬다. 아침부터 격렬하고 긴 진통이 계속되어, 채염이 녹초가 된 날이었다. 누워 있던 그녀가 가냘픈 목소리로 말했다.

"전하, 이렇게 저한테만 붙어 계셔도 되는 거예요?"

용운은 그녀 이마의 땀을 닦아주며 답했다.

"걱정 마요. 문약 영감이 잘해주고 있으니까."

"좋긴 좋아요. 사실, 조금 무서워서…."

"괜찮아요. 그대는 잘해낼 거예요."

"혼자 있기 싫어요."

"혼자 있게 안 해요. 내가 계속 여기 있을게요."

사실 가장 두려운 사람은 용운이었다. 창백한 채염의 얼굴에, 자꾸 병상에 누워 있던 어머니의 얼굴이 겹쳐졌다. 눈앞에서 또 한 번 떠나갔던, 검후였던 때의 어머니의 모습도. 어쩐지 채염도 자신을 떠날 것만 같아서 용운은 불안해졌다.

'그녀만은 안 돼.'

용운은 며칠 내내 꼬박 잠도 안 자고 그녀를 살폈다. 그러다 마침내 진통의 간격이 짧고 강해지기 시작했다. 출산이 임박했음을 알리는 신호였다. 산파 역할을 하는 여의생 넷이 붙어서 채염을 도왔다.

"하혈하십니다."

"대야 좀…. 출혈이 너무 심해요."

"아기의 머리는 아직 보이지 않습니다."

"맥이 불규칙합니다. 이런, 정신을 잃으셨네. 마마, 마마!"

용운은 문밖에서 미칠 듯한 심정으로 그런 소리들을 듣고 있었다. 그는 피가 날 정도로 입술을 깨물었다.

'문희, 제발 힘을 내요.'

끔찍한 고통에 까무룩 정신을 놓았던 채염이 눈을 떴다. 그녀는 어딘지 알 수 없는 어슴푸레한 공간을 둥둥 떠서 날아가고 있었다. 순간 그녀는 본능적으로 깨달았다.

'난 이승을 떠난 것이로구나. 아아, 전하! 내 아기는 또 어찌 됐을까….'

자신이 죽은 건 상관없었지만 용운이 얼마나 슬퍼할지 생각하니 가슴이 찢어질 듯 아팠다. 되돌아가고 싶었으나, 그녀의 몸은 의지와 무관하게 어디론가 이끌려 자꾸만 날아갔다.

그때, 그녀의 앞을 홀연히 나타난 누군가가 가로막았다. 늘씬하고 큰 키에, 지적인 미모의 여인이었다. 그녀는 채염처럼 허공에 떠 있었으며 몸이 반투명하여 뒤의 풍경이 비쳐 보였다. 신비한 여인이 채염을 향해 나직하게 말했다.

"아직 이리로 올 때가 아니에요."

여인의 얼굴을 보자마자 채염은 그녀가 누군지 알 수 있었다. 너무도 닮았다. 자신이 사랑하는 그 남자와.

"…어머님?"

여인은 따뜻하면서도 서글픈 미소를 머금고 말했다.

"아가, 돌아가서 그 아이를 옆에서 지켜주려무나. 지금 널 잃으면 그 아이뿐만 아니라 세계가, 아니 온 우주가 위험해질지도 모르니."

여인이 채염의 몸을 반대쪽으로 확 밀었다. 그러자 무서운 속도로 날아가는 바람에 채염은 또 깜빡 정신을 잃었다. 다시 눈을 떴을 때 제일 먼저 보인 것은 온통 땀과 눈물로 젖은 용운의 얼굴이었다.

"전하…."

"문희! 아아, 다행이야. 고마워요. 눈을 떠줘서."

용운은 채염을 와락 안으려다, 아직 그녀의 몸이 성치 않음을 상기했다. 이에 포옹 대신 두 손으로 뺨을 가만히 감쌌다.

"걱정했어요. 그대가 정신을 못 차려서, 어떻게 되는 줄 알고…. 피를 너무 많이 흘려서…."

"전 이제 괜찮아요, 전하. 그분께서 절 돌려보내주셨어요."

"응? 그분이라니?"

"전하, 아기는요?"

"아이는 무사해요. 일 년이나 엄마 배 속에 있어서 그런지 덩치도 크고 아주 건강한 딸이에요."

"보고 싶어요."

아이를 받아 품에 안은 채염은 큰 눈에 눈물을 가득 머금고 웃었다. 아기는 울지도 않고 동그란 눈으로 그녀를 빤히 올려다보았다. 덩치가 크고 통통했으며 갈색 머리카락이 무성했다. 태어나자마자 눈을 뜨고 사물을 보는 것부터가 평범한 아이는 아님이 분명했다.

"어머, 정말 크네요. 여자아이가 이렇게 커서 어쩌려고."

"하하, 아무래도 우리 집안 피를 이었나 봐요. 아버지도 어머니도, 나까지 다 키가 커서."

용운은 채염과 아기를 한꺼번에 안고 속삭였다.

"내 가족…."

가슴이 벅차올라서 자꾸만 눈물이 나왔다.

눈짓을 주고받은 의녀들은 조용히 방을 나와 무사히 출산을 마쳤음을 알렸다.

"왕녀님이 태어나셨습니다."

"왕후님도 무사하십니다."

별채 앞에는 밤을 지새운 가신들이 쭉 늘어서 있었다. 누구의 명이 아니라, 용운과 채염이 걱정되어서 자발적으로 나와 기다린 이들이었다. 그들은 의녀들의 말을 듣자마자 환성을 질렀다. 의녀들이 기겁하여 입술에 손을 갖다 댔다.

"쉿! 왕녀께서 놀라십니다."

"아아, 미안하네. 다들 진정하고 조용히 하세."

순욱, 최염, 전예 등 오랜 충신들은 물론, 노숙처럼 비교적 최근에 임관한 가신들과 성안의 하인, 하녀들까지 모두 제 일처럼 기뻐하며 가슴을 쓸어내렸다.

유주성은 모처럼 축제 분위기가 되었다. 성문을 활짝 열고 죄인을 사면했으며 술과 고기를 풀어 나눠주었다. 백성들은 삼삼오오 거리로 쏟아져 나와 경애하는 유주왕의 자식이 태어났음을 축하하고 왕녀의 앞날을 축복했다.

식량을 배급받기 위해 다른 군에서 온 관리와 상인 등도 자연스럽게 거기에 끼어들었다. 그중 일부는 떨어져 나와 사람들과 섞여 놀다가, 각기 다른 시간에 한 객잔으로 모여들었다. 치안대는 축제의 와중에도 삼엄한 경계를 폈다. 하지만 그들의 움직임이 자연스러우면서도 은밀한 데다 사람이 너무 많았다.

객잔 안에는 먼저 온 사내 하나가 앉아 있었다. 복면으로 얼굴을 가린, 늘씬하고 탄탄한 체구의 사내였다. 그는 주인에게 서주에서 온 상단이라 말하고 아침 일찍 객잔을 통째 빌려두었다. 이 무렵, 유주에는 서주 상인들이 많았으며 백성들이 가장 반기는 것도 그들이었다. 게다가 거금까지 받았으니, 주인은 별 의심 없이 객잔을 세주었다.

복면 사내는 객잔에 모여든 일곱 명의 인물들을 둘러보며 말했다.

"나는 의뢰인으로부터 이번 일을 위임받았소. 그냥 대장이라 부르시오.”

그의 말에 아무도 이의를 제기하지 않았다. 그에게서 풍겨 나오는 기운이, 이 가운데서 최고의 실력자임을 증명하고 있었기 때문이다.

“가야 할 길은 두 갈래요.”

복면 사내는 탁자에 커다란 양피지를 놓고 목탄으로 그려가면서 설명했다.

“1조는 이쪽, 내성 깊은 곳에 있는 가옥을 목표로 해야 하오. 거기에 유주왕과 왕후 그리고 갓 태어난 아기가 머무르고 있소. 흑영대원들이 경호하고 있으며 유주왕 본신의 무력도 강하다 하나, 산모와 아기를 보호해가며 싸워야 하니 제대로 힘을 쓰기 어려울 것이오.”

일곱 사내들 중 하나가 물었다.

“내성에 들어가는 것만도 어려운데, 그 안쪽에 있는 가옥까지 어떻게 침투한단 말이오?”

“그건 각자 알아서 해결하시오. 여기 모인 분들의 면면은 제각각이지만, 모두 몸값이 억만금은 되는 걸로 알고 있소. 사마 가문의 재산을 모조리 털어 초빙하였으니 그 정도 실력은 있으리라 믿겠소. 참고로 나도 1조요.”

그러자 세 명의 사내가 1조의 임무를 택했다. 1조는 유주왕을 죽여 이름을 날려보고 싶은 자, 복면 사내가 포함됐으니 이쪽 임무가 더 쉬우리라 판단한 자, 유주왕에 대한 원한에 불타는 자 등으로 이뤄져 있었다.

나머지는 저절로 2조에 속하게 되었다. 2조를 향해 복면 사내가 설명을 계속했다.

　"2조의 목표는 이 감옥이오. 지상 층에 갇힌 자들은 그냥 무시하고 곧장 지하로 내려가시오. 도중에 마주치는 자는 다 죽여도 무방하오. 그렇게 맨 아래층까지 가보면, 한 소녀가 갇혀 있을 거요. 그녀를 풀어주는 게 임무요."

　2조에 속해 있던 난쟁이처럼 왜소한 체구의 남자가 고개를 갸웃거렸다.

　"그냥 풀어주면 끝이라고?"

　"그렇소."

　"간단해서 오히려 의심스럽군."

　"복잡하게 생각하지 마시오. 맡은 일만 알아서 끝내고 성을 빠져나가면, 사마 가문에서 나머지 금액을 지불할 거요."

　"좋아, 그러지."

　"잠시 후, 해가 질 때부터 일을 시작하겠소."

　1조와 2조로 나뉜 총 여덟 명의 사내들은 시차를 두고 차례로 객잔을 빠져나갔다.

　2조가 뇌옥 입구에 도착한 건, 이제 막 주변이 어두워질 무렵이었다. 2조의 네 사람은 유주성의 병사들과 같은 차림을 했다. 마침 교대 시간이었기에 입구를 지키던 병사가 2조 중 한 사람에게 물었다.

　"오, 드디어 교대 시간인가?"

병사는 대답을 듣지 못했다. 눈에 보이지도 않을 정도로 가느다란 독침이 날아와 눈에 꽂힌 까닭이었다.

"억!"

"커헉!"

뇌옥 입구의 병사 넷은 같은 방식으로 거의 동시에 절명했다. 작은 대롱으로, 한꺼번에 독침 네 개를 쏴 보낸 자는 복면 사내에게 의문을 표했던 난쟁이였다. 그는 본래 원소의 식객이었다. 작은 체구를 이용한 날렵한 움직임과 독침 쏘는 재주를 인정받아 원가에 머무르던 중, 남피성이 함락될 때 달아났다. 그 후 천하를 떠돌면서 살았다. 그는 존경하던 원소를 죽게 한 데다 자신이 머무를 곳을 없애버린 진용운을 증오했다. 난쟁이는 피부가 유난히 누레서 황(黃)이라 불렸다. 한국어로 하자면 노랑이 같은 어감이리라.

"가자."

난쟁이 황을 필두로 네 명의 사내가 뇌옥 안으로 침입했다. 거한회에서 나온 외팔이 검객, 정(鄭). 단검 솜씨가 뛰어나며 어떤 잠금장치라도 열 수 있는 청부업자 진백(眞白). 사마 가문의 방계이자, 가문 내 최고의 무사인 사마철이 2조의 구성원이었다.

"그 소녀가 대관절 뭐기에 풀어주라는 거지? 또 어린 계집 따위를 왜 이토록 깊숙한 곳에 가둬놨고?"

정의 중얼거림에, 진백이 대꾸했다.

"우리야 맡은 일만 처리하면 그만. 쓸데없는 속사정에까지 관심 가질 필요 없다."

사마철이 둘의 말을 받았다.

"아마 유주왕의 숨겨둔 딸 같은 게 아닐까요?"

"그럴 수도 있겠군. 그냥 풀어주기만 하라는 걸 보니."

네 사람, 특히 외팔이 검객 정과 사마철의 솜씨는 매서웠다. 지하로 내려가자 흑영대원들이 그들을 공격해왔는데, 모두 정과 사마철에게 몇 합을 못 버티고 죽었다. 뇌옥 복도를 피로 물들이면서 내려간 끝에, 네 사람은 마침내 막다른 곳에서 특별한 방을 발견했다. 그 앞을 지키던 흑영대원은 치명상을 입고서도 기어와 정의 바짓가랑이를 붙들었다. 그리고 필사적으로 만류하려 했다.

"안 된다. 저 여자를 내보내면 안 돼…."

쉭! 단칼에 흑영대원의 목을 날린 정이 말했다.

"어서 열어라. 어쩐지 꺼림칙해서 빨리 끝내고 나가고 싶으니까."

진백은 질린 눈으로 뇌옥 문을 바라보았다. 삼면의 벽은 두꺼운 암석이었으며, 정면에 작게 뚫린 문은 쇠였다. 즉 이 뇌옥에는 공기가 통하게 하기 위한 아주 작은 구멍 몇 개와 열쇠 구멍을 제외하곤 창 하나 없었다. 정면의 쇠문은 커다란 빗장을 채우고 쇠사슬로 칭칭 감아둔 것도 모자라, 열쇠로 밖에서만 열 수 있도록 만들어져 있었다.

"내 수천 개의 문을 땄지만, 이렇게 복잡하고 어려운 놈은 처음 보는군. 하지만 그렇다고 못 열어서야 이 청부업자 진백 님의 이름이 울지."

우선, 사마철이 쇠사슬을 풀어내는 대신 단숨에 잘라내어 빗장을 치웠다. 진백은 등에 멘 보따리에서 수백 개의 열쇠를 꺼냈다. 그중 크기가 비슷한 것들을 골라 하나하나 열쇠 구멍에 넣고 조심스럽게 돌려보았다. 그러길 몇 번째, 비교적 빠르게 문이 열렸다.

"됐다!"

문이 열렸지만, 안에서는 아무 반응이 없었다.

"뭐지?"

진백은 열쇠 구멍에 눈을 대고 안을 들여다보았다. 그 직후, 그는 뒤통수로 피를 뿜으면서 나가떨어져 절명했다. 안쪽에서 누군가 열쇠 구멍을 통해 눈을 찌른 것이다.

"진백!"

"잠깐. 뭔가 나온다."

어차피 죽음을 슬퍼할 정도로 친밀한 관계도 아니다. 또 그러기에는 눈앞의 위협이 너무 컸다.

끼이이익. 철문이 열리고 안에서 봉인해둔 마물이 나왔다. 그것은 머리에 마치 고슴도치처럼 수백 개의 침을 꽂은 알몸의 소녀, 이규였다. 진백의 눈을 뚫은 것도 그 침 중 하나였다. 후아아아. 이규의 입에서 하얀 김이 새어 나왔다.

"아저씨들은 누구?"

정은 침을 꿀꺽 삼켰다. 겉보기에는 분명 어린 소녀일 뿐인데, 마치 뱀 앞에 선 개구리 같은 기분이 들었다.

"이야아아아!"

그 압박감을 못 견딘 사마철이 선제공격을 했다. 그는 정통 검법을 썼는데, 우직하게 수련을 거듭한 결과 검로가 뻔히 보이는데도 막기 어려울 정도로 위력이 강했다. 검이 깨끗한 일직선을 그리며 이규의 정수리로 떨어져 내렸다. 쩡! 다음 순간, 사마철은 경악했다. 소녀가 엄지와 집게손가락만으로 검날을 잡아 멈춘 것이다.

"어쩌면 엄청난 괴물을 풀어놓은 건지도⋯."

그 광경을 보며 말하던 정은, 문득 옆이 허전하여 고개를 돌려 보고 허탈한 웃음을 지었다. 조금 전까지만 해도 그 자리에 있던 난쟁이 황이 어느새 사라지고 없었다. 그는 진백이 죽는 순간, 이미 위험을 감지하고 그 자리를 피했다. 의뢰는 어디까지나 풀어 주는 것까지였으니까. 굳이 안에서 나온 것과 맞설 이유가 없었다.

"마음 같아서는 나도 달아나고 싶지만⋯."

정은 허리가 부러진 채 제 옆으로 날아가는 사마철의 시신을 곁눈질했다.

"⋯그러기에는 이미 늦은 것 같군."

그가 시선을 앞으로 향한 순간, 이미 시야 가득 알몸의 소녀가 달려들고 있었다.

지하 뇌옥 안에서 단말마의 비명이 울려 퍼졌다. 정의 하나 남은 팔이 천장에 닿았다가 떨어졌다. 끝까지 꼭 쥐고 있던 검과 함께.

한편, 1조는 생각보다 쉽게 내성으로 들어가는 데 성공했다. 1조의 인물들 가운데 황실의 일원이 포함되어 있었던 까닭이었다. 그는 선대 유주목이었던 유우의 아들 화(和)와 황실의 공녀 사이에서 태어난 아들로, 이름은 민이라 했다. 유화는 유주목으로 파견된 아버지 대신 조정에서 시중 벼슬에 있었다. 원래 정사에서는 헌제가 낙양으로 돌아가기 위해 유화를 유우에게 보내 출병을 재촉한다. 그러나 역사가 바뀌면서 유화는 그대로 조정에 머물렀고 공녀 중 하나와 혼인했다.

유민은 자신의 내력을 알게 된 직후부터 용운에게 원한을 품어왔다. 마땅히 제 것이 되었어야 할 유주를, 용운이 조부 유우를 미혹하여 빼앗았다고 믿었기 때문이다. 아니, 어쩌면 그냥 그렇게 믿고 싶었는지도 몰랐다. 어머니가 공녀라고 해봐야 수많은 황제의 자식 중 한 사람. 유우 또한 황족 출신이지만, 이제 그런 것들을 내세워봐야 별 의미가 없는 세상이었다.

유민은 학문 대신 무예를 택했는데, 의외로 소질이 있어 상당히 높은 경지에 이르렀다. 그러면서 외모가 준수하고 학식도 깊어, 시대만 잘 타고났다면 큰 인물이 됐을지도 몰랐다. 어쨌든 조정의 높은 관리인 동시에, 용운과도 연이 깊은 유우의 손자다. 행동거지에도 기품이 있다. 내성을 수비하던 병사들은 크게 의심하지 않고 유민과 그 일행을 들여보냈다.

복면 사내는 내성에 들어오자마자 복면을 벗어 던졌다. 그리고 등에 멨던 두 자루의 단창을 풀어 양손에 들었다.

"네게는 빚이 많지. 오늘 드디어 그것들을 다 갚을 수 있겠구나, 진용운."

그는 바로 천강위의 일원이자, 노식과 채염의 일 등으로 용운과 악연이 깊은 쌍창장 동평이었다. 동평은 조조 밑에 있으면서 채염을 지키는 일을 하던 중, 용운이 그녀를 데리고 가버리는 바람에 후환이 두려워 달아났다. 그러고서도 은밀히 신분을 감추고 오용을 도왔지만, 그 오용마저 축출되는 바람에 또 자취를 감췄다. 그랬다가 성혼교에 몸담은 사마부와 연결되면서 기꺼이 이번 거사를 맡은 것이다.

"흐흐, 유주왕은 손대지 마시오."

동평에게 말하면서 검날을 핥는 자는 암살자인 나향이었다. 그는 실력만큼은 타의 추종을 불허했지만, 성격에 문제가 있었다. 살인을 워낙 즐겨 사람을 개나 돼지로밖에 안 보니, 어떤 조직에서도 감당하지 못하고 쫓겨났다. 그 후 홀로 떠돌면서 이런저런 의뢰를 처리하던 중 사마 가문의 청부를 받아들이게 되었다.

나향은 명성 자자한 진용운을 베어서 이름을 드높인 다음, 그 돈으로 자신이 직접 청부 조직을 만들 생각이었다.

"네가 감당할 상대가 아니다. 정 원한다면 내가 손 좀 본 다음, 마지막 마무리는 하게 해주지. 여기까지 함께 온 데 대한 보답이다. 단, 그때까지 살아 있다면 말이야."

동평의 말에 나향은 코웃음을 쳤다. 그래 봐야 왕이다. 윗자리에 앉아 남을 다스리던 자들치고 진짜 강한 자는 한 번도 본 적이 없다.

1조의 나머지 한 사람은 정과 마찬가지로 거한회에서 나온 무사였다. 그는 용(龍)이라 불렸으며 길이도, 무게도, 모양도 똑같은 두 자루의 쌍검을 사용했다. 또한 유난히 과묵해서 이제까지 한마디도 하지 않았다. 그저 묵묵히 동평을 뒤따를 뿐이었다.

동평, 유민, 나향, 용. 척살대 1조의 네 명이 내성 안쪽, 궁으로 들어서려 할 때였다.

"이 안으로는 가시면 안 됩니다."

건장한 병사 둘이 그들을 가로막고 섰다. 순간, 내내 입을 다물고 있던 용이 팽이처럼 회전하더니 두 병사를 순식간에 베어 넘겼다. 나향이 도를 빼들면서 히죽 웃었다.

"이제 드디어 살육의 시작이군. 앞을 막는 건 다 죽이면 되는 거요?"

"맘대로."

짧게 대꾸한 동평은 궁에 발을 들였다. 그는 지난번 채염의 거처에 침입해온 용운에게 패배하고 큰 충격을 받았다. 이후 맹렬히 수련을 거듭하여, 그때와는 비교도 하기 어려운 강자가 되어 있었다. 무엇보다 예전과 눈빛 자체가 달랐다. 뭔가 큰일을 겪은 듯 차갑게 가라앉은 동평의 눈동자에서는 어떤 감정도 느껴지지 않았다.

한편, 용운은 별궁에서 행복한 시간을 보내고 있었다. 많이 회복되었다곤 하나, 채염은 아직 거동이 어려웠다. 하루에 서너 번 일어나 앉아서 식사하는 게 다였다. 이에 용운은 여전히 그녀의 곁에 머무르면서 돌보는 동시에, 아기한테 흠뻑 빠져 있었다.

"어이구, 내 딸. 예쁘기도 하지!"

용운은 아기를 안고 이마에 쪽 하고 입을 맞췄다. 그러면서 손바닥을 통해 아기의 몸속으로 은은한 기운을 흘려보냈다. 그 기운은 예전에 가지고 있던 벽옥접상에서 비롯된 것으로, 청량하고 강인했다.

'이 정도면 잔병치레 따위는 안 할 것이다. 뼈도 훨씬 튼튼해지고.'

아기는 기분 좋은 듯 까르르 웃었다. 그 모습에 채염이 신기해하며 말했다.

"이제 태어난 지 며칠 되지도 않았는데, 벌써 소리 내어 웃기까지 하네요. 우리 딸이지만 참 신기해요."

"하하, 엄마 배 속에 오래 있어서 그런 게 아닐까요? 두 달을 더 자란 거지요. 실제 나이는."

"이름은 생각해보셨어요?"

채염의 물음에, 용운은 오래전부터 생각해뒀던 이름을 말했다.

"서윤이라고 할까 해요."

"진서윤…. 예쁜 이름이네요. 무슨 뜻이지요?"

"돌아가신 내 어머니의 이름이에요."

"아…."

채염은 문득 생사가 오락가락할 때 봤던 여인의 모습을 떠올렸다. 어쩐지 그녀도 기뻐할 것 같았다.

"좋아요."

"그럼, 이제 서윤이네요. 하하, 서윤아!"

"아직 못 알아들을 거예요, 전하."

웃던 용운의 표정이 살짝 굳었다. 문밖에서 흑영대원으로 짐작되는 자의 목소리가 들려온 것이다.

"전하, 마마, 놀라지 말고 들으십시오. 지금 바로, 최대한 빨리 이곳에서 피하셔야 할 것 같습니다. 정체를 알 수 없는 자들이 난입했는데 아무래도 전하를 노리는 듯합니다."

"어찌했기에 여기까지 오게 된 거죠?"

흑영대원은 배운 대로 솔직하게 보고했다. 비상사태에서는 그게 더 도움이 되는 까닭이다.

"송구합니다만 상대가 너무 강합니다. 게다가 주태 장군과 관승 장군이 떠난 틈을 정확히 노려서 속수무책입니다. 현재 성내에는 놈들을 막을 자가 없습니다. 이미 내성에 있던 흑영대원 대부분이 사망했습니다."

"내성에 군사를 투입해요."

"이미 대장님께서 병력동원령을 내리셨는데…."

침착하던 흑영대원의 목소리가 조금 떨렸다.

"흑풍이 그쪽으로 갔습니다. 성에 있는 수천의 병사가 그녀 하나를 감당치 못하고 있습니다. 흑풍까지 내성에 들어오지 못하게 하는 것만으로도 버거운 상태인 모양입니다."

흑풍이란 이규를 의미했다. 그녀를 내보내 병사들을 막고 내성에 침입해온 것이다. 일련의 과정으로 보아, 상대는 철저한 계획하에 이번 일을 행한 듯했다. 진작 이규를 죽일 걸 그랬다. 그러나 어느덧 제정신일 때는 용운을 좋아하며 따르게 된 그녀를, 차마 죽여 없애지 못했다. 이규의 막강한 힘에 욕심이 나기도 했다.

불쌍하다는 생각에 가둬두고 어떻게든 치료해보려 한 게 사달을 만들었다.

용운은 저도 모르게 채염을 보았다. 그녀는 창백해진 얼굴로 애써 웃어 보였다.

"전하, 우리 아기… 서윤이만 데리고 얼른 나가세요."

채염은 제 몸도 제대로 못 가누는 상태였다. 그런 그녀를 데리고 몸을 피하기란, 누가 생각해도 무리였다. 채염 자신도 그 사실을 잘 알았다. 용운은 단호하게 고개를 저었다.

"그대를 두고선 어디도 안 가요."

채염이 울먹이는 목소리로 말했다.

"하지만 어서 몸을 피하셔야…."

"여기서 놈들을 맞이해서 다 없애면 되죠. 걱정 마요. 나 보기보다 강하니까."

그때, 문 앞에서 투닥거리는 소리에 이어 윽 하는 신음이 들려왔다. 방금 전까지 보고해오던 흑영대원이 누군가와 싸우는 소리였다. 촤악! 문에 피가 흩뿌려졌다.

짧은 정적 후, 문이 열리더니 복면을 덮어쓴 흑영대원의 머리가 날아 들어왔다.

"아악!"

채염이 비명을 질렀다. 동시에 방 안으로 뛰어들어온 세 사내가 용운에게 일제히 덤벼들었다. 그리고 나머지 한 사람은 채염과 아기, 서윤을 향해 쇄도해갔다.

20

동평

용운은 문이 열리고 침입자들이 뛰어들어오기 직전, 빠르게 계산을 끝마쳤다.

'아직 적의 정체도, 정확한 규모도 모른다. 그러나 이후에 이규를 상대해야 할 가능성이 높아졌고 문희와 아이도 보호해야 하니, 만일의 경우를 대비해 시공권은 최대한 아껴둔다.'

채염과 아기, 서윤을 노린 자는 척살대 1조의 유민이었다. 유우의 손자다. 자객 나향은 용운에게만 관심이 있었고, 거한회의 무사, 용은 여자와 아이를 노리길 거부했다. 이에 그 역할은 자연히 유민에게 돌아간 것이다.

단숨에 유민을 쳐 죽이려던 용운이 멈칫했다. 이게 첫 대면이었지만, 그에게서 친할아버지와 같았던 유우의 모습을 본 것이다. 보통 사람들은 가장 가까운 가족이 죽어도 십 년이 지나면 얼굴이 희미해지기도 한다. 그러나 용운은 주름살 하나, 점 하나까지 다 기억하고 평생 잊지 않았다. 그가 유민에게서 유우를 느끼는 건 당연했다.

"당신은…?"

"남의 것을 탐낸 대가를 치르게 해주마, 진용운!"

유민은 제법 매서운 솜씨로 검을 찔러 왔다. 동시에 조금 뒤에 처져 있던 나향이 움직였다.

"킥, 샌님인 줄 알았더니 칼질이 제법이네."

그래도 유민이 용운을 감당하기엔 무리였다. 그의 검술이 가문에서는 최고라 하나, 용운은 유주, 아니 중원을 통틀어 최강자라 할 수 있는 조운에게 사사하고 여포와 대결해 이긴 사람이었다. 용운이 검 옆면에 손바닥을 붙여 가볍게 흘렸다. 그러면서 오른손을 뻗어 유민의 가슴을 쳤다. 펑!

"크헉!"

둔탁한 소리와 함께 유민은 선혈을 토하면서 날아가 벽에 부딪힌 다음 쓰러졌다. 직후, 용운은 오른쪽 겨드랑이 아래쪽에서 서늘한 기운을 느꼈다. 그사이 나향이 자세를 낮춘 채 소도를 찔러오고 있었다. 용운이 우장을 내뻗음과 동시에 가해온 절묘한 공격이었다.

"키히히, 최고 자객의 명성은 내 거다!"

"…!"

용운은 소도를 쥔 나향의 팔꿈치에다 오른쪽 무릎을 쳐올렸다. 우득! 팔이 기이한 방향으로 꺾였다. 하지만 나향은 멈추지 않고 공격을 계속해왔다. 그는 적에게 사로잡혔을 경우의 고문에 대비하고 고통 탓에 일을 그르치지 않기 위해, 침으로 전신의 감각을 차단하는 시술을 받았다. 보통 사람이라면 팔 안쪽 살을 찢고 부러진 뼈가 튀어나오는 아픔을 견디기 어렵다. 그러나 나향에게는 오른팔이 부자유스러워진 것 외에는 아무것도 아니었다. 오히려 특유의 음침한 웃음을 터뜨리며 공격의 기세를 높였다.

"킥킥킥, 유주왕. 과연 이름값 하는구나! 그래, 이래야 재미있지."

여기에는 용운도 잠깐 놀라지 않을 수 없었다. 쉭! 예측을 벗어난 반응에 대응이 살짝 늦은 사이, 나향이 반대쪽 손에 든 소도를 휘둘러 용운의 옆구리를 그었다.

"음!"

용운이 살짝 눈썹을 찌푸렸다. 입고 있던 하얀 장포 위로 길게 혈선이 그어졌다. 그게 나향이 성공한 마지막 공격이 되었다. 용운은 오른팔을 거둬들이면서 팔꿈치로 나향의 관자놀이를 찍었다. 픽! 그 한 수에 나향은 안구가 튀어나오고 코와 입으로 피를 쏟으면서 죽었다. 그는 고통을 못 느꼈기에, 죽으면서도 입가에 뜻 모를 미소를 지어 용운을 꺼림칙하게 했다.

'미친놈.'

쉭! 동시에 이번에는 거한회의 무사 '용'이 용운의 등 뒤에서 수직으로 검을 내리그었다. 용운은 검기를 감지하고 왼쪽으로 회전하면서 공격을 피했는데, 그건 속임수였다. 쌍검술을 쓰는 용은, 용운의 회피 동작에 맞춰 다른 한 자루의 검을 수평으로 휘둘렀다. 거의 검날에 용운이 스스로 허리를 갖다 대는 형국이었다.

'베었다.'

공격이 성공했다고 확신한 순간이었다. 뚝둑! 용은 제 머리 전체에서 이상한 소리가 울림을 깨달았다. 직후, 의식이 끊어졌다. 어느새 코앞에 다가온 용운이, 그의 턱을 손바닥으로 쳐올려 목뼈를 부러뜨린 결과였다.

틈을 노리던 동평은 눈을 가늘게 떴다.

'저 움직임.'

방금 전 용의 공격은 분명 먹혔다고 확신했다. 그런데 용운은 멀쩡했고, 오히려 눈 깜짝할 사이에 용의 목이 꺾였다. 두 번째 베기에 대한 회피 동작은 물론, 품에 파고들어 반격하기까지의 과정을 전혀 못 봤다. 지난번에도 용운의 빠른 움직임을 따라가지 못해 패배한 적이 있었다.

'어차피 이제 나밖에 남지 않았다. 그렇다면 이 방 안의 모든 것을 공격 대상으로 삼는다.'

동평은 품에 넣어왔던 가면을 꺼내 썼다. 눈구멍만 뚫린, 표정 없는 붉은색 가면. 바로 그의 어머니이자 병마용군인 '홍영'이 쓰고 있던 가면이었다.

'어머니.'

가면을 쥐는 순간, 동평의 뇌리로 지난날의 기억들이 주마등처럼 스치고 지나갔다. 스스로 '인간'임을 버리기 직전의 마지막 과정이었다.

붉은 가면을 쓴 그녀가 동평의 눈앞에서 웃었다.

"아들."

"어머니…"

홍영은 병마용군 중에서도 특이했다. 병마용군은 기본적으로 주인의 보조 역할을 하며 그 자신도 강력한 전투력을 가졌다. 한데 그녀는 다른 병마용군들과는 달리 어이없을 정도로 약했다. 도움이 되기는커녕 동평에게 짐만 되었다. 동평은 적대하는 자들에게 홍영의 존재를 들키지 않으려고 늘 노심초사했다. 달아나야 할 일이라도 생기면 너무도 느린 그녀를 업고 달려야 했다. 가끔 동평도 홍영의 존재 의의가 뭔지 고민하긴 했다. 하지만 금세 그런 생각을 떨쳐버렸다.

'병마용군이 아니라, 내 어머니다.'

그에게 홍영은 옆에 있는 자체만으로도 위안이 되는 존재였다. 그렇다고 스스로 생각해왔다. 현대의 중국에서 동평은 명문 재벌가의 자식이자 잘나가는 영화배우였지만, 사실 서자였다. 그의 아버지이자 중국 성원그룹의 회장인 남자가, 시골에서 갓 상경한 어린 가사 도우미를 건드려 태어난 자식이었다. 그 출생의 비밀이 늘 동평의 마음을 무겁게 짓눌렀다. 다행히 회장은 동평을 거둬 자식으로 대우했다. 경영자 수업을 받는 다른 아들들과는 달리, 하고 싶은 일을 마음대로 할 수 있게 해주었다.

그렇다고 동평의 삶이 자유로운 건 아니었다. 그는 배우이면서 재벌가의 일원인 까닭에 말 한마디, 행동 하나도 늘 타인의 눈을 의식하여 조심해야 했다. 그러면서 점점 그는 가면을 쓴 것처럼 여러 가지 얼굴을 갖게 되었다. 영화감독과 매스컴, 팬들을 대하는 배우의 얼굴. 아버지와 이복형제들을 대할 때의, 적당히 비굴하면서도 깍듯한 예의를 갖춘 얼굴. 그리고 극심한 스트레스에서 만들어진 광기 어린 자아가 만들어낸 얼굴들이었다.

수많은 형과 누나들은 동평을 업신여기면서도 경계하고 증오했다. 아버지의 사랑이 그에게 쏠려 있다고 여긴 까닭이었다. 물론 사랑 따위는 안 받아도 상관없지만, 상속 지분이 문제였다. 그들은 노인네가 이미 작성한 유언장을 수정하여 동평이 받을 재산의 비율을 1퍼센트라도 더 높일까봐 노심초사했다.

동평의 이복형제들은 하나같이 키가 작고 못생겼다. 거기 섞여 있으면 동평은 그야말로 군계일학이 따로 없었다. 늘씬한 키와 차가우면서도 단아한 외모가 어머니를 빼닮았기 때문이다. 그런 점 또한 동평에 대한 이복형제들의 증오를 부추겼다. 그들이 가장 자주 조롱한 게 바로 그의 출신 문제였다. 교활한 어린 계집이 늙은 아버지를 꼬여 한몫 잡으려고 한 결과물이라는 것이다.

실상 동평의 어머니는 아이를 빼앗기고 회장에게서도 버림받아 스스로 목숨을 끊은 지 오래였다. 회장이 동평을 거둔 이유는, 동평의 어머니가 나중에 아이를 빌미로 재산을 요구하거나 언론에 제보할까 신경 쓰여서일 뿐이었다. 그러다 제 자식들과는 달리 아름답게 자라는 동평에게 관심이 생겼고 그의 외모가 그룹 이미지에도 도움이 된다는 사실을 알았다. 그게 다였다. 애초에 유언장에는 동평의 이름이 들어 있지도 않았다.

'아들이 아니라 관상용 금붕어 취급을 한 거였군. 날 빼앗고 내쫓아서 내 어머니를 죽음으로 내몰았고 말이야. 난 그런 줄도 모르고, 하하!'

동평은 위원회가 되어 천기를 얻은 뒤, 막강한 회의 정보력으로 그런 사실들을 알게 되었다. 그는 복수하기로 마음먹었다. 노준의의 도움으로 주가를 교묘히 조작하여 성원그룹을 하루아침에 부도 상태로 만들었다. 표면적으로는 미국 자본이 공격적으로 주식을 사들였다가 헐값에 매도한 걸로밖에 안 보였다. 그러자 그 집안에서 부(富)를 가진 자는 동평이 유일해졌다. 그는 아버지의 회사에서가 아니라 배우 활동으로 수입을 얻어왔기 때문이다.

"좀 도와주면 안 되겠니? 동생아."

동평을 그토록 경멸하고 괴롭히던 이복 형제자매들이 초라한 꼴로 찾아와 손을 내밀었다. 당장 급한 어음이라도 막아서 부도를 막자는 거였다. 동평은 평소처럼 화사하게 웃으며 말했다.

"그러죠."

그리고 그는 채권자들에게 이복형제들이 숨겨둔 재산에 대한 정보를 흘렸다. 그들은 남 밑에서 가난하게 사는 법을 몰랐다. 결국, 총 여덟 명의 이복형제 중 셋은 자살했고 둘은 해외로 도피했다. 둘은 공안에 체포되었다. 나머지 한 사람은 미쳐서 정신병원에 갇혔다. 그들의 말로를 보며, 동평은 커다란 쾌감을 맛봄과 동시에 자신이 강해짐을 느꼈다.

'분명 성력으로 얻은 무공이 강해졌다. 내 힘의 근원은 복수심이나 비인간적인 심성이라는 건가? 뭐, 어느 쪽이든 상관없다.'

동평이 제 병마용군에 묶어둘 영혼으로 친모를 택한 건 다른 선택지가 없어서였다. 아버지는 그를 저주하면서 병실에서 죽었다. 믿었던 매니저는 이복형제들의 사주를 받아 그를 독살하려다 발각되어, 콘크리트 덩어리를 매단 채로 바다 깊숙이 가라앉았다. 여자도 많았지만 오래 만난 여자는 없었다. 그녀들 전부가 재산과 명성 혹은 외모를 보고 자신을 택한 거라고 동평은 확신할 수 있었다.

'세상에 믿을 사람은 아무도 없어.'

부름에 응해줄 것 같은 이는 어머니뿐이었다. 그나마 다행히 어머니의 이름과 얼굴을 알고 있어서 소환 조건이 갖춰졌다. 그리고 병마용군에 깃든 어머니는 처음부터 절대 벗을 수 없는 가면을 쓰고 있었다. 붉은 가면을.

채염을 지키던 중 잠입한 용운에게 패했을 때, 동평은 말로 설명하기 어려운 굴욕을 맛봤다. 왕으로 모시려던 조조가 맡긴 임무에 실패했으며, 얕보던 애송이한테 일대일의 대결에서도 졌다. 이에 추궁당할 일이 두려워진 동평은 달아나서 오용의 거처에 숨어 있었다. 그러다 오용의 정체가 드러나는 바람에 또다시 도피행이 시작되었다. 마침 천강위로서의 힘이나 무술 실력도 한계에 맞닥뜨린 터였다. 이는 살아오는 동안 쌓인 엄청난 스트레스와 더불어 동평의 광기를 깨우고 말았다.

동평은 그때야 비로소 홍영의 능력을 알 수 있게 되었다.

"제길, 빌어먹을. 어째서! 왜 여기서 더 강해질 수가 없는 거냐!"

그는 깊은 산속의 은신처에서 수련하다 저도 모르게 분통을 터뜨렸다. 그사이 창으로 폭포수를 가르고 계곡을 무너뜨릴 수 있게 됐다. 움막 근처에는 맹수들의 시체가 산을 이뤘다. 하지만 도저히 용운을 이기리란 확신이 안 들었다. 용운을 불러와 가상의 대결을 해볼 때마다 결과는 패배였다. 홍영은 동평이 수련하는 모습을 가만히 지켜보기만 했다. 그러던 어느 날, 그녀가 문득 입을 열었다.

"넌 이미 충분히 강해서 그 이상은 인간의 한계를 깨뜨리는 거야. 벽을 넘어서야 해, 아들."

그녀가 이런 얘기를 꺼낸 건 처음이었기에 동평은 속으로 조금 놀라면서 반문했다.

"그 벽을 넘는 방법을 모르겠습니다. 혹시 뭔가 알고 계세요, 어머니?"

"그럼, 알고말고. 적당한 때가 되지 않았기에 말을 꺼내지 않았을 뿐이지. 이제는 그때가 된 것 같구나."

동평은 반신반의했다. 농담이라기에는 홍영의 분위기가 너무도 진지했다.

"그 방법이 뭔데요?"

"나의 가면… 이 가면이 바로 비결이다. 이것을 쓰는 자는 진정한 자신을 들여다보고 벽을 뛰어넘게 된단다."

"가면이요?"

그러고 보니 홍영은 한 번도 가면을 벗은 적이 없었다. 어머니의 얼굴을 보고 싶다고 동평이 여러 차례 간청했음에도 불구하고 거절했다. 이게 규칙이라는 알 수 없는 말과 함께였다.

"그럼, 그 가면을…."

제게 주실 건가요?, 라고 물으려던 동평은 이어진 홍영의 말에 흠칫했다.

"이 가면은 날 죽여야만 가져갈 수 있다."

"…말도 안 돼요. 못 들은 걸로 하죠."

"넌 결국 날 죽일 거야."

동평은 홍영의 말을 잊으려고 애썼다. 하지만 수련할 때도, 잠을 자려고 누웠을 때도, 식사를 할 때도 계속해서 그 말이 귓가에 맴돌았다.

— 이것을 쓰는 자는 진정한 자신을 들여다보고 벽을 뛰어넘게 된단다.

며칠 후의 밤이었다. 동평은 반듯이 누워서 잠든 홍영을 물끄러미 내려다보았다. 겉으로는 태연해 보였지만, 두 가지 목소리가 그의 내면에서 격렬히 싸우고 있었다.

'미쳤어? 이분은 네 어머니라고! 정말 그녀를 죽여서까지 힘을 손에 넣고 싶어?'

'어머니는 무슨 어머니. 그래 봐야 결국 어머니의 기억을 가진 쇳덩어리일 뿐이야. 무엇보다 이 상태대로라면 평생 도망자로, 패배자로 살 수밖에 없다. 정말 그런 삶을 원하나?'

"아니."

작게 내뱉은 동평은 홍영이 쓴 가면을 잡았다. 그때, 그녀가 눈을 번쩍 떴다. 그리고 웃었다.

"드디어 결심했구나."

"미안해요, 어머니."

콱! 동평은 힘주어 가면을 떼어냈다. 그의 눈에서 자신도 모르는 사이에 눈물이 흐르고 있었다. 역설적으로 어머니를 죽이는 순간이 돼서야 그토록 보고 싶던 그녀의 얼굴을 볼 수 있게 되었다. 이로써 그는 이 세계에서 유일하게 진정으로 믿는 상대를 버리고 강해지는 길을 택했다.

가면을 떼어내고 드러난 얼굴을 본 동평은 아연해졌다.

"이건, 이 얼굴은…."

얼굴에는 아무것도 없었다. 눈도, 코도, 입도. 그저 반들반들하고 평평할 뿐이었다. 그 순간, 동평은 깨달았다. 어머니의 정체를.

지금 동평의 병마용군, 홍영이 말하고 있었다.

"어서 날 얼굴에 써라, 아들."

그랬다. 홍영은 바로 가면 그 자체였다. 돌이켜보면 동평의 병마용군은 혼이 깃들기 전에도 생김새부터 달랐다. 인형 모양인 다른 것들과는 달리, 손바닥만 한 타원형의 부적처럼 생겼었다.

'부적이 아니라 가면이었어.'

보조형이 아닌 강화형. 주인의 뇌를 자극하고 모든 잠재력을 끌어내어, 초인으로 만들어주는 병마용군. 그게 홍영이었다. 다만, 사용하기 위해서는 결심이 필요했다. 마지막 남은 미련이나 인간다움마저 버리겠다는 결심이.

"또 너냐?"

지겹다는 듯 내뱉고 공격하려던 용운이 비틀거렸다.

"어…?"

갑자기 몸이 무거워지고 말을 듣지 않았다. 나향에게 베인 옆구리에서 지독한 악취를 풍기는 시커먼 피가 흘러나왔다. 독, 그것도 맹독이었다. 용운은 비로소 그자가 죽기 전에 남긴, 불길한 웃음의 의미를 깨달았다.

'이거였군.'

용운이 이미 만독불침(萬毒不侵, 모든 독이 침범하지 못함)의 경지에 달했음을 모르고 죽은 게 나향에게는 다행이었다. 최소한 죽는 순간만큼은 즐거운 꿈을 꿀 수 있었으니까. 그의 독은 용운에게 큰 타격을 주진 못했지만, 잠시 움직임을 둔하게 만들 정도는 되었다.

"그자에게 고마워해야겠군."

그 틈에 동평은 붉은 가면을 썼다. 쓰자마자 귓가에 이상한 소리가 들려왔다.

— 유전자 코드를 분석합니다.
— 체내에 적합한 나노머신을 주입합니다.
— 변형 및 증폭을 시작합니다.

"으윽!"

가면에서 뻗어 나온 관이 뒤로 뻗어 나가 그의 척수를 관통했다. 이어서 관을 통해 뭔가가 몸속으로 들어오기 시작했다. 말로 형언하기 어려운 기묘한 감각이 전신을 감쌌다. 동평은 몸을 비틀면서 신음을 토했다.

"크으… 으아악!"

그러는 동안 용운은 피를 통해 독을 모두 빼냈다. 곧 몸이 가뿐해졌다. 그는 주위 상황을 살폈다. 이제 남은 적은 하나.

채염은 놀라고 지쳐서 혼절했는지, 눈을 감고 아기를 품에 안은 채 미동도 하지 않았다. 용운은 그녀의 숨소리와 맥박을 감지했다.

'그래, 차라리 정신을 놓는 게 좋을 수도 있어. 문희한테나 나한테나. 다만, 위치가 안 좋아. 우선 자리를 바꿔야겠다.'

아기를 안은 채염과 용운의 사이에 동평이 서 있었다. 동평을 마음껏 공격하기도 어렵고 자칫하면 그가 모녀를 해할 수도 있는 거리였다. 용운은 일부러 그를 도발했다.

"뭐야, 탈춤이라도 추려는 거야? 아니면 아이언맨 흉내라도 낼 셈인가?"

쾅! 쿠득! 말을 마치기가 무섭게 용운은 강렬한 충격을 받았다. 뒤쪽 벽에 틀어박힌 그는 순간적으로 정신이 아찔해졌다.

'이게 대체?'

용운은 분명히 엄청나게 강해졌지만, 창을 쓰는 솜씨는 조운보다 못했고 완력은 사린보다 약했다. 또 순발력은 마초에게 뒤졌으며 몰아치는 기세는 장료만 못했다. 그러나 시간과 공간을 조종하는 외도의 힘 외에도, 그들 모두를 압도할 수 있는 순수한 본신의 능력에 눈을 떴다.

그것은 바로 속도. 시공을 주무르는 자답게 몸의 모든 세포가 거기 맞게 변형된 용운은 속도 적응력이 탁월했다. 근육, 힘줄, 뼈, 체액, 혈액, 신경, 혈압, 박동. 몸의 모든 요소가 아무리 빨리 움직여도 거기에 맞춰 대응했으며, 또 더욱더 빠르게 만들었다. 아무리 사납고 힘센 곰이라도 총 든 사람을 이기지 못하듯, '초속'이란 무기를 가진 용운에게는 어떤 장수라도 대적할 수 없었다. 적어도 지금까지는.

'분명 나보다 빨랐어.'

무슨 일이 벌어졌는지 깨달은 용운은 등골이 오싹해졌다. 동평은 어느새 원래 자리로 돌아가 서 있었다. 그는 목을 왼쪽, 오른쪽으로 꺾어보았다. 이어서 가볍게 몸을 띄웠다. 아주 살짝 뛰었을 뿐인데, 머리가 천장에 닿았다가 떨어졌다.

"이게….'

입을 연 동평이 용운의 코앞에 나타났다.

"절대자가 된 기분인가?"

퍽! 그의 발길질에, 용운의 몸이 위로 치솟아 지붕을 뚫고 튀어나갔다.

"쯧."

동평은 가볍게 혀를 찼다. 발이 닿는 순간, 용운이 양팔을 포개어 방어했음을 깨달은 것이다.

"지금의 내 속도에 대응하다니, 역시 보통 놈이 아니었구나, 진용운."

슉! 나중에 움직였는데도, 그의 몸이 용운보다 먼저 뛰어올라 허공 위에 위치했다. 그는 떠오르고 있는 용운의 등을 무릎으로 내리찍어, 다시 아래로 추락시켰다.

"크헉!"

쾅! 굉음과 함께 용운은 마룻바닥과 그 아래의 다진 흙이며 주춧돌까지 부수고 처박혔다.

"난 내 손으로 어머니를 죽였다, 진용운."

가면이 홍영이었으니 실제로 죽인 건 아니지만, 결국 그런 거나 마찬가지였다. 가면을 떼어낼 때는 어머니를 죽이겠다는 결심을 한 상태였으니까. 이 순간, 아이러니하게도 동평이 가장 믿을 수 있는 상대는 용운이었다. 그는 용운에게 하소연하듯 제 사연을 읊고 있었다.

"그렇게 인간을 버림으로써 인간을 뛰어넘은 존재가 되었다."

쾅! 픽! 투콱! 동평은 바닥에 몸이 반쯤 틀어박힌 용운에게 마구 손을 휘둘렀다. 그럴 때마다 그의 손에서 희미한 빛을 머금은 구체가 계속해서 튀어나와 날아갔다. 그 구체가 부딪쳐 폭발할 때마다 용운의 몸이 움찔거렸다. 이미 그가 입었던 장포는 걸레처럼 찢어지고 터져 날아가 맨몸이 드러났다. 그 몸이 충격으로 검푸르게 부어올라 있었다. 구체의 정체는 흔히 말하는 장풍이라는 거였다. 다만, 안 보이는 바람의 형태가 아니라 뚜렷한 형체를 갖춘 기의 덩어리였다.

"어떠냐? 난 생체 에너지를 이렇게 응축해서 체외로 내보낼 수도 있게 되었다."

동평은 주무기인 창을 들지조차 않았다. 용운을 완전히 압도하고서 얕보는 것이다. 아니다. 그는 용운에게 자신의 강함을 인정받길 원했다. 유일하게 패배했던 상대에게.

용운이 힘겹게 몸을 일으키며 대꾸했다.

"미친놈…. 인간이길 포기해서 인간을 뛰어넘는 게 무슨 의미가 있냐?"

"의미? 있지."

동평이 가면 너머에서 히죽 웃었다.

"이렇게 널 좌절시킬 수 있으니까."

순간, 모든 것이 멈췄다. 용운이 마침내 시공권을 발동한 것이다. 두 번째 공격받았을 때 용운은 자신이 동평의 움직임을 따라 잡을 수 없음을 인정했다. 위기다. 나중을 생각해 아껴둘 때가 아니었다.

'시공권 상태에서 또 천기를 겹쳐 사용하면, 기력이 몇 배로 소모되고 시공권의 유지 시간도 줄어들지만….'

동평의 앞에 선 용운은 두 번째 천기를 발했다.

공파권(空破拳)

이름 그대로 공간 그 자체를 파괴하여 대상을 격멸하는 가공할 천기였다. 사실상 이 천기에 대항할 존재는 없었다.

"크흑!"

"컥?"

공파권을 쓴 직후, 용운과 동평이 동시에 피를 토했다. 용운은 동평에게 당해 내상을 입은 상태에서 두 가지 천기를 운용하느라 무리한 부작용으로. 동평은 공파권에 의해 복부가 사라진 탓에.

'제길, 명치를 노렸는데 갑자기 시공권이 풀리는 바람에 빗나갔어.'

용운은 입가를 훔치면서, 제 배를 내려다보며 당혹해하는 동평을 노려보았다. 배 가운데에 주먹만 한 구멍이 뚫려 있었다. 거기에 해당되는 모든 게 깨끗이 사라졌다. 살, 근육, 내장까지 전부. 잠시 후, 둥그런 테두리에서부터 피가 배어 나오기 시작했다.

"하하, 이건 또 무슨⋯."

동평은 내출혈로 인해 입으로 피를 울컥 흘리면서 어이없다는 듯 웃었다. 분명히 뛰어넘었다고 확신했는데, 또 어떻게 당했는지조차 못 봤다. 베인 상처나 뼈가 부러진 것 정도는 빠른 수복이 가능했으나, 이렇게 장기의 상당 부분이 통째 사라져버린 건 나노머신으로도 복구 불가능했다. 즉 그를 기다리는 건 죽음이었다. 절대자가 됐다고 여긴 지 3분도 지나지 않아서.

"크흐, 이대로⋯ 죽을 순 없지⋯."

이기기 위해 어머니까지 버렸다. 용운 또한 그에 상응하는 것을 잃게 만들어야 했다. 그래야 최소한 개죽음은 면하지 않겠나. 동평의 시선이 서윤을 안은 채염에게로 향했다. 용운은 마지막 남은 힘을 짜내어, 동평에게 쇄도하면서 그의 가슴에다 쌍장을 쳤다.

"카학!"

동평은 뒤로 날아가면서 서늘하게 웃었다.

"그래도 네가 졌다, 진용운."

그의 말에, 용운은 얼른 뒤를 돌아보았다. 아까 쓰러뜨렸던 유민이 어느 틈에 일어나 채염을 향해 검을 내리치고 있었다.

"안 돼!"

용운은 다급히 시공권을 발했다. 그러나 다시 기혈이 울컥 역류하면서 천기가 발동하지 않았다. 아마 동평을 상대할 때 공파권과 겹쳐 쓰면서 유효 시간이 단숨에 소모되어버린 듯했다. 검이 떨어지는 건 느리기 짝이 없어 보이는데, 용운의 몸은 그보다 더 느리게 움직였다.

'문희.'

알 수 있었다. 이미 늦었다. 상대가 검을 멈추지 않는 한 막지 못한다.

'대체 왜?'

이들은 왜 이렇게까지 날 증오하는 것인가. 만약 채염과 서윤에게 무슨 일이 생긴다면.

'결코 가만두지 않으리라. 당장 군사를 일으켜 익주를 초토화하겠다. 아니, 나 혼자서라도 쳐들어가서 사생결단을 낼 것이다.'

용운의 눈이 파랗게 타올랐다. 그때였다. 기이한 현상에 그는 눈을 부릅떴다.

"까르륵!"

서윤은 유민이 공격을 시작했을 때부터 웃고 있었다. 뭔가 놀이라도 하려는 걸로 여긴 모양이다. 그러다 그의 첨예한 살기가 칼날보다 먼저 서윤에게 가닿았다. 서윤이 오만상을 찡그렸다. 그러더니 갓난아이답지 않은 무서운 눈초리로 유민을 응시했다. 순간, 용운은 딸 서윤의 머리 위에 떠오른 선명한 붉은 글자를 보았다.

회귀(回歸)

슈우우우우! 유민의 몸이 급격히 쪼그라들더니 주인 잃은 장포가 풀썩 내려앉았다. 쨍그렁! 그가 내리치려던 검도 앞쪽으로 날아가 바닥에 떨어졌다.

"서윤아…?"

용운은 채염과 아이에게 조심스럽게 다가갔다. 둘 다 털끝 하나 다친 데 없이 무사했다. 채염의 숨소리도 안정되어 있었다. 혼절했다가 그대로 깊은 잠에 빠진 모양이었다. 용운은 유민이 입었던 장포 쪽을 살펴보다가 화들짝 놀랐다.

"으엥! 응애!"

장포 안에서 발가벗은 갓난아기가 자지러지게 울어대고 있었기 때문이다. 용운은 방금 봤던 회귀라는 글자를 떠올렸다.

'설마 이 아기가….'

그의 딸 또한 아무래도 시공과 관련된 능력을 타고난 듯했다. 회귀라는 말 그대로, 서윤은 유민의 시간을 뒤로 되돌려버린 것이다. 그가 아기가 될 때까지.

엄청난 일을 해낸 서윤은 아무것도 모른다는 듯 방긋방긋 웃고 있었다.

시간의 아이

용운은 서윤을 들여다보면서 헛웃음을 지었다.

"허어……."

"까르륵!"

절체절명의 순간, 서윤은 살기를 감지하고 채염과 자신을 공격해오던 유민에게 천기를 발동했다. 아니, 그런 것처럼 보였다. 이에 용운은 아이를 향해 대인통찰을 써보았다.

	진서윤	
무력 武力 : 4		정치력 政治力 : 1
통솔력 統率力 : 2	천기자 天技者	
	회귀 回歸	
지력 智力 : 54	정신감응 精神感應	매력 魅力 : 90
	통찰 通察	

그 결과는 놀라웠다. 역시나 아이는 천기자였다. 직접 시간 이

동을 해온 일이 없음에도 불구하고.

'이건 내 피를 이어받았기 때문인가?'

천기의 이름은 회귀. 과거로 되돌린다는 뜻이다. 그 이름 그대로, 천기에 정통으로 당한 유민은 이십여 년의 시간을 되돌아가 아기가 돼버렸다. 원래대로 되돌릴 방법도 알 수 없었다. 문제의 천기를 쓴 당사자가 말이 통하기는커녕 대화 자체가 불가능한 아기였기 때문이다. 그야말로 엄청나면서도 두려운 능력이었다.

'서윤이를 자극하지 않게 조심해야겠다. 아직 제어가 안 되는 아기니까. 잘못 건드려서 가신 중 누군가를 아기로 만들어버리기라도 하면 큰일이야.'

그나마 다행인 건 백일도 지나지 않은 아이의 지력이 벌써 54에 달한다는 점이었다. 이미 사리분별을 할 줄 안다는 의미였다. 다만, 경험이 전무하다시피 할 뿐. 잘 설명하면, 제가 가진 천기의 위험성을 깨닫고 조절할 수 있게 될 듯했다.

그러고 보니 '정신감응'이라는 천기도 있었다. 용운은 문득 예전 일이 생각났다. 서윤이 아직 채염의 태내에 있던 때, 머릿속으로 아이가 대답해왔던 일이었다. 그때는 일종의 꿈이나 환상이라 여겼는데, 어쩌면 정말 말을 걸어왔던 걸지도 몰랐다.

'서윤아?'

용운은 아기를 바라보면서 속으로 이름을 불러보았다. 하지만 서윤은 그저 생글생글 웃을 뿐이었다.

'음… 정신감응이라는 건 이런 형태가 아닌 다른 능력인가? 아차, 지금 이럴 때가 아니지. 서윤이의 힘은 나중에 주변이 좀 정

리되면 천천히 알아보도록 하고.'

용운은 동평 쪽을 힐끗 쳐다보았다. 그는 벽에 기대앉아 고개를 푹 떨군 채 죽어 있었다.

'제 어머니까지 해쳐가며 복수를 꿈꿨는데, 마지막에는 문희와 서윤이가 변을 당하는 줄 알고 죽었으니…. 저승 가는 길은 즐거웠겠구나. 따로 명복은 빌지 않으마.'

끈질긴 적 하나가 사라졌지만, 크게 기쁘거나 안심이 되진 않았다. 그저 무덤덤했다. 용운은 동평의 얼굴에서 문제의 가면을 벗겨냈다. 가면이 뭐라고 작게 비명을 지르는 것 같았다. 그러자 동평의 시신은 먼지가 되어 부스러졌다. 집념의 화신이자 복양성 대학살의 원인 중 하나였고 마지막까지 용운을 궁지에 몰았던 적의 최후였다.

'이 세계에도 완전히 녹아들지 못한 모양이군. 어찌 보면 불쌍한 인생이었다.'

용운은 가면을 품에 넣고 채염과 서윤을 안았다. 그리고 자지러지게 우는 유민도 들어 올렸다. 어찌 됐건 아기가 됐으니 이대로 두고 갈 순 없는 노릇이었다. 희한하게도 유민은 용운이 안자마자 울음을 뚝 그쳤다.

'이 녀석, 문희와 서윤이를 해치려 한 주제에.'

용운은 방 안을 둘러보고 한숨을 내쉬었다. 시체들에다 목 하나까지. 온통 피투성이였다.

'문희한테 새 거처를 내어줘야겠네.'

그나저나 이 난리가 나도록 아무도 오지 않았다. 이는 내궁에도 큰 변이 일어났음을 의미했다. 아무래도 자신이 직접 나서야 할 모양이었다.

'역시 문제는 이규인가…….'

용운이 셋을 안전한 곳으로 옮기려 할 때였다.

"전하, 괜찮으십니까!"

다급한 고함과 함께 서황이 뛰어들어왔다.

"좀 늦었네요, 공명. 난 괜찮아요."

"이런, 송구할 데가…….'"

서황은 용운이 무사함을 보고 안도했다. 그러다 방 안을 둘러 보고 질린 표정을 지었다.

"이, 이게 다 뭡니까?"

"자객들이에요. 다행히 내가 처리할 수 있었습니다. 공명은 어떻게 알고 이리로 온 거죠?"

용운의 물음에, 서황이 정중히 답했다.

"국양이 최대한 빨리 전하께 가보라고 했습니다. 아무래도 변고가 생긴 것 같다고 하더군요."

"으음, 아무래도 지하 감옥이 뚫렸으니 말이죠. 지금 상황은 어떻죠?"

서황의 얼굴이 흐려졌다.

"청광기가 총출동해서, 내성에서 날뛰는 이규를 막으려 하고 있습니다. 한데 거기에 다른 적 군사까지 가세하는 바람에……."

"다른 적 군사라니요?"

"사마 가문의 사병들이 공격해오고 있습니다."

용운의 표정이 차갑게 가라앉았다. 그는 나직한 목소리로 중얼거렸다.

"…결국, 이렇게 되는 것인가."

용운의 지력은 이제 102에 달했다. 이성적으로는 최염의 말이 옳다는 걸 몰랐을 리 없다. 아주 작은 희망에 기대보았을 뿐. 하지만 그 기대는 최악의 형태로 무너졌다. 그들이 아내와 딸까지 노린 지금, 더 이상의 자비는 없었다.

한편, 전예는 흑영대를 창설한 이래 최대의 위기에 빠져 있었다.

"대장님, 적들이 1층까지 밀고 내려왔습니다!"

수하의 보고에, 전예가 침착한 목소리로 물었다.

"현재 전황은?"

그러는 사이에도 집무실 안 여기저기의 관에서 연신 붉은 천으로 감싼 대나무통이 흘러나왔다. 모두 외부에서 들어오고 있는 연통이었다. 성 곳곳에 있는 흑영대원들이 성의 상황을 실시간으로 알려오고 있었다. 관 앞에 앉은 흑영대원들은 통을 열고 안에 든 서신의 내용을 해석하느라 바빴다.

"청광기는 이규와 사마 가문의 사병에 맞서 고전 중입니다. 저희를 공격해오고 있는 건 사병 중 일부와 난쟁이 하나인데, 하나같이 무력이 뛰어나서 막아낼 자가 없습니다."

"성내에 있는 청광기의 수가 자그마치 일만이다. 우린 그렇다 치고 그 병력으로 고작 이, 삼천에 불과한 사마 가문의 사병과 이규를 못 막는다는 말인가?"

"보고에 의하면 지휘 체계가 없는 탓이 큽니다. 청광기를 지휘할 장수가 없는 게 문제입니다. 또 개인의 무력으로 이규를 감당할 자도 없습니다. 대장님께서 나가셨어야 하는데…."

"그랬어야 할 나는 지금 흑영대를 공격해오고 있는 자들한테 간혔지. 대충 알겠다."

용운이 갓 태어난 아이를 살피느라 정신없는 틈에, 자객들은 감금되어 있던 이규를 풀어주었다. 그것만으로도 이 반란에 내부 세력이 개입했음을 알 수 있었다. 이규의 존재와 구금 장소를 아는 이는 몇 안 됐기 때문이다.

'그 이규와 사병으로 하여금 청광기를 막고 다른 한쪽이 나와 흑영대를 막는다는 작전인가.'

모든 장수가 자리를 비운 지금, 사실상 용운의 양팔을 꺾으려는 셈이었다. 청광기와 흑영대라는.

'그리고 아마 가장 강한 자들이 전하께 갔겠지.'

철저하게 계산된 반란. 과연, 사마 가문답다고 전예는 생각했다. 지하 감옥에서는 허리가 꺾인 채로 죽은 사마철의 시신이 발견되었다. 이규의 짓이다. 자연히 단단히 무장하고서 나타난 정예병들의 정체도 알게 되었다.

'그나마 요원 덕에 서황에게 일러 전하를 보호하라고 부탁할 수 있어서 다행이다. 안 그랬으면 서황은 이규 쪽으로 달려갔을 테니까….'

여러 번 위험한 순간이 있었고 최근에도 사마방의 칼에 찔리기도 했다. 그때마다 운 좋게 목숨을 건졌지만, 이번에야말로 도와

줄 사람이 아무도 없었다. 그나마 의지가 될 2호, 위연마저 성 밖으로 나가 있었다. 전예는 이런 위험한 순간에도 가볍게 웃었다.

'허나 사마 가문이여, 너희가 미처 모르는 사실들이 몇 가지 있다. 바로 그분은 너희가 생각하는 것보다 훨씬 강하다는 것. 그리고 유주의 백성들은 어떤 고난이 닥쳐도 그분의 편이라는 것이다. 이게 그분께서 오랫동안 선정을 펼쳐온 결과다.'

실제로 일을 벌인 뒤, 사마 가문은 백성들의 호응을 전혀 얻지 못했다. 백성들은 유주왕이 폭군이라는 선동에 전혀 반응하지 않았으며 가게와 집의 문을 걸어 잠갔다. 반군에게 맞서다 다치거나 죽는 이들도 속출했다. 청광기는 물론, 치안대와 일반 병사들도 모조리 왕의 편에 섰다. 이규가 아니었다면 일찌감치 진압됐을 터였다.

'전하께서는 잘못되지 않았다.'

마지막을 예감하기라도 한 것인지, 집무실에서 일하던 흑영대원들이 일어나 인사를 건네왔다.

"대장님, 그간 모실 수 있어서 영광이었습니다."

"저희가 시간을 얼마나 벌 수 있을지는 모르겠지만, 가능하다면 꼭 빠져나가십시오."

전예는 황당해하며 대꾸했다.

"이것들 봐, 너희는 흑영대이긴 하지만 죄다 서류나 처리하는 문관들이잖아. 쓸데없는 소리 하지 말고 너희들이나 어서 피해."

"그럴 수는 없습니다."

"어서! 명령이다."

쾅! 그때, 굉음과 함께 두터운 석문이 박살났다. 마지막 방어벽까지 무너진 것이다. 그리고 침입자들이 우르르 밀고 들어왔다. 그 대열의 맨 앞에 선 난쟁이가 죽립 아래로 눈을 번득이며 말했다.

"호오, 여기가 바로 말로만 듣던 흑영대의 본거지인가? 일단 위치를 알고 나니 생각보다는 방비가 약하군."

거기에는 아랑곳없이 흑영대원 하나가 마지막 연통을 열고 내용을 전예에게 알렸다.

"침입자의 우두머리는 황. 원소의 식객 출신으로 그 솜씨가 극에 달한 자객입니다."

풋! 보고를 마친 흑영대원이 눈을 뒤집으며 쓰러졌다. 그에게 독침을 내쏜 황이 말했다.

"어른들 말씀하시는데 끼어들지 마라."

전예는 황을 노려보며 물었다.

"원소와의 의리가 이 정도로 중한가? 유주성에 뛰어들어와 죽음을 무릅쓰고 전하를 노릴 만큼? 아니면, 단순히 사마 가문에서 제안한 포상금 때문인가?"

"흐흐, 네가 국양이구나. 그래, 진용운 그자는 내가 모시던 주인을 죽였고 나의 머무를 곳을 없애버렸다. 그 탓에 천하를 돌아다니면서 살업(殺業)을 쌓아야 했다. 진작 진용운을 노리지 않던 건, 나 혼자서는 아무것도 할 수 없기 때문이었다. 이제 사마 가문이 뒤를 받쳐주니 명분과 실리를 둘 다 얻게 됐는데, 어찌 이 기회를 놓치겠는가!"

전예는 허허롭게 웃었다. 결국, 사마 가문이 화근이 되었다.

'계규(최염)의 우려가 옳았다. 허나 내가 전하를 경애하는 이유는 끝내 사마 가문을 내치지 않으신 그분의 성품 때문이다. 그런 분을 모신 것이니 후회는 없다.'

황은 입가를 일그러뜨리며 말을 이었다.

"피차 길게 얘기할 것 없겠지. 널 없애면 유주왕의 눈과 귀를 멀게 하는 것이라더구나. 네 능력이 너무 뛰어났음을 탓해라. 잘 가거라!"

파파팟! 말을 마친 황이 대롱을 불었다.

"으악!"

그러나 쓰러진 것은 전예가 아니라, 황의 옆에 있던 사마 가문 병사들이었다. 그가 대롱을 부는 순간, 갑자기 나타난 누군가가 그의 고개를 돌려버린 것이다.

"그래, 이쪽을 택하길 잘했지. 상대가 쉽잖아."

황의 얼굴을 양손으로 붙잡은 사내의 말에, 병사들 가운데에서 대답이 들려왔다.

"응, 사율(死率, 죽음의 확률)도 낮아. 5 정도?"

병사들은 깜짝 놀라 통통한 몸매의 여인을 둘러싸고 창을 내밀었다. 이 여자가 자신들 가운데로 섞여들어온 걸 전혀 깨닫지 못했다. 포옹! 가볍게 병사들을 뛰어넘은 여인은 사내의 옆에 착지하여 말을 이었다.

"거의 죽을 일이 없다는 뜻이지. 안심해도 되겠어, 사진."

"수고했어, 린."

황의 얼굴은 여전히 갑자기 나타난 사내에게 붙잡혀 있었다.

그가 떨리는 목소리로 물었다.

"누, 누구냐?"

"말하면 아나?"

우둑! 사내는 거기서 한 바퀴를 더 돌려버렸다. 복수를 꿈꾸며 기다린 세월은 십 년이었으나 죽음은 한순간이었다. 그가 축 늘어진 황의 몸뚱이를 팽개치자 병사들은 슬슬 뒷걸음질하기 시작했다. 사내가 병사들을 응시하며 말했다.

"무기 버리고 꿇어. 그럼 살려주지. 어차피 너희는 다 주인의 명령대로 따른 거잖아."

사내는 언행이 가벼운 것 같으면서도 묘한 위압감을 풍겼다. 병사들이 서로 마주 보더니 하나둘 무기를 버리고 무릎을 꿇었다. 돌아가는 양을 보던 전예가 사내에게 말했다.

"감사합니다. 두 분 귀인께서는 뉘신지…."

사내는 겸연쩍어하며 뒤통수를 긁었다.

"아, 하하. 귀인 뭐 이런 건 아니고요, 굳이 말하자면 여자한테 약점 잡힌 놈이라고나 할까."

"네?"

"전 구문룡 사진이라고 합니다. 그냥 사진이라 부르면 됩니다. 관승의 벗인데, 그 여자가 자신은 곧 성을 비워야 한다며 부탁을 해왔습니다. 성 근처에 있다가 이상한 기미가 보이면 셋 중 한 곳을 택해서 지켜달라고요. 진, 아니 유주왕, 왕후 그리고 당신이 있는 곳."

"아…."

"보니까 유주왕은 왕후와 함께 있는 것 같고 그쪽으로 강해 보이는 사람이 가기에, 저는 여기로 온 겁니다."

"그러셨군요. 관 기도위의…."

관승의 안배였다. 천만다행이었다. 꺼림칙해하던 상대에게 빚을 졌다. 전예는 그 말을 듣는 순간, 이 사진이라는 남자 또한 회의 일원임을 직감했다. 그의 말이 아니더라도 그에게서는 위험하고 이질적인 분위기가 풀풀 풍겼다. 잠시 생각하던 전예가 입을 열었다.

"저, 죄송하지만 부탁 하나만 들어주실 수 있겠습니까?"

그새 사진은 항복한 병사들을 열심히 결박하다가 뜨악한 목소리로 물었다.

"…뭔데요?"

"전 이제 안전해졌으니, 혹 괜찮으시다면 문약(순욱) 영감한테 좀 가봐주셨으면 합니다. 저와는 다른 의미로 전하께 없어서는 안 될 사람입니다."

"전 부탁받은 일만 하는데요."

"관 기도위에게 잘 말해드리겠습니다. 사진이라는 친구분께 정말 큰 도움을 받았으며, 제가 태어나 그토록 의협심 있고 사내다운 분은 처음 봤다고…."

"그래서 그 문약이라는 분은 어디 있죠?"

전예는 씩 웃었다. 예상대로였다. 의외로 다루기 쉬운 자였다. 사진의 옆에서 린이 한심하다는 표정을 지었다.

한편, 청광기는 이규를 제압하지 못해 애를 먹고 있었다. 좀 전 지하 감옥에서 뛰쳐나온 이규는, 우선 애병이자 유물인 도끼 두 자루를 찾아내어 챙겼다. 그리고 알 수 없는 말들을 떠들면서 눈에 보이는 사람들을 닥치는 대로 죽이기 시작했다.

"너희들 모두 날 저주하고 욕하고 있지? 그래, 내가 아버지와 어머니를 죽였다! 어쩔 건데?"

"아악! 사, 살려주세요!"

"멍청한 형사 놈은 죽어서도 내 아비 노릇을 하려다가 또 한 번 죽었지. 진용운의 손에! 어? 하지만 진용운은 날 구해줬는데…."

"치, 치안대를 불러! 어서 달아나!"

잠시 멍해졌던 이규는 자신을 붙잡으러 달려오는 치안대를 보자 또 난폭해졌다. 치안대원들을 쳐 죽인 그녀는 피투성이가 되어 외쳤다.

"괴물이다! 귀신이다! 내가 죽인 자들의 망령이 날 붙잡으려고 한다아아!"

마침내 보고를 들은 청광기들이 출격했다. 이규는 적이 많아지고 광기가 심해질수록 점점 더 강해졌다. 그녀는 발가벗은 채로 좁은 길목에 버티고 서서, 정면으로 청광기들을 상대하고 있었다. 화살을 날리자 그걸 받아 던져서 청광기를 죽였으므로 백병전으로 갈 수밖에 없었다.

"백성들에게 더 이상 피해가 가게 해선 안 된다. 이규를 몰아넣어라!"

한데 문제의 길은 말 한 마리가 겨우 지나갈 정도로 비좁았다.

결국, 이규를 상대하게 되는 건 잘해야 청광기 한둘이었는데 죄다 세 합을 채 버티지 못했다. 하지만 여기서 이규를 처리하지 못하면, 앞으로 몇 사람이나 되는 백성들이 희생될지 몰랐다.

청광기들은 무관에서, 주군과 약자를 보호하다 죽는 것이야말로 가장 명예로운 죽음이라고 배웠다. 그들은 동료의 시체를 넘어 끝없이 이규에게 덤벼들었다. 그러다 보면 언젠가는 지치리란 계산도 있었다. 하나, 둘, 셋, 넷, 다섯, 정예 청광기가 2~3초에 한 사람꼴로 죽어 나갔다. 이규는 마치 숨조차 안 쉬고 도끼를 휘두르는 것 같았다. 눈 깜빡할 사이에 수백의 청광기가 쓰러졌다. 그사이 성 곳곳에서는 사마 가문의 사병들이 치안대와 사투를 벌이고 있었다.

변화가 일어난 건 그럴 즈음이었다.

"이 미련한 놈들아!"

수염이 덥수룩한 장한이 담장에 올라서서 고래고래 외쳤다. 얼굴이 검게 타고 옷도 바랜 것이 아주 멀고 고된 길을 왔음을 짐작하게 했다.

"너희들, 청광기 맞지? 최정예라고 들었는데 왜 이렇게 무식해? 개죽음하지 말고 이제부터 내 지시를 따라라!"

사내의 말에, 그가 올라선 담장 바로 앞에 있던 청광기 하나가 물었다.

"그대는 누구요?"

"나는 여포 봉선 대공님의 수하이자 의형제, 중랑장이었던 장선고다!"

"장… 장패 선고?"

사내는 바로 장패였다. 원술군에 포로로 잡혔던 그는, 허창에서 군량을 지키는 신세가 되어 있었다. 그러다 원술을 치려던 조조 측의 거래를 받아들여, 400여 수하들을 거느리고 비밀리에 허창을 떠나 달아났다. 조조는 약속대로 장패가 제 영역을 무사히 통과하도록 해주었다.

하지만 말 그대로 통과만 하게 해주었을 뿐이다. 장패의 여정은 순탄치만은 않았다. 도중에 매서운 한파를 만나 수하를 여럿 잃었다. 물이 불어난 강을 건너다 휩쓸려간 자도 있었다. 천신만고 끝에 탁군에 도착하니, 애타게 그리던 여포는 형주로 떠난 후였다.

장패는 맥이 탁 풀렸지만, 그새 많은 것들이 변했음을 알게 되었다. 우선, 여포가 용운에게 완전히 굴복하고 가신이 되어, 대공의 자리에 올랐다고 했다. 장패는 좀 충격을 받았으나 곧 순응했다. 여포가 모시는 사람이라면 자신도 따르기로 마음먹은 것이다. 이에 부지사인 주무의 권유로 유주성에 온 참이었다. 그간의 일들을 보고하고 용운에게 정식으로 인사한 다음, 적당한 관직을 얻기 위해서였다. 장패를 맞이한 내성 관리는 난처한 기색으로 설명했다.

"전하께서는 얼마 전 아기씨를 보시어 경황이 없으십니다. 말씀 전해드릴 테니, 하루 이틀만 기다려주십시오."

"그러지 뭐."

장패는 용운을 알현하길 기다리면서 내성 귀빈실에 머무르고 있었다. 거처는 넓고 깔끔했으며 관리와 시녀들도 친절해서 썩 마음에 들었다. 그러다 밖에서 큰 소란이 벌어지자, 놀라서 무슨 일인가 하고 뛰쳐나온 것이다.

'본성에 이 난리가 나다니. 안 되지. 그간 고생한 게 아까워서라도 유주왕을 지켜야 돼. 봉선 형님도 내가 그래 주길 바라실 거다.'

장패의 이름을 들은 청광기는 얼굴에 희색을 띠었다.

"아, 장선고 님! 알고 있습니다. 저는 천인장인 오경이라고 합니다."

"오경, 유주성의 장수들은 다 어디로 간 건가?"

"형주로 가신 분들이 많고 남은 분들은 얼마 전 고구려 사신단을 맞이하러 요동으로 떠났습니다. 또 서공명 님께서는 전하께가 계십니다."

"하필 이런 때…. 아니, 이럴 때를 노린 거겠구먼."

"말씀대로 지휘권을 넘겨드리겠습니다. 명을 내려주십시오."

"좋다. 그런데 너희는 죄다 멍청이들이냐? 어쩌자고 이 좁은 데서 저 괴물을 상대하고 있는 거야?"

"아, 백성들이 다칠까봐 구석으로 몰아넣다 보니…."

"쥐도 궁지에 몰리면 고양이를 문다고 했거늘, 저 계집은 쥐가 아니라 거의 요괴 수준이지 않느냐. 무작정 몰아넣을 게 아니라 붙잡아둬라."

장패는 큰 목소리와 깃발, 전령 등을 이용하여 청광기를 지휘하기 시작했다. 점점 청광기가 이규의 손에 죽어 나가는 빈도가 줄었다. 청광기들은 직접 달려드는 대신, 조금씩 거리를 유지하면서 이규를 끌어냈다. 연막과 그물 등 다양한 도구를 써서 그녀의 정신을 흐트러뜨렸다. 거기에 정신이 팔린 사이, 나머지 청광기들이 뒤로 돌아가 반대편 길목을 막았다.

그녀는 길고 높은 담장 사이에 갇힌 꼴이 됐다.

장패가 의기양양해서 말했다.

"좋아. 이제 양쪽 담 위에 올라가서 불화살을 계속해서 퍼부어라. 그럼 아무리 괴물이라도 못 버티겠지. 그나저나 대체 저건 정체가 뭐야?"

"이규라고 하지요. 불쌍한 아이입니다."

"이규라…. 헛! 넌 누구냐!"

장패는 갑자기 옆에 나타난 은발의 미청년 때문에 화들짝 놀랐다. 그러다 곧 그가 누군지 알아채고 황급히 허리를 숙였다.

"장패 선고, 유주왕 전하를 뵙습니다! 봉선 대공이 저의 상관이자 의형입니다."

"선고 장군이었군요. 원술에게 포로로 잡혔었다 들었는데, 어떻게 여기 계신 거지요?"

"아, 그게…."

장패가 어디서부터 얘기해야 할지 몰라 머뭇거릴 때였다. 용운이 빠르게 말했다.

"하긴 지금 그 사연을 풀어놓을 상황은 아니네요. 사태가 진정되면 천천히 듣기로 하고, 우선 청광기들의 희생을 줄여주어 고마워요. 내 이 일은 꼭 기억하지요."

"아, 아닙니다, 전하."

용운은 서황과 요원에게 채염 및 두 아기를 맡겨두고 온 참이었다. 직후 흑영대 본부로 향하여, 거기서 전예의 무사함을 확인했다. 또 사진이라는 자가 관승의 부탁으로 자신을 구해줬으며 순욱을 지키러 갔다는 말도 들었다.

'구문룡 사진…. 분명 아버지와 싸웠다가 죽었다고 들었는데, 잘못된 정보였나? 그가 관승과 가까운 사이였다니 의외로군. 아무튼 덕분에 큰 도움을 받았다.'

전예가 건재하다는 자체가 사진을 믿을 수 있다는 증거였다. 다른 속셈이 있었다면, 그 자리에서 전예를 죽이는 것만으로 용운에게 치명타를 줬을 테니까. 전예야말로 위원회를 포함, 용운의 적들이 일순위로 제거하고 싶어 하는 존재가 되어 있었다. 용운은 그길로 곧장 이규를 찾아 달려왔다가 장패를 만난 것이다.

'다행이다. 예상보다 청광기의 피해도 적어 보여. 최악의 경우까지 생각했는데….'

꼬이기만 하던 일이 어쩐 일로 천천히 풀렸다. 사마 가문이 언젠가 터져야 할 응어리였다면, 차라리 이런 식으로 해결되는 게 나을지도 몰랐다. 역시 해답은 사람이었다. 관승에게서 사진으로 이어지고 여포에게서 장패로 이어진 인연이, 소중한 사람을 지키고 위기에서 벗어나도록 해주었다.

'너 또한 그런 인연으로 바꿀 수 있을까?'

용운은 담장에서 훌쩍 뛰어내려 이규의 앞에 섰다. 장패가 다급히 깃발을 휘둘렀다. 모두 행동을 멈출 것을 지시하는 의미였다. 이규는 경계하는 눈초리로 용운을 보며 물었다.

"너, 누구야?"

"나, 용운 오라버니다. 이규야."

"용운 오라버니? 어디 있다가 이제야 왔어?"

히죽 웃던 이규의 얼굴이 급격히 험악해졌다.

"가만, 그럼 네가 진용운이잖아? 네가 나의 흑랑을 죽였지?"

"그때는 어쩔 수 없었어. 우리가 아직 적이었을 때니까. 하지만 지금은 친구잖아."

"친구? 으… 머리가 너무 아파."

"이규….."

"닥쳐!"

이규는 용운을 향해 쌍도끼를 내리쳤다. 숨죽인 채 보고 있던 장패와 병사들이 기겁했다. 용운은 특유의 초속으로 도끼를 가볍게 피했다. 그리고 새로 갈아입고 온 보라색 장포를 벗어 이규에게 덮어준 뒤, 그녀를 꼭 안았다.

"여자아이가 이러고 다니면 어떡해."

"이, 이거 놔!"

용운은 버둥거리는 이규를 더 세게 끌어안았다.

'이규, 불쌍한 녀석. 태생적으로 사이코패스인 데다 천살성의 기운을 받은 탓에 피를 보고 살인해야만 정신상태가 안정되지. 역시 죽일 수밖에 없는 건가?'

그때, 용운의 머릿속으로 누군가의 다급한 목소리가 흘러들어왔다. 어린 여자아이의 음성이었다.

— 아빠, 그 언니를 죽이면 안 돼!

— 너, 혹시 서윤이니?

— 응, 맞아. 아빠가 이름 지어준 아빠 딸 서윤이.

— 그래, 그렇구나. 그런데 왜 이규를 죽이지 말라는 거지? 이 녀석은 위험해. 나도 안타깝지만⋯ 내 부하들과 죄 없는 백성들을 너무 많이 죽였어. 그 죗값 때문에라도 어쩔 수 없다.

— 그건 세계가 그 언니를 통해서 인간의 업보 비율을 맞추기 때문이야. 사람들이 지은 죄가 계속 쌓이다가 한계에 이르면 아예 세상이 망하거든. 하지만 그건 세계도 원하지 않아. 그래서 그 언니를 움직여서 사람을 죽여, 업보의 전체량을 줄여가는 거야.

— ⋯서윤아, 넌 그런 걸 어떻게 알았니?

— 몰라. 저절로 알게 됐어. 아무튼 그러니까 그 언니를 죽이면 안 돼. 그 언니가 사라지면 오히려 더 많은 사람이 죽게 될 거야. 큰 전쟁이 일어나거나 역병이 돌아서.

— 그래, 알았다. 살업을 쌓되 그나마 죄 없는 이를 해치지 않게 하려면, 이규를 전쟁터에 내보내야 할 텐데. 문제는 정신상태가 불안정해서 아군을 공격할 수도 있다는 거야.

— 그건 내가 제어할게. 내가 생각을 보낼 수 있는 사람은 지금 세상에서 딱 둘인데, 그게 아빠와 그 언니거든⋯. 아빠, 나 아직 힘들어서 동시에 둘은 못해. 이따가 엄마한테 와!

서윤의 사념이 끊어졌다. 잠시 후, 버둥거리던 이규가 점차 얌

전해졌다. 그녀는 혼자 헤실헤실 웃으며 중얼거렸다.

"뭐? 내 친구라고? 용운은 네 아빠고, 네가 내 친구니까 내 아빠나 마찬가지야? 하지만 흑랑은…. 아, 그건 네 아빠가 한 게 아니었구나?"

그러던 이규가 갑자기 축 늘어졌다. 놀란 용운이 살펴보니 작게 코를 골면서 자는 중이었다. 용운은 안도의 한숨을 내쉬었다.

'휴…. 일단 한 건 해결인가.'

그는 문득 자신이 우스워졌다. 조금 전까지만 해도 죽으려고 마음먹었던 주제에.

이렇게 해서 표면적으로는 두 번째 반란이자 사실상 진정한 의미에서의 최초의 반역, '사마 가문의 반역'은 실패로 막을 내렸다. 사마방과 사마연의 죽음에서 비롯된 반란은 사마랑 및 사마의를 제외한 사마팔달 전원이 죽거나 포로가 되고 이 일과 연관된 사마 가문의 방계 수백 명이 체포되면서 끝났다. 전예는 물론 순욱도 하마터면 위험할 뻔했으나, 사진의 도움으로 둘 다 위기를 넘겼다.

너그러운 용운이지만 이번에는 가차 없이 일을 진행했다. 반란 세력이, 그가 아끼는 가신들뿐 아니라 가족까지 죽이려 든 탓이었다. 게다가 이규를 풀어주어 수백의 사상자를 냈다. 용운은 확인 결과, 성혼교에 세뇌되었다기보다 스스로 감화된 쪽에 가까운 삼남 사마부와, 사병들을 부려 직접 무력을 행사한 사남 사마욱을 사형에 처했다. 그리고 사마순, 사마진, 사마통, 사마민 등

남은 형제들은 모두 오환의 땅으로 귀양 보냈다. 동시에 사마의를 불러들이기 위해 흑영대원을 양주로 급파했다. 사마랑은 책임을 통감, 스스로 관직을 내놓고 은거를 결심했다.

한편, 흑영대원보다 한발 앞서 출발한 비월의 수장은 양주를 향해 쉬지 않고 말을 달리는 중이었다. 비월은 사마 가문의 숨겨둔 무기이자 비밀 정보 조직으로, 사마의를 주군으로 모시고 있었다. 그는 벌써 며칠째 제대로 쉬지도, 먹지도 못했다. 당연히 수면은 아예 취하지 않았다. 허리가 끊어질 것 같고 눈앞이 침침했다. 그러나 그는 이를 악물고 버텨냈다.

'어떻게든 이 소식을 주공께 알려야 한다, 한시라도 빨리.'

새로운 불씨이자, 마왕의 '도화선'에 불을 붙일 자가 양주에 도착할 날이 머지않았다.

22

결말과 수전(水戰)

　유주성의 2차 반란, 세상에 '사마 가문의 반란'이라 알려진 변란은 일단락됐다. 하지만 유주에 큰 상처를 남겼다. 양측에서 많은 사람이 죽었고 민심도 흉흉해졌다. 사마 가문의 인재들은 정치, 경제 여러 분야에서 대거 활약하고 있었기에 그 공백도 컸다. 불행 중 다행스러운 점은, 직전에 서주의 미씨 가문을 영입한 덕에 경제적인 부분에서는 타격을 최소화할 수 있었다는 것이다.

　주린 배가 채워지자 백성들의 혼란은 어느 정도 가라앉았다. 그리고 용운과 그 가족 및 주요 가신들은 대부분 무사한 것도 다행이었다.

　용운은 붙잡혀온 사마욱을 직접 심문했다. 그는 성혼교에 세뇌된 것도 아니었는데, 왜 그토록 자신에게 반감을 품었는지 알고 싶어서였다. 끌려온 사마욱은 결박된 채 꿇어앉아 용운을 노려보며 말했다.

　"넌 내 아버지를 몰아붙인 끝에 죽게 했다."

　용운은 담담히 대꾸했다.

"건공은 문약(순욱)과 국양(전예)을 직접 해치려 했어요. 특히, 국양은 부상을 입고 자칫 목숨이 위험할 뻔했지요. 그 광경을 현장에서 본 사람이 무수하고요. 게다가 유주에서 사교로 규정한 성혼교와 내통하기까지 했어요."

"그건…."

"하지만 난 그를 자택에다 연금하는 것 외에는 처벌하지 않았어요. 그의 자의에 의해 이뤄진 일이 아니라고 믿었기 때문이죠. 내 행동 어디에서 건공을 부당하게 핍박한 게 있나요?"

사마욱은 입을 다물고 용운을 노려볼 뿐이었다. 용운은 계속 말을 이었다.

"건공과 연이 죽은 일에 나 역시 책임을 느껴요. 너무 갑자기 사실에 직면케 해서, 죄책감을 못 이긴 건공이 자살을 택했죠. 그걸 본 연은 계달, 그대처럼 내가 아버지의 죽음과 관계가 있다고 지레짐작하여 자진한 것이고요. 허나 내가 한 일은 건공을 성혼교의 사술에서 풀어주어 정신 차리게 한 것뿐입니다. 그래야 그가 무죄라고 주장할 수 있었기 때문인데…."

"거, 거짓말이다! 그러면 왜 유서조차 안 남기신 건가?"

외치는 사마욱은 당황한 기색이 역력했다. 지켜보던 전예가 엄한 어조로 말했다.

"어허, 누구의 안전이라고 목소리를 높이는가!"

이어서 그는 삼남 사마부를 끌고 오게 했다. 사마부는 다 체념한 듯 평온한 얼굴이었다. 그에게 용운이 또 물었다.

"숙달, 그대도 아버지의 복수를 하려고 반란을 일으킨 겁니까?"

사마부는 별안간 허리를 젖히며 크게 웃었다.

"하하! 위대한 별이 이끌어주는 길에, 한낱 혈연 따위가 무슨 의미가 있겠습니까?"

그 말에 오히려 충격받은 쪽은 사마욱이었다. 그는 어리둥절한 표정으로 사마부를 보았다. 다혈질인 자신을 오히려 말리던, 늘 조용하고 온건해서 내심 얕보기도 했던 그 형이 아니었다.

"형…?"

"전하께서 성혼교를 사교로 지정하고 수많은 교도를 핍박하신 건 명백히 잘못된 일입니다. 전 거기에 대한 항의의 표시로 반란을 일으킨 겁니다. 교도들이 죽어갔듯 그 일을 지휘한 국양을 제거하려 했고 말입니다."

"혹시 건공의 유서를 없앤 것도 그대인가요?"

용운은 지살위 단경주의 천기로 해당 지역, 그러니까 사마방이 목을 매단 대청의 기억을 읽었다. 거기에 따르면, 사마방과 사마연의 시신을 제일 먼저 발견한 사람은 이 삼남 사마부였다. 그 뒤, 그의 행동에 뭔가 애매한 부분이 보였다. 아버지와 여동생의 죽음을 보고 놀라기에 앞서, 협탁에 손을 대더니 뭔가를 제 소매 안으로 집어넣는 동작이 포착된 것이다. 협탁을 살펴보니 말라붙은 먹 자국이 나왔다. 최근에 그 위에서 뭔가를 썼다는 뜻이었다. 이에 심증만 갖고 물어본 것이었는데, 사마부는 의외로 순순하게 답했다.

"그렇습니다. 제가 유서를 숨겼다가 불태웠습니다."

"형님!"

버럭 소리치는 사마욱을 제지하며, 용운이 재차 물었다.

"왜 그런 거죠?"

"거기에 아버지께서 쓸데없는 얘기를 써놓으셨기 때문입니다. 성혼교의 은총을 부정하며, 당신께서 교의 사술에 잠깐 어떻게 됐었나 보다란 얘길…. 그걸 보면 아둔하고 마음 약한 형제들은 분명히 전하께 굴복하고 다시 충실한 가신이 되겠지요. 그런 일을 막으려고 유서를 태웠소."

"으아아아아!"

사마욱이 묶인 채로 사마부에게 달려들었다. 그는 사마부를 깔고 앉아, 원독 어린 말투로 내뱉었다.

"이 새끼야, 그럼 너는 그 사교 때문에 형제들과 가문을 이용한 거냐? 아버님의 유서까지 감춰가면서?"

사마부는 무서울 정도로 태연하게 대꾸했다.

"그래. 더불어 아버님께 교의 술을 드려서 입교하시도록 한 것도 나였다. 내가 느낀 은총을 아버님께도 알려드리기 위해서 말이다."

그랬다. 사마방에게 성수를 마시게 한 장본인이 바로 사마부였다. 사마욱은 이를 갈았다.

"이 미친놈…."

"하하, 미치기는 너도 마찬가지 아니냐, 아우야? 전하에 대한 내 불만은 딱 하나, 성혼교를 핍박하는 것뿐이었다만. 너희는 가문이 온갖 수혜를 입고 모두 분에 넘치는 관직에 올라놓고선, 더 큰 권력을 원했지. 연, 그 아이가 왕후 감으로 가당키나 하다고 생각하느냐? 욕심에 눈이 어두워….”

전예가 둘을 뜯어말리려 할 때였다. 일어서서 물러나는 것 같던 사마욱이, 갑자기 온 힘을 다해 진각을 밟으면서 뒤꿈치로 사마부의 명치를 내리찍었다. 콰득!

다른 형제들과는 달리, 사마욱은 급한 성정과 어울리게 무공을 제법 익혔다. 이번에 사병을 지휘하여 앞장선 것도 그래서다. 전예는 미처 막을 틈이 없었고 용운은 말리지 않았다. 사마부에게서 이미 죽기를 각오한 마음을 읽어냈기 때문이다. 그렇다고 고문해서 뭔가를 알아낼 수 있을 것 같지도 않았다. 쿨럭! 피를 토한 사마부가 중얼거렸다.

“고맙다….”

곧 그는 숨이 끊어졌다. 사마욱은 넋 나간 얼굴로 털썩 주저앉았다. 잠시 후, 제가 죽인 형의 시신이 치워지는 걸 보던 사마욱이 말했다.

“전하, 부탁이… 부탁이 있습니다.”

“말해요.”

“가문의 죄는 셋째 형과 제가 다 떠안고 가겠습니다. 그러니 부디 중달(사마의) 형님과 큰형님은… 내치지 마옵소서. 그들은 전하를 진심으로 존경하고 따랐으며, 이번 반란에 대해서도 전혀 몰랐습니다. 귀양 간 나머지 아우들이야 어쩔 수 없다고 쳐도 말입니다.”

용운은 긴 한숨과 함께 답했다.

“휴우…. 일이 이렇게 되어버린 이상 내 의사와 무관하게 두 사람을 전처럼 중용하긴 힘들 겁니다. 가신들의 반발이 상당할 테 니까요. 하지만 그건 내가 아무리 오랜 시간이 걸려도 설득하고 달래어 이해받을 자신이 있습니다. 문제는."

사마욱은 이제 눈빛이 맑아져 있었다. 비로소 전말을 알고 제 잘못도 깨달은 것이다.

"문제는 오히려 중달이 과연 이번 일에 대해 가문의 과오를 인 정하고 여전히 나에 대한 충성심을 잃지 않을 것인가 하는 거예 요. 내가 그를 내칠 게 아니라, 그가 날 내치지 않기를 바랄 뿐입 니다."

"그걸로 충분합니다. 제가 직접 둘째 형님께 보내는 서신을 쓰 겠습니다. 그때까지만 시간을 주십시오."

"…그러죠."

용운은 착잡한 심정으로 심문장을 떠났다. 두 시진 후, 전예가 피 묻은 양피지를 집무실로 가져왔다.

"계달이 중달에게 쓴 서신 겸 유언장입니다."

"계달은?"

"이걸 다 쓴 다음 혀를 깨물었습니다. 어찌 되었든 반역을 저질 렀고 형까지 죽였으니…."

"그냥 사형한 걸로 해요. 사마부와 사마욱, 둘 다. 형제를 죽이 고 자살했다는 것보다는 그편이 나을 테니까요. 죽은 뒤 최소한 의 명예라도 지켜줘야죠."

"알겠습니다, 전하."

나가려던 전예가 멈칫하더니 조심스레 물었다.

"저, 그런데 전하."

"말해요."

"중달이 과연 어떻게 나올까요? 차라리 그가 성내에 있었다면 감시하거나 필요에 따라 구금이라도 하겠지만… 멀리 양주 땅에 있으니 더 신경이 쓰입니다. 더구나 군권까지 갖고요."

"일단 흑영대원을 통해서 돌아오라는 명을 내렸으니, 사마욱의 서신을 최대한 빨리 전하도록 해야겠죠. 어차피 숨길 수는 없는 일이니까요."

"그를 받아들이실 생각입니까?"

"아까도 말했지만, 중달이 날 받아주길 바랄 뿐이에요."

전예는 내심 사마의를 먼저 제거하는 게 어떨까 하고 생각했다. 사마 가문에 대한 최염의 우려도 결국 현실이 됐지 않은가. 일전에 순욱으로부터 얘기를 들은 적이 있었다. 사마의, 그는 결코 적으로 돌려선 안 될 자라고. 계략을 쓰는 데 있어 거침이 없고 눈앞에서 아무리 많은 사람이 죽어 나가도 눈 하나 깜빡하지 않는, 아니 오히려 그 광경을 즐기는 독사의 마음을 가졌다고 말이다. 또 종요가 말한 낭고의 상이란 것도 마음에 걸렸다. 그냥 두기에는 이래저래 걸리는 게 많았다.

그의 마음을 읽기라도 한 것처럼 용운이 평소와 다른 엄한 어조로 말했다.

"그냥 둬요. 내 명령 없이 아무것도 하지 말고."

"그러려고 했습니다."

"정말요?"

"…마음속으로 치우는 게 낫지 않겠나 생각만 했습니다. 진짜입니다."

"국양, 세상 사람들에게 난세의 간웅(奸雄)이라 불리는 사람이 있었어요. 분명 영웅의 기상을 가졌는데, 자신에게 이득이 되는 일이라면 냉혹한 짓도 서슴지 않아서 생긴 별명이었죠."

"네."

"그는 이런 말을 했어요. 내가 천하를 저버릴지언정 천하가 나를 버리게 하는 건 용납할 수 없다고."

이는 사실《삼국지연의》에서 조조가 한 말이었다. 조조가 동탁을 죽이려다 실패하고 쫓길 때였다. 그는 자신을 숨겨준 여백사라는 사람의 일가족을 오해로 죽였다. 그리고 달아나던 중 여백사와 마주쳤는데, 아무것도 모르던 그마저 죽이고 말았다. 이에 동행했던 진궁이 놀라 이유를 묻자, 그때 한 말이 저것이었다. 다만, 여백사는 실존 인물이 아니었으므로 저 장면 역시 조조의 냉혹함을 부각시키기 위한 나관중(《삼국지연의》의 저자)의 창작이다. 이에 용운은 조조라 칭하지 않고 어떤 인물이라고만 말한 것이다.

용운의 얘기를 들은 전예는 혀를 내둘렀다.

"허, 누군지는 몰라도 상당히 광오한 자로군요."

"난 그 반대입니다. 천하가 날 버려도 나는 버리지 않아요. 하물며 내가 아끼던 중달은 말할 필요도 없겠지요. 그가 날 배신하기 전까지는 난 그를 믿을 겁니다."

"…잘 알겠습니다, 전하."

전예는 감격 반, 우려 반의 심정으로 물러났다. 주군이 자신을 절대 버리지 않으리라는 확신. 가신에게 이것보다 더 든든한 게 어디 있으랴. 다만, 상대의 마음은 같지 않다는 게 문제였다. 용운이 사마의를 아낀다는 건 전예도 알았다. 심지어 자신의 암살 계획에 관여했던 제갈량도 어릴 때의 인연만으로 여태 놓지 못하고 있다. 전예는 이 일로 인해 행여 용운이 상처받지나 않을까 걱정되었다.

'중달, 부디 현명한 선택을 하길 바라네. 순순히 유주로 돌아와야 해. 저항하거나 달아나지 말고. 전하는 결코 그대를 해치려는 게 아니야.'

아무래도 추가로 흑영대원을 보내야 할 것 같다는 기분이 들었다. 경황이 없다 보니, 앞서 출발한 자에게 그저 사마의를 데려오라고만 한 것이다. 그는 서둘러 걸음을 옮겼다.

채염은 눈을 뜨자마자, 자신을 걱정스레 내려다보는 용운을 보았다. 그녀가 엷게 웃었다.

"전하….'

"문희, 정신이 들어요? 좀 어때요?"

"전 괜찮습니다, 전하. 전하께선 다치지 않으셨어요?"

"하하, 난 멀쩡해요. 그대가 하루를 꼬박 눈을 뜨지 않아서 걱정한 것만 빼고요."

"오래 잔 덕인지 많이 좋아졌어요. 그런데 아기, 서윤이는요?"

용운의 옆에 앉아 있던 여자 의생이 포대기로 감싼 서윤을 내밀었다. 채염은 얼른 아기를 받아 품에 안고 안도의 한숨을 내쉬었다.

"아, 무사했군요! 다행…."

말하던 그녀의 눈에서 울컥 눈물이 솟구쳤다. 그럴 만도 했다. 태어난 지 얼마 안 된 아기와 함께 있던, 내궁 가장 깊숙한 곳까지 자객들이 들어와 피를 뿌렸으니. 용운은 가슴이 저렸다. 이 사람을 대체 몇 번이나 울게 한 걸까. 그는 채염의 이마에 가만히 손을 얹고 말했다.

"괜찮아요, 문희. 이제 다 끝났어요. 제대로 지켜주지 못해서 미안해요."

"아니에요, 전하…."

그 난리를 치렀음에도 다행히 채염과 서윤은 다친 곳 없이 멀쩡했다. 쉴 수 있도록 모녀를 두고 나온 용운에게 의원이 조심스레 말했다.

"전하, 송구하지만 왕후 마마에 대해 드릴 말씀이 있습니다."

"뭔가요?"

"아시다시피 왕녀께서는 정상적인 기간보다 훨씬 오래 태중에 계셨습니다. 그만큼 왕후께 가해진 부담도 커졌고요. 가뜩이나 몸이 약해진 상태에서 출산을 거치고 이번 일로 크게 기함하시기까지 해서, 왕후님은 기혈이 많이 흐트러진 상태입니다."

용운의 안색이 어두워졌다. 그는 무거운 목소리로 물었다.

"그럼 어떻게 해야 하죠?"

"일단 앞으로 충분한 휴식을 취하셔야 하고 몸을 보하고 기혈을 안정시키는 보약을 오랫동안 드셔야 합니다. 스승님께서 지어주시는 약이 최고인데, 지금 자리에 안 계시니…."

스승이란 청낭원의 장, 화타를 의미했다. 화타는 양주로 떠난 원정군과 동행한 상태였다. 아끼는 장수들을 하나라도 잃기 싫었던 용운의 선택이었지만, 지금은 조금 후회되기도 했다.

"그대는 그런 약을 지을 수 없나요?"

이 여자 의원은 화타가 키워낸 제자 중 하나였다. 용운의 치세가 아니었다면, 여자의 몸으로 의원이 되기란 거의 불가능했음을 그녀는 잘 알고 있었다. 이에 용운에 대한 경애심이 극진했다. 그녀는 사뭇 결연한 어조로 말했다.

"아무래도 스승님만은 못하겠지만, 최선을 다해보겠나이다."

"부탁할게요."

의원은 용운에게 미처 못한 말이 있었다. 아무리 그렇게 몸을 보해도 채염의 수명이 크게 줄었으리라는 것이었다. 그녀는 아무쪼록 용운이 하루라도 더 채염과 함께 보낼 수 있길 바랐다.

용운은 채염 및 서윤과 함께 지낼 새로운 거처를 떠나 이번에는 대전으로 향했다. 난리 후의 일은 거의 다 처리했는데 아직 만날 사람이 남아 있었다. 바로 사진이었다.

"안녕하세요?"

가볍게 꾸벅 인사하는 동작만 봐도 그가 어느 시대의 사람인지 짐작이 갔다. 옆에는 통통한 몸집의 여인이 함께 서 있었다.

'병마용군이겠지.'

누대에 앉은 용운이 사진에게 물었다.

"관승의 친구라죠?"

"음, 예. 뭐, 친구라기보다 제가 일방적으로 좋다고 쫓아다니는 처지입니다만."

"아주 가까운 사이인 것 같은데요."

이어진 용운의 말에, 사진이 살짝 경직되었다.

"위원회를 버리고 관승을 택할 정도인 걸 보면."

"…저도 이런 날이 올 줄은 몰랐습니다."

"관승은 내 밑에서 기도위 관직을 받았고 지금은 요동으로 떠났어요. 당신도 그녀처럼 나의 가신이 되길 원하나요?"

"아니요, 저는 아직 뭐 그 정도는 아니고요. 어디 얽매이길 싫어서. 그래서 회 내에서도 찍혔습니다."

그사이 용운은 사진을 대인통찰로 살핀 후였다. 그 결과 확인한 자신에 대한 그의 호감도는 55. 악의는 아니지만, 거의 별 감정이 없는 타인이라 봐도 무방했다.

'정말로 오직 관승 때문에 움직인 거였나 보군.'

어쨌거나 굳이 적으로 돌릴 필요는 없었다. 그가 전예를 구하고 순욱을 지켜주는 등 큰 공을 세운 것도 사실이었으니까. 이런 사람은 오히려 다루기 쉬운 면도 있었다. 그를 곁에 두기로 마음을 정한 용운이 말했다.

"원한다면 유주성 내에 거처를 마련해주겠어요. 거기서 편하게 관승을 기다리도록 해요."

"오, 그래 주시면 고맙죠."

"다만, 한 가지 명심할 게 있어요."

"그게 뭔데요?"

"난 성혼교, 그러니까 위원회와 돌아올 수 없는 강을 건넜어요. 이미 소중한 사람들을 여럿 잃었죠. 게다가 이번에는 내 아내와 아이까지 공격했고요."

사진은 어깨를 으쓱했다.

"네. 뭐, 그건 좀 치사했습니다. 전 조직에 있었을 때도 여자와 아이는 안 건드렸는데…"

"그래서 내 방침이 좀 바뀌었습니다. 이제까지는 저도 나름대로 적이 많아서 방어적인 입장을 취해왔습니다. 하지만 원소, 유비 등은 다 무너뜨렸고 조조와 원술은 서로 싸우고 있죠."

갑자기 대전 내의 공기가 차갑게 가라앉았다. 사진과 병마용군 린은 저도 모르게 움츠렸다.

"그 덕에 이제 슬슬 익주를 압박해볼까 해요."

"그렇습니까?"

"그때 만약 당신이 내부에서 엉뚱한 짓을 한다면…"

린은 이제 숫제 오들오들 떨기 시작했다. 사진의 코와 입에서도 허연 입김이 나왔다. 그러나 용운의 표정과 목소리에는 변화가 없었다. 그는 한결같이 부드럽게 말했다.

"몹시 후회하게 될 거예요."

"기억하지요."

대전을 나오자, 용운의 명을 받은 하인이 기다리고 있었다. 그를 따라가던 도중 린이 중얼거렸다.

"100…."

"응?"

무슨 소린가 하고 쳐다보는 사진에게 그녀가 말했다.

"아까 말이야, 갑자기 엄청 추워졌을 때. 우리의 사율은 100이었어."

"헛! 뭐라고? 그럼 무조건 죽었다는 거잖아!"

"응. 저 사람이 마음만 먹었다면. 금방 수치가 낮아지긴 했지만. 후아, 위원장도 이 정도는 아니었는데. 진용운… 무서운 사람이었네."

"그러게. 그냥 순둥이라서 맨날 당하기만 하는 줄 알았더니, 이번 일을 가차 없이 처리한 것도 그렇고. 아아, 드디어 나도 어디 한 곳에 포지션을 정해야 할 때가 온 건가?"

"일단 지켜보기만 해. 그게 최선이야."

"알았어. 매일 노숙했는데 집도 생기고 좋네."

둘은 하인을 따라 새 거처를 향해 걸음을 옮겼다.

한편, 대륙 북동부의 요동 근처. 한 무리의 군사와 수송대가 느리게 이동하고 있었다. 고구려에서 용운에게 보낸 감사 사절 및 식량 수송대였다. 선두에 선 자는 고구려의 장군 박위거(駁位居). 반란을 일으켰다가 귀양 가서 자결한 발기의 아들이었다.

새로이 왕의 자리에 오른 계수는 그럼에도 불구하고 이 박위거를 해치지 않았다. 뿐만 아니라 장군의 자리를 주기까지 했다. 실제 역사에서도 발기의 난을 진압한 고국천왕은 박위거를 비롯한 가족들을 고구려에 그대로 남게 하고 귀족의 지위를 누리게 해주었다. 이는 의문점으로 남았는데, 아들 박위거는 아버지와 다른 노선을 걸었던 게 아닌가 하는 시각이 있고 발기가 공손강 세력에 도움을 청하러 떠나면서 고구려에 남겨둔 내통 세력일 거라는 해석도 있다. 또 왕위에 오르지 못하고 죽은 형의 한을 이해한 고국천왕이 자비를 베풀었다는 설도 있다.

아무튼 역사와 마찬가지로 살아남은 박위거는 계수에게 전혀 유감이 없었다. 자신의 아버지가 얼마나 집요하게 그를 죽이려 했는지 알았기 때문이다. 그걸 감안하면 오히려 자신을 살려준 게 고맙기까지 했다. 요동행을 자원한 것도 그래서였다. 수송대를 보호해가며 먼 길을 다녀와야 하는 요동행은 결코 쉽지 않은 임무였다. 이를 무사히 해내어 계수의 외교를 돕는 한편, 충성심을 드러내고 싶었던 것이다.

또 개인적으로 유주왕 진용운이라는 인물이 궁금하기도 했다. 현지인과 다름없는 능숙한 고구려 말에, 나이와 성별을 가늠하기 어려울 정도로 아름답다는 외모. 계수가 왕이 될 것을 미리 알고 친교를 다져둔 혜안(사실, 용운도 예기치 못한 사태였으나 결과만을 본 박위거는 그렇게 믿었다). 계수에게 붙여준 흑영대라는 자들의 강력함 등. 그 덕에 계수가 살아남아 결국 왕이 됐으니, 그를 왕으로 만든 사람은 진용운이라 봐도 무방할 정도였다. 계수도 그 사실을 알기에 이토록 막대한 식량과 물자를 지원한 것이리라.

'한나라 북부를 완전히 장악하고 있다는 유주왕과 동맹을 공고히 한 덕에 북쪽에서의 위협이 없어진 거나 마찬가지니, 왕께서는 남쪽 정벌에 전력을 쏟으실 수 있게 되었다. 이번 방문은 그

런 믿음을 더욱 두텁게 할 것이다.'

이런저런 생각에 잠겨 있던 그의 옆으로 한 병사가 다가와 보고했다.

"장군, 대능하에 도착했습니다."

"그래. 진채를 차린 다음, 오늘은 쉬고 내일부터 배를 조립하도록 하라. 유주에서 호위를 보내겠다 했으나, 굳이 그들에게 강을 두 번 건너게 할 필요는 없겠지."

"옛."

고구려에서 요동으로 이르는 길목에는 두 개의 큰 강이 존재했다. 대요수와 대능하였다. 대요수는 고구려 쪽에, 대능하는 요동에 가까웠다. 앞서 이미 대요수를 건너왔으므로 사신단은 선박을 분해하여 보유한 상태였다.

흔히, 고구려는 기마 민족이라는 인상이 강하여 해양 활동은 활발하지 않았다고 생각한다. 그러나 실제로 고구려의 해양력은 막강했다. 일례로 서기 233년 겨울, 고구려의 동천왕이 피란 온 오나라 사신단을 고구려 선박에 태워 오나라로 귀환시켰다는 기록이 있다. 고구려와 오나라는 위나라라는 공동의 적을 두고 있었다. 이 일로 인해 동천왕과 오나라의 손권은 서로 선단을 파견하여 무역을 하는 우호국이 되었다.

또한 광개토대왕은 대규모의 수군을 지휘, 한강을 공략해 백제의 항복을 받아냈다. 장수왕 시대에는 군사용 말 800여 필을 실은 고구려 선단이 무려 1,200킬로미터 이상을 항해하여 현재의 중국 상하이에 도착하기도 했다. 12세기경에 전 유럽을 공포의

도가니로 몰아넣었던 전설적인 바이킹의 롱십(long ship, 긴 배)은 단지 군사 마흔네 명에 군마 두 필만을 적재할 수 있을 뿐이었다. 하지만 고구려는 엄청난 무역품과 군수물자를 적재한 공식 사신 선단만도 수십 차례 황해를 건너다녔다. 심지어 멀리 제주도와 중계무역을 하기도 했다니, 고구려의 선박기술을 알 만했다.

수송부대는 곧장 공병대로 변했다. 병사들은 수레에서 짐을 내리고 분해하기 시작했다. 다시 조립하여 배로 만들기 위해서였다. 그사이 호위를 맡았던 철기병들은 진채를 차리고 취사 준비를 했다. 선박 재조립에는 수백 명이 달라붙어도 이틀이 꼬박 걸렸으므로, 휴식을 위한 진채가 필요했다. 조립한 배에는 틈새로 물이 새어들어오지 않도록 하기 위해 송진을 꼼꼼히 발랐다. 그 송진이 마르는 데도 하루가 걸렸다. 그렇게 해서 사신단이 강을 건너게 된 것은 대능하에 닿고도 나흘이 더 지난 뒤였다.

"다행히 날씨는 쾌청하구나."

"예, 장군. 바람도 딱 적당합니다."

강이 워낙 넓어 날이 험하면 바다처럼 풍랑이 일었다. 이를 걱정했던 박위거는 마음이 놓였다. 이제 대능하를 무사히 건너기만 하면 이번 임무는 성공한 거나 마찬가지였다. 거기서부터는 유주왕의 영역이었기 때문이다. 선단에서 갑자기 소란이 벌어진 건 그때였다.

"으악!"

"웬 놈이냐!"

박위거가 탄 옆쪽 배에서 병사들이 누군가와 싸우기 시작했다.

물 밑에서 갑자기 뛰어오른 정체불명의 괴인이 무차별 공격을 가해온 것이다.

"저게 무슨 일인가?"

"바로 알아보도록 하겠습니다."

당황한 박위거를 더욱 놀라게 하는 일이 벌어졌다. 그가 탄 대장선에도 누군가가 올라탄 것이다. 입에 짧은 칼을 문 사내였는데, 온몸이 호리호리하고 드러낸 상체의 피부가 유난히 희었다. 또 입술은 피를 칠한 것처럼 새빨갰다. 전체적으로 요사스러운 느낌이 물씬 풍겼다.

"누구냐!"

선수로 몰려드는 병사들을 향해 사내가 웃었다.

"킥. 그런 거 꼭 물어보더라. 말해봐야 모를 거고 말한다고 살려줄 것도 아니면서."

푹! 촤! 사내는 칼을 손에 들고 병사들을 닥치는 대로 찌르고 베었다.

"물러나라!"

보다 못한 박위거가 활을 겨누고 사내에게 쐈다. 그 또한 고구려인인 만큼 빼어난 활 솜씨를 자랑했다. 한데 사내는 놀랍게도 멀지 않은 거리에서 쏘아진 화살을 피해버렸다. 그리고 눈 깜빡할 사이에 박위거의 앞에 와서 섰다.

"오호라, 네가 우두머리구나?"

"…!"

"홍, 미개한 고구려 놈들. 쓸데없는 짓을 하니 죽음을 자초하지. 죽어버렷!"

사내가 칼을 찔러 왔다. 박위거는 황급히 몸을 비틀어 피했으나 사내의 움직임을 따라가지 못했다. 서걱! 칼이 박위거의 옆구리 어림을 얕게 베었다. 분명 갑옷을 걸치고 있었음에도 무처럼 썰렸다.

"크윽!"

박위거는 신음을 토하며 주저앉았다.

"자, 장군을 보호하라!"

병사들이 한발 늦게 달려왔지만 늦은 후였다. 그를 향해 사내가 막 칼을 내리찍으려는 찰나. 쩡! 어디선가 뻗어온 창날이 칼을 막아냈다. 칼을 내리친 사내는 물론, 그를 막으려던 병사들조차 어안이 벙벙해져서 입을 떡 벌렸다. 창이 어디서부터 뻗어왔는지 보이지조차 않았기 때문이다. 창대는 놀랍게도 강 건너편까지 이어져 있었다. 대체 이런 엄청난 길이의 창이 어디 있단 말인가? 아니, 설령 있다 해도 누가 이 창을 휘두를 수 있단 말인가?

그 일을 해낸 장본인, 관승이 무표정한 얼굴로 말했다.

"아슬아슬하게 막았다."

그녀는 좀 전에 대능하 반대편에 도착하여, 고구려 선단을 기다리던 참이었다. 한데 배들이 보일 때쯤 거기서 천강위의 기운을 감지했다. 그들이 이미 한발 앞서 도착하여 강 속에 있었음을 깨달은 관승은 정체를 눈치챘다.

"천강 육수신(六水神)…. 이 깊은 강 아래에 잠복하여 기다릴 수 있는 자들은 그들뿐이다."

천강위 중에서도 물과 관련된 전투에 특화된 여섯 사람. 천강위 서열 27위 원소이, 29위 원소오, 31위 원소칠, 26위 혼강룡 이준, 28위 선화아 장횡, 30위 낭리백조 장순이 그들이었다.

동행한 설환이 다급히 물었다.

"그게 누굽니까, 관승 님?"

"성혼교에서 가장 물에 능한 자들이다. 그들은 심지어 물 밑에서 며칠을 날 수도 있다."

"그, 그런… 그러면 고구려 사신단이 위험해지는 거 아닙니까?"

주태가 무뚝뚝하게 내뱉었다.

"그러나 우리에게는 배조차 없다. 어떻게 그들을 막는단 말인가?"

"이미 시작됐다."

과연, 배 위의 병사들이 우왕좌왕하는 게 보였다. 눈을 가늘게 뜨고 지켜보던 관승이 말했다.

"배가 이쪽에 닿을 때까지 저들을 지킨다."

"그러니까 어떻게…."

촤악! 관승의 참천언월도가 순식간에 쭉 뻗어 나가는 걸 본 주태는 입을 다물었다. 냉정한 그도 여기에는 놀랄 수밖에 없었다.

"저, 고구려 장수를 구하긴 했는데, 다른 배들도 위험합니다. 놈들을 어떻게 막을 순 없을까요?"

설환의 말에, 주태가 관승에게 물었다.

"창을 늘린 채로 얼마나 버틸 수 있소?"

"필요하다면, 일 각 정도는."

"그럼, 거기에 걸리는 무게는?"

"일 각 내라면 그건 상관없다."

"그렇군. 잘 잡고 계시오."

말한 주태가 창대 위로 훌쩍 뛰어올랐다. 이어서 창대 위를 통해, 고구려 선단으로 달려가기 시작했다.

"히익!"

설환은 그 모습을 보는 것만으로도 아찔한지 이상한 소리를 내뱉었다. 오는 내내 무표정하던 관승이 처음으로 웃었다.

"훗, 보기보다 또라이였군, 저자."

"또, 또라이가 뭡니까?"

"칭찬이다."

천강 육수신 대 관승, 주태 콤비의 전투가 막 시작되려는 참이었다.

23

물 위에서의 혈투

주태는 참천언월도의 창대 위를 쏜살같이 내달렸다. 창대는 한 치 폭도 안 되는 데다 둥근 형태라, 실질적으로 밟을 수 있는 면적은 극히 좁았다. 그런 곳을 달리면서도 전혀 흔들림이 없었다. 육지 쪽의 병사들과, 뒤늦게 그를 발견한 고구려군 사이에서 탄성이 일었다. 주태는 귓가로 스치고 지나가는 바람을 느끼며 생각했다.

'청무관에서 무예를 익히지 못했다면, 꿈도 못 꿀 일이었겠지.'

거기서 주태는 균형을 중시하는 검술을 배웠다. 타고난 재능에 좋은 지도와 노력이 더해졌다. 업성에서의 혈투 및 팽성 전투 등 굵직한 싸움에서도 활약했다. 그 결과, 검술에서 자신만의 일가를 이뤘다. 특히, 좁거나 불안정한 지형에서 다수의 적을 상대하는 데는 타의 추종을 불허하게 되었다. 그야말로 '균형검(均衡劍)'이라고 할 만했다.

주태는 용운의 눈에 들어 청무관에 입교하기 전까지는, 아무런 목표도 없는 수적일 뿐이었다. 처음에는 숙식이 모두 공짜이며 무술과 검술, 병법까지 가르쳐준다는 말을 믿지 않았다. 그러나 이제는 확실하게 인지하고 있었다. 거기서 제 삶이 바뀌었으며 그런 기회를 준 사람은 자신의 왕, 용운이라는 것을. 주태 자신뿐만 아니라 사랑스러운 아내와 자식까지 모두 안심하고 행복하게 살 수 있는 나라는, 용운이 다스리는 나라가 유일하다는 것을. 고구려에 대해서는 잘 몰랐지만, 이 사신단과 식량이 용운에게 얼마나 중요한지도 잘 알았다. 그는 이 교류를 어그러뜨리려는 적에게 조용히 분노하고 있었다.

고구려 사신 박위거를 공격하던 흰 피부의 사내는 바로 장순이었다. 천강위 서열은 30위지만, 싸울 장소가 물이라면 10위 안에 들어갈 자였다. 그는 어마어마한 길이로 뻗어온 창대를 보고 관승이 여기 왔음을 깨달았다.

'제길, 하필 그 무식하게 강한 년이….'

관승이 배신했다는 얘기는 들었으나 여기에 올 줄은 미처 몰랐다.

'조각배라도 몰고 온 거야?'

그는 관승을 찾으려고 두리번거리다가 창대 위를 달려오는 주태를 발견했다. 장순이 황당하다는 듯 내뱉었다.

"저건 또 뭐니?"

그 틈에 박위거는 얼른 배 후미로 몸을 피했다. 고구려 병사들이 그를 둘러싸고 보호 태세를 취했다. 그러거나 말거나 장순은 이미 주태에게 주의가 쏠려 있었다.

"재주는 대단하다만."

그는 죽은 병사가 떨어뜨린 창 한 자루를 주워들어 주태의 다리를 향해 힘껏 던졌다.

"그 위에서는 피할 데가 없다는 걸 알아야지!"

고구려 병사들이 안타까운 탄식을 내뱉었다. 그 탄식은 곧 탄성과 환호로 변했다.

"오오!"

"우와아아!"

창이 날아오는 걸 본 주태가 가볍게 뛰어올라 피해낸 것이다. 이어서 발끝으로 창대를 몇 차례 찍어 차서 금세 뱃전에 도착했다.

"칫, 짜증 나는 놈이네."

장순은 새빨간 입술을 깨물면서 칼을 휘둘렀다. 빙글 돌아 칼을 피한 주태가 역공을 가했다. 회전과 동시에, 등 뒤에 숨기고 있던 검을 밑에서 위로 쳐올리는 동작이었다. 장순에게는 마치 갑자기 검이 나타나 튀어 오른 것처럼 느껴졌다.

"아?"

촤악! 놀란 장순이 순간적으로 물러났지만, 가슴에 길게 혈선이 그어졌다. 하얀 가슴을 타고 새빨간 피가 흘러내렸다. 배 안에 무사히 착지한 주태가 그에게 검을 겨누고 말했다.

"사교의 종자인지 해적인지 모르겠다만, 살고 싶다면 이 배에서 내려 떠나는 게 좋을 것이다."

"배에서 내려?"

피식 웃은 장순이 말했다.

"그러지 뭐."

"음?"

첨벙! 장순은 주태가 반응할 새도 없이 곧장 강으로 뛰어들었다. 주태는 황당하다는 투로 중얼거렸다.

"이게 무슨….."

언월도를 거둬들이고 그 모습을 보던 관승이 말했다.

"큰일이다."

"네?"

어리둥절해진 설환이 그녀에게 물었다.

"적장이 주유평 장군에게 겁먹고 물로 뛰어든 거 아닙니까?"

"아니. 저자는, 저자들은 물에 뛰어들었을 때부터가 진짜 싸움이거든."

반대편 옆에 있던 관승의 병마용군이자 아버지이기도 한 궁기도 걱정스러운 표정을 짓고 있었다.

그때, 주태는 박위거에게 다가가 자신을 소개하는 중이었다.

"저는 주태 유평이라고 합니다. 그냥 유평이라 부르시면 됩니다. 유주왕 전하의 명을 받아 고구려 사신단을 호위하러….."

주태가 거기까지 말했을 때였다. 크게 놀란 박위거가 눈을 부릅뜨고 외쳤다.

"장군, 조심하시오!"

"…!"

반사적으로 고개를 젖힌 주태의 귓가로, 뭔가 날카로운 것이 스치고 지나갔다.

"크악!"

박위거의 근처에 있던 병사가 애꿎게 가슴을 꿰뚫려 쓰러졌다. 주태에게 날아온 것은 한 자루의 단창이었다. 단, 평범한 창이 아니라….

"얼음?"

주태가 뒤로 돌아서며 내뱉었다. 창에 찔린 병사의 가슴은 하얗게 서리가 내려 얼어붙었다. 주태의 귀 일부도 떨어져 나갔는데, 그 자리가 얼어버려서 피가 흐르지 않았다. 그야말로 괴사가 아닐 수 없었다.

어느새 다시 뱃전에 올라선 장순이 말했다.

"아아, 아깝네. 한 방에 보낼 수 있었는데."

"네놈, 이상한 사술을 쓰는구나. 하지만 그런 단순한 공격은 내게 통하지 않는다."

"그으래?"

장순의 몸 근처로 물방울이 무수히 떠올랐다. 강물에서부터 솟아오른 물방울들이었다. 그 물방울들이 뭉쳐, 얼음으로 만들어진 단창, 빙창(氷槍)이 순식간에 나타나기 시작했다. 한 개, 두 개, 세 개, 네 개….

천하의 주태도 멍하니 그 광경을 바라볼 수밖에 없었다. 이 사술로 습격자들의 정체는 확실해졌다. 어차피 주변에 다른 배가 없었으므로 수적일 가능성은 낮았지만, 선상 반란 등의 가능성도 배제할 수 없었다. 하지만 보통 인간이 이런 짓을 할 수 있을 리가.

'성혼교… 회의 놈들이구나.'

그렇게 여든 개까지 나타났을 때, 장순이 말했다.

"단순한 게 안 통하면 복잡한 공격은 어떨까나? 여기는 물 천지잖아."

"큭!"

"즉 내가 마음먹은 대로 이 얼음창을 끝없이 만들어낼 수 있다는 뜻이지. 호호호호!"

무려 여든 개의 빙창이 어지러운 궤적을 그리면서 일제히 주태에게 날아왔다. 주태가 황급히 말했다.

"제 뒤로 숨으십시오!"

박위거는 얼른 주태의 등 뒤쪽 공간에 섰다. 챙! 챙! 챙챙챙챙챙챙챙챙! 주태는 춤을 추듯 연신 회전하면서 쉴 새 없이 날아오는 빙창을 쳐냈다. 빙창이 깨지면서 반짝이는 얼음 파편이 흩날렸다.

"어쭈, 그랬겠다?"

히죽 웃은 장순이 갑자기 빙창을 사방으로 퍼뜨려 날려 보냈다. 주태의 집중력을 흩뜨리려는 수작이었다. 목표는 주태가 아닌, 배 안의 고구려 병사들. 둘의 대결에 감히 끼어들지 못하고 포위한 채 머뭇거리던 병사 수십 명이 한꺼번에 나가떨어졌다.

"으악!"

"크헉!"

박위거는 분하고 원통한 마음에 이를 갈았다. 여기까지 고된 여정을 함께해온 병사들이었다. 그러나 주태는 눈도 깜빡하지 않았다.

"내 임무는 고구려 사신을 지키는 것. 병사들의 희생은 안타깝지만 어쩔 수 없다."

"그래? 호호, 하나만 알고 둘은 모르네."

빨간 입술을 일그러뜨리며 웃은 장순이 말을 이었다.

"벼엉신. 다 죽으면 배는 누가 움직일 건데?"

"…!"

거기까지 지켜보던 관승이 말했다.

"나도 가봐야겠다."

궁기가 움찔 놀라 그녀를 불렀다.

"스, 승아….."

그새 둘 사이의 관계는 많이 좋아져서 이제 궁기가 말을 편하게 할 정도가 되었다. 관승은 앞을 바라보며 무뚝뚝하게 대꾸했다.

"걱정 마세요. 별일 없을 테니. 설환, 여기서 병사들을 대기하게 하고 기다려."

설환이 의아해하며 그녀에게 물었다.

"기도위님, 하지만 어떻게…. 아까처럼 창대를 타고 건너가려면, 누군가 창을 잡고 있어줘야 하지 않습니까."

"들고 갈 거야."

"네?"

관승은 저만치 뒤로 물러났다가 참천언월도를 어깨 높이로 치켜들고 강을 향해 달리기 시작했다. 그러다 강 근처에 와서 천기를 발동하여 언월도의 길이를 늘였다.

"하압!"

그녀는 언월도를 계속해서 늘이는 동시에 끝을 강물 속에다 꽂아 넣었다. 콱! 언월도의 날이 강 깊숙이 박히자, 관승은 창대를 잡고 그대로 몸을 날렸다. 부웅! 그녀의 몸이 한 마리 새처럼 허공으로 까마득하게 솟아올랐다. 생각도 못한 수에, 설환은 감탄을 금치 못했다.

"오호라, 저런 방법이!"

궁기는 여전히 근심스러운 얼굴로, 빠르게 멀어지는 딸의 뒷모습을 지켜보고 있었다. 곧 관승은 제 몸무게로 인해 반대편으로 기울어지기 시작했다. 현대식으로 표현하자면 장대높이뛰기를 응용한 셈이었다. 그 밑에 주태가 탄 배가 있었다.

이상한 낌새를 챈 장순이 관승에게 고개를 돌렸다. 이어서 그가 독기 어린 목소리로 외쳤다.

"관스ㅇㅇㅇ웅!"

낙하해오던 관승이 대꾸했다.

"오랜만이네, 얼음 귀신."

"내가 그렇게 부르지 말라고 했지!"

천기 발동, 빙룡창(氷龍槍)!

콰드드드득! 순식간에 수십 개의 얼음창이 생겨나 허공의 관승을 향해 날아갔다. 관승은 참천언월도의 길이를 줄여 끌어당긴 다음, 발아래에서 풍차처럼 휘둘렀다. 얼음창들은 그녀의 발에 닿지 못하고 모조리 튕겨 나갔다. 그 모양을 본 장순이 이를 악물었다.

"크윽, 그럼, 다른 수가 있지."

천기 발동, 빙룡승천(氷龍昇天)!

주변의 얼음창들이 하나로 합쳐져 굵고 거대한 얼음기둥처럼 변했다. 그리고 이름 그대로 용이 승천하듯 관승을 향해 치솟았다. 쩡! 거기 충돌한 관승은 배에 착지하지 못하고 뒤로 튕겨져 날아갔다. 장순은 기쁨을 이기지 못하고 외쳤다.

"으하하, 어떠냐!"

그런 그의 귓가에, 관승의 전음(傳音, 먼 거리를 뛰어넘어 소리를 전하는 무공수법)이 와 닿았다.

— 시야가 좁은 건 여전하군.

"뭐…?"

뒤로 날아가던 관승은 그 힘을 이용해 다른 배에 착지했다. 그리고 거기서 설치던 다른 천강위들, 완소이, 완소오, 완소칠 삼형제를 공격해 흩어버리면서 생각했다.

'이 정도 도와줬으면 마무리는 알아서 하겠지. 또라이.'

완씨 삼형제는 셋 다 대머리에 두건을 덮어쓰고 있었다. 또 키가 제각기 달라 많이 차이 났는데, 첫째가 제일 컸고 막내는 매우 작았다. 그들은 난입한 관승을 한꺼번에 공격했지만 역부족이었다. 금세 손발이 어지러워지기 시작했다.

"이런…"

닭 쫓던 개처럼 그쪽을 멀거니 바라보던 장순은 문득 뒷골이 서늘함을 느꼈다. 갑자기 나타난 관승에게 정신이 팔려, 순간적으로 잊고 있었던 것이다. 주태의 건재함을. 관승이 시야가 좁다고 조롱한 이유가 이거였다.

"물 밑으로 피할 수는 있어도."

서걱! 장순의 어깨를 깊숙이 벤 주태가 말했다.

"사술을 쓸 때는 반드시 물 밖으로 나와야 하나 보군. 안 그랬다가는 한꺼번에 얼 테니."

"큭…! 네놈….."

비틀거리던 장순은 뱃전에 기댔다가 뒤로 빙글 넘어졌다. 첨벙하고 물에 빠지는 소리가 났다. 주태가 얼른 달려가 내려다봤지만, 장순의 모습은 보이지 않았다. 그가 빠진 자리에 살얼음이 꼈다가 곧 녹아서 사라졌다.

"후우…."

주태는 긴 한숨을 내쉬었다. 다리가 후들거렸다. 날아오는 빙창들을 최대한 쳐냈지만, 다 막아내진 못했다. 점점 주변의 공기가 차가워지면서 몸이 얼었고 그만큼 반응이 느려졌기 때문이다. 그는 어깨와 허벅지 등 창에 스쳐도 비교적 타격이 적은 부위를 내주었다. 한데 상처 입은 자리에서부터 뼛속까지 얼어붙는 것 같은 냉기가 스며들었다. 관승이 시야를 끌어주지 않았다면, 다음번 장순의 빙창 공격은 피하지 못했으리라.

'주변에 물이 있는 한, 그 사술을 계속 쓸 수 있다는 것인가? 물을 얼려서 무기로 쓰는 자라니. 과연 세상은 넓구나.'

힘겹게 몸을 일으킨 주태는 배 안의 상황을 수습하려다 포기했다. 너무 많은 고구려 병사들이 죽어서 배를 움직이는 것 자체가 어려워진 탓이었다. 그는 쓰러진 병사들의 시신을 보며 생각했다.

'미안하오. 모두를 보호하기에는 무리였소.'

그나마 다행스러운 점은 대장선이라 다른 배보다 짐이 적었다는 것이다. 그 짐 하나하나가 유주성에 절실한 식량이니 신경을 쓰지 않을 수가 없었다.

'병사들의 태도로 보아하니 저치가 총지휘관인 듯했다. 저 사람 하나라도 구해야겠구나.'

주태는 웅크리고 있는 박위거에게 다가갔다. 살아남은 몇 안 되는 병사들이 허겁지겁 그의 뒤를 따랐다.

다른 배에서는 관승이 격전을 벌이고 있었다. 완씨 삼형제가 밀리자, 갑자기 나타난 또 다른 천강위가 가세한 것이다. 귀태 나는 잘생긴 얼굴에 키가 후리후리했는데, 입술이 얇아 인상이 냉랭해 보이는 게 흠이었다. 관승은 마지막에 합류한 천강위와 한바탕 격렬하게 무기를 부딪친 다음, 물러나 노려보며 말했다.

"이준."

천강 제26위, 혼강룡 이준이 얇은 입술을 일그러뜨리며 웃었다.

"이거 영광이네. 회의 최강자로 평가받으며, 날 뺑 차신 대단한 분께서 내 이름을 다 기억해주시고."

"네놈, 그게 자랑이냐. 사내가 되어서 부끄럽지도 않나?"

"자랑이지, 자랑이고말고. 최소한 죽지는 않았잖아?"

이준은 윗옷을 벗어 던지고 말을 이었다.

"이렇게 무진장 큰 흉터가 남아서 그렇지."

그의 상체에는 목 바로 아래에서부터 배꼽 위까지 길게 찢어졌다가 꿰맨 흉터가 남아 있었다. 안 그래도 검은 편인 관승의 얼굴이 아예 검붉어졌다.

"…그건 네놈이…."

"내가 뭐?"

츄르르르륵! 촤아아아악! 관승이 공격을 멈춘 사이, 완씨 형제들이 한꺼번에 천기를 발동했다.

천기 발동, 심해어(深海魚)!

첫째, 완소이의 천기는 특수한 파장으로 물고기를 조종하는 것. 그가 불러낸 깊은 물속의 거대한 물고기 떼가 관승을 덮쳐갔다. 거기에 둘째인 완소오의 공격이 더해졌다.

천기 발동, 수망타(水網打)!

물로 만들어진 그물이 물고기 떼와 관승을 한꺼번에 뒤덮었다. 물고기들은 자유로워졌지만 관승은 느려졌다. 마지막으로, 막내 완소칠의 천기가 작렬했다.

천기 발동, 여의주박(如意珠搏)!

사람 머리만 한 물로 만들어진 공 여러 개가 관승을 향해 날아 갔다. 그중 하나는 그녀의 머리를, 두 개는 양손을, 나머지 두 개 는 양 무릎을 뒤덮었다. 구슬 안에는 보통 물보다 훨씬 무거운 중 수가 가득했다. 자연히 관승은 사지를 움직이기 어려워지고 숨 도 못 쉬게 되어버렸다.

"…!"

꼬르륵, 꼬륵. 고통에 몸부림치던 그녀의 눈이 확 뒤집혔다. 정 신을 잃고 수망 안에 둥실 떠오른 그녀를, 물고기 떼가 사정없이 물어뜯었다. 얼굴, 팔, 어깨 할 것 없이 맨살이 드러난 부분은 모 두 뜯겨나가 너덜너덜해졌다. 수망 안은 금세 피가 번져, 마치 배 위에 거대한 붉은 어항이 생겨난 것처럼 보였다. 이제 관승은 미 동도 없었다. 누가 봐도 죽은 게 분명했다.

"으하하, 우, 우리가 관승을 잡다니!"

"우리 삼형제가 천용성(天勇星, 관승과 이어진 별)을 잡았다!"

완씨 삼형제는 기뻐서 날뛰었다. 이준은 이를 악물고 그 광경 을 바라보았다.

"큭…."

그는 관승에게 목이 잡힌 채 배 기둥에 눌려져 꼼짝달싹할 수 없었다. 조금이라도 저항하려 들면 그대로 목이 부러질 것 같았 다. 그런 두 사람 앞에서는, 놀랍게도 흠뻑 젖은 궁기가 완씨 삼 형제를 노려보고 있었다.

관승과 주태가 천강 육수신과 싸우는 사이에도, 고구려의 배는 꾸준히 반대편 기슭으로 나아가고 있었다. 이에 어느 정도 거리가 가까워지자, 궁기는 주저 없이 강물에 뛰어들어서 딸을 도우려고 헤엄쳐온 것이다.

"뭐 하러 왔어요. 나 혼자서도 충분한데."

관승은 퉁명스럽게 말했으나 눈동자 깊은 곳에서 은은한 기쁨의 빛을 내비쳤다. 거기 힘을 얻은 궁기가 강력한 특기를 발동했다.

특기, 심암증폭(心暗增幅) — 환(幻)!

궁기의 특기인 심암증폭은 대상의 마음속 깊은 곳에 있는 두려움이나 악한 심성 등 어두운 부분을 일깨운다. 이 특기의 무서운 점은 일단 한 번 당하면 그게 지속된다는 것이었다. 억눌러온 자신의 본성에 완전히 눈뜨게 되어, 아예 사람이 달라져버리는 것이다. 양수가 그랬듯.

'심암증폭 환'은 그 심암증폭의 변형으로, 대상이 지금 가장 바라는 것을 환영으로 보여주었다. 지속 시간이 짧은 대신, 무조건 실제 상황이라고 믿을 수밖에 없을 정도로 시각, 촉각, 후각 등이 모두 완벽한 환상을 보게 된다. 완씨 삼형제가 보고 있는 건 바로 그 환상이었다. 그들은 각자 천기를 발동하기 전에, 이미 궁기의 환상에 걸려 있었던 것이다. 심지어 셋이 한꺼번에 천기를 사용한 것조차 각자의 머릿속에서 벌어진 일에 불과했다. 실제로는 셋 다 풀린 눈으로 멍하니 서서 입을 헤벌리고 있었다. 관승을 쓰러뜨렸다는 희열에 젖어 있는 것이다.

"승! 곧 환영이 풀린다!"

궁기의 다급한 외침에, 관승이 움직였다. 우득! 관승은 이준의 목을 눌러, 기둥과 함께 부러뜨려 버렸다. 이어서 몸을 회전시키며 참천언월도를 수평으로 한 바퀴 휘둘렀다.

"그대로 꿈속에서 죽게 해주마."

픽! 촤악! 서걱! 그 경로에 걸려든 완씨 삼형제의 몸이 절단되어 피를 분수처럼 쏟았다. 키가 제일 큰 첫째는 양 허벅지 바로 위를, 중간 키의 둘째는 허리를, 작은 셋째는 가슴 어림을 잘렸다. 여섯이 된 삼형제는 무슨 영문인지 몰라 어리둥절한 표정이 되었다가, 곧 눈에서 빛을 잃었다. 쇄아아아 ─ 그들의 몸뚱이는 금세 가루가 되어 흩어지면서 물에 쓸려가버렸다.

"음…!"

관승은 같은 천강위가 코앞에서 죽는 광경은 처음 보았다. 더구나 그 일을 행한 건 자신이었다. 시신이 갑자기 먼지로 화하는 괴사에, 심기가 잠깐 흔들렸다. 그때, 목이 비틀리고 혀를 빼문 채 죽었던 이준의 시체가 갑자기 흐물흐물 납작해지더니 사방으로 퍼졌다.

천기 발동, 혼강룡(混江龍)!

그는 별호가 곧 천기명이었는데, 물로 만들어진 분신을 만들거나 자기 자신의 몸뚱이를 액체로 바꾸는 능력이었다. 만약 용운이 이 광경을 봤다면, 옛날 영화 〈터미네이터〉에 나오는 액체 금속형 터미네이터 같다고 놀랐을지도 모르겠다.

"아니?"

당황한 관승은 다급히 참천언월도를 수직으로 내리그었지만 한발 늦고 말았다. 물처럼 변한 이준을 자르지 못하고, 그 아래의 갑판만 쪼갰을 뿐이다. 그 서슬에 둘로 나뉘었던 이준의 몸이, 다시 하나로 뭉쳐 말뚝처럼 뾰족하게 변했다.

천기 발동, 혼강수룡탄(混江水龍彈)!

그리고 그대로 회전하면서 돌진하여 관승의 앞을 막아선 궁기의 명치를 꿰뚫어버렸다.

"아버지!"

놀란 관승이 큰 소리로 외쳤다. 경련하던 궁기는 온 힘을 다해 목소리를 쥐어짜고 쓰러졌다.

"승아, 조심….."

실제로도 관우의 후예인 관승은 천강위들 중 유일하게 본명이 위원회명과 같은 인물이었다. 그녀는 궁기가 쓰러지는 모습을, 눈을 부릅뜨고 지켜보았다.

'빈틈!'

이준은 궁기의 몸을 통과해서 그대로 관승을 찌르려다가 갑자기 방향을 급선회하여 위로 치솟았다. 관승에게서 무시무시한 투기가 느껴진 탓이었다. 분명 움직임은 없는데, 공격했다가는 끔찍한 일이 벌어질 거라는 확신이 들었다. 이준은 이 액체로 변하는 능력과 뛰어난 직감 덕에 여러 차례 위기를 모면했다. 그의 수호성인 천수성의 '수' 자는 물 수(水)가 아니라 목숨 수(壽)였다. 그만큼 명이 질겼다.

위로 치솟은 이준은 좀 떨어진 곳에 낙하하여 다시 사람의 형체로 바뀌었다. 그와 동시에, 자신이 가진 모든 심(心), 기(氣), 체(體)를 쏟아 넣은 관승의 참천언월도가 이준의 정수리에 떨어져 내렸다. 촤악! 퍼퍼펑! 수직으로 쪼개진 이준의 몸뚱이가 폭발하듯 사방으로 터져 나가더니 증발해버렸다. 그것은 물로 만든 분신이었다. 이준은 관승이 곧바로 공격해올 걸 예상, 액체 상태에서 허공으로 치솟았을 때 이미 몸을 둘로 나눠둔 것이다. 그의 실제 몸에 해당하는 액체는, 그대로 강에 들어가 강물과 섞여버렸다. 일단 이렇게 되면 누구도 그를 잡지 못했다. 다만, 이준 자신도 한참 동안 전투 불능 상태가 됐다. 분신이 아예 소멸하면서 엄청난 기력을 소진하여 퇴각할 수밖에 없어진 것이다.

"으아아아아아!"

관승이 분노에 찬 고함을 터뜨리는 소리가 들려왔다.

이준은 강물과 함께 흐르며 혀를 내둘렀다.

'내 물 분신을 벤 걸로도 모자라, 아예 증발시켜서 소멸해버리다니…. 역시 괜히 최강자라 불리는 게 아니구나.'

위원회가 되어 성혼마석의 힘을 받고 수련하던 시절이었다. 이준은 물로 변하는 제 능력을 믿고 관승을 희롱한 적이 있었다. 그 전에 말로 고백했다가 단칼에 거절당하는 바람에 앙심을 품은 것이다. 이준은 관승이 몸을 씻는 틈을 타, 욕조의 물에 뒤섞였다. 그리고 그녀가 욕조에 들어오자마자 전신을 감싸려 했다. 순간,

관승이 참천언월도를 집어 들고 대뜸 욕조를 쪼개버렸다. 이준은 액체 상태였는데도 그 베기에 타격을 입어 흉터가 남았다. 아까 분신을 터뜨린 베기는 그때보다 몇 십 배는 강했다.

'망했네, 이거. 어디까지 가게 되려나…. 바다로 나가기 전까지는 기력을 찾으면 좋겠는데.'

이준은 혀를 차면서 강 하류를 향해 흘러갔다.

"아버지."

관승은 앉아서 궁기의 작은 몸을 안고 속삭였다. 병마용군은 불사신이 아니었다. 특히, 지금처럼 핵에 해당하는 심장 부위가 파괴되면 소생은 거의 불가능했다. 그녀는 아버지를 오랫동안 원망하고 미워했다. 아버지의 외모가 추했고 꼽추인 데다 범죄를 저질러 감옥에서 죽는 바람에 그녀 혼자 남겨진 까닭이었다. 후일, 장성한 후에야 우연히 알게 되었다. 아버지가 사고로 불구가 되자 관승의 어머니가 먼저 떠났다는 걸. 몸이 성치 못하고 별다른 기술도 없던 아버지는 어린 딸을 먹여 살리기 위해선 도둑질을 할 수밖에 없었다고 했다.

'멍청하긴…. 누가 그렇게 해달래? 당신도 무신 관우의 후손이잖아! 고작 그런 짓밖에 할 수 없었어?'

관승은 천강위가 되어 병마용군으로 아버지의 혼을 부를 때, 그를 노예처럼 부려서 자신을 버렸던 복수를 하리라고 다짐했다. 그 후 실제로 오랫동안 혹독하게 부리기도 했다. 하지만 그럴수록 궁기는 오히려 기뻐했다. 그는 관승의 모든 명령에 철저히 복종했다. 그래도 비뚤어진 부녀관계는 좀체 회복되지 못했다. 궁기가 평원성 전투에서 딸을 보호하기 위해 온몸을 내던진 뒤, 그런 그를 살리려고 관승이 용운에게 투항하기 전까지는.

"누가 또 그런 짓을 하라고 했습니까…. 또 날 버리고 먼저 떠나려는 겁니까?"

관승의 말에, 궁기가 희미하게 미소 지었다.

궁기는 이상하게 휘고 구부러진 흉한 손을 뻗어 관승의 뺨을 한 번 어루만졌다.

"내 딸…."

슈르르르르. 직후, 궁기의 몸이 급속히 줄어들기 시작했다. 영혼이 빠져나가서 원래의 병마용으로 돌아가는 것이다. 잠시 후, 관승의 무릎에는 굽은 등에 못생긴, 토기처럼 보이는 인형 하나만이 덩그러니 남았다. 궁기를 꼭 닮은 인형의 몸통에는 작은 구멍이 뚫려 있었다.

"아버지…."

관승의 눈물이 뚝뚝 떨어져 인형을 적셨다.

관승이 혈투를 벌이는 사이, 주태는 박위거를 무사히 다른 배로 옮기고 자신도 건너가려는 참이었다. 그때, 배와 배 사이의 물에서 거대한 얼음창이 솟아올랐다.

"큭!"

주태는 창에 옆구리를 찔려 비틀거리다 물에 빠지고 말았다. 좀 떨어진 물 밑에서 고개를 내민 장순이 의기양양하게 말했다.

"호홋, 내가 그 정도로 죽을 줄 알았니?"

아니, 장순이 아니었다. 말투와 행동은 똑같은데 생김새가 달랐다. 그 몸은 천강육수신 중 마지막, 장횡의 그것이었다. 장순의 형제인 장횡은 장순이 물속에 있을 때 한하여, 그와 몸을 자유로이 교환할 수 있는 천기를 가지고 있었다. 이에 부상당한 장순과 육체를 바꿔준 다음, 장횡 자신은 다친 장순의 몸을 이끌고 피한 것이다.

주태도 명색이 수적 출신인지라, 무거운 갑옷을 입었음에도 불구하고 한동안 물 위에 떠 있었다. 하지만 옆구리의 상처가 깊어 버틸 수가 없었다. 결국, 그의 몸은 천천히 물 밑으로 빨려 들어가기 시작했다. 코와 입에서 뽀글거리며 올라오던 거품도 점차 사라졌다. 그가 마지막 순간 떠올린 건 아내도, 아이들도 아닌 용운의 웃는 얼굴이었다.

'전하, 방심했습니다. 죄송합니다…'

주태는 가만히 눈을 감고 가라앉아갔다.

"흥, 내버려둬도 죽겠군. 난 저기서 처울고 자빠진 관승 년이나 죽여야겠다."

주태가 물에 빠진 것을 확인한 장순은, 깊이 잠수한 다음 관승이 있는 배로 다가가기 시작했다. 그는 방금 주태의 꼴을 보고 묘안이 떠올랐다.

'호호홋, 역시 나는 천재야! 물에서 날 당할 자는 아무도 없지.'

정면으로 싸우면 승산이 없으니, 관승이 탄 배 밑바닥에 구멍을 낼 셈이었다. 그럼 살려달라고 애걸하다가 괴롭게 익사할 것이 분명했다.

24

이 순간을 조금 더

수면 위는 아수라장이었건만 물 밑은 한없이 조용했다. 이대로 잠들고 싶은 유혹이 치솟았다.

— 눈을 떠요, 유평!

꺼져가던 주태의 의식은 갑자기 귓가에 들려온 용운의 생생한 목소리에 되살아났다.

— 저, 전하?
— 이렇게 날 떠나는 건 용납할 수 없습니다.
— 전하, 하지만 몸이 너무 무겁습니다.
— 곧 괜찮아질 거예요.

촤악! 주태는 물소리와 함께 갑자기 폐 속으로 신선한 공기가 밀려들어오는 걸 느꼈다.

"쿨럭, 쿨럭!"

그는 세차게 기침하면서 물을 토해냈다.

'분명 가라앉고 있었는데 어떻게….'

겨우 정신이 든 주태는 제 몸이 뭔가에 떠받쳐지고 있음을 깨달았다. 아래를 보니 고구려 병사들 여럿이 물 밑에서 필사적으로 그를 밀어 올리는 중이었다. 아까 박위거와 같은 배에 타고 있던 자들이었다.

"이쪽이오! 어서 줄을 잡으시오!"

주태의 머리 위에서도 애타는 외침이 들려왔다. 위를 올려다보니, 박위거가 뱃전으로 한껏 몸을 내밀고 직접 밧줄을 드리우고 있었다. 배를 옮겨 탄 그는 도중에 추락하는 주태를 보고 자맥질 잘하는 병사들로 하여금 구하도록 한 것이다.

주태는 배에서 내려온 줄을 두 손으로 붙잡았다. 박위거와 고구려 병사들이 즉시 줄을 당기기 시작했다. 잠시 후, 마침내 주태는 갑판으로 끌어올려졌다.

"아, 됐다!"

가슴 졸이며 지켜보던 설환이 환호성을 질렀다. 주태를 구출한 박위거가 병사들에게 명했다.

"강기슭이 머지않았다. 중요한 짐은 이쪽으로 모두 옮기고 최대한 빨리 노를 젓도록 하라!"

"예, 모달(模達, 장군에 해당하는 고구려의 벼슬)!"

고구려 병사들은 일사불란하게 움직였다.

물 밑에 있던 장순은 무슨 일이 벌어지고 있는지 전혀 알지 못했다. 가뜩이나 시야가 좁은데 수중이라 더욱 그랬다. 지금 그는 오직 관승이 탄 배를 침몰시키겠다는 생각으로 가득했다. 장순은 관승이 탄 배 밑으로 헤엄쳐 다가갔다. 그리고 칼을 이용해 배 밑창을 둥글게 도려냈다. 그가 사용하는 칼은, 겉보기에는 현대의 식칼처럼 보였지만 평범한 물건이 아닌 유물이었다. 유물 중에서는 등급이 낮은 편이나, 기를 주입하면 나무나 쇠를 두부처럼 자를 수 있었다.

'호호, 성공!'

구멍이 뚫리자마자 압력 차로 인해 배 밑창의 공간으로 물이 무섭게 빨려들어가기 시작했다. 이제 배는 얼마 못 가 가라앉을 터였다.

'이제 적당히 도발하면서 관승 년이 익사하는 꼴을 구경하기만 하면 되겠군.'

장순이 수면으로 헤엄쳐 올라가 관승을 비웃어주려고 할 때였다.

'주인님.'

기이한 생물체가 뒤쪽에서 음파를 이용해 그를 불렀다. 아름다운 여인의 상체에 물고기의 하체를 가진, 흔히 인어라 부르는 존재. 바로 장순의 병마용군, '어희(魚熙)'였다. 장순은 고개를 돌려 어희를 바라보았다. 병마용군을 보는 그의 시선에 애정이 가득했다.

'왜, 언니? 한창 재미있어지려고 하는데.'

'완씨 삼형제가 사망하고 이준 님은 퇴각하셨습니다. 현재 전장에는 주인님뿐입니다. 따라서 퇴각을 권유하는 바입니다.'

'뭐라고? 어머나, 세상에. 걔네 병마용군은?'

'완씨 삼형제가 워낙 갑작스럽게 죽는 바람에 병마용군들도 속수무책으로 소멸했습니다. 이준 님의 병마용군만은 무사합니다.'

'끄응. 하긴 이준의 병마용군은 아예 건드릴 수가 없으니, 그 녀석이 죽기 전까진 무사할 테지.'

장순은 잠깐 갈등했으나 고민은 길지 않았다. 천강육수신은 이제 삼수신이 돼버렸지만 이들의 공통점은 생존본능이 강하다는 거였다. 그들은 물이 아닌 곳에서는 싸우지 않았다. 또 전황이 불리해졌다 싶으면 바로 몸을 빼냈다.

'완씨 삼형제가 죽었다는 건 상황을 파악할 여유조차 없이 순식간에 당했다는 뜻.'

여섯, 병마용군까지 치면 도합 열둘이 실패한 판에 혼자 임무를 계속 수행하기는 무리였다. 고구려 사신단을 전멸시키거나 식량을 모두 못 쓰게 만들라는 임무였는데, 어느 정도 손실을 끼친 걸로 만족해야 할 듯했다.

'그래, 안 되겠다. 영 분위기가 안 좋네. 아쉽지만 튀자.'

'옛.'

어희의 특기는 물속에서 무서운 속도로 이동하는 것. 천강육수신도 헤엄치는 속도가 보통 사람의 몇 배에 달했으나, 어희는 평소 속도가 20노트(약 시속 37킬로미터)에, 특기를 발동하면 무려 50노트(약 시속 92킬로미터)까지 올라갔다. 수중에서는 물의 저항 때문에 당연히 지상에서보다 빠르게 움직이기가 훨씬 어렵다. 함선에서 발사한 어뢰의 속도가 30~40노트 내외임을 감안할 때, 그야말로 엄청난 속도였다. 다만, 물 밖에서는 별 쓸모가 없다는 단점이 있었는데, 어차피 그건 천강육수신도 마찬가지였으므로 장순은 별로 개의치 않았다.

장순이 관승의 배 밑에 구멍을 뚫기 조금 전.

슬퍼하던 관승이 궁기의 인형을 품에 넣고 일어섰다. 그녀가 낮은 목소리로 말했다.

"모두 이 배에서 내리시오. 지금 당장."

고구려 병사들은 심상치 않은 분위기를 느꼈다. 이에 모두 허겁지겁 배에서 뛰어내려 근처의 다른 배로 헤엄쳐갔다. 마침 박위거가 짐과 병사들을 한 배에 모으는 중이었기에 대부분 그리로 향했다.

잠시 후, 관승은 참천언월도를 수직으로 치켜들고 눈을 부릅떴다. 갑자기 배가 조금씩 가라앉기 시작했지만, 그녀는 미동도 하지 않았다. 어차피 이 배를 박살 낼 생각이었기 때문이다. 쿠르르릉― 관승의 위쪽 허공에 갑자기 시커먼 구름이 모여들었다.

천기 발동, 대기 가르기 ― 10할!

극에 달한 대기 가르기는 오히려 고요했다. 번쩍. 아주 가느다랗고 긴 빛줄기 하나가 그녀의 머리 위에서부터 아래를 향해 수직으로 그어졌을 뿐이다. 하지만 그 여파는 결코 고요하지 않았다. 관승이 타고 있던 배를 기점으로, 강 가운데가 밑바닥이 보이도록 쩍 갈라졌다. 강물이 양쪽으로 해일처럼 밀려 나갔다.

"어이쿠!"

"이, 이게 무슨 일이지?"

고구려 선단은 그 서슬에 뒤집힐 듯 출렁였지만, 이미 기슭에 거의 도달한 후라 위험하진 않았다. 위험해진 건 근처의 수중에 있던 장순이었다.

'으헉? 미친, 강을 베었어?'

장순은 물속에서 맞은편에 나타난 텅 빈 공간과 그 너머 물의 장벽을 보고 경악했다. 마치 강이 나란히 두 개가 된 것처럼 보였다.

'주인님, 충격파가!'

어희가 다급히 음파를 발했다. 그녀는 장순에게 다가가 늘씬한 팔로 뒤에서 휘감아 안았다. 그러자 투명하고 매끄러운 막이 둘을 감쌌다. 수중에서의 마찰력을 없애주는 장막이었다.

특기 발동, 수중질주(水中疾走)!

푸촤! 어희가 장순을 안고 초고속 잠행(潛行)을 시작한 것과, 수면으로는 해일이, 수중으로는 강렬한 충격파가 덮쳐온 것은 거의 동시였다. 어희는 물결에 쓸려나가지 않으려고 애쓰면서 한동안 무서운 속도로 헤엄쳤다. 둘은 하류 쪽으로 한참이나 내려왔다. 얼마 후 물살이 잠잠해지자 장순이 말했다.

'와, 하마터면 작살날 뻔했다. 그치?'

'…'

'대답해, 어희.'

'주인님…'

'똑바로 대답하라고!'

장순은 이미 무슨 일이 벌어졌는지 눈치챘다. 병마용군과 심령으로 연결되어 있기 때문이다. 수중질주가 시작된 직후, 순간적으로 정신을 잃을 뻔했을 정도의 강렬한 충격을 감지했다. 이는 어희가 그에 버금가는 데미지를 입었음을 뜻했다. 아니나 다를까, 어희는 상체만 남은 채 장순을 꼭 안고 있었다. 마지막 순간, 관승의 천기에 휩쓸린 결과였다.

'죄송합니다, 주인님.'

수중질주를 멈추자, 상체의 잘린 단면 부위에서 정체를 알 수 없는 액체와 피 그리고 자잘한 기계 부속 같은 것들과 내장 등이 뒤섞여 한꺼번에 흘러나왔다.

'으아아! 이, 이걸 이렇게 다 쏟아내면 어떡해!'

장순은 당황해서 어쩔 줄 몰랐다. 허겁지겁 손으로 막아보려 했으나 무리였다.

'죄송합니다…'

그 말을 끝으로 어희의 눈에서 빛이 사라졌다.

'언니! 어희야!'

장순은 가라앉으려는 어희의 상체를 한 팔에 안고 헤엄쳐 올라갔다. 그는 어희를 안은 채로 강기슭에 쪼그리고 앉아 작게 흐느꼈다.

"안 돼… 언니, 날 두고 떠나지 마."

장순은 남다른 성 정체성을 가진 탓에 가는 곳마다 손가락질받고 배척당했다. 그를 이해하고 받아준 사람은 형 장횡이 유일했다. 방황하던 그는 폭력 사건을 일으키고 경찰에게 쫓겨 달아나던 중 급한 김에 다리 아래로 뛰어내렸다. 경찰들은 모두 그가 죽었을 거라 예상하고 혀를 찼는데, 놀랍게도 장순은 엄청나게 깊고 넓은 강을 무사히 헤엄쳐 건넜다. 결국, 그는 반대쪽 도로에서 붙잡혔는데, 경찰 중 그런 장순의 수영 실력에 주목한 이가 있었다. 바로 여경 겸 사회인 수영선수인 미려였다.

미려는 장순의 소질을 아깝게 여겨, 끈질기게 설득한 끝에 수영선수로 만드는 데 성공했다. 종목 특성상 노출이 많은데, 남자 선수들과 같은 탈의실을 쓰길 수치스러워하는 이유도 이해했다. 변덕스러운 장순의 성격도 느긋하게 받아줬다.

"원래 천재들은 어딘가 하나가 어긋나 있지."

장순이 말도 안 되는 떼를 쓸 때 그녀가 한 말이었다.

곧 미려는 장순의 가장 좋은 친구이자 조력자가 되었다. 그때부터 장순의 삶은 조금씩 변했다. 간혹 조롱하거나 이상한 시선으로 보는 남자 수영선수들이 있었으나 개의치 않았다. 낮에는 열심히 운동하고 밤에는 장횡, 미려와 만나 즐거운 시간을 보냈다. 중간에 한 번씩 대회에 나가 우수한 성적을 거둬 선수로도 성공해갔다. 마침내 국가대표 얘기가 오갈 정도가 되었다.

그러다 장횡과 미려는 연인 사이로 발전했다. 장순이 가장 사랑하는 두 사람이 가족이 된 것이다.

"미안하다. 혹 네가 미려를 좋아하는 거라면."

계면쩍어하는 형의 말에, 장순은 고개를 저었다.

"아니, 아니야. 형도 알잖아. 여자는 나한테 이성으로 느껴지지 않는다는 거."

"응, 그렇긴 한데, 둘이 엄청 가까워 보여서 혹시나 하고…."

"그런 거 아니니까, 내 친구 울리지나 마셔."

그 시기는 장순의 인생을 통틀어 가장 행복했던 때였다. 교통 정리 중 음주 뺑소니에 당한 미려가 두 다리를 절단하고도 결국 숨을 거두기 전까지는. 절망한 장횡은 술에 절어 사는 반폐인이 됐다. 장순은 수영을 포기하고 거리 생활을 시작했다. 형제는 그러다 위원회의 부름을 받았다. 병마용군을 정할 때, 형 장횡은 자신과 미려 외에는 아무도 없는 장순을 배려하여 그녀를 택하지 않았다. 그는 그저 미려가 다시 돌아온다는 것만으로도 족했으니까. 그렇게 장순과 미려는 천강위와 병마용군으로 다시 만났다. 그런데….

"언니…."

우는 장순의 품 안에서 어휘는 점점 작아지더니 인어상의 모습으로 되돌아갔다. 꼬리 부분이 참혹하게 부서진 인어상이었다.

"이러면 형한테는 뭐라고 말하라는 거야…."

울던 장순은 한참 후에야 겨우 고개를 들었다. 젖은 눈동자가 불길한 빛으로 번들거렸다. 그는 원독 어린 작은 목소리로 내뱉었다.

"절대 그냥 두지 않아, 관승. 널 갈가리 찢어서 미려의 영혼에게 제물로 바치겠다."

이젠 한때 같은 위원회였다는 사실도 무의미했다. 각자 가장 소중한 이를 잃은 자들에게 원한의 연쇄가 시작되는 순간이었다.

한편, 고구려 선단은 우여곡절 끝에 무사히 뭍에 닿았다. 하지만 그 과정에서 배 두 척이 침몰하고 짐의 일부를 잃었으며 다수의 병사가 사망했다. 궁기가 소멸되고 주태 또한 중상을 입었다. 관승은 한때 행방불명됐으나 참천언월도를 이용해 무사히 빠져나왔다. 이후부터는 설환이 지휘하는 유주군이 고구려 사신단을 호위했다.

"대체 그놈들은 누구요?"

박위거가 이를 갈며 물었다. 설환은 그의 물음에 조심스레 답했다.

"들어보신 적 있는지 모르겠습니다. 성혼교라고… 오래전부터 제국을 혼란스럽게 하는 사교의 무리입니다."

"들어본 적 있소. 왕(계수)께서도 일찍이 유주왕을 도와 놈들과 싸우신 적이 있다고 들었소. 설마 그것 때문에 우리를 공격해온 것이오?"

"그런 이유도 있겠지만, 유주왕 전하께서는 성혼교를 일찌감치 사교로 선포하고 배척해오셨습니다. 이에 놈들이 원한을 품은 것입니다. 유주의 식량 사정이 좋지 않다는 걸 알고 귀국과의 교류를 방해하여 타격을 입히려 한 거지요. 송구합니다, 모달."

"아니, 그대가 미안해할 일이 아니오. 감히 사교 무리 주제에 대고구려의 사신단을 공격하다니…. 내 이 일은 반드시 기억해 두겠소."

박위거는 고구려 왕과 유주왕의 돈독함을 잘 아는 데다 자신의 목숨을 구해준 주태에게도 호감이 생겼다. 이에 유주군을 원망하는 대신 성혼교, 즉 위원회에 큰 원한을 품게 되었다.

"이제부터는 저희가 안전하게 모시겠습니다. 곧 유주국의 영역에 들어가게 되니 안심하십시오."

"그대는 고구려 말이 썩 능숙하오."

"고맙습니다. 전하께 많은 가르침을 받았습니다. 고구려는 우리의 가장 중요한 동맹이니, 되도록 많은 걸 알고 싶습니다."

"하하! 그렇소? 묻는 대로 내가 알려주리다."

설환은 좋은 말로 박위거의 심기를 달래면서 이동했다. 한편으로는 흑영대원 둘을 유주성으로 보내, 사신단과 무사히 합류했음을 알리게 했다.

그로부터 며칠 후였다. 유주성, 자신의 집무실에 있던 용운은 안도의 한숨을 내쉬었다. 전예가 사신단이 무사히 북평에 들어왔다는 소식을 가져온 것이다.

"휴, 이제 좀 안심이 되는군요."

"그렇습니다, 전하. 특히 사신단을 이끌고 온 고구려의 모달, 박위거는 유주국에 대해 매우 호의적이라고 합니다."

"잘됐네요. 아마 동천왕과 나의 인연을 아는 거겠죠."

주태가 다치고 관승의 병마용군 궁기가 죽었다는 소식을 들었을 때는 가슴이 철렁했었다. 하지만 북평까지 들어왔다면 이제 안전했다. 유주성의 반란 사태 이후, 각 성의 지사들은 성혼교의 움직임과 각종 소요사태에 더욱 철저히 대비하고 있었다. 식량 문제도 어느 정도 해결되어, 이제 유주국은 원래의 모습을 되찾아가는 중이었다.

'한 건 해결인가.'

사마 가문의 정리도 거의 마무리되었다. 숙청은 최소화하되, 해야만 한다면 가차 없었다. 경제적인 부분을 미씨 가문이 해결해줬다면, 행정적인 부분은 새로 영입한 인재들이 맡았다. 일례로 온회가 있었다. 그는 성혼교에 넘어갔던 자신을 부끄러워하며, 그만큼 더 일에 매진했다.

노식의 늦둥이 아들, 노육도 큰 도움이 되었다. 이제 스물다섯 살의 청년으로 성장한 노육은, 그간 놀라울 정도의 학식을 축적해왔다. 또 타고난 안목과 판단력으로 적재적소에 사람을 배치할 줄 알았다. 정사에서 최염이 노육을 평가하기를, "청렴하며 사리에 밝고 끊임없이 자신을 갈고닦으니, 가히 삼공의 재능을 가졌다"고 한 적이 있었다. 용운의 밑에서 제대로 보살핌을 받고 태학을 졸업한 노육은 원래 역사보다 더욱 뛰어난 인물이 되어 있었다. 경험이 조금만 더 쌓이면 순욱의 후계자로 삼을 수도 있을 듯했다.

유주성의 치안 및 수비 문제는 장패가 귀환한 덕에 어느 정도 해결되었다. 장패는 반란 때 활약한 공으로 유주중랑장의 관직을 받고 큰 저택과 토지도 상으로 받았다. 고무된 그의 호감도는 무려 90까지 올라갔다. 그 정도면 믿고 병력을 맡겨도 될 수치였다.

용운은 부상에서 갓 회복한 서황에게는 장합을 대신해 치안대를 지휘하도록 했다. 또 장패에게는 오천의 병사를 주어, 유주성의 뒷문이나 마찬가지인 창평현의 방어를 맡겼다. 여차할 때는 유주성으로 곧장 진격해올 수도 있는 거리라, 안과 밖을 동시에 지킬 수 있었다.

문제는 사마의의 반응과 움직임이었다.

'사마방에게는 미안함이 크고 사마부의 일은 나도 어쩔 수 없었다. 중달, 네가 돌아온다면 나는 한 치의 의심도 없이 널 믿고 그대로 쓸 테다. 단, 너 또한 가문의 일로 말미암아 내게 원한을 품지 말길 바라는 건 지나친 욕심일까?'

용운은 전예에게 사마의에 대한 일을 물었다.

"중달에게서는 아직 소식이 없나요?"

밝아 보이던 전예의 얼굴이 조금 흐려졌다.

"예, 그렇습니다. 지금쯤이면 분명 흑영대원이 양주에 도착했을 터인데…."

이제는 다른 수가 없었다. 기다리는 것밖에는. 사마의의 성격상 억지로 연행하려 든다면 오히려 반감을 살 것이다.

"전시이니 혼란스러워서 아직 전갈을 못 받았을지도 모르죠. 일단 좀 더 기다려봐요."

"그렇게 하겠습니다. 그럼 이만 물러가보겠습니다."

"그래요. 수고했어요."

전예가 집무실을 나간 뒤, 용운은 마저 생각을 정리했다.

'어디 보자. 그럼, 이제 남은 일은….'

조조군과 원술군은 두 곳에서 명운을 건 마지막 전투를 벌이고 있었다. 하후돈이 이끄는 조조군과 가후가 지휘하는 원술군의 싸움은 여남에서. 조조가 직접 거느린 본대와, 마찬가지로 원술 휘하의 친위대는 풍성과 소패 일대에서. 소패성을 지키는 서주자사 왕랑은 여전히 용운의 충실한 동맹이었다. 덕분에 그로부터 조조와 원술의 상황을 상세히 들을 수 있었다.

'그쪽은 굳이 안 건드려도 되겠어. 전투가 끝나면, 누가 이기든 큰 손실을 입었을 거야. 그때 들이쳐도 늦지 않는다.'

다음은 여전히 베일에 싸인 익주의 움직임. 용운은 이제 위원회에 대해 더 공격적으로 나가기로 마음먹었다. 이에 학소와 여몽에게 군사 및 무기를 더 지원하여, 정양성으로 전진 배치시키고 익주의 움직임을 주시하게 했다. 또한 자리를 비운 여포를 대신해 주무가 맡은 지살위들도 관도 인근까지 전진시켜 조조의 업성을 압박하게 했다.

'업성은 언젠가 반드시 되찾아 와야 하니까.'

그리고 나니 남은 것은 양주와 형주의 일이었다. 사마의의 일 외에 용운을 가장 신경 쓰이게 하는 일이기도 했다. 가장 최근의 전갈에 의하면 유주·손가 연합군은 합비신성에 이어 여강까지 점령하여 형주의 길목을 틀어막은 형국이 되었다. 이제 강하성만 떨어뜨리면 전장을 완전히 유표의 영역으로 옮길 수 있게 되는 것이다.

'하지만 아무리 생각해도 병력 차가 마음에 걸려.'

용운은 이제 그쪽으로 지원군을 파견할 때가 되었다고 판단했다. 그 전에는 워낙 사안이 급했고 거리도 멀었기에, 소수 정예를 먼저 보낼 수밖에 없었다. 그러나 이제 양주에서의 근거지를 확보했다. 아군이 여강과 합비에 머물러 있는 사이, 서주를 통해서 천천히 원군을 보내고 보급하는 일이 가능해졌다.

'역시 내가 가야겠지?'

용운은 우선 고구려 사신을 접대한 후, 남아 있는 자잘한 일들이 정리되고 나면 직접 형주로 가야겠다고 결심했다. 군주로서는 낙제 행위일지도 모른다. 내색은 안 하겠지만 채염도 싫어하리라. 하지만 가장 아끼는 이들을 보내놓고 마냥 기다리기만 하는 건 역시 적성에 맞지 않았다.

'고비를 두어 차례 겪고 나니 큰 그림이 보이기 시작하는군. 이제 천하통일도 꿈만은 아니야.'

용운이 여기까지 생각을 정리하고 일어서려 할 때였다.

'아니?'

그는 자신을 엿보는 누군가의 눈길을 감지했다. 파팟! 용운의 손이 번개처럼 움직여 책상에 있던 붓을 천장 구석으로 던졌다. 키익! 하는 작은 소리와 함께 붓이 사라졌다. 천장을 뚫고 들어간 게 아니라, 거기 생겨났던 틈을 통해 날아간 것이다.

'방금 그건, 분명 공간의 틈?'

오래전 저렇게 공간을 찢고 이쪽 세계를 엿본 존재가 있었다.

'니알라토텝…'

용운과 협상하여 어딘지 모를 더 재미있는 세상을 찾아 떠난 존재. 아까의 느낌은 그 니알라토텝과는 확실히 달랐다. 다만, 그 못지않게 강력하고 사악한 존재임은 확실했다. 뒷골이 오싹했다.

'또 내가 모르는 뭔가가 일어나고 있는 건가?'

용운은 한동안 집무실에 우두커니 앉아 있었다. 이제 스스로도 인간의 범주를 넘어서서 초인에 가까워졌다고 생각했다. 그러나 여전히 짐작조차 할 수 없는 강대한 존재가 있다는 사실이 그를 의기소침하게 만들었다. 중원을 통일하여 지배해봐야 그런 존재들에게는 아무 감흥도 없으리라. 어쩌면 우리는 모두 그런 존재들의 의도대로 놀아나는 건 아닐까? 내 모든 삶과 행보가 그 존재들이 보기에는 마치 게임과 같은…. 이런 생각이 문득 용운의 뇌리를 스쳤다.

'휴, 내가 무슨 생각을. 너무 나갔나. 그나저나 대체 언제부터, 어떻게 날 엿본 걸까? 분명 니알라토텝은 아니었는데…. 대체 뭐였지? 나도 모르는 걸 다른 사람이 알 리도 없고. 좌자 스승님은 이제 뵐 수가 없으니….'

심란해진 용운은 집무실을 나와 안채로 걸음을 옮겼다. 요즘 아내 채염과 하루가 다르게 자라는 딸 서윤을 보는 시간이 그의 가장 큰 낙이었다.

'내 가족.'

어느 것 하나 사소하지 않은 이런저런 사건들로 들끓던 머리가, 모녀를 떠올리자 잠시나마 기분 좋게 식었다. 안채에 도착하니 대청에 나와 앉아 있는 채염과 서윤 그리고 한 사람의 모습이 더 보였다. 서윤을 들여다보고 있는 갈색 피부의 소녀. 바로 천강위, 흑선풍 이규였다.

"오셨어요?"

채염이 생긋 웃으며 용운에게 인사를 했다. 용운은 그녀의 옆마루에 털썩 주저앉았다.

"응, 요즘 몸은 좀 어때요?"

"많이 좋아졌어요."

"탕약은 잘 먹고 있는 거죠?"

"네. 안 빠뜨리고 잘 먹고 있어요."

둘이 대화하거나 말거나, 이규는 서윤에게 뭔가 재잘대느라 바빴다.

"사람을 함부로 죽이면 안 된다고? 왜? 왜 안 되는데? 아아, 다른 사람들이 싫어한다고? 넌? 너도 그럴 거야? 에이…."

채염은 이규의 행동에 난감한 표정으로 웃었다.

"정말 서윤이와 대화라도 하는 것 같죠?"

그 광경을 보는 용운의 마음은 착잡했다.

'이규….'

이용당한 거라고는 하나, 반란 사건 때 그녀는 너무 많은 사람을 죽였다. 서윤의 뇌파에 의하면 그게 천살성으로 타고난 이규의 운명이라고 했다. 하지만 다른 이들이 그런 모호한 말에 수긍할 리 없었다. 그렇다고 다시 지하 감옥에 가둬두기도 곤란했다. 애초에 이규를 가둔 이유가 화타의 침이 통하지 않는 상황에서 통제가 어려웠기 때문이다. 갇혀 있을수록 정신상태가 더 불안정해지는 건 당연했다. 그때에 비하면 거의 정상에 가깝도록 회복된 지금, 또 가둬서 시한폭탄을 키울 이유는 없었다.

참수까지도 고민해봤으나 역시 같은 이유로 서윤이 반대했다. 이규는 사람을 죽여 그 죄를 받는 동시에, 세계의 업보를 깎는다고 했다. 그런 이규가 갑자기 사라지면 그 반작용으로 한꺼번에 모든 업보가 돌아오리라는 것이다. 특히, 지금처럼 죄악이 판치는 난세에는 더더욱.

'세계의 분노라는 건 거대한 지진이나 끝없는 가뭄 등 재앙의 형태로 돌아올 것이다.'

그럴 경우 희생될 사람의 수는 헤아리기조차 어려울 터였다.

— 원래 이규가 이 세계에 오기 전부터 그 일을 행하던 천살성이 있었어, 아빠. 그가 가는 곳마다 전쟁이 벌어지거나 역병이 도는 등 죽음을 부르는 존재 말이야. 그런데 이규가 나타나면서 그 천살성은 곧 다른 시공으로 떠났어. 한 세계에 두 개의 천살성이 존재해선 안 되거든. 장본인은 제 의지로 떠났다고 생각하겠지만. 아무튼 이규는 원래의 천살성에 비하면 오히려 온건한 편이야.

제 딸이긴 하지만, 용운은 서윤이 불가사의했다. 태어난 지 한 달도 안 된 주제에 저런 것들을 어떻게 다 아는 걸까?

'그 천기는 또 어떻고.'

이규를 올려다보면서 방글거리는 서윤의 옆에는 또 다른 아기 하나가 누워 있었다. 서윤에 의해 갓난아기가 되어버린, 자객 중 한 사람인 유민이었다. 그 뒤 자객들의 신상을 조사한 바에 의하면, 역시나 유민은 유화의 아들이었다. 그 유화는 유우의 아들이니, 곧 유우의 손자다.

'유우 할아버지의 손자가 어쩌다 나한테 그 정도로 원한을 품게 된 걸까? 스스로 자객이 되어 나섰을 정도로…'

처리하기 곤란하기는 유민도 마찬가지였다. 무력한 갓난아기가 되는 바람에 더욱 그랬다. 고심 끝에, 일단은 채염이 맡아서 서윤과 함께 키우기로 했다. 새로운 이름도 지어주었다. 유민이라는 본래 이름 앞에, 성을 주어서 진유민이라고 부르기로.

'어쩌면 이 아이 또한 나의 업보. 내가 유우 할아버지로부터 받기만 하고 다 갚지 못한 것들을 이 아이를 통해 이루라는 것인지도 모른다.'

돌이켜보니, 유민은 그 유우의 손자라고는 믿기 어려울 정도로 검술 솜씨가 뛰어났었다. 아버지 유화도 무예에는 딱히 재능이 없었다고 들었다. 그렇다면 누군지 모르는 어머니 쪽의 피를 이어받았을 가능성이 높았다. 아니면 복수를 위해 그만큼 피나는 노력을 했거나. 타고난 재능이든 노력이든, 그 소질을 살려서 검사로 키우면 될 듯했다. 물론, 새로운 생에서는 사람을 죽이는 게 아니라 살리기 위해 검을 쓰게 될 것이다.

용운은 아이, 유민의 유래에 대해 채염에게는 사실대로 말했다. 부부 사이에 숨겨서 될 일도 아니거니와, 무엇보다 그녀는 서윤의 엄마였다. 유민의 얘기를 하려면 서윤의 천기에 대해서도 말할 수밖에 없었다. 엄마로서 딸이 어떤 위험한 힘을 가지고 있는지 알아야 했다. 용운이 처음 서윤에 대한 얘기를 했을 때, 채염은 고개를 갸웃거리며 그의 말을 반복했다.

"서윤이가 어떤 대상의 시간을 되돌리는 힘을 가지고 있다고요? 이 아기는 우릴 노린 자객 중 하나였는데, 서윤이에 의해 아기가 된 거고요?"

"맞아요. 그러니까 당신도 절대 서윤이를 과하게 자극하거나 해서는 안 돼요. 알았죠?"

상식적으로 도저히 믿기 어려운 얘기였다. 그러나 채염은 조금도 의문을 표하지 않고 진지한 표정으로 고개를 끄덕였다.

"네, 조심할게요."

오히려 물어본 용운이 더 당황해서 반문했을 정도였다.

"저, 문희. 내 말이 믿겨요?"

"저한테 농이나 거짓말을 하신 건가요?"

"아뇨, 그건 아니지만…."

"전하께서 제게 그런 말을 지어서 할 이유가 없잖아요. 게다가 우리 둘의 딸이 관련된 얘기인데요. 또 꼭 그런 게 아니더라도 전 전하의 말씀이라면 무조건 믿어요."

용운이 가진 자동 번역 기능은 여전히 작동했다. 십 년 넘는 세월이 흐르면서 번역이 더욱 자연스러워지고 빨라졌다. 채염이 자신을 무조건 믿는다는 말이 용운의 가슴을 간질거렸다.

"흐흐."

저도 모르게 웃음을 흘리는 용운의 머릿속으로 어김없이 서윤의 뇌파가 날아들었다.

— 아빠, 엄마가 무조건 믿는다니까 무지 좋아하네.

— 당연히 좋지, 하하. 그런데 서윤아, 네가 보기에는 이규를 그냥 여기서 지내게 해도 괜찮을 것 같으냐?

— 응. 지금은 전혀 문제없어.

— 이규는 사람을 죽여야만 하는 운명이라면서. 여기에만 있다 보면 그 임무를 수행하지 못할 테고, 그러다 보면….

— 엄마와 나를 노리지 않을까 걱정된다고?

— 솔직히 그래.

— 괜찮아. 나는 애초에 아빠와 마찬가지로 이규의 대상에서 벗어났고 엄마는 내가 지킬 테니까.

— 응? 대상에서 벗어났다니, 그게 무슨 말이냐?

— 그런 게 있어. 아빠도 곧 알게 될 거야. 아, 그리고 어차피 좀 있으면 이규가 그때까지 쌓인 업보를 죄다 털어버릴 때가 와. 그러니까 걱정 안 해도 돼.

— 음….

서윤은 걱정하지 않아도 된다고 했으나 용운의 얼굴에는 근심이 어렸다. 그 말은 곧 전쟁이 일어날 거라는 의미였기 때문이다.

그런 대화를 나눈 것이 몇 주 전이었다. 유주성은 아직까지는 평화로웠다. 서윤에게 정신이 팔려 있다가 그제야 용운을 본 이규가 손을 흔들었다.

"안녕? 진용운!"

"그래, 이규야. 잘 있었어?"

"응, 나는 서윤이랑 재미있게 놀았어."

그러자 진유민이 샘이라도 내듯 울음을 터뜨렸다. 채염은 얼른 유민을 안아 어르기 시작했다. 용운은 문득 그런 광경들이 몹시 달콤하고 느긋하게 느껴졌다. 거기엔 뭔지 모를 애달픔과 아련함도 있었다.

'모르겠다. 지금은 그저 이 기분을 누리고 싶어. 조금만, 아주 조금만 더….'

(12권에 계속)

호접몽전 11

1판 1쇄 발행 2022년 8월 17일

지은이 최영진 | 펴낸이 윤혜준 | 편집장 구본근
디자인 오필민디자인

펴낸곳 도서출판 폭스코너 | 출판등록 제2015-000059호(2015년 3월 11일)
주소 서울시 마포구 월드컵북로 400 문화콘텐츠센터 5층 9호(우 03925)
전화 02-3291-3397 | 팩스 02-3291-3338 | 이메일 foxcorner15@naver.com
페이스북 /foxcorner15 | 인스타그램 /foxcorner15

종이 일문지업(주) | 인쇄·제본 수이북스

ⓒ최영진, 2022

ISBN 979-11-87514-91-6 04810